Ray Mohra

KRAMMERS FAKTUM

Roman

Impressum

Bibliografische Information der Deutschen Nationalbibliothek:
Die Deutsche Nationalbibliothek verzeichnet diese Publikation in der Deutschen Nationalbibliografie; detaillierte bibliografische Daten sind im Internet über http://dnb.dnb.de abrufbar.

Lektorat und Korrektorat: Angela Hochwimmer
Coverbild Vorderseite: Peter Untermaierhofer
Portraitfoto Rückseite: Jonathan Gordon

Verlag: BoD • Books on Demand GmbH, In de Tarpen 42, 22848 Norderstedt
Druck: Libri Plureos GmbH, Friedensallee 273, 22763 Hamburg

ISBN: 978-3-7583-1440-7

Ein Wort vorab

Diese Geschichte und die darin beschriebenen Personen sind größtenteils frei erfunden. Ähnlichkeiten mit tatsächlich existierenden Personen sind entweder zufällig oder wurden mit den betreffenden Leuten abgesprochen. Bei den vorkommenden Städtenamen ist es so: Manche Orte gibt es wirklich, manche nicht. Bei einigen Beschreibungen war ich so frei, auch schon mal von der Realität abzuweichen.

Auf die Verwendung von Gendersprache oder entsprechenden Zeichen wie Sternchen oder Doppelpunkte habe ich bewusst verzichtet, weil mir ein gut lesbarer und verständlicher Text wichtiger war als falsch verstandene politische Korrektheit.

Da es sich bei der Geschichte auch um einen Krimi handelt, kommen an manchen Stellen Beschreibungen von Gewalt vor. Wer so etwas nicht lesen mag, nimmt lieber ein anderes Buch zur Hand. Mir persönlich liegt die Auseinandersetzung mit dem Thema Gewalt sehr am Herzen, und ich finde es wichtig, hinzuschauen, wenn sie passiert.

Krammers Faktum ist die Fortsetzung meines Romans *Krammers Turntable*. Wer wissen möchte, was *vorher* geschehen ist, ist herzlich eingeladen, zuerst die spannende Vorgeschichte zu lesen. Dieser Roman funktioniert aber auch unabhängig von seinem Vorgänger für sich allein – und umgekehrt.

Und weil wir uns in dieser teils sehr persönlichen Story schon ein bisschen näherkommen werden, sagen wir einfach du zueinander, ok?

Und jetzt wünsch ich dir viel Spaß beim Lesen!

PROLOG

»Krass, oder?«

Lisa Fechtner sah Karola ungläubig an. Redepausen wie diese gab es in ihrer langen Freundschaft nicht sehr oft. Und wenn, dann wurden sie ganz sicher irgendwann durch ein prustendes Lachen der beiden unterbrochen. Aber diesmal war es anders, denn die sich ausbreitende Stille war bedrückend und unheimlich zugleich. Karolas ernster Gesichtsausdruck gab Lisa klar zu erkennen, dass sie weder etwas ausgelassen noch hinzugedichtet hatte, und dass alle Details ihres Berichtes der Wahrheit entsprachen. Wenn sie sich auf eines verlassen konnte, dann auf Karolas Ehrlichkeit. Doch gerade das machte ihre Geschichte so ungeheuerlich …

Ach, weißt du was? Ich habe eine Idee. Bevor wir in diese Geschichte einsteigen, würde ich dir gerne etwas zeigen, wenn du erlaubst. Ich denke, es macht Sinn, wenn du dies mit eigenen Augen siehst, denn es ist – und ich übertreibe nicht – *komplett abgefahren!*

Aber keine Angst, das Ganze ist ungefährlich … nun ja, ich sag mal so: Es ist *relativ* ungefährlich. Aber ich verspreche dir eins: Es wird dir den Atem rauben und … na ja, danach wirst du bestimmt einige Dinge mit anderen Augen sehen.

Bereit? Gut, dann los!

Hier geht's rein … Vorsicht, Stufe! Moment, ich mache nur grad die Haustür auf.

Woher ich den Schlüssel habe? Na, hör mal! Als Erzähler dieser Geschichte habe ich die Schlüssel zu *jedem* Haus und zu *jeder* Wohnung hier … hahaha, ich mach nur Spaß!

Ach, übrigens, du hast Glück. Heute Nacht ist ein *perfekter* Zeitpunkt, denn es ist Neumond und unser kleines Experiment funktioniert am besten bei *völliger* Dunkelheit.

Jetzt muss ich dich nur bitten, leise zu sein. Hier im Hausflur schallt es sehr laut.

Was ist? Du wirkst auf einmal so erschrocken. Ja, gut, ok, ich hätte vielleicht erwähnen sollen, dass unser kleiner Ausflug *nicht 100 % legal* ist. Und natürlich darf niemand davon erfahren, was wir hier tun.

Was? Nein, das ist kein Einbruch in dem Sinne. Wir besuchen nur jemanden – ok, zugegeben – ohne sein Wissen. Aber wenn du nicht möchtest, können wir das Ganze hier auch gerne abbrechen. Nicht abbrechen? Sehr gut, dachte ich mir's doch. Also gut, dann los! Hier ist es schon.

Übrigens: Die beiden, die hier wohnen, heißen Thomas und Ferenc Brandstätter. Vor etwa anderthalb Jahren sind sie hier eingezogen. Nein, die sind im Moment ganz bestimmt nicht zu Hause.

Pssst! Nicht, dass uns jemand hört!

So, hier ist es. Ich mach schnell die Wohnungstür auf, Sekunde … so, komm rein … und bitte die Tür wieder zumachen!

So, da wären wir.

Wie bitte? Nein, hier drin müssen wir nicht mehr flüstern. Ich führe dich kurz durch, ok?

Das hier ist die kleine Eingangsdiele. Sehr hübsch geworden, finde ich. Früher war diese Wohnung hier in einem sehr schlechten Zustand. Man kann sagen, sie war regelrecht heruntergekommen.

Aber die Brandstätters haben hier viel Arbeit und Liebe reingesteckt. Außerdem haben sie einen guten Geschmack; das muss man den beiden lassen.

Hier schau mal! Auf dem Foto. Das sind sie. Da waren sie gerade auf Mykonos. Süß, oder?

Und das hier ist das Wohn-/Esszimmer. Warte, ich mach grad das Licht an. *Wow!* Ich muss jedes Mal selbst staunen, wenn ich hier bin. *Das* hier ist absolut kein Vergleich zu früher. Die reinste Drecksbude war das … das kannst du dir sicher nicht vorstellen.

Aber jetzt ist es das genaue Gegenteil. Zum Beispiel hier die kleine Bar neben der Anrichte, und da der schöne massive Esstisch mit den modernen Stühlen und dort die Couch. Und immer picobello aufgeräumt ist es hier. *Immer!* Die beiden sind – unter uns gesagt – ein kleines bisschen *putzverrückt*, aber was soll´s? Sie fühlen sich wohl dabei, und das ist die Hauptsache.

Was das hier ist? *Das* ist ein traditioneller ungarischer Weinkrug[1], ein Erbstück von Ferenc´ Großmutter. Aber bitte stell ihn wieder hin, Ferri hängt sehr an diesem Objekt.

Dort auf der linken Seite hat früher eine monströse dunkelbraune Eichenschrankwand gestanden. Der ganze Raum hat allein dadurch viel kleiner und dunkler gewirkt. Gegenüber stand ein verlaustes altes Sofa mit farbigem Streifenmuster. Auf dem Boden war ein ausgefranster grüner Teppich mit unzähligen Brandspuren von Zigarettenkippen. Und dort vorne auf dem Balkon und im Garten – ok, das kannst du jetzt im Dunklen nicht sehen – da hat es früher ausgesehen wie im Hinterhof einer insolventen Kneipe. Überall lagen Bierflaschen rum und Abfall … absolut kein Vergleich zu heute. Die Brandstätters haben da draußen mit viel Geld und viel Liebe ein kleines Gartenparadies geschaffen, das es hier in Bröhlheim bestimmt kein zweites Mal gibt.

---

[1] Ungarischer Miskakancsó

Die Tür dort? Das ist das Schlafzimmer. Aber da schauen wir jetzt lieber nicht hinein. Ein *bisschen* Privatsphäre wollen wir den beiden schon noch lassen, oder?

Nein nein, die sind *wirklich* nicht zu Hause, glaub mir! Ich sag nur: Kölner Nachtleben. Kennst du das *Moonshine*? Vor morgen früh tauchen die hier bestimmt nicht auf.

Jetzt schau dich mal um. Fällt dir *irgendwas* auf? Nein? Eben! Man sieht es dieser Wohnung kein bisschen an.

Was? Ach so, du kennst die Vorgeschichte nicht? Nun ja, genau hier an diesem Ort hat vor vielen Jahren ein brutaler Mord stattgefunden. Gleich da vorne war das. Die Tat hat seinerzeit ganz Bröhlheim aufgeschreckt. Der damalige Bewohner – *Matthias Krammer* hieß er – ist kaltblütig mit einem Kissen erstickt worden. Ja, genau dort, wo du grad stehst. Der alte Krammer war Alkoholiker und … ok, sagen wir mal so: Er war schon ein ziemlicher Stinkstiefel, aber wie auch immer; *solch* ein Ende wünscht man niemandem. Sein Todeskampf hat sich über fast sechs Minuten hingezogen!

Wann das war? Hmm, lass mich überlegen, im Spätsommer 1984 ist das passiert. Und dabei hatte dieser Tag für Matthias Krammer so gut begonnen, denn sein Sohn hatte sich überraschend zu einem Besuch angemeldet. Der heißt übrigens *Andi* und war damals siebzehn, also, einen Tag vor seinem achtzehnten Geburtstag war das, um genau zu sein.

Na ja, anfangs verlief das Zusammentreffen der beiden eher frostig; sie hatten sich nach der Trennung der Eltern nur noch selten gesehen.

Abends sind sie noch zusammen runter in die Stadt gegangen, ins *Laternchen*. Erinnerst du dich noch ans *Laternchen*? Die legendäre Eckkneipe mit FC Köln-Fanclub-Faktor. Ja, genau – da, wo jetzt der McDonald´s drin ist … äh, bitte nichts anfassen, danke!

Jedenfalls … an diesem Abend im *Laternchen* hat der alte Krammer wieder mal zu tief ins Glas geschaut, und ein paar Stunden später ist es hier in der Wohnung zu einem furchtbaren Streit zwischen ihm und seinem Sohn Andi gekommen. Krammer hatte seine Exfrau mit den schlimmsten Ausdrücken beschimpft und sich regelrecht in Rage geschrien. Andi hat es dann irgendwann nicht mehr ausgehalten und ist raus aus der Wohnung; der wollte nur noch weg von hier.

Ja, und nur kurz danach ist schließlich Matthias Krammers Mörder hier reingekommen. So, wie es aussieht, hatte der draußen nur auf eine passende Gelegenheit gewartet.

Schlimme Geschichte … aber immerhin: Der Täter ist wenig später gefunden und eingesperrt worden. Bemerkenswert an der ganzen Geschichte ist, dass Andi Krammer den Mörder seines Vaters *fast* im Alleingang aufgespürt hat. Und dabei wäre er um ein Haar selbst noch umgekommen. Der Junge hatte mehr als ein Schutzengelchen, das kannst du mir glauben!

Was aus dem Killer geworden ist? Soweit mir bekannt ist, ist er nach einer langen Haft in ein Seniorenheim irgendwo in Norddeutschland gezogen. Der lebt sogar noch, hab ich gehört.

Nein, keine Sorge, von dem geht keine Gefahr mehr aus – der ist völlig blind, sein eigener Sohn hatte ihm nämlich im Kampf …

Ah, ich merk schon, du wirst langsam ungeduldig. Gut, dann will ich dich nicht länger auf die Folter spannen. Bleib jetzt bitte mal genau dort stehen und mach die Augen zu! Ja, genau so. Ich mach jetzt das Licht aus und zähl bis drei, ok?

Also: *eins … zwei … drei.*

Augen jetzt bitte auf! Es dauert ein bisschen, aber so langsam müsste es ...

Und? Siehst du es? *Siehst du es? Krass, oder?*

KAPITEL 1

»Krass, oder?«

Lisa Fechtner sah Karola ungläubig an. Redepausen wie diese gab es in ihrer langen Freundschaft nicht sehr oft. Und wenn, dann wurden sie ganz sicher irgendwann durch ein prustendes Lachen der beiden unterbrochen. Aber diesmal war es anders, denn die sich ausbreitende Stille war bedrückend und unheimlich zugleich. Karolas ernster Gesichtsausdruck gab Lisa klar zu erkennen, dass sie weder etwas ausgelassen noch hinzugedichtet hatte, und dass alle Details ihres Berichtes der Wahrheit entsprachen. Wenn sie sich auf eines verlassen konnte, dann auf Karolas Ehrlichkeit. Doch gerade das machte ihre Geschichte so ungeheuerlich …

»Warum hast du nicht bei der Polizei angerufen?«, wollte Lisa wissen.

»Na, du bist gut, Süße!«, konterte Karola ein bisschen lauter als gewollt.

Lisa sah ein, dass der aktuelle Stand der Erkenntnisse wohl kaum einen Anruf bei der Polizei rechtfertigte. Selbst Karolas akribisch geführte Notizen in ihrem kleinen Paperblank konnten daran nichts ändern. Im Gegenteil, man hätte sie sicher für eine hysterische Irre gehalten.

»Ich mach mir wirklich langsam Sorgen, weißt du? Am Anfang hab ich noch geglaubt, es wäre ein Witz oder so. Das Ganze fing nämlich schon letztes Jahr mit meinem Ex-Mieter an … *Klaus Gollert*!«

Die Frauen verdrehten die Augen. Karolas Ex-Mieter war schon *sehr* speziell.

»Ich hab dir das noch gar nicht erzählt, weil das einfach so lächerlich war. Gollert hat mich damals mitten in der Nacht angerufen, Lisa. Mitten in der Nacht! Der war völlig aus dem Häuschen und hat mich angebrüllt, ich hätte ihm irgendwas verschwiegen, und dass das auf jeden Fall ein Nachspiel hätte. Der war kaum zu verstehen, so in Rage war der.«

»*Verschwiegen*? Was hat der damit gemeint?«

»Keine Ahnung. Hab ihn das auch ein paarmal gefragt, aber der sagte immer nur, dass ich das selbst ganz genau wüsste, und dann hat er sich auf keine weitere Diskussion eingelassen. Stattdessen hat er mir immer mit diesem beschissenen *Nachspiel* gedroht, ich weiß gar nicht mehr, wie oft der das wiederholt hat. Aber gehört hab ich seitdem nix mehr von dem. Der hat die Wohnung nur holterdiepolter verlassen und sich dann nie mehr gemeldet. Wie auch immer – mir soll's recht sein.«

Karola schaute in ihr Rotweinglas, während sie es schwenkte. Dann schüttelte sie den Kopf und trank einen großen Schluck.

»Und was ist jetzt mit den Brandstätters?«

»Ach, Süße, du weißt doch, ich *liebe* die beiden! Solche Mieter kannst du dir nur wünschen. Und dass die gleich nach dem Gollert eingezogen sind, war ein absoluter Glücksfall! Die haben die Wohnung so schön und liebevoll eingerichtet, Lisa, die würdest du nicht mehr wiedererkennen.« Karola ließ ihre Schultern hängen. »Aber seit ungefähr drei Monaten ist immer irgendwas anderes. Mal läuft das Wasser nicht, mal geht das Licht nicht mehr aus. Oder sie hören irgendwelche seltsamen Geräusche … in einer Reihe geht das so. Du glaubst ja nicht, wie viele Klempner, Elektriker, Maler und was weiß ich noch alles dort in letzter Zeit auf der Suche nach irgendwelchen technischen Fehlern waren. Aber dann heißt es anschließend immer wieder nur …«

Sie verzog ihr Gesicht und sprach nun ganz im Duktus eines rheinischen Handwerkers weiter:

»*Alles jood, Frau Wollef, mir han nix jefungge. Datt sin dann mit demm Anfahrtswääsch sechsonfuffzisch Euro*[2]. Oh Mann, ich könnte kotzen!«

Lisa zog eine Schnute, während Karola weiterredete:

»Aber wenn die Brandstätters jetzt *auch* noch ausziehen, dann hab ich keine Lust mehr auf die Scheißwohnung, glaub mir!«

»Na ja, ich hab dich gewarnt. In dieser Wohnung ist ein Mord passiert, das ist einfach kein gutes Karma!«

»Jahaa, ich weiß es! Wie oft willst du mir das noch unter die Nase reiben, hmm?«

Karola ließ sich mit dem Rücken ins Sofapolster fallen und schnaubte genervt.

»Aber die war so günstig zu haben damals. Genau das, was ich gesucht hab. Mehr Geld hätt′ ich zu der Zeit eh nicht aufbringen können. Und: Ich hab nie ein Geheimnis daraus gemacht, was da passiert ist. Außerdem ist der Mord schon mehr als vierzig Jahre her …«

Eine Mischung aus Murmeln und Rascheln drang vom Hausflur ins Wohnzimmer. Die Glastür zum Wohnzimmer ging auf.

»Mama! Warst du jetzt etwa *doch* noch einkaufen?«

»Hi, Kleines«, keuchte Lisas Mutter und rang nach Luft. »Ach, du hast Besuch. Hallo Karola.«

»Hallo Frau Wallmann.«

»Ich hab dir doch gesagt, *ich* mach das!«

»Ach, das bisschen Einkauf, das war kein Problem.«

»Aber der Doc hat doch gesagt, du sollst dich nicht mehr so anstrengen!«

»Ach der … der hat ja immer was zu meckern. Damit verdient der sein Geld. Hui, mir ist ganz schwindelig, ich muss mich kurz setzen.«

---

[2] Alles in Ordnung, Frau Wolf, wir haben nichts gefunden. Das sind dann mit Anfahrt sechsundfünfzig Euro.

Frau Wallmann ließ sich in einen Sessel plumpsen und schnaufte. Lisa sah Karola an und ihr Gesichtsausdruck sagte:

Irgendwann dreh ich noch durch!

»Wie geht's dir, Karola?«, erkundigte sich Lisas Mutter. »Lang nicht mehr gesehen.«

»Danke, gut, Frau Wallmann. Na ja, ich bin immer ziemlich beschäftigt, aber ich will mich nicht beklagen. Und wie geht es Ihnen?«

»Ach, danke, Kind, es geht schon. Ist halt alles nicht mehr so wie früher.«

Frau Wallmann lag mehr auf dem Sessel, als dass sie saß, und ihr Blick ging zur Zimmerdecke. Ihre Augen stellten sich auf unendlich und für einen Moment schien sie in alte Erinnerungen abzutauchen.

Ingrid und Theo Wallmann hatten damals eine Frühstückspension in Bröhlheim besessen. Außerdem hatte Theo damals noch eine kleine Wachdienstfirma. Der unerwartete Tod von Wallmann vor etwas mehr als zehn Jahren hatte sie alle wie ein Blitz aus heiterem Himmel getroffen. Die bis dahin noch erstaunlich fitte Ingrid Wallmann fand in der Folgezeit nicht mehr die Kraft, sich um die Pension zu kümmern, weswegen sie schließlich alles verkauft hatte und bei ihrer frisch geschiedenen Tochter eingezogen war.

»Ähm – hat vielleicht jemand Hunger?«, fragte Lisa in die Redepause hinein. »Ich könnte uns eine TKP in den Backofen schmeißen.«

»*Tiefkühlpizza*! Ja, genau, sowas brauch ich jetzt unbedingt!«

»Du auch, Mama?«

»Nein danke, Schatz, ich hab keinen Hunger. Aber esst ruhig was. Ich geh jetzt sowieso lieber ins Bett, fühl mich ein bisschen schlapp.«

Frau Wallmann erhob sich mühsam, wobei sie die helfende Hand ihrer Tochter wegschob. Lisa verzog genervt das Gesicht.

»Hat mich sehr gefreut, dich mal wiederzusehen, Karola! Lass dich doch öfter mal hier blicken!«

»Hab mich auch gefreut, Frau Wallmann. Ja, mach ich.«

Die alte Dame lächelte nun ihre Tochter an. Allerdings schwang in diesem Lächeln eine gewisse Tiefgründigkeit mit. Und dann sagte sie mit fester Stimme etwas, das weder Lisa noch Karola in diesem Moment verstehen oder einordnen konnten.

»Mach die Augen zu und öffne dein Herz. Dann wirst du sehen, mein Kind.«

Mit diesem Satz verließ sie das Wohnzimmer.

Hä? gestikulierte Lisa wortlos.

Karola reagierte mit gerunzelten Brauen und zog ihre Achseln hoch.

Nach ein paar Sekunden des Schweigens fragte Lisa:

»Ok, wo waren wir?«

»TKP!«

Lisa schnippte mit dem Finger und zeigte auf ihre beste Freundin:

»Janz jenau, Schätzelein!«

Lisa hüpfte beschwingt in die Küche und zog zwei Tiefkühlpizzen aus dem Eisfach. Dann machte sie den Backofen an und legte die gefrorenen Teigscheiben auf zwei Bleche. Sie freute sich darüber, dass Karola bei ihr war. In den letzten Jahren hatten sie sich ein wenig aus den Augen verloren; das wollten sie unbedingt ändern.

In diesem Moment erschien Karola mit leerem Blick in der Küchentür und hielt ihr Handy hoch.

»Was ist?«, fragte Lisa erschrocken.

»Keine Ahnung. Aber auf jeden Fall nix Gutes. Die Brandstätters fragen, ob ich *jetzt sofort* mal zu ihnen kommen könnte.«

KAPITEL 2

»Nein nein nein, stopp stopp stopp! Der C-Teil ist *sechzehn* Takte lang, verdammt!«

Zum zweiten Mal wurde der Song abgebrochen und Bandleader Karlheinz »Quincy« Reinhardt schaute angepisst über den Rand seines Crashbeckens. Andi Krammer schreckte auf. Sein Gesicht war unwillkürlich rot angelaufen, weil drei Augenpaare auf ihm ruhten. Wieder einmal.

»Tut mir leid, mit den *Diamonds* hatten wir den C-Teil immer abgekürzt, weil der den ganzen Drive rausnimmt. Wie wär's mit acht Takten statt sechzehn?«

Quincy Reinhardt kniff die Augen zusammen. Der Bandname *Fluffy Diamonds* oder einfach nur *Diamonds* war für ihn ein absolutes Reizwort und er schien kurz davor zu explodieren.

Er atmete tief ein und antwortete mit aufgesetzt ruhigem Tonfall, was ihm sichtlich Mühe bereitete:

»Wir sind hier aber nicht bei den *Diamonds*.«

Bassmann Konny Moser zog es für gewöhnlich vor, seinem Freund und Bandkollegen am Schlagzeug nicht zu widersprechen, denn das war sicherer. Vor allem, wenn Quincy in Rage war, konnte es zu unangenehmen Wortgefechten mit ihm kommen. Doch hinter seinem riesigen Kontrabass fühlte er sich geschützt und warf deshalb mutig ein:

»Der C-Teil ist w…w…wirklich scheiße.«

Quincy Reinhardt warf seine Sticks entnervt auf die Snare.

»Leute, der Gig ist in vier Wochen. Wir können doch jetzt nicht plötzlich alle Songs umarrangieren.«

»Na ja, *umarrangieren* ist vielleicht bissl übertrieben. Außerdem freuen sich die Leute doch, wenn der Refrain früher kommt. Dann ballert's wieder schön und alle sind happy. Von mir aus machen wir's gerne so, wie Andi sagt«, meinte Saxophonistin Sonja Pollinger.

Quincy Reinhardt ließ seinen verächtlichen Blick langsam über die Bandmitglieder schweifen. Leutnant William Bligh wird seine Crew auf der sagenumwobenen *Bounty* im Jahre 1789 mit einem vergleichbaren Bick angeschaut haben, als deren Sprecher ihre Meuterei offiziell verkündet hatte.

Dass ihm gerade die schöne Sonja in den Rücken gefallen war, versetzte ihm einen kleinen Stich. Auf sie hatte er nämlich schon seit der Bandgründung vor vier Jahren ein heimliches Auge geworfen, doch nicht im Traum hätte er es gewagt, sie tatsächlich anzubaggern.

Sonja Pollinger war 29 und – wie schon erwähnt – bildhübsch. Sie arbeitete als rechte Hand im Laden ihres Vaters Joseph Pollinger, der als Chef und Gründer des gleichnamigen Musikhauses die Band seiner Tochter immer wieder mal mit preisgünstigem Equipment versorgte. Ein dummer Fehltritt hätte nicht nur unkalkulierbare Konsequenzen für den Fortbestand der Band gehabt, sondern auch für Quincys Traum vom großen Durchbruch. Aus diesem Grund vermied er tunlichst jegliche Anzüglichkeiten Sonja gegenüber, obwohl er sich selbst für einen Mann im besten Alter hielt, der sich die Frauen nur aussuchen musste.

Die Wahrheit war weniger sexy: Karlheinz »Quincy« Reinhardt war Ende fünfzig, und Jahrzehnte voller Rock'n'Roll und Weißbier hatten seinen Körper geformt. Er gab das beinah lächerliche Bild eines semiprofessionellen Altrockers ab, dessen Hoffnung auf den großen Erfolg immer noch lebendig war.

Quincy ließ die Schultern hängen und lenkte ein. Zumindest für den Moment.

»Gut. Dann also *acht* Takte C-Teil … dann Solo, Refrain und Schluss.«
Viermal schlug er die Drumsticks zusammen und der Song startete von neuem.

Andi Krammer war erst seit einem Monat dabei. Davor war er mehr als zehn Jahre Keyboarder bei den *Fluffy Diamonds* gewesen, einer Showband, die überwiegend auf geschlossenen Veranstaltungen wie Hochzeiten, Geburtstagen oder Firmenfeiern gebucht wurde. Die Konzertgagen und die Einnahmen als Klavierlehrer in einer Musikschule reichten gerade so für die Miete und das bisschen, was er sonst im Leben brauchte.

Kurz nachdem *Horst Tuppek,* der Gitarrist und Bandleader der *Diamonds,* wegen Steuerhinterziehung eine dreieinhalbjährige Haftstrafe antreten musste, hatte sich die Band aufgelöst, und Andi war gezwungen gewesen, sich einen neuen Job als Keyboarder zu suchen.

Im Musikhaus Pollinger war er dann zufällig auf die Suchanzeige der Band *The Pinpricks* gestoßen. Der Ansatz und das Motto der *Pinpricks* war, bekannte Rock- und Popklassiker mit einem neuen, frischen Gewand zu versehen und diese Lieder wahlweise im Jazz-, Tango- oder Reggae-Stil neu zu erfinden, was ihm auf Anhieb gefiel.

„Andi?"

Trotz seiner langjährigen Mitgliedschaft bei den *Fluffy Diamonds* war er – wie auch die anderen Bandkollegen – von Horst Tuppek wie ein Gastmusiker behandelt beziehungsweise bezahlt worden. Darüber hatte sich Andi zwar oft geärgert, doch rückblickend hatte dieser Umstand ein paar entscheidende Vorteile gehabt: Erstens bekam er feste Gagen pro Abend bezahlt und zweitens saß er jetzt nicht im Gefängnis.

„Andi?"

Apropos Gefängnis, dachte er in diesem Moment. Er fragte sich, was wohl aus diesem Gerald Kugler geworden war, der seinen Vater vor mehr als vierzig Jahren ermordet hatte. Um ein Haar hätte dieser Kugler ihn ebenfalls gekillt. Außerdem quälte es ihn bis heute, dass die Beziehung mit Lisa Wallmann nur ein paar Monate später in die Brüche gegangen war, wofür er sich selbst die Schuld gab. Nie wieder danach hatte er sich einer Frau so verbunden gefühlt.

„Andi?“

Nach seinem Musikstudium hatte er vorgehabt, die Welt zu erobern, doch sein Eroberungsfeldzug hatte nicht allzu lang angedauert. Er hatte sich hauptsächlich mit Kurzzeit-Engagements in Musicals und diversen Studiojobs über Wasser gehalten, und sein Traum von der großen Musikkarriere war schnell ausgeträumt gewesen.

Zwar hatte er sich in der Szene einen gewissen Namen gemacht, aber das bisweilen erbarmungslose Business hatte ihm alle Illusionen genommen. So hatte er sich irgendwann damit abgefunden, es nur bis in die zweite Reihe geschafft zu haben, und betäubte seinen Lebensfrust mit Bier und Zigaretten.

Er war hier in Bayern gestrandet und musste sich eingestehen, dass sein Leben sich letzten Endes als die gleiche beschissene Luftnummer entpuppt hatte wie das seines Vaters. Und das war von allen Erkenntnissen mit Abstand die schmerzhafteste.

»Andi!«

Der Angesprochene zuckte vor Schreck zusammen und hörte auf zu spielen.

»Äh, ja?«

»Bist du noch bei uns?«

Quincy Reinhardts Tonfall war nicht mehr angepisst, sondern besorgt.

»Hä? Oh, sorry – ich war wohl ein bisschen in Gedanken.«

»Ein b…bisschen in Gedanken, *hahaha*, du b…bist gut!«

Andi begriff nicht und sah Konny fragend an.

»Nachdem du den … C-Teil ungefähr drei…ei…eißig M…Mal wiederholt hast, wollten w…wir schon einen Kr… einen Kr… einen Krankenwagen rufen«, kam es aufgeregt von Konny, der sich bereits in eine veritable Panik hineingesteigert hatte.

»Oh …«

Auch Sonja Pollingers Gesichtsausdruck sah sorgenvoll aus.

»Geht's dir gut, Andi?«, fragte sie nur.

»Jaja, geht schon. Sorry, Leute, ich bin heut Abend ein bisschen durch den Wind. Wahrscheinlich einfach zu wenig Schlaf in letzter Zeit.«

»Dann lass uns lieber aufhören für heute«, befand Quincy und erntete allgemeine Zustimmung.

»Gehen wir n…noch rüber ins *K…k…kommod*?«, schlug Konny vor, aber Sonja schüttelte den Kopf. »Nee, ich fahr dann lieber jetzt heim, morgen muss ich früh in den Laden, Monatsabschluss.«

Konny zuckte mit den Achseln und sah zu Andi, der aber ebenfalls abwehrend die Hände hob.

»Nee, tut mir leid. Ein anderes Mal gerne. Muss in die Kiste.«

Wortlos schalteten die Musiker ihre Instrumente und die Anlage aus und zogen sich die Jacken an. Der Proberaum befand sich im Keller einer ehemaligen Gummibärchenfabrik und lag etwas außerhalb der Stadt.

Quincy knipste das Licht aus, verriegelte die Eisentür des Kellers und gesellte sich schließlich zur Verabschiedungsrunde oben auf dem Parkplatz.

Es war noch hell zu dieser Zeit, aber die Sonne war schon hinter den Hausdächern verschwunden. Im Gegensatz zum kühlen Proberaum unten im Keller war es hier draußen noch sehr warm, weswegen Sonja ihre Jeansjacke wieder auszog und in den Korb ihres Fahrrads legte.

»Äh, glaubst du, dass es im Moment eine gute Idee ist, mit dem Radl allein hier rumzufahren?«, fragte Quincy.

»Wieso das?«

»Na ja, w…wegen dieser Lara Sch…sch…schuster. Es ist immer noch nicht raus, w…w…was mit der passiert ist«, gab Konny zu bedenken.

»Ja, ich weiß schon. Aber sollen wir jetzt deshalb alle unsere Gewohnheiten ändern? Außerdem ist es noch hell.«

»Ich kann dich auch gern nach Hause bringen. Dein Fahrrad passt locker in meinen Kombi«, schlug Andi vor.

»Ach, Quatsch, das wär ja ein Umweg für dich. Nee, wirklich, ganz lieb von euch, aber das passt schon. Also nächste Woche Dienstag wieder ganz normal um sieben?«, fragte sie mit einem Haargummi zwischen den Zähnen, während sie sich einen Zopf band.

»Okidoki«, antwortete Quincy. »Und guckt euch bitte alle nochmal die Standards an! Wär peinlich, wenn wir die vergeigen.«

Allgemeines Kopfnicken.

»Alles klar, dann bis nächste Woche!«, verabschiedete sich Sonja und stieg in die Pedale.

Während sie lautlos davonglitt, schauten die anderen ihr nach, und nachdem sie um die Ecke gebogen war, seufzte Quincy verträumt.

Andi schüttelte den Kopf und Konny grinste.

»Sag mal, was war das eben, Andi? Ich meine … hast du öfters solche Aussetzer? Also, falls ja, wär's gut, wenn wir davon wüssten. Bei einem Gig möcht ich sowas lieber nicht erleben.«

»Nein, ich …«, begann Andi und es war ihm sichtlich unangenehm.

Quincy und Konny sahen ihn an, als erwarteten sie eine Erklärung von ihm. Doch er konnte ihnen doch unmöglich die Wahrheit sagen, nämlich, dass er in letzter Zeit immer wieder mit regelrechten Angstzuständen zu kämpfen hatte? Nein, auf keinen Fall! Sie würden ihn für einen Psycho halten und umgehend nach einem anderen Keyboarder suchen. Dabei wusste Andi ja selbst nicht, wo diese Scheißangst plötzlich herkam.

»Nein, wirklich, alles gut, Leute. Ich hab in der letzten Zeit nur ein bisschen viel um die Ohren. Aber ich krieg das schon auf die Reihe, versprochen!«

»Haupt…sache, es geht dir gut … ansonsten«, Konny klopfte ihm kumpelhaft auf die Schulter.

»Jaja, wirklich. Passt schon alles.«

»Ok, dann bis nächsten Dienstag.«

»Japp, bis dann. Ciao!«

Nach der obligatorischen Mucker-Umarmung startete Andi den Motor seines Opel Astra, während Quincy und Konny in Richtung der Bistro-Bar *Kommod* aufbrachen.

Dass sie dabei die ganze Zeit beobachtet worden waren, hatte keiner von ihnen bemerkt.

KAPITEL 3

Juli 2015

Elom Kouassi Prince Charles blickte aus dem Zugfenster und genoss die Aussicht auf die weiten Felder, die in der Abenddämmerung an ihm vorbeiflogen. Er war zwar völlig übernächtigt, aber dennoch gut gelaunt – ja, beinahe enthusiastisch, denn er war nun kurz davor, sein endgültiges Ziel zu erreichen: den Hauptbahnhof in Köln.

Dass der dreißigjährige Bauingenieur aus Togo sich *überhaupt* in Deutschland befand, war einer ganzen Reihe von Zufällen, Irrtümern und Planänderungen zu verdanken, denn ursprünglich hatte er vorgehabt, sein Glück in Paris zu suchen.

Auf seiner mehrwöchigen Irrfahrt durch Italien und Österreich saß Elom Kouassi Prince Charles also nun in der Regionalbahn nach Köln, was seinem Optimismus und der Vorfreude auf eine bessere Zukunft jedoch keinen Abbruch tat. Im Gegenteil.

Elom strich sich sein rotweiß kariertes Hemd glatt, lehnte sich in seinen Sitz und schloss die Augen. Im nächsten Moment wurde die Schiebetür hinter ihm geöffnet und der scheppernde Lärm aus dem Wagenübergang dröhnte ins Abteil.

»Fahrscheinkontrolle, die Fahrscheine bitte!«

Eloms Herz begann zu rasen. Mit einer Fahrscheinkontrolle hatte er so kurz vor dem Ziel nicht mehr gerechnet. Er besaß zwar ein Ticket, aber das war höchstwahrscheinlich in diesem Zug nicht gültig. Wie auch in den anderen Zügen davor. Außerdem verstand er kein Wort Deutsch, und so hoffte er, dass der Kontrolleur wenigstens ein paar Brocken Französisch oder wenigstens Englisch sprach, so dass er seine Situation erklären konnte.

Elom kramte das verknitterte und kaum lesbare Ticket aus der Gesäßtasche seiner Jeans und übergab es dem Schaffner mit einem freundlichen Lächeln.

Der Zugbegleiter nahm den Fahrschein entgegen und runzelte die Stirn. Dann schob er seine Schaffnermütze nach hinten. Er schien sich zu fragen, ob ihm in seinen vierzig Dienstjahren jemals ein vergleichbares Dokument überreicht worden war. Wohl eher nicht.

»Was ist das?«, wollte er von dem Fahrgast wissen und hielt ihm den Zettel hin.

Elom versuchte es mit Englisch:

»This is a ticket to Cologne. Please have a look here, it says Cologne.«

Natürlich wusste Elom, dass auf seinem Fahrschein nicht *Cologne* stand, sondern *Colombes,* die Industriestadt im Großraum von Paris. Aber diese Verwirrtaktik in Verbindung mit einem herzerweichenden Welpenblick hatte ihm schon ein paarmal die Weiterreise ermöglicht.

»Du hier falsch!«, hob der Schaffner an und hoffte, dass der Schwarzfahrer ihn verstand. Doch Elom schaute ihn nur an und zuckte mit den Schultern.

»Je voudrais aller à Cologne. Il est très important.«[3], versuchte es Elom jetzt mit Französisch.

»Säts not se train tu Colombes. Sis is se train tu Köln«, belehrte ihn der Schaffner, der weder Französisch noch wirklich Englisch konnte.

»Oui … yes, I know. But it's a big misunderstanding. Please let me ride the few stops to Cologne. I don't know where else to go.«[4]

---

[3] Ich möchte nach Köln. Es ist sehr wichtig.

[4] Das ist ein Missverständnis. Bitte lassen Sie mich die paar Haltestellen bis nach Köln fahren! Ich weiß nicht, wohin ich sonst gehen soll.

Der Schaffner verstand nur Bahnhof und änderte seinen Tonfall.

»You hier rong! Se Ticket is not gilty!«

Die Worte des Uniformierten ergaben für Elom keinen Sinn, aber er spürte, dass er hier unerwünscht war. Deshalb stand er auf und nahm seine Sporttasche aus der Gepäckablage.

»Next stop you out, hörst du?«

Elom nickte unsicher und begab sich in Richtung der Ausgänge. Dann würde er halt den nächsten Zug nehmen, dachte er bei sich. Irgendwann würde er schon in Köln ankommen.

Es gab einen kleinen Ruck unter seinen Beinen und der Klang des Fahrgeräusches änderte sich. Der nächste Halt kündigte sich an, doch draußen war es bereits dunkel geworden und Elom konnte nichts durch die kleinen Türfenster erkennen.

Als der Zug endlich stoppte und die Türen sich öffnen ließen, bemerkte er, dass außer ihm kein anderer Fahrgast an dieser Haltestelle ausstieg, was ihm merkwürdig vorkam.

Nachdem der Regionalexpress seine Fahrt nach Köln ohne ihn fortgesetzt und sein schrilles Rauschen sich schließlich in der Stille des Abends verloren hatte, setzte sich Elom auf eine Wartebank. Er sah sich auf dem Bahnsteig um und realisierte, dass er hier völlig allein war. Aber *wo* war er überhaupt, fragte er sich?

BRÖHLHEIM stand auf dem Haltestellenschild über ihm.

Nun gut, ich kann warten, dachte er. Er verschränkte die Arme und ließ sein Kinn auf die Brust sinken. Die Ruhe tat ihm gut. Inzwischen war er schon seit fast drei Wochen unterwegs und diese Tatsache spürte er in jeder Faser seines Köpers.

Zwei Tauben, die auf einer Quertraverse direkt über ihm hockten, gurrten unablässig. Worüber sie sich wohl gerade unterhielten? Vielleicht hatten sie noch nie in ihrem Leben einen Menschen mit dunkler Hautfarbe gesehen und machten sich über ihn lustig. Elom musste über seinen Quatsch selbst lächeln und schloss die Augen.

Doch schon eine gefühlte Sekunde später wurde er aus einem tiefen Traum gerissen.

»Hallo Sie!«

Elom Kouassi Prince Charles schaute desorientiert auf die große Bahnhofsuhr auf dem Bahnsteig gegenüber. Die Zeiger standen auf 01:07 Uhr und trugen so zu seiner Verwirrung bei.

»Hallo Sie! Hören Sie?«

Elom drehte seinen Kopf zur Seite und wurde schlagartig wach. Zwei Polizisten näherten sich ihm mit ernsten Blicken.

»Meinst du, dass der das ist, Frank?«

»Schwer zu sagen, die sehen doch alle gleich aus.«

»Wir müssen auf jeden Fall vorsichtig sein!«

Die Beamten zogen ihre Dienstwaffen und hielten sie zunächst schräg nach unten.

Elom bekam augenblicklich Todesangst. Wenn Polizisten in seiner Heimat ihre Waffen vor einem zückten, dann war man in den meisten Fällen kurz danach nicht mehr am Leben. Panisch griff er nach seiner Sporttasche und sprang mit einem gewagten Satz auf die Gleise.

»Halt! Stehenbleiben, Freundchen!«

»Verdammt! Was machen wir denn jetzt, Jürgen?«

»Ich bleib hier, du hältst ihn auf der anderen Seite auf!«

»Oh Scheiße, das ist er wirklich!«

»Jetzt mach schon, sonst ist der weg!«

Polizeimeister Frank Mauelshagen rannte zur Treppe und stolperte hastig die Stufen zur Unterführung hinunter. Als er unter den Gleisen herlief, hörte er einen Güterzug direkt über ihm hinwegrumpeln. Mit seiner Dienstwaffe nach vorne gerichtet schlich er die Treppen des gegenüberliegenden Bahnsteigs wieder hinauf. Dabei hielt er sich an der linken Seite in Deckung, denn er rechnete mit einem Feuergefecht. Der Lärm des Güterzuges war ohrenbetäubend laut und er zitterte vor Angst.

Oben angekommen sah er sich hektisch nach allen Seiten um, doch der Fremde war nirgends zu sehen. Schließlich durchfuhr der letzte Güterwaggon den kleinen Bahnhof und das Rauschen wurde schnell leiser.

»Wo ist der?«, rief er zu seinem Kollegen auf dem Bahnsteig hinüber.
»Keine Ahnung, hab ihn aus den Augen verloren.«
»So eine Scheiße! Und jetzt?«

Elom Kouassi Prince Charles stöhnte vor Schmerzen und rieb sich das linke Bein. Bei seiner harten Landung im Gestrüpp unten an der Straße musste er sich den Fuß verstaucht haben. Er angelte seine Sporttasche aus dem Geäst und tastete sich vorsichtig nach draußen auf den Bürgersteig. Dort war niemand zu sehen.

Er klopfte sich Äste und Blätter von seiner Hose und der Jacke, schulterte seine Tasche und humpelte ein Stück die Straße entlang. Wo könnte er jetzt hin? Er musste unbedingt irgendwo eine Bleibe für die Nacht finden. In der Früh würde er schon irgendwie weiterkommen.

»Halt! Stehenbleiben! Hände hoch!«

Elom stockte der Atem. Er verstand zwar kein Wort, aber er blieb unwillkürlich stehen und streckte seine Hände nach oben.

»Und jetzt … *langsam* umdrehen!«

Elom verstand wieder nichts und drehte sich langsam um.

»Du gehst jetzt zu ihm, Frank. Ich halte ihn in Schach.«

»Wieso ich? Du kannst das doch auch … ach, Mann.«

»Du bewegst dich keinen Millimeter, hörst du?«

Elom wünschte sich so sehr, dass er wenigstens ein paar Brocken verstehen könnte. Instinktiv bewegte er sich keinen Millimeter.

»So ist es gut«, rief Polizeiobermeister Jürgen Schenker. Und zu seinem Kollegen: »Guck mal nach, ob der bewaffnet ist!«

Sein Kollege tat, wie ihm aufgetragen wurde, und klopfte Elom von oben bis unten ab. Als er damit fertig war, rief er:

»Nein, der ist sauber.«

Schenker hielt seine Pistole immer noch auf den Fremden gerichtet, entspannte sich aber jetzt etwas.

»Ok, du kannst die Arme jetzt wieder runternehmen. Aber langsam!«

Während Elom seine Arme langsam senkte, dachte er bei sich:

Wenn ich hier überleben will, dann muss ich diese verdammte Sprache lernen!

»Wie ist dein Name?«

Elom machte eine beschwichtigende Geste mit der Hand, griff langsam in seine Jackentasche und zog seinen Pass heraus. Frank Mauelshagen nahm das grüne Heftchen entgegen und las laut.

»*Prince Charles* steht da. Er kommt aus *Togolaise*«.

»Togolaise? Nie gehört. Wie auch immer, der kommt jetzt erst mal mit auf die Wache. Man kann schließlich nie wissen.«

Polizeiobermeister Jürgen Schenker und sein Kollege Frank Mauelshagen nahmen Prince Charles mit auf die Polizeiwache.

Nun, zumindest hatte sich das Problem mit der fehlenden Übernachtungsmöglichkeit gelöst, dachte Elom.

KAPITEL 4

»Muss der wirklich sain? Mi a jó eget csinál ez itt?[5]«, fragte Ferenc Brandstätter verzweifelt und näherte sich mit großen Schritten einem Nervenzusammenbruch.

»Datt is janz normales afrikanisches *Brauchtum,* Ferri. Der Mann ist ein *Seher,* datt is sozusagen ein *Schamane Deluxe*!«

Der *Seher* fühlte sich geschmeichelt und grinste breit. *‚Chamane Deluxe',* das klang in seinen Ohren sehr *noble.* Er erinnerte sich an seine Ankunft in Bröhlheim vor mehr als acht Jahren …

Eloms Start in dieser Stadt war zugegebenermaßen etwas holprig gewesen und hatte ihn zunächst auf die hiesige Polizeiwache geführt. Die Übernachtung dort war aber weitaus weniger schlimm gewesen, als er befürchtet hatte; jemand hatte ihm sogar Kaffee und Brot mit etwas Wurst und Käse gegeben. Ungeachtet dessen hatte die Polizei ihn immer noch für einen gefährlichen Terroristen gehalten.

Erst die beherzte Intervention von Polizeihauptkommissar Martin Offergeld am nächsten Tag und die Hinzunahme einer französischen Dolmetscherin hatten bei den Ermittlern schließlich zu der Überzeugung geführt, dass von Prince Charles keine Gefahr ausging.

---

[5] Ungarisch: »Was macht der da um Himmels willen?«

Seine Papiere waren in Ordnung und eine Ähnlichkeit mit dem Fahndungsfoto eines gesuchten Al-Kaida-Kämpfers hatte sich ebenfalls nicht feststellen lassen.

Elom hatte sogar etwas Geld als Entschädigung bekommen sowie eine offizielle Entschuldigung des Bürgermeisters, der mitten im Wahlkampf nichts so sehr fürchtete wie schlechte Publicity wegen eines zu Unrecht verhafteten Afrikaners. Aufgrund dessen hatte Elom Kouassi Prince Charles von der hiesigen Ausländerbehörde auch vergleichsweise zügig eine vorläufige Aufenthaltserlaubnis erhalten.

In der Anfangszeit hatte er als Kellner im *Laternchen* ausgeholfen und ein gutes Jahr später einen Aushilfsjob bei einer Baufirma gefunden.

Eine Werbetafel für ein Mittel gegen Nagelpilz, auf dem eine Voodoo-Zeremonie thematisiert wurde, brachte ihn dann auf die Idee, sich als *togolesischer Schamane* ein paar Euro hinzuzuverdienen.

Das Schamanenschauspiel brachte ihm sogar einen gewissen Bekanntheitsgrad in der Stadt ein. Niemand hätte geahnt, dass Elom sich seine auffällig bunte Verkleidung in der *Kölner Kostümkiste* zusammengekauft hatte, denn mit seiner weißen Kopfbedeckung, dem blau-weiß gemusterten Oberteil und der knalligen Hose sah er aus der Sicht eines Rheinländers tatsächlich sehr *schamanisch* aus. Doch was ihn selbst am meisten wunderte, war der Umstand, dass auch seine Beschwörungszeremonien von seinen Kunden für *authentisch* gehalten wurden. Vermutlich sogar auch von den zu verjagenden Geistern, denn die blieben nach seinen »Hausreinigungen« im Regelfall verschwunden.

Der ironische Umstand, dass ihm einmal nachgesagt wurde, einem Gemeindepfarrer von dessen hartnäckigem Fußpilz *geheilt* zu haben, brachte ihm prompt einen halbseitigen Bericht in der *Bröhlheimer Wochenzeitung* ein, in dem er wörtlich als *anerkannte Autorität* auf seinem Gebiet bezeichnet wurde. Doch ganz unabhängig davon, wie schnell seine Reputation als Geisterjäger auch wuchs: Seine Schamanendienste waren in Wirklichkeit doch nur Placebos; davon war er fest überzeugt.

Der *aktuelle Geist* stellte sich indes als unerwartet hartnäckig heraus, denn Elom war bereits zum dritten Mal in die Bröhlheimer Innenstadt gerufen worden. Seine Tänze in tranceähnlichem Zustand hatten zwar das dort wohnende Schwulenpärchen, nicht aber *diesen* Geist beeindruckt, denn die paranormalen Vorfälle in der Dreizimmerwohnung im Parterre eines Mehrfamilienhauses hörten einfach nicht auf. Im Gegenteil, sie häuften sich sogar. Elom Kouassi Prince Charles musste sich also etwas überlegen. Hier waren offenbar andere Mittel beziehungsweise schwere Geschütze vonnöten.

Im Vorfeld hatte er sich im Internet informiert, was ein Schamane im Falle wiederholten Misslingens noch so alles ausrichten kann, doch keines der einschlägigen Foren hatte konkrete Tipps geben können.

Schließlich beschloss er, sich einer kruden Mischung verschiedenster Geisterbeschwörungsrituale aller Kontinente der Erde zu bedienen in der Hoffnung, dass wenigstens *irgendeines* davon Wirkung zeigte.

Gleich nach seiner Ankunft bei den Brandstätters hatte er in allen Räumen der Wohnung an strategischen Stellen Steine platziert, die er auf einer Baustelle gefunden hatte. Steine kamen nach seiner Erfahrung immer gut an und konnten ja grundsätzlich nicht schaden. Acht größere Brocken bildeten dann in der Mitte des Wohnzimmers ein regelmäßiges Achteck, in dessen Zentrum er wiederum einen Metallteller mit Blättern und feuchtem Moos gelegt hatte.

Ferenc Brandstätters ausgeprägter Ordnungssinn trieb ihm kleine Schweißperlen auf die Stirn, als Elom Kouassi ein Streichholz anzündete. Der schmal gebaute Ungar mit Scheitelfrisur rückte nervös seine Vollrandbrille zurecht. In diesem Moment klingelte es an der Haustür.

»Ah, das müssän sie sain. Ainän Momänt bittä!«, kam es erleichtert von Ferenc, für den diese ganze Prozedur schon jetzt die reinste Qual war. So viel Unordnung in ihrer schönen Wohnung war er einfach nicht gewohnt, und wenn jetzt auch noch Rauch zum Einsatz kommen sollte, ging das für seinen Geschmack entschieden zu weit.

»…n' Abend, zusammen. Hallo Tom, hallo Ferenc!«, begrüßte Karola ihre Mieter und fügte hinzu: »Das ist meine Freundin Lisa Fechtner. Sie kennt die Wohnung sogar noch länger als ich und hat ihre Hilfe angeboten.«

»Hallo allerseits!«, rief Lisa in die Runde.

»Hi Lisa!«

»Na ja, kennen … ich war schon ein paarmal hier. Damals, als …«

Lisa geriet ins Stocken. Die Erinnerungen an die Erlebnisse genau an diesem Ort waren urplötzlich wieder präsent, womit sie selbst nicht gerechnet hatte. Hier in dieser Wohnung zu stehen, brachte jedenfalls lang unterdrückte Gefühle ans Tageslicht. Karola streichelte ihr beruhigend über den Rücken.

»Na ja, der Vater von einem … Bekannten von mir ist damals hier ermordet worden.«

Tom Brandstätter war das optische Gegenteil seines Lebensgefährten. Mit Nachsicht konnte man ihn als *vollschlank* bezeichnen, aber die Bezeichnung *übergewichtig* war ehrlicherweise zutreffender. Seine nicht vorhandene Frisur war wie immer mit einer Beanie-Mütze bedeckt, und seine meist deftige Ausdrucksweise wurde von einem obstinaten kölschen Dialekt verstärkt. Er arbeitete als Biersommelier in einer großen Kölner Brauerei, wodurch er Hobby und Beruf in Vollendung verband.

»Datt mit demm Verbräsche, datt wisse mer. Et Frau Wollef hät uns datt alt lang bei d'r Wunnungsbesischtijung jesaat.«, berichtete Thomas Brandstätter in seinem derben Dialekt. »Evver datt wor uns ejal. Mir han datt janze Potenziaal tirek jeroche. Tschuldijung, darf isch vürstelle - datt is dä Prinz Charles, der sull endlich ens beij d'r Sach' up de Jrund jonn.«[6]

Der Seher grinste übers ganze Gesicht.

[6] Das mit dem Verbrechen wissen wir. Frau Wolf hat uns das ja schon alles bei der Wohnungsbesichtigung gesagt. Aber das war uns egal. Wir haben sofort gesehen, welches Potential hier drinsteckt. Ach, Entschuldigung, darf ich vorstellen? Das ist Prince Charles, der soll der Sache endlich mal auf den Grund gehen.

»Oh. Guten Abend, Herr … äh … eure Hoheit … Prinz … Charles«, schüttelte Karola unsicher die Hand des Sehers, weil sie nicht wusste, ob sie seinen Namen richtig aussprach. Schließlich war sie noch nie einem Prinzen begegnet. Sicherheitshalber machte sie schnell noch einen Knicks.

»Nee nee, *Prince Charles,* das nur meine Nackname. *Elom Kouassi,* das meine Vorname. Sake eifack *Elom* su mir.«

Ach so, kein Prinz. Och, schade, dachte sie enttäuscht.

Angesichts Eloms prachtvollen Schamanenmantels, seines seltsamen Kopfschmucks und der vielen exotischen Accessoires, die an seinem Mantel baumelten, hätte sie ihm alles geglaubt. Sie lächelte ihn an.

»Freut mich, Elom. Ich bin die Karola.«

Strahlendes Lächeln, langes Händeschütteln.

»Elom war schon zwaimal hier und äs hat nichts gänützt.«, beklagte sich Ferenc.

»Pass op Ferri, waat, datt hät noch immer jood jejange.[7]«

»Ja aufpasse, Ferri, datt immer jood jange.«, bestätigte Elom und sprach sich damit insgeheim selbst etwas Zuversicht zu.

»Vielleicht erzählen Sie … erzählt ihr … einfach noch mal kurz der Reihe nach?«, bat Lisa die Brandstätters in der Hoffnung auf ein paar neue Details.

»Allso, summa, sareme sorum …«[8], räusperte sich Thomas und schwenkte dann auf ein rheinisch gefärbtes Hochdeutsch um, was bei ihm immer etwas mühsam und *beamtenhaft* klang.

»Im Februar woor datt, glaub ich, da sind wir nachts von Köln nach Hause jekommen, und et hat övverall nach Zigarettenrauch jemüffelt. Außerdem woor datt Licht im Wohnzimmer an, aber datt verjessen wir normalerweise nie auszumachen. Wir haben stundenlang jelüftet, bis dä furchtbare Jestank endlich ens fott woor.

---

[7] Jetzt warte ab, Ferri, es wird schon alles gut (§ 3 Kölsches Grundgesetz)

[8] Also, zusammengefasst … (scherzhaft abgew. von *summa summarum*)

Dann, am nächsten Abend, war der Zigarettenmief aber widder do. Wir haben alles abjesucht, aber beim besten Willen nit rausjefunden, wo der Rauch herkam. Außerdem ist Ferri nachts immer wach jeworden, weil er irjendwat jehört hat.

Danach isset ein bisschen besser jeworden, aber seit unjefähr sechs oder sieben Wochen ist dieser ekelhafte Jeruch jeden Tag von neuem da. Nachts hören wir Jetrampel in der Wohnung und datt Licht spinnt seitdemm auch immer widder. Glauben Sie uns, wir sind mit den Nerven am Ende!«

»Das Licht spinnt?«, fragte Lisa nach.

»Na ja, et jeit immer widder von selbst an und lässt sich nicht mehr ausmachen. Und zwar *alle* Lichtschalter in der Wohnung. Irjendwann mitten in der Nacht jeit es dann mit einem Schlag övverall von selbst widder uss.«

»Seltsam.«

»Datt hätt dä Elektriker och jesaat. Nohdemm hä die janze Sicherunge uss- un widder injeschaltet hätt, woor och widder alles jood. Äwwer et hätt nit lang jeduurt do jing dä janze Dress widder vun fürre loss.«[9]

Karola zog eine Schnute und schüttelte den Kopf.

»So 'n Scheiß, aber echt!«

»Ja, wir können uns absolut keinen Reim darauf machen. In unserer Verzweiflung haben wir schließlich beschlossen, Hilfe von einem Schamanen zu holen, also von jemanden, der sich mit so Jeistern un demm janze Zeug usskennt. Ene Bekannter von uns hätt uns dä *Prince Charles* empfohle, der woor och schon zweimol hee. Bei Elom hatten wir zumindest immer für e paar Daach dat Jeföhl, et hätt sich watt verbessert.«

Der Seher war in diesem Moment froh, dass niemand sah, wie rot er wurde.

»Ja, wir findän hoffäntlich, wo der Problem ist.«

---

[9] Das hat der Elektriker auch gesagt. Nachdem er alle Sicherungen aus- und wieder eingeschaltet hatte, war auch erst einmal alles wieder gut. Aber es hat nicht lange gedauert, da ging der ganze Mist wieder von vorne los.

»Was denken *Sie* denn, was der Grund für das alles sein könnte, Herr Elom?«, fragte Lisa.

Der Afrikaner, der im besten Fall ahnen konnte, was Tom da alles erzählt hatte, stand für ein paar Sekunden nur da mit offenem Mund und legte sich seine Worte zurecht, denn eine ehrliche Antwort wie *Hey, Leute, ich hab doch auch keine Ahnung, was der Grund für den ganzen Scheiß hier ist, kapiert das doch mal*! wäre strategisch wohl eher unklug gewesen. Deshalb versuchte er es mit einer vagen Problemanalyse.

»Ja … also, hier wohne Geist, ganz bestimmt. Musse nur suche, wo verstecke.«

»Ja, datt wöör joot.«

»Oh ja! Und übrigäns … gästern Nacht,« schaltete sich Ferenc nun aufgeregt ein, »da war äs ganz schlimm! Ganz ganz schlimm!«

»Wieso, was war denn gestern Nacht?«

»Aigentlich wolltän wir ins *Moonshine* nach Köln, da sind wir fraitags immär. Abär der *Moonshine* war gästärn zu und da sind wir zu Hausä gäbliebän.« [10]

»Esu jejen elf Uhr sinn mir in die Lappekess jejange[11]«, fuhr Tom fort.

»Jo, un dann … hann mir naachs op einmol Stimmen jehüürt. Im Wohnzimmer.«[12]

»Stimmen?«, hakte Karola nach.

»Eja, als ob sich zwei Lück de Schnüss schwaade. Uns ging der Aasch op Grundies.«[13]

Ferenc streichelte über Toms Schulter.

»Irgändwann war es dann ändlich vorbai und wir habän nachgäschaut. Das Licht war übärall an und da hab ich gesehän, dass där

---

[10] Wie jetzt, das *Moonshine* war zu? Oh, das wusste ich gar nicht.

[11] Ungefähr um elf Uhr sind wir ins Bett gegangen.

[12] Uups! Wir hätten doch leiser sein sollen!

[13] Ja, als ob sich zwei Leute unterhalten. Wir hatten große Angst.

schöne *Miskakancsó* [14] ganz värdreht war [15]. Normalärwaise guckt er immär zum Fenster raus, zu mainer liebän Oma im Himmäl.«

Ein kurzes zischendes Geräusch erklang. Elom hockte auf dem Boden und hatte ein Streichholz angezündet. Vorsichtig führte er es zum Teller mit dem Laub. Ferenc′ Gesicht verzog sich. Der Schamane beugte sich seitlich neben den Teller und pustete behutsam in die Glut, wobei er eine exotische Melodie summte. Die Blätter und das Moos fingen schließlich Feuer und erzeugten einen dicken Qualm. Ferenc und Tom hielten sich die Hände vors Gesicht und husteten um die Wette.

Lisa sah sich um. Obwohl die Wohnung völlig anders und viel schöner eingerichtet war als damals, erzeugte sie dennoch ein beklemmendes Gefühl in ihr. In ihrer Erinnerung sah sie sich und Andi, wie sie gemeinsam dort auf dem Fußboden hockten und …

Das Licht ging aus und sie standen im Dunklen.

»Uups, bin versehentlich an den Schalter gekommen«, hörten sie Karola sagen. »Sekunde, wo ist denn der … ah, hier ist er ja.«

Es war wieder hell im Wohnzimmer. Thomas, Ferenc, Elom und Lisa schauten Karola schockiert an.

»Äh … sorry? Ich bin nur aus Versehen drangekommen«, sagte Karola irritiert, denn die anderen sahen sie nach wie vor an und sagten nichts, was Karola sehr befremdlich fand.

»Machst du das Licht bitte noch mal aus?«, fragte Lisa schließlich.

»Äh, wieso?«

»Mach es bitte!«

»Ok … cool. Dann … wie ihr wollt.«

Karola hatte keine Ahnung, was plötzlich los war, schaltete aber das Licht wunschgemäß wieder aus.

---

[14] Der Weinkrug, den ich dir gezeigt habe

[15] Ich hatte dich doch gebeten, *nichts* anzufassen, Herrgott nochmal!

Klick [16]

In der Dunkelheit wurden jetzt Strukturen sichtbar, die dem Auge bei Licht verborgen geblieben waren. Auf der linken Seite des Raumes prangte nun eine alte Schrankwand und auf der rechten Seite stand eine Wohnzimmercouch mit Streifenmuster im Stil der Achtzigerjahre. Davor stand ein nierenförmiger Couchtisch, auf dem sich mehrere Bierflaschen und ein massiger Glasaschenbecher mit einer glimmenden Zigarette befanden. Ein schmutziger grüner Teppich komplettierte das unheimliche Bild.

Keiner der Anwesenden war in diesem Moment in der Lage, irgendetwas zu sagen. Selbst das Husten von Ferenc und Tom hatte schlagartig aufgehört.

Das Zimmer wirkte wie das Siegerfoto eines Wettbewerbs für Lost-Places-Fotografie. Es war eine perfekte Mischung aus heimeliger Vertrautheit inmitten vorangeschrittenen Verfalls. Eine Symbiose aus Faszination und Entsetzen.

Lisas Blick ging nach links, wo ihr an der Wand ein rechteckiger dunkelgrauer Fleck auf der rauchvergilbten Tapete auffiel.

Nach einer kleinen Unendlichkeit meldete sich Karola als Erste wieder zu Wort.

»Äh, ich mach jetzt das Licht wieder an, ok?«

Klick

Das Licht ging an, Tom stürmte sofort zum Fenster und riss beide Flügel weit auf. Ferenc schnappte sich den brennenden Teller, warf ihn ins Spülbecken und löschte die Flammen mit Leitungswasser.

Nachdem der Rauch sich allmählich wieder verzogen hatte, sah alles wieder so normal und makellos aus wie vorher.

---

[16] Was für die fünf jetzt sichtbar wurde, hast du ja schon bei unserer kleinen Wohnungsbesichtigung im Prolog gesehen.

»Wow!«, stieß Elom Kouassi aus und nahm sich vor, seine Meinung zur Existenz von paranormalen Phänomenen grundsätzlich noch einmal zu überdenken.

»Was war denn *das*? Ein Blick in die Hölle?«, fragte Karola, ohne jedoch eine schlüssige Antwort zu erwarten.

»Nicht unbedingt«, antwortete Lisa, die sich an die Wand hockte und mit dem Zeigefinger die Tapete abklopfte.

»Was machän Sie da?«, wollte Ferenc wissen.

»Irgendwas hab ich dort eben gesehen, ich bin mir nicht sicher«, sagte Lisa, während sie weiter gegen die Wand tippte. »Ah, hier! Hier ist was!«, rief sie aufgeregt.

Sie lehnte sich mit dem linken Ohr an die Wand und sah, dass sich die Tapete an dieser Stelle leicht auswölbte. Dann tippte sie mit ihrem Zeigefinger an die Stelle, die sich weich anfühlte.

»Können wir hier die Tapete aufschneiden?«, fragte Lisa.

»Oh main Gott!«, rief Ferenc, »Das ist ain Designertapetä. Den bekommän wir nie wieder!«

»Muss datt wirklisch sinn?«, fragte Tom.

»Schauen Sie selbst!«, sagte Lisa und machte Platz, damit Ferenc die fragliche Stelle selbst inspizieren konnte.

»Ja, irgändwas *ist* da«, bestätigte er und stand wieder auf.

Er straffte seinen Rücken und sagte:

»Wir brauchän den Teppichmässer.«

Ein paar Minuten später klaffte ein rechteckiges Loch in der Tapete und Ferenc hielt einen Briefumschlag in der Hand.

»Ein Umschlag?«, fragte er. »Wie ist der möglich?«

Lisa sah den Umschlag und wurde blass.

»Darf ich bitte mal?«

»Klar. Hier, bittä!«

»Den kenn ich. Ich weiß, was da drin ist.«, murmelte Lisa und öffnete das Kuvert.

Im Umschlag steckte ein gefalteter Zettel, in dessen Mitte eine kleine blonde Haarsträhne lag.

»Was ist denn *das*?«
»Babyhaare.«
»Wie bitte?«
»Babyhaare… von … Andi.«
»Du willst mich verarschen, Süße. Richtig?«
»Als ich Andi damals hier in die Wohnung von seinem Vater begleitet hab, hat er mir *diesen* Briefumschlag gezeigt, Karola. Er steckte in einem Fotoalbum drin. Andi hat mir erzählt, dass seine Mutter ihm als Baby eine kleine Locke abgeschnitten hätte, sozusagen als Andenken.«
»Hmm. Dann ist der beim Entrümpeln damals vielleicht rausgefallen. Das ging alles ziemlich Hopplahopp, das weiß ich noch. Aber warum haben die Maler dann einfach drübertapeziert?«, überlegte Karola laut.
»Vielleicht einfach nur als Gag«, vermutete Tom und zuckte mit den Schultern. »Handwerkerhumor.«
Eloms Gesichtsausdruck erhellte sich. Der Seher hatte sich an etwas erinnert, das er bei seiner Schamanen-Recherche im Internet beinahe überlesen hatte.
»Ah, jetzt verstehen. Vater sucht seine Sohn!«
»Hä?«
»FAKTUM!«, rief er aufgeregt in die Runde.
»*Was* bitte?«
»*Faktum,* das sehr sehr wichtig. Sonst nix Verbindung.«
»Also isch kapier janix. Wat sull datt sinn?«[17]
»Faktum ist … Dings … äh …«
Elom fuchtelte wortsuchend mit seinen Armen herum.
»Ein Gegenstand?«
»Oui! Ja ja! Geist von Vater braucht Faktum für …«
Elom schwenkte auf Französisch um, was ihm in der aktuellen Emotionalität leichter fiel.
»Un fait est un objet qui, de son vivant, symbolisait une sorte de lien entre deux personnes – et qui est donc devenu quelque chose de vrai.«

[17] »Ich verstehe gar nichts. Was soll das sein?«

»Wat?«

»Tessék?«

»Ein Objekt, das zu Lebzeiten eine Art Verbindung zwischen den beiden symbolisiert hatte – und dadurch zu einem Faktum, also zu etwas *Wahrhaftigem* geworden ist?«, versuchte Lisa zu übersetzen.

»Oui oui, exactement!«, stimmte Elom Lisa erleichtert zu.

Ratlosigkeit herrschte nun im Raum, und Lisa fühlte sich erschöpft aufgrund des wilden Dialekt- und Sprachenmischmaschs.

»Also, nochmal langsam zum Mitschreiben bitte!«, versuchte Karola nun, die wilde Diskussion ein wenig aufzuräumen.

»Du sagst, wir suchen irgendein *Faktum-Ding*, mit dessen Hilfe sich der Geist von Matthias Krammer mit seinem Sohn Andi in Verbindung setzen kann, ist das richtig?«

»Oui … ja.«

»Fuck!« entfuhr es Tom, dem das alles schon längst zu abgedreht klang.

»*Faktum*!«, verbesserte ihn Elom.

»Na, von mir aus.«

»Was für ein Gegenstand muss denn solch ein *Faktum* sein, Elom?«, fragte Lisa.

»Es muss … sein … dans le meilleur des cas, c'est quelque chose d'organique «, versuchte Elom auszudrücken, was er schon bei seiner Recherche im Internet nicht so ganz verstanden hatte.

»Im besten Fall ist es etwas Organisches«, übersetzte Lisa und fügte hinzu: »So in der Art vielleicht?«

Elom Kouassi verstand zwar nur halb, was Lisa sagte, antwortete aber aufgeregt mit »Oui oui!«

»Na ja, dann hätten wir hier wohl einen Volltreffer!«, konstatierte Karola mit Blick auf das Kuvert mit den Babyhaaren.

»Volltreffer, oui!«

KAPITEL 5

»Gleich hab ich euch! Uuuuuaaaaah!«
»NEIN! Aaaah!«
»Hahahahaha!«
»Aua, Papa, nicht, das kitzelt!«

Michael und Kerstin Schewe wohnten mit ihren beiden Töchtern Luisa und Marie in einer Vierzimmerwohnung eines Mehrfamilienhauses ein paar Kilometer außerhalb von Abensberg in Niederbayern. Finanziell war die junge Familie gut aufgestellt. Michael war als Junior Consultant in einer Unternehmensberatung beschäftigt, und seitdem die Kinder die dritte und vierte Klasse der Grundschule besuchten, arbeitete seine Frau wieder halbtags in einem Blumenladen.

Grinsend und leicht genervt kam Kerstin ins Wohnzimmer.

»Schatz, musst du die Mädels abends immer so aufdrehen? Ich muss dann immer sehen, wie ich sie wieder runterkrieg.«

Weder Mike noch die Kinder schienen davon etwas mitbekommen zu haben.

»Papa, was ist gelb, hüpft über die Straße und sucht einen Briefkasten?«

Maries Gesicht war signalrot vom Toben und sie schnaufte mit hoher Frequenz.

»Weiß nicht, Süße. Sag du's mir!«

»Ein Postfrosch! Hahahahahahaha!«

»Hahaha, aaarrrgh, komm her, du!«

Schewe brummte und gestikulierte wie ein wilder Grizzly, bekam die Schlafanzugoberteile seiner Töchter zu packen und zog sie zu sich auf die Couch, während sie laut quiekten.

»Michi, bitte! Luisa, Marie, kommt schon! Zeit fürs Zähneputzen.«

Doch Kerstins Ansage wurde wieder ignoriert.

Michael Schewe kitzelte seine beiden Töchter, die sich unter lautem Lachen und Geschrei auf der Couch hin und her wanden.

»Hallo! Hörst du nicht?«

Kerstins Miene war jetzt nicht mehr ganz so entspannt.

»Jaja, ist ja schon gut. Ok, ihr beiden. Ihr habt eure Mutter gehört. Ab zum Zähneputzen!«

»Och menno!«

»Keine Widerrede, morgen ist Schule.«

»Will! Nicht! In! Die! Schule!«

»Oh doch, und ob du willst, Prinzessin! So, auf geht's!«

Nach zur Schau gestelltem Protest und theatralischem Aufstampfen mit den nackten Füßen auf den Fliesenboden hüpfte Marie wie ein Frosch zu ihrer Mutter. Luisa folgte ihr mit Schmollmund, schlug aber auf halbem Weg noch ein Rad.

»Na toll, vielen Dank auch!«, bedankte sich Kerstin ironisch bei ihrem Mann.

»Gern geschehen, Schatz!«, rief dieser gut gelaunt zurück. »Gute Nahacht!«

»Gute Nacht, Papa!«, kam es zweistimmig zurück.

»So, ab jetzt! Hopphopp!«, schubste Kerstin ihre Töchter Richtung Bad.

Mike Schewe lächelte und machte es sich auf der Ottomane des Ecksofas bequem. Das abendliche Zähneputz-ins-Bett-geh-Ritual gab ihm jetzt mindestens zwanzig Minuten Ruhe.

Er entsperrte sein Handy und öffnete die Fotos-App. Gestern Abend hatte er jede Menge Bilder gemacht und er musste sie erst einmal durchsuchen und den Anfang finden.

Ah, da ist es ja! Mal sehen … oh … Mist!

Er scrollte sich durch die ersten Fotos und war enttäuscht über das Ergebnis.

Zu erkennen waren vier Personen: drei ältere Männer und eine junge Frau. Schewe wusste, dass es sich dabei um Sonja Pollinger und ihre drei Bandkollegen handelte.

Sie waren jedoch viel früher als erwartet aus ihrem Proberaum herausgekommen, weshalb er gezwungen war, aus seinem Auto heraus zu agieren. Sein ganzes Timing war vernichtet. Frustriert und verärgert klickte er sich durch die Aufnahmen.

Plötzlich grinste der Hobbyfotograf zufrieden. Eine lange Bilderserie zeigte Sonja Pollinger im Zwei-Sekunden-Takt, wie sie ihre Jeansjacke auszog und ihre blonde lange Mähne mit einem Haargummi zusammenband…

Wie schön sie ist!

Michael Schewe legte die Couchdecke über seine Beine, schloss die Augen und öffnete den Gürtel seiner Hose. In seiner Fantasie stellte er sich den süßen Duft von Sonja Pollingers Hals vor. Bestimmt trug sie ein aufregendes Parfüm. Er würde sie von hinten am Arm packen und sie dann zärtlich dort küssen. Dann würde er sie auf eine kleine Spritztour in seinen Wagen einladen. Er wüsste sogar schon ganz genau, wo er mit ihr hinfahren würde: auf den Wanderparkplatz oberhalb des Waldsees. Um diese Zeit würde dort bestimmt kein Wanderer mehr vorbeikommen.

Dann würden sie sich leidenschaftlich küssen und er würde beinah platzen vor Geilheit und Lust nach diesem *Luder*. Sie würde sich zwar unter Umständen am Anfang wehren, aber das tun sie schließlich alle. Hahaha, sie tun immer so, als wollten sie nicht, aber in Wirklichkeit forderten sie einen doch nur heraus. Ihr *Nein!* war nur ein Reizwort, um ihn noch wilder und noch geiler zu machen!

Hab dich längst durchschaut, du Luder!

Doch dann würde er den Bogen vielleicht minimal überspannen und ihr – natürlich ganz aus Versehen – ein bisschen wehtun, denn das machte ihm Spaß.

Uuups, sorry, Süße! Ach, komm her, mach schon! Ist das schön!

Aber dann würde sie plötzlich anfangen zu schreien und wie wild um sich schlagen, *die blöde Schlampe!*

Halt dein Maul, du! Dich kann doch sowieso keiner hören hier! Jetzt sei endlich still, verdammt! Oder willst du, dass es dir genauso geht wie dieser Lara? Die hat auch nicht aufgehört zu schreien und mir sogar in die Hand gebissen, das miese Stück! Willst du das etwa? WILLST DU DAS?

Schewes Gesicht nahm fratzenhafte Züge an, als er auf dem Höhepunkt ankam. Sein Orgasmus war gewaltig. Während er kam, musste er aufpassen, dass die Couch keine Flecken abbekam und balancierte ein Papiertaschentuch vor sich her.

Plötzlich hörte er Schritte im Flur, die Wohnzimmertür ging auf.

Kerstin Schewe runzelte die Augenbrauen, denn Mike war puterrot im Gesicht und außer Atem.

»Ist irgendwas, Schatz?«, fragte sie ihn.

»Nee, wieso?«, brachte er lakonisch heraus. »Warum, was ist?«

»Du hast mich doch gerufen.«

»Nee, das … war bestimmt draußen irgendwas.«

»Aha … na dann.«

Sie verschwand wieder im Flur.

Uff, gerade nochmal gutgegangen, gottseidank! Jetzt aber ganz schnell weg mit dem Taschentuch!

Die Wohnzimmertür ging wieder auf.

Mist, verdammt! Was ist denn jetzt schon wieder?

»Du, sag mal …«, begann Kerstin zögerlich, und Michael befürchtete jetzt, dass sie doch etwas bemerkt hatte. »Ich hab es ganz vergessen zu fragen: Könntest du Marie vielleicht morgen Nachmittag zur Klavierstunde bringen? Ich muss nämlich bis sechs im Laden bleiben, weil Giesela krank ist.«

»Ach so, ja … äh … ja, natürlich … überhaupt kein Problem!«
»Ah, das ist super. Danke, Schatz!«
Sie küsste ihn auf die Stirn und zwinkerte ihm zu.
Nachdem die Tür hinter ihr wieder zugefallen war, schnaufte er tief durch.
Gottseidank, sie hat nichts gemerkt. Nein, sie hat bestimmt nichts gemerkt. Oder?

KAPITEL 6

»Der ist für Sie! Wieder mal!«

Andi Krammers Hand zuckte am Schlüsselloch seiner Wohnungstür. Er war wieder mal tief in seinen Gedanken versunken und hatte nicht bemerkt, dass sich sein Nachbar Karl-Heinz Krämer von hinten genähert hatte. Dessen Stimme schallte nicht nur viel zu laut durch den Hausflur, sondern hatte immer auch eine seltsam feindselige Begleitfrequenz.

Herr Krämer stand offenbar direkt hinter ihm, das verriet sein schnaufendes Atemgeräusch. Andi drehte sich um und blickte auf den aufgerissenen Briefumschlag, den der Siebzigjährige ihm direkt vors Gesicht hielt.

»Können Sie *bitte* mal dafür sorgen, dass Ihre Post nicht ständig in meinem Briefkasten landet? Wäre das möglich?«

Krammer schaute an seinem Nachbarn vorbei auf die Briefkästen im Hausflur. Auf dem Kasten von Herrn Krämer prangte ein nicht zu überlesender Aufkleber, auf dem die Worte *NICHT KRAMMER!!!* geschrieben standen. Die drei Ausrufezeichen sollten wohl die Wichtigkeit dieser Information unterstreichen, doch zum Leidwesen des Frührentners schenkte ihr keiner der Zusteller Beachtung. Und sonst auch niemand.

Andi nahm den Brief entgegen und antwortete seinem Nachbarn mit einem ironischen Unterton.

»Danke, dass Sie ihn schon für mich aufgemacht haben. Ist es denn wichtig?«

Krämers Antwort blieb ihm im Halse stecken, denn er musste offenbar noch einmal über die Frage nachdenken. Dann wurde er zornig.

»Sie! Wenn Sie denken, Sie können sich über mich lustig machen, Sie ... Sie ... ach, und übrigens: Ich habe mich über Sie bei der Hausverwaltung beschwert, jawohl. Dieses andauernde Geklimper und diese fürchterliche englische Musik, das hält ja kein Mensch aus!«

»Sehr gerne, jederzeit. So, ich muss dann mal wieder. Hat mich gefreut!«

Andi Krammer hatte keine Nerven für einen Streit mit seinem Nachbarn und steckte den Schlüssel ins Schlüsselloch seiner Wohnungstür. Irgendwie tat ihm sein Nachbar ja sogar leid, denn als dessen Frau vor ein paar Jahren an einem Hirntumor gestorben war, hatte er sich mehr und mehr in einen griesgrämigen alten Sack verwandelt. Seine Lieblingsbeschäftigung schien von nun an zu sein, sich permanent bei irgendwem über irgendwas zu beschweren, und seine tiefe Verbitterung war ihm schon von außen anzusehen. Die Quittung dafür war, dass niemand mehr was mit ihm zu tun haben wollte. Aber offenbar war ihm das scheißegal. Was ihn jedoch in aller Regelmäßigkeit zur Weißglut brachte, war das pure Leben in seiner Umgebung.

»Schönen Abend noch«, sagte Andi zu Krämer und verschwand in seiner Wohnung.

Er warf den aufgerissenen Brief auf die Spüle, legte seine Jacke über die Lehne eines Stuhls und wusch sich die Hände im Bad. Während das Wasser lief, studierte er sein Spiegelbild.

Andi Krammer sah in das verhärmte Gesicht eines Mannes, der die besten Jahre seines Lebens längst hinter sich gelassen oder sogar verpasst hatte. Unwillkürlich musste er daran denken, wie sehr er es als

Kind geliebt hatte, sich selbst im Spiegel hässliche Fratzen zu schneiden. Darüber hatte er sich dann immer halbtot gelacht.

Er sah sich in die Augen, die von unzähligen kleinen und großen Enttäuschungen erzählten, und fand, dass die Ironie des Lebens nun offenbar dafür gesorgt hatte, dass sein Spiegelbild bereits eine hässliche Fratze *war*.

Frustriert knipste er das Licht im Bad aus, ging zum Kühlschrank und öffnete ihn. Sein zerknirschter Blick fiel in dessen gähnend leeren Innenbereich.

Verdammt, kein Bier mehr da!

Im nächsten Moment schüttelte er unwillkürlich den Kopf. Als er etwa zehn Jahre alt gewesen war, hatte sein Vater genau denselben Spruch regelmäßig ausgerufen. Und weil die Geschäfte zu dieser späten Tageszeit nicht mehr aufhatten, war er mit einer Plastiktüte und ein paar Mark ins zwei Kilometer entfernte Weinhaus *Kinkel-Stuben* geschickt worden, um dort ein paar Flaschen Bier zu kaufen. Jugendschutz beschränkte sich in jener Zeit auf ein Metallschild im Thekenbereich.

Auf dem Bettsofa checkte er die E-Mails auf seinem Handy, doch außer einem Angebot für eine kostenlose Penisverlängerung gab es dort nichts Neues. Er wechselte auf WhatsApp.

Aha, eine Nachricht von Quincy.

»Hey Leute, wie schauts bei euch am 29.08. aus? Anfrage für ein Gartenfest.«

Andi hielt seinen Zeigefinger auf die Nachricht, bis eine kleine Auswahl an Sinnbildchen erschien. Er wählte das *Daumen-hoch-Icon* und warf sein Handy neben sich aufs Kissen.

Seine Wohnung im Erdgeschoss eines Mehrfamilienhauses aus den Achtzigern bemaß knapp dreißig Quadratmeter und war alles andere als gemütlich. So ziemlich überall stand irgendwas rum. Schon seit Längerem hatte er den Versuch aufgegeben, hier aufzuräumen.

Wofür auch? Es kam ihn ja sowieso niemand besuchen.

Als er den Mietvertrag vor zwei Jahren unterschrieben hatte, war ihm zusätzlich ein Kellerabteil versprochen worden, aber das hatte sein Nachbar, Herr Krämer, schon für sich selbst beansprucht. Sein Musik-Equipment wie das E-Piano, einen Verstärker und ein paar Kabel lagerte er aus diesem Grund in der Garage, wo es nach Schimmel und Benzin roch.

Sein Blick fiel auf ein gerahmtes Foto, auf dem er, seine Schwester Christiane und seine Mutter zu sehen waren. Das Selfie hatte er im Sommer vor drei Jahren gemacht; da war er für ein paar Tage zu Besuch in Freudenberg gewesen. Dass seine Mutter zu diesem Zeitpunkt schon an Krebs erkrankt war, hatten sie ihm nicht verraten. Es sollten einfach nur ein paar unbeschwerte Tage werden.

Andi zog seine Nase hoch, stand auf und schaute aus dem Fenster. Der Himmel war sternenklar. Wenn man genau hinschaute, konnte man erkennen, dass sich diese winzigen Punkte unterschiedlich verhielten, wodurch es möglich war, Sterne von Planeten zu unterscheiden. Sein Vater hatte es ihm vor vielen Jahren einmal erklärt, als sie gemeinsam vom Balkon aus in den klaren Nachthimmel geschaut hatten.

»Sterne funkeln, Planeten nicht«

Auf der Beerdigung seines Vaters im Herbst 1984 hatte er auch in den Himmel geschaut und sich gefragt, ob er ihn von dort oben sehen könne. Oder ob es vielleicht sogar möglich wäre, dass er ihm irgendein Zeichen gäbe. Eine Antwort auf diese Frage hatte Andi in der Tat früher bekommen, als er es für möglich gehalten hätte, denn sein Vater hatte ihn schließlich auf die Spur von dessen Mörder geführt …

Aber kann das wirklich so gewesen sein?

Andi schüttelte den Kopf. Viel wahrscheinlicher war doch die Erklärung, dass viele dieser Dinge damals nur seiner jugendlichen Fantasie entsprungen waren. Am Ende waren es doch alles nur *Zufälle gewesen.* Jedenfalls hatte sein Vater nach diesen aufregenden Ereignissen offenbar nie wieder das Bedürfnis einer *Kontaktaufnahme* mit seinem Sohn gehabt. Und wieso auch? Er war ja auch schließlich seit über vierzig Jahren tot, verdammt!

Andis Verhältnis zu seinem alkoholkranken Vater konnte man ohne große Umschweife als *ziemlich kaputt* bezeichnen. Lautes Gebrüll und Prügelstrafen waren in seiner Kindheit an der Tagesordnung gewesen.

Dennoch – und diesen Widerspruch konnte er bis heute nicht schlüssig erklären – hatte er nach der überfälligen Trennung seiner Eltern immer wieder versucht, in Kontakt mit ihm zu bleiben. Aber warum? Er war doch immer wieder von seinem Vater enttäuscht worden.

Das Handy klingelte, es war Quincy.

»Hey, Andi, ich bin's. Du, sorry, ich hab das ganz vergessen, ist mir jetzt erst wieder eingefallen … kennst du eine Lisa Fechtner?«

»Lisa wer?«

»Lisa Fechtner. Sie hat vor ein paar Tagen bei mir angerufen und nach dir gefragt.«

»Lisa Fechtner … hmm … sagt mir nichts.«

»Oje, dann hab ich hoffentlich keinen Mist gemacht.«

»Wieso?«

»Ich hab ihr deine Adresse gegeben.«

Andi nahm den Brief von der Spüle und las den Absender.

KAPITEL 7

Lieber Andi,
ich hoffe, es geht dir gut!

Zuerst einmal muss ich mich bei dir entschuldigen, dass ich deine Adresse bei deinem Bandkollegen erfragt habe. Ich hab dich im Internet gegoogelt und bin auf der Website deiner Band fündig geworden. Da stand als Kontakt aber nur die Handynummer von Herrn Reinhardt. In der Aufregung hab ich ihm nur meinen jetzigen Nachnamen *Fechtner* genannt, aber du kennst mich ja noch unter meinem alten Namen Wallmann, sorry!

Ich weiß gar nicht, wo ich überhaupt anfangen soll, es ist so wahnsinnig viel Zeit vergangen, seitdem wir uns das letzte Mal gesehen haben. Du warst nach der Beerdigung von deinem Vater noch dreimal bei mir in Bröhlheim. Ich hätte dich ja auch gerne mal besucht, aber dazu ist es ja dann nicht mehr gekommen. Schade. Na ja – ich hab die Gründe deines Schlussmachens nie richtig verstanden, aber es ist ok – vielleicht sollte es einfach nicht sein …

Nach meinem Studium auf der Kunsthochschule in Köln war ich erst mal ein paar Jahre in London, wo ich in einem Museum gearbeitet habe. London war ganz ok, aber nach fünf Jahren bin ich wieder zurück nach

Bröhlheim gezogen. Karola, eine gute Freundin von mir, hat mir eine Stelle in Köln verschafft, und da bin ich immer noch :-)

Ach so, wegen meinem Nachnamen: Ich hab 1998 geheiratet, die Scheidung war 2013. Hab es bis heute nicht geschafft, meinen Mädchennamen wieder anzunehmen. Keine Ahnung, warum. Gewohnheit vielleicht ... na ja, wie auch immer. Bist du eigentlich verheiratet?

Vor zehn Jahren – also im Jahr meiner Scheidung – ist mein Vater nach kurzer Krankheit gestorben. Ganz plötzlich, einfach so. Das war schlimm, das hat uns alle ziemlich fertig gemacht. Vor allem meine Mutter, sie ist seitdem nicht mehr ganz dieselbe. Kurz nach Papas Tod ist sie bei mir eingezogen und die Pension haben wir verkauft.

Übrigens: In der letzten Zeit fragt meine Mutter immer wieder mal nach dir. Ich sag ihr zwar dann immer, dass wir schon seit damals keinen Kontakt mehr haben, aber es hilft nix. Du musst ja einen bleibenden Eindruck bei ihr hinterlassen haben (grins).

Ach, und überhaupt ... das Ganze damals. Das war schon heftig! Ich weiß noch, wie wir uns morgens in der Pension zum ersten Mal getroffen haben. Du warst so dermaßen durch den Wind. Aber ist ja auch logisch, bei allem, was du erlebt hast! Wenn ich so daran zurückdenk ... das war wirklich eine spannende Zeit – und auch sehr schön ;-)

So, und jetzt komm ich endlich zum Grund, warum ich dir schreibe: Aaalso ... Karola, von der ich dir eben erzählt hab, hat nämlich damals die Wohnung deines Vaters gekauft. Also die Wohnung, wo dein Vater drin gewohnt hat. Seit einiger Zeit wohnt dort ein Schwulenpärchen drin. Die beiden haben die Wohnung superschön eingerichtet, die würdest du bestimmt nicht wiedererkennen!

Aaaber … seit ein paar Monaten ist es dort etwas seltsam, um nicht zu sagen *spooky*. Ich weiß gar nicht, wie ich es sagen soll. Karolas Mieter haben immer so merkwürdige Erlebnisse oder *Erscheinungen*, so komisches *paranormales Geister-Gedöns* … mal geht das Licht nicht mehr aus, oder sie hören nachts Stimmen oder Schritte im Wohnzimmer. Oder es stinkt plötzlich voll nach Zigarettenrauch, obwohl die beiden Nichtraucher sind …!

Jedenfalls haben die dann einen afrikanischen Schamanen beauftragt, der das mal checken soll. Der war dann auch da, das war letzte Woche Samstag. Ich war mit Karola auch dort an dem Abend. Und da ist was total Seltsames passiert: Als Karola einmal aus Versehen das Licht ausgemacht hat, haben wir plötzlich im Dunklen die *alte* Einrichtung von deinem Vater gesehen! Alles war genauso wie früher, es war total krass! Wir waren alle total geflasht, das kannst du glauben!

Und noch was: Weißt du, was wir an dem Abend gefunden haben?? Den Briefumschlag mit deinen Babyhaaren, erinnerst du dich? Elom – so heißt der Schamane – meinte, das wär so ne Art *Bindeglied* – keine Ahnung, frag nicht! Er hatte auch so ein komisches Fremdwort dafür, aber das hab ich vergessen. Er meint, dein Vater will Kontakt mit dir aufnehmen oder so. Also … puh … echt weird alles!

Lieber Andi, ich hab keine Ahnung, was das alles zu bedeuten hat. Ich dachte nur, dass ich dich irgendwie finden und dir das erzählen muss, verstehst du? Oje, hoffentlich bist du jetzt nicht sauer auf mich! Jedenfalls würde ich mich freuen, mal wieder von dir zu hören nach der langen Zeit! Ist ja wirklich ewig her … wir können auch gerne mal telefonieren, wenn du magst. Meine Handynummer findest du unten.

Liebe Grüße
Lisa

KAPITEL 8

Lisa!

Nachdem Andi den Brief zum dritten Mal gelesen hatte, legte er ihn zur Seite. Nach dieser langen Zeit etwas von Lisa zu hören, hatte ihn aufgewühlt. Was hatte sie da geschrieben? Sein Vater wollte Kontakt mit ihm aufnehmen?

Er stand auf, ging zum Kühlschrank und schaute noch einmal ganz genau hinein in der Hoffnung, dass vielleicht im Gemüsefach eine Flasche …

Scheiße!

Das Gedankenkarussell in seinem Kopf drehte sich unaufhaltsam und er hatte Mühe, die einzelnen Gondeln zu sortieren. Wieder und wieder schaute er auf den Briefumschlag mit Lisas Absender und schüttelte den Kopf.

Lisa war damals für ihn das gewesen, was man eine Traumfrau nennt. Ja, Traumfrau! Und zwar ohne Wenn und Aber. In seinen Augen war Lisa einfach nur perfekt, und vom allerersten peinlichen Moment ihres Zusammentreffens an war er bis über beide Ohren in sie verliebt gewesen. Er fand, dass sie so eine unvergleichlich erfrischende und mitreißende Art hatte, dass er immer lächeln musste, wenn er nur an sie dachte.

Doch – und das war der Kern des Problems – ihr gegenüber fühlte er sich immer *minderwertig*. Und irgendwann kam er auch drauf, warum:

Lisa hatte mit ihren Eltern in der Pension in ein wunderbares Zuhause. Jeder war für den anderen da. Dort gab es jede Menge Liebe und gegenseitigen Respekt ohne Bedingungen. Dort war alles so, wie es in einer Familie eigentlich sein sollte!

Seine Kindheit war im Gegensatz dazu geprägt durch Gebrüll, Gewalt, die Scheidung seiner Eltern … und als ob das nicht schon genug Katastrophen wären, war sein Vater auch noch brutal ermordet worden.

So verliebt, wie Andi auch damals in Lisa war … er hatte diesen Unterschied nicht ausgehalten und sich Lisa gegenüber immer schlecht und wertlos gefühlt. Und sie war tausendmal schöner als er.

Kurz: Er hatte sie einfach nicht verdient.

Ob ich verheiratet bin, fragt sie. Haha!

Nein, dieser Kelch war stets an ihm vorbeigegangen. Ok, da gab es Susanne. Sie hätte ihn sicher gerne vor den Altar gezerrt; das hatte sie ihm schließlich oft genug zu verstehen gegeben. Sie wollte ihn, ein Haus mit Garten und *ganz viele Kinder*. Aber er hatte sich dazu einfach nicht bereit gefühlt, und so hatte sich das Thema Susanne dann auch irgendwann erledigt.

Die Jahre danach waren dann von beziehungstechnisch kleinen und mittleren Katastrophen geprägt gewesen, was er ehrlicherweise hauptsächlich sich selbst und seinen Egotrips zuschrieb.

So war er pausenlos auf der Suche nach seinem Platz in dieser Welt und hatte sich in den Kopf gesetzt, etwas Großes aus seinem musikalischen Talent zu machen. Dabei hatte er sich stets von der fixen Idee getrieben gefühlt, den genetischen Teil seines Vaters loszuwerden, was natürlich schwierig war. Sein ganzes Leben war schließlich in einer Sackgasse steckengeblieben, und diese Sackgasse hieß *Bayern*.

Und so endete er jetzt also als *Tastenkaschperl* in einer drittklassigen Showband und musste sehen, dass er finanziell irgendwie über die Runden kam. Sein Scheißtraum von der großen Musikkarriere war nichts anderes als eine Seifenblase, eine Hollywood Fata Morgana, ein *Hollywood Walk of Shame!*

Und er? Er war ein Vollidiot!
Oh danke, liebes Leben!

Shame, shame, shame, hey, shame on you …

Andi schlug verwirrt seine Augen auf. Er befand sich halb sitzend, halb liegend auf seinem Bettsofa und realisierte, dass er eingeschlafen war.

Wie lange eigentlich?

Sein Handy lag neben ihm, es war kurz nach zwei Uhr nachts. Erleichtert sah er Lisas Brief neben sich liegen. Den hatte er also nicht geträumt. Andi setzte sich auf und rieb sich die Augen. Dann fasste er sich ein Herz und wählte ihre Nummer.

Tuuut … tuuut … tuuut … tuuut … tuuut …

Andi kam der Gedanke, dass es eine bescheuerte Idee war, Lisa mitten in der Nacht anzurufen.

Tuuut … tuuut … tuuut … tuuut … tuuut …

Sie schläft sowieso jetzt und hat ihr Handy bestimmt auf lautlos gestellt.

Tuuut … tuuut … tuuut … tuuut … tuuut …

Was *machte* er da überhaupt? Mehr als vierzig Jahre war es jetzt her, dass sie sich das letzte Mal gesehen … es klickte leise.

»Fechtner?«

Andi erschrak. War *SIE* das? Wirklich? Oh Mist, was sollte er nur sagen?

»Äh, hallo?«

»Hallo? Wer ist denn da?«

Ihre Stimme klang verschlafen.

Auwei! Ich hab sie geweckt.

»Bist du das, Lisa?«, fragte er leise.

»Andi?«, kam es zögerlich zurück. »Bist du das, Andi?«

»Ja, ich … ich hab deinen Brief bekommen.«

Stille.

»Moment … gib mir ′ne Sekunde, ja?«

Andi vernahm zuerst ein raschelndes, dann ein dumpfes und rumpelndes Geräusch. Dann hörte er ihren Atem ganz nah. Anscheinend war sie aufgestanden und hatte sich das Handy unters Kinn geklemmt.

Ja, das war Lisa! Den Klang ihrer Stimme und ihres Atems erkannte er auch nach all diesen Jahren wieder. Bei ihr war immer auch ein leises Schnaufgeräusch am Telefon zu hören, das hatte er schon damals unwiderstehlich gefunden. Er musste lächeln und sein Herz klopfte ihm bis zum Hals.

Ein Stuhl wurde über Fliesen gerückt; wahrscheinlich hatte sie in ihrer Küche Platz genommen.

»So, jetzt. Hi Andi. Ich … äh … du weißt schon, wie spät es ist?«

»Tut mir wirklich leid, Lisa! Ich kann auch gerne morgen anrufen.«

»Nein, jetzt bin ich ja wach.«

Ein helles Zischen wurde nun hörbar. Es gluckerte. Wahrscheinlich goss sich Lisa ein Glas Wasser ein.

»Meine Güte, ist das lange her!«, versuchte Andi, den Faden wieder aufzunehmen.

»Jo«, gab Lisa knapp zurück. »Sehr lange!«

»Ich hab mich über deinen Brief gefreut.«

Ein langes Schluckgeräusch war zu hören. Offenbar leerte sie das Glas auf ex. Ein dumpfes Pochen auf Holz folgte.

»Das ist schön.«

Warum war sie so kurz angebunden? Oder war sie einfach nur ein bisschen verschlafen … oder verkatert?

»Äh … passt es wirklich bei dir mit dem Telefonieren jetzt?«

»Jaja, klar. Aktuell ist hier nur ziemlich viel komisches Zeug los, und deswegen hab ich in der letzten Zeit nicht besonders viel geschlafen.

Hab mit Karola noch lange zusammengesessen und … wir haben ′ne Flasche Rotwein leer gemacht.«

Also verkatert!

»Karola ist hier bei mir geblieben, deshalb bin ich auch aufgestanden. Wollte sie nicht wecken.«

»Ja, ich hab es gelesen, Karola ist deine Freundin, richtig? Du hast außerdem davon geschrieben, dass irgendwas mit der Wohnung nicht stimmt? Aber so richtig kapiert hab ich das nicht, tut mir leid.«

»Ja, keine Ahnung, ist schon ziemlich blöd jetzt für sie. Sie überlegt, wie sie die Wohnung am schnellsten wieder loswird.«

»Also, nur nochmal, dass ich es kapier: deine Freundin hat also genau die Wohnung gekauft, wo mein Vater damals drin gewohnt hat …«

»Japp.«

»Und jetzt spukt's da drin?«

»Japp.«

»Scheiße!«

»Kannste laut sagen!«

»Und warum jahrelang nicht und jetzt auf einmal?«

»Woher soll ich das denn wissen, frag vielleicht deinen Vater mal!«

»Haa haa!«

»Ja, haahaa! Du hättest das mal sehen sollen, das war völlig abgedreht! Ich kann's auch immer noch nicht glauben, aber die anderen haben es ja auch gesehen.«

»Du meinst das mit der alten Einrichtung im Dunklen?«

»Japp.«

»Hmm … und was war das mit den Babyhaaren?«

»Weißt du noch, als wir damals zusammen in der Wohnung waren, also nach dem Mord …«

»Ja, das weiß ich noch.«

»Da hattest du mir doch eure alten Fotoalben gezeigt.«

»Ja, stimmt, weiß ich noch.«

»Und in einem war ein Briefumschlag mit einer Locke von dir drin.«

»Ja, meine Mutter hat mir die Locke mal abgeschnitten, als ich noch ein Baby war.«

»Genau. Und weißt du, wo wir diesen Umschlag gefunden haben?«

»Äh, nein.«

»Hinter der Tapete!«

»Uff, krass!«

»Genau. Krass! Ich meine … die Erklärung *dafür* ist vermutlich simpel. Nach dem Ausräumen der Wohnung hat der Umschlag wahrscheinlich noch irgendwo rumgelegen und die Maler haben sich beim Tapezieren einen Scherz erlaubt.«

»Joa, das wär möglich.«

»Aber irgendwas hat es mit diesen Babyhaaren auf sich, da bin ich mir sicher. Auch, wenn's total crazy klingt.«

»Was war denn mit diesem Schamanen? Hat der eine Idee?«

»Ach, Elom … der macht das Schamanenzeugs auch nur nebenberuflich. Ich glaub, der war von uns allen am meisten geschockt.«

Lisa klang jetzt besser gelaunt.

»Jedenfalls ist er davon überzeugt, dass diese Babyhaare eine Art Verbindung zwischen dir und deinem Vater sind. Jetzt fällt mir das Wort auch wieder ein: Er sagt, das wäre ein so genanntes *Faktum.*«

»Ein … was?«

»Na, *Faktum* … keine Ahnung.«

»Aha. Und was sollen wir seiner Meinung nach jetzt machen?«

»Na ja, Elom meint, der Umschlag müsse schnellstens zu dir.«

»Ok. Und wie? Mit der Post?«

»Hab ich auch schon überlegt. Aber wenn der unterwegs verloren geht, is auch blöd!«

»Stimmt. Hmm … soll ich dann zu dir nach Bröhlheim kommen und ihn bei dir abholen?«

»Hmm … Gegenvorschlag: Ich muss dringend mal raus hier und hab noch ein paar Urlaubstage zu verballern. Wie ist Abensberg denn so?«

KAPITEL 9

»Du hast *was* vor?«

»Ich fahre für ein paar Tage nach Bayern zu Andi.«

Karola starrte halb verschlafen nach oben zur Schlafzimmerdecke und sortierte sich. Nach der Flasche Merlot, die sie und Lisa am Abend geleert hatten, war sie nicht mehr in der Lage gewesen, nach Hause zu fahren, weshalb sie kurzerhand entschieden hatte, über Nacht bei Lisa zu bleiben.

»Ja, aber wie stellst du dir das vor? Du hast deinen Andi seit mehr als vierzig Jahren weder gesehen noch gehört. Du weißt doch gar nicht, wie der Typ heute drauf ist.«

»Ja, stimmt schon. Ich hab auch ehrlich ein bisschen Schiss davor.«

»Und das alles nur wegen diesem Umschlag?«

»Ich weiß ja, wie sich das anhört, Karo, aber ich glaub wirklich, dass da was dran ist, was Elom sagt. Du hast es doch selbst gesehen!«

»Boah, ich weiß auch bald nicht mehr, was ich glauben soll. Vielleicht war es ja auch nur so ′ne Art Lichteffekt und wir haben uns das alles nur eingebildet. Wir waren alle in so ′ner Art Geisterjägerstimmung, da ist man für sowas empfänglich.«

Lisa zog eine Schnute.

»Hmm. Hast du eigentlich noch mal mit den Brandstätters gesprochen?«

»Na ja, die … die sind übergangsweise jetzt erst mal zu Toms Eltern in die Einliegerwohnung zurückgegangen, wo sie davor gewohnt haben. Sie glauben, dass in meiner Wohnung ein Geist spukt.«

»Na ja, stimmt ja auch.«

»Ach, Süße, willst du mich verarschen?«

»Karo! Jetzt denk doch bitte mal nach! Was glaubst du denn, wo der ganze Scheiß herkommt. Ich meine, das ist ja nicht erst seit gestern so.«

»Nur, weil wir glauben, Krammers altes Wohnzimmer gesehen zu haben, heißt das noch lange nicht, dass der auch noch da wohnt!«

»Was soll es denn sonst heißen, Karo?«

Das Gesicht von Lisas bester Freundin sprach Bände.

»Ach, ich weiß ja auch nicht!«

Karolas Leidensmiene verschwand unter ihrer Bettdecke. Lisa schaute eine Zeitlang auf die unbewegliche Decke neben sich, bis sie sie schließlich von der Seite anstupste.

»Huhu! Ist da wer?«

Die Bettdecke begann zu zittern und ein tiefes Brummen erklang. Karolas Arme und Beine zuckten theatralisch immer wilder, als wären sie wie im Horrorfilm *Der Exorzist* am Bettgestell festgebunden. Dann schlug sie die Bettdecke weit auf, starrte wie eine Besessene und machte »Uaaaaaaaah!«

Lisa lächelte müde.

»Kuckuck!«

Karola machte eine Schnute und fragte: »War das etwa nicht gruselig?«

»Nope.«

»Och, Mist!«

Die beiden schauten sich an, wie es nur Freundinnen tun, die sich schon ewig kennen.

»Also, nochmal im Ernst: Ich muss Andi diesen Umschlag bringen, das weiß ich und das spür ich. Und es ist mir scheißegal, wie doof das klingt. Das Einzige, um das ich dich bitte, ist: Würdest du ab und zu hier bei meiner Mama vorbeischauen, ob alles ok ist? Ich hab sonst keine Ruhe.«

»Ja, klar, mach ich! Und du rufst mich sofort an, wenn du in Bayern bist, ok?«

»Logisch.«

»Und jeden Abend ein detaillierter Bericht, hörst du?«

»Klar doch!«

Augenzwinkern. Sie fielen zurück in ihre Kopfkissen und schauten nach oben.

»Und … Lisa?«

»Ja?«

»Wie wird es wohl sein, wenn ihr euch wiederseht?«

Lisas Miene war ausdruckslos. Sie dachte über die Frage nach.

»Puh, keine Ahnung. Damals war ich schon wahnsinnig in Andi verknallt. Aber das ist schon so lange her … gut möglich, dass er heute total ätzend ist.«

»Ach, apropos…«, erinnerte sich Karola. »Weißt du, wen ich heute im Lidl getroffen habe?«

»Äh, nein, wen denn?«

»Stefan.«

»Oh … ok …«

Lisa runzelte die Stirn und atmete durch die Nase ein. Der Name ihres Exmannes bereitete ihr immer noch Unbehagen.

»Und?«

»Na ja, er war mit seiner Frau unterwegs. Die sieht echt zwanzig Jahre jünger aus als er. Ach, und … die Dame scheint übrigens ziemlich schwanger zu sein.«

»Aha. Habt ihr euch unterhalten?«

»Nur ganz kurz. Er hat gefragt, wie's dir geht.«

»Haha, der Arsch! Das hat ihn doch noch nie interessiert, wie es *mir* geht! Ganz ehrlich, ich bin jedes Mal froh, wenn ich seine blöde Hackfresse nicht irgendwo sehe.«

»Dann sei froh, denn er zieht bald hier weg. Sie haben sich ein Haus in Königswinter gekauft. Er sagte, er hätte sich selbstständig gemacht. Scheint zu laufen bei ihm.«

»Ach, Stefan war schon immer besessen von seiner Arbeit. Das ist ja das Problem bei ihm. Erst die Arbeit, dann lange Zeit nix, und dann irgendwann *vielleicht* mal seine Frau. Ich bin so froh, dass wir keine Kinder haben, auch wenn ich mir damals nichts sehnlicher gewünscht hätte.«

»Ja, manchmal ist unser Schicksal schlauer als wir selbst.«

Lisa dachte über diesen Satz nach. Karola brachte die Dinge mitunter sehr gut auf den Punkt; darum hatte sie sie schon immer beneidet.

»Und?«

»Was *und*?«

»Freust du dich auf Andi?«

»Ja!«

KAPITEL 10

Es klopfte zweimal kurz hintereinander an die Tür des großen Musiksaals der Musikschule in Offenstetten, bevor sie sich öffnete.

»Ach, Herr Krammer, gut, dass ich Sie noch antreffe. Darf ich reinkommen?«

Andreas Krammer kannte seine Chefin Maria Kügel gut genug, um zu wissen, dass ihre Frage natürlich rhetorischer Natur war. Die Leiterin der Musikschule »*Sing und Kling*« war Anfang sechzig und in ihrer Ausdrucksweise und ihrem ganzen Habitus stets etwas *hakelig*. Ihre Bemerkungen oder Fragen waren selten klar und eindeutig, sondern meistens verklausulierte Bitten oder Beschwerden. Insofern war er froh, wenn sie gerade nicht anwesend war und er seine Ruhe hatte.

Krammer war als Klavierlehrer dort angestellt. Das Gehalt war mäßig, aber es trug einen guten Teil zur Sicherung seiner Miete bei. Und es machte ihm ja zugegebenermaßen auch Spaß zu unterrichten.

Die Musikschule befand sich in der oberen Etage eines ehemaligen Schlosses, wobei das Gebäude und dessen hoffnungslos veraltete Heizungsanlage stark sanierungsbedürftig waren. Aufgrund der niedrigen Temperaturen in den Räumlichkeiten waren die Schüler in der kalten Jahreszeit gezwungen, ihre Winterjacken und Mützen während des Unterrichts anzubehalten. An besonders frostigen Tagen trugen manche Kinder zusätzlich Handschuhe, was ebenfalls nicht gerade förderlich war.

Alles in allem war Andreas Krammer trotzdem froh, dort unterrichten zu dürfen, denn in seiner kleinen Wohnung wäre das – nicht zuletzt im Hinblick auf seinen streitsüchtigen Nachbarn – völlig undenkbar gewesen. Und außerdem war ja gerade Sommer.

Andi schloss das Fenster, weil ein Gülletraktor auf dem Feld nebenan nicht nur einen bestialischen Gestank, sondern auch höllischen Lärm verbreitete. Seine erste Schülerin für diesen Tag würde in Kürze erscheinen, und da waren sowohl Gestank als auch Lärm ungünstige Begleitumstände.

»Ja, natürlich, hallo Frau Kügel«, begrüßte Andi seine Chefin.

Frau Kügel betrat zögernd den Raum und Andi bemerkte, dass sie sich ihre Worte zurechtzulegen schien.

Wahrscheinlich hat sie nur eine simple Frage und jetzt überlegt sie, wie sie sich möglichst kompliziert und umständlich ausdrücken kann, dachte Andi.

»Was kann ich für Sie tun?«, fragte er sie gerade heraus, um der Situation die schon entstandene Kompliziertheit zu nehmen.

»Ich … äh … also, es ist ja so, Herr Krammer«, fing sie an und Andi ahnte nichts Gutes. »… aber wenn es bei Ihnen gerade unpassend ist, können wir auch gern ein anderes Mal darüber …«

»Nein nein, Frau Kügel, meine Schülerin kommt erst in etwa zehn Minuten.«, unterbrach sie Andi, der inzwischen neugierig geworden war, was um Himmels willen Frau Kügel auf dem Herzen hatte.

In diesem Moment wedelte sie kräftig mit der Hand vor ihrer Nase, verzog das Gesicht und machte ein angewidertes »Uuuuh!«

Sie hielt die Luft an, eilte zum Fenster und riss beide Flügel gleichzeitig auf. Daraufhin beugte sie sich weit aus dem Fenster, um erstens kräftig Luft zu holen und zweitens überrascht festzustellen, dass die Luft draußen um ein Vielfaches schlimmer stank als drinnen. Sofort schloss sie das Fenster wieder mit einem lauten Scheppern und schaute Andi fassungslos an: »Was in aller Welt …?«

Maria Kügel war erst vor ein paar Jahren aus München hergezogen und konnte sich an das vielerorts beschauliche Landleben in

Niederbayern einfach nicht gewöhnen. Die ausgebildete Opernsängerin hatte während ihrer Bühnenzeit schon einige mehr oder weniger weltbedeutende Bretter gesehen – jedoch nur wenige Schweineställe von innen.

Nachdem sie ihre Überdosis an Güllegestank überwunden hatte, begann sie erneut.

»Ja, also, Herr Krammer, ich wollte Ihnen nur mitteilen, dass ich wirklich außerordentlich dankbar bin für die hervorragende Arbeit, die Sie hier an dem musikalischen Nachwuchs leisten. Auch von den Eltern höre ich viel Lob über Sie, und dass die Kinder mit Freude am Musizieren gute Fortschritte machen, seitdem Sie unser Haus unterstützen.«

Du liebe Güte, was für eine Einleitung! Was will Sie?

»Oh, das freut mich aber sehr!«, erwiderte Andi skeptisch.

»Ja, genau, und deswegen fällt es mir umso schwerer, Ihnen mitteilen zu müssen, dass wir ab September – also zum nächsten Schuljahr – unser Angebot im Bereich Klavierunterricht leider reduzieren werden.«

Ach du Scheiße! Hab ich das richtig verstanden?

»Frau … Kügel, ich bin mir leider nicht sicher, ob ich Sie jetzt richtig verstanden…«

»Lassen Sie es mich so ausdrücken, Herr Krammer …«, ging sie dazwischen, »… unsere derzeitige angespannte finanzielle Situation zwingt mich leider zu manchen eingreifenden und sicher in Teilen auch schmerzhaften Maßnahmen.«

Schmeißt die mich jetzt raus, oder wie?

»Äh, also … nur, dass ich Sie richtig verstehe: Schmeißen Sie mich jetzt raus, oder wie?«

»Nun, Herr … äh … Krammer … so würde ich das jetzt nicht sagen.«

»Wie denn sonst?«

»Na ja, dass wir ab dem nächsten Schuljahr *ohne Sie* weiter planen.«

»Also, Sie schmeißen mich raus.«

»Nein, wir … äh …«

»Sie schmeißen mich raus.«

»Ja.«

Andi spürte einen Stich in der Brust und in der Magengegend. Geradeso, als ob ihm die alte Dame mit Schwung eine reingehauen hätte. Diese Kündigung kam für ihn völlig überraschend und er war nicht in der Lage, irgendetwas zu sagen.

Es klopfte am Türrahmen. Marie Schewe erschien zusammen mit ihrem Vater.

»Dann wäre ja alles gesagt, Herr Krammer. Ich bedanke mich herzlich für das schöne Gespräch«, sagte Frau Kügel im Umdrehen und begrüßte Vater und Tochter Schewe scheißfreundlich.

Danach verzog sie sich aus dem Musikraum.

Andi versuchte, sich den Frust und die Enttäuschung nicht anmerken zu lassen. Dafür war gerade kein Platz.

»Hallo Marie, hallo Herr Schewe. Freut mich, dass ich Sie auch einmal kennenlerne!«

»Freut mich auch! Ja, stimmt, normalerweise bringt ja meine Frau Marie immer zur Klavierstunde. Und? Wie macht sie sich so?«

Andi lächelte hinunter zu seiner Schülerin.

»Super macht sie sich! Nein, ganz ehrlich, ich glaub, Marie hat wirklich Talent.«

Marie Schewe wurde rot im Gesicht und grinste verlegen. Sie war jetzt seit einem Jahr dabei und hatte schon viele andere überholt, die schon ein paar Jahre länger dabei waren. Sie fand den Unterricht bei *Herrn Krammer* cool und freute sich auf jede Stunde.

»Und? Hast du *All Blues* geübt?«

»Ja, klar!«, rief sie fröhlich und lachte.

»Ok, ich warte unten auf dich, Marie. Im Café gegenüber. So um viertel vor, passt das?«, versicherte sich Schewe bei Andi.

»Ja, genau, viertel vor ist super. Dann bis später.«

Händeschütteln.

In diesem Moment fuhr Andi eine unerwartete Angstwelle durch den ganzen Körper, die so gewaltig war, dass er sich am Türrahmen festhalten musste. Er zitterte und musste all seine Kraft dafür aufbringen, sich zu beherrschen und nicht auf der Stelle loszuheulen wie ein gequältes Tier.

Was ist denn das jetzt, verdammt noch mal?

Schewe zog seine Hand weg und schaute ihn erschrocken an.

»Geht es Ihnen nicht gut? Kann ich irgendwas für Sie tun, Herr Krammer?«

Andi krallte sich mit den Fingern in der Türzarge fest. Sein Puls wechselte wild zwischen Überschlagen und einzelnem Aussetzen. Er hatte in den letzten Monaten immer wieder mit Angstzuständen zu tun gehabt, aber dieser hier stellte sie alle in den Schatten.

»Nein, es .... es geht schon, danke!«, keuchte er.

»Wir können die Stunde auch gerne auf nächste Woche verschieben, wenn es Ihnen nicht gutgeht«, schlug Michael Schewe vor.

»Nein nein, es geht schon. Wirklich. Ich bin vielleicht einfach nur zu schnell aufgestanden eben. Außerdem hab ich zu wenig getrunken heute. Nein, ehrlich. Ich glaube, es geht schon wieder.«

Schewe sah zu Andi, dann zu seiner Tochter. Dann wieder zu Andi, der zum Waschbecken gewankt war und jetzt gierig vom Wasserhahn trank. Das kühle Wasser tat Andi gut, und er merkte, wie er sich allmählich wieder beruhigte.

»Ja, also, wenn Sie meinen. Ok, dann … also dann bis gleich, Marie!«

Marie lächelte unsicher und winkte ihrem Papa zu.

»Tschüss, Herr Schewe«, rief Andi bemüht freundlich.

Die Tür schloss sich hinter ihm und Andi schaute rüber zu Marie. Er rang sich ein entspanntes Lächeln ab und sagte:

»Also dann … der *All Blues*?«

KAPITEL 11

»Scusi, bittessön?«

»Einen *Kaputschino*, bitte!«

Der Kellner Francesco Mazza des Café-Restaurants *Bella Napoli* zog eine Augenbraue hoch und erwiderte knapp: »Wie ssie wünsse, allora!«

In der Nachmittagszeit einen Cappuccino zu bestellen, gilt in Italien als unentschuldbarer Fehltritt, mindestens aber als Touristendeppen-Nachweis. Wenn das dazu servierte Glas Wasser dann auch noch *nach* dem Cappuccino getrunken wurde, blieb auf italienischer Seite nur noch Kopfschütteln übrig.

Das Problem war hier nur: Das Café *Bella Napoli* war nicht mitten in Neapel, sondern mitten in Offenstetten, und dort tranken praktisch *alle* Gäste ihren Cappuccino am Nachmittag und das Glas Wasser danach. Auf den Gipfel trieben es jene, die ihren Cappuccino *nach* einer Pizza bestellten. Das war für Francesco Mazza dann spätestens der Anlass, sich für ein paar Minuten in die Küche zu verziehen und einen ordentlichen Schluck *Falanghina Flegrea*[18] aus der Flasche zu trinken.

Michael Schewe hatte zirka eine Dreiviertelstunde totzuschlagen und setzte sich auf die Restaurant-Terrasse an einen leeren Tisch. Nebenan

---

[18] Weißweinsorte, u. a. aus den Regionen Kampanien und Abruzzen

lachte eine Seniorengruppe entzückt auf, als die schwarze Hauskatze *Romeo* es sich auf dem Schoß einer der Damen gemütlich machte.

Schewe bestellte einen doppelten Espresso und Francesco nickte zufrieden. Um diese Zeit war Michael Schewe normalerweise entweder im Büro oder im Home-Office, daher war die nachmittägliche Wartepause auf der Terrasse des *Bella Napoli* eine willkommene Abwechslung für ihn.

Drinnen im Thekenbereich entstand zwischen Francesco und seinem Kollegen ein lautstarkes Wortgefecht auf Italienisch, und es ließ sich nicht mit Sicherheit feststellen, ob die beiden nun unterschiedlicher oder gleicher Meinung waren.

Schewe verschaffte sich zunächst einen Überblick über die anwesenden Gäste. Die Rentnergruppe machte offenbar Anstalten zu gehen und rief Francesco herbei, um ihre *Kaputschinos* und *Pizzas* zu bezahlen. Gleich nebenan diskutierten zwei Mittvierziger angeregt über die aktuelle Weltpolitik, als er seinen *Espresso Doppio* serviert bekam.

»Der Scholz ist so ein Blödmann!«, schimpfte der eine.

»Genau, voll die Schlaftablette, der Typ!«, pflichtete ihm der andere bei und nickte eifrig.

»Der schickt immer neue Panzer, Raketen und U-Boote in die Ukraine, so wird der Krieg doch nur unnötig verlängert.«

»Ja, genau, die Ukrainer sollten lieber mal aufhören, sich ständig zu wehren! Die können doch eh nix gegen den Putin machen.«

»Genau ey, und der Habeck ist am allerschlimmsten! Jetzt will er uns auch noch das Heizen verbieten.«

»Ich heiz grad eh nicht. Hahahaaa!«

Der andere runzelte die Augenbrauen und dachte nach.

»Das ist doch gar nicht der Punkt. Der Punkt ist, dass diese links-grün versiffte Regierung uns langsam und heimlich *alles* verbieten und vorschreiben will. Erst dürfen wir nicht mehr Indianer sagen, und dann mischen sie uns Grillen ins Essen! So ätzend, diese verdammten Klimakleber!«

»Ja, genau! Und wenn die dumme Baerbock sich auf die B 16 klebt, dann halt ich bestimmt nicht an, hahahahahaaa!«

Einen Tisch weiter saß ein Mann, den Schewe auf Mitte bis Ende zwanzig schätzte. Er schien so vertieft in sein Handy zu sein, dass er gar nicht mitbekam, dass seine Lederjacke von der Stuhllehne auf den Boden gefallen war. Offenbar war er gerade dabei, ein Foto seines Eisbechers auf Instagram zu posten. Schewe ärgerte sich über diesen Kerl und begann, seinen tätowierten Oberarm zu betrachten. In kunstvoll geschwungener Schrift stand dort *Omnia Mea Mecum Porto* geschrieben.

Aha, er trägt also seinen ganzen Besitz bei sich. Dann schau lieber mal nach deiner Jacke, du nichtsnutziger Bastard!

Schewes Hass auf diesen Typen wuchs immer mehr und er konnte seinen Blick nicht von ihm abwenden.

Das Schrillen einer Fahrradklingel holte ihn aus seinen finsteren Gedanken, und im nächsten Moment blieb ihm fast das Herz stehen. Sonja Pollinger! Sie umarmte den tätowierten Lederjacken-Nichtsnutz und küsste ihn auf die Wange!

»Servus Sebi, grüß dich!«

Michael Schewe war absolut nicht darauf eingestellt, *seine* Sonja hier mitten in Offenstetten anzutreffen. Sein Herz raste. Was tat sie plötzlich hier?

Beim Hinsetzen streifte ihr Blick Schewe flüchtig. Am liebsten wäre er auf der Stelle aufgesprungen und hätte sie umarmt, aber das wäre natürlich ein Fehler gewesen. Sie kannte ihn schließlich nicht, höchstens flüchtig vom Sehen.

Aber *er* kannte *sie*, und zwar besser, als sie es sich vorstellen konnte. Auf seinem Handy waren unzählige Fotos von ihr gespeichert. Die meisten Aufnahmen waren im Musikhaus Pollinger entstanden. Schewe hatte sich immer als noteninteressierter Kunde ausgegeben und gewartet, bis Sonja aus ihrem kleinen Büro zu ihrem Vater an den Thekenbereich gekommen war. Dann hatte er immer schnell einen strategisch günstigen Ort aufgesucht, von dem aus er sie heimlich ablichten konnte. Darin war er so geschickt, dass er selbst ein bisschen stolz auf sich war.

Aber am meisten stolz war er über die Fotos, die er vor drei Wochen in der Umkleidekabine des städtischen Freibades geknipst hatte. Er war dort am Wochenende mit Kerstin und den Kindern zum Schwimmen gewesen und hatte Sonja nur zufällig am Kiosk entdeckt. Spontan hatte er die Gelegenheit genutzt und war ihr heimlich in die Umkleidekabine gefolgt. Davon, dass er von der Nachbarkabine aus etwa zwanzig Aufnahmen von ihr machte, hatte sie nichts bemerkt. Immer wieder hatte er sich diese Bilder angesehen, und sein Glück darüber konnte er immer noch nicht fassen.

Aber jetzt trifft sie sich mit diesem .... wie hieß der Typ noch mal? Sebi!

Sonja Pollinger trug ein luftiges weißes Sommertop und unten einen orangen, gemusterten Minirock.

Schewe schmolz innerlich dahin, als der Duft ihres Parfüms ihn umfing. Sein Blick war derart festgeklebt an ihrem Spaghetti-Top und ihren durchscheinenden Brustwarzen, dass ihr Bekannter auf ihn aufmerksam wurde.

»Hey, kann ich dir irgendwie helfen?«, rief er Schewe sauer zu.

Erwischt. So eine Scheiße!

»Nein nein, alles gut!«, beschwichtigte Schewe seinen Kontrahenten. »Deine Jacke ist runtergefallen.«

Sebi drehte sich verdutzt um und schaute zu Boden. Tatsächlich! Schnell hob er seine Jacke auf und hängte sie wieder zurück an seine Stuhllehne.

»Ah, ok, danke!«

Uff, gerade nochmal gut gegangen!

Sein Tischnachbar wandte sich wieder Sonja zu. Schewe schüttete seinen inzwischen lauwarmen Espresso in einem Schluck hinunter und schloss die Augen.

»Mike!«

In seiner Fantasie sah er *seine* Sonja auf einer Lichtung im Sonnenuntergang, wie sie wie in Zeitlupe freudestrahlend auf ihn zugelaufen kam und ihm schließlich übermütig in die Arme sprang. Dann küssten sie sich leidenschaftlich. Schewe sah an Sonja vorbei, und was er dort sah, erfüllte ihn mit tiefer Befriedigung. Ein paar Meter hinter ihr lag dieser *Sebi* bäuchlings im Gras. Sein Gesicht war blutüberströmt und der Knauf eines Messers ragte aus seinem Rücken.

Sebi gab ein letztes leises Röcheln von sich, bevor sein Kopf kraftlos auf die Erde fiel.

Oh, Sonja, ich begehre dich so sehr! Wenn ich doch nur dein Mann wäre!

»Papa!«

Marie Schewe kam freudestrahlend auf ihren Vater zugelaufen und sprang ihm übermütig in die Arme. Dann gab sie ihm einen fetten Knutscher auf die Wange.

»Die Klavierstunde war super! Wir haben mit *When I Was Your Man* angefangen!«

KAPITEL 12

»Fynn-Luka, Marlin, kommt bitte zurück! Nicht immer so weit weglaufen!«

Sandra-Larissa Brunner fühlte sich ein wenig überfordert damit, ihre 4b der Grundschule in Abensberg zusammenzuhalten. Immer wieder musste sie sich vergewissern, dass die Gruppe vollzählig war, was speziell bei *dieser* Klasse eine echte Herausforderung war. Der berühmte Sack mit Flöhen war leichter zu kontrollieren, aber das war ihr im Vorfeld schon klar gewesen – sie kannte ihre Pappenheimer.

Die Klasse hatte gegen neun Uhr den Bus auf einem Parkplatz am Kelheimer Schiffsanleger verlassen. Anschließend war es eine ganze Weile zunächst flussaufwärts an der Donau entlang gegangen, bis sie nach ein paar Kilometern eine Obstwiese erreicht hatten, an deren Ende sie nach rechts abgebogen waren. Dort waren sie am Waldrand entlang bergauf und schließlich ganz in den Wald hineingewandert.

Der Klassenausflug mit dem blumigen Titel »Waldbaden« war schon seit mehreren Wochen geplant, und ausgerechnet heute früh hatte sich ihr Kollege Schnurrer wegen Corona krankgemeldet. Dadurch, dass mindestens zwei Aufsichtspersonen vorgeschrieben waren, stand die ganze Unternehmung kurzzeitig auf der Kippe, doch zum Glück hatte sich Frau Schewe, die Mutter von Marie, am Morgen spontan bereiterklärt, als zweite Aufsicht einzuspringen, was den Wanderausflug schließlich gerettet hatte.

Fynn-Luka Schneider und Marlin Geroldsheimer trotteten maulend zurück zur Gruppe.

»Och Mann, das ist voll langweilig hier! Hier ist null Netz.«

»Ihr solltet ja auch eure Handys daheimlassen, Marlin. Das hatten wir so vereinbart. So, jetzt bitte alle mal hier zu mir!«

An der Seite des Weges gab es einen kleinen Unterstand, und daneben waren vier entrindete Baumstämme als Sitzgelegenheit im Quadrat angeordnet.

Die Lehrerin klatschte dreimal laut in die Hände, aber ein gutes Drittel der insgesamt 24 Schüler schien keine Notiz davon zu nehmen.

»Hallo! David, Tobias, Hannah, Lisa, Anis. Hört bitte mal! Felix, Alina, Philipp, Karim, Lena. Kommt bitte alle jetzt mal hierhin!«

»Frau Brunner?«

»Ja, Sophie?«

»Ich muss mal.«

Sophie Brandls schwache Blase sorgte schon im regulären Unterricht immer wieder für Unterbrechungen.

»Ja, gleich, ok? So, jetzt alle zu mir, bitte! Letzter Aufruf!«

»Sind die immer so anstrengend?«, fragte Kerstin Schewe.

»Die sind doch nicht anstrengend! Wenn sie *die* für anstrengend halten, kennen Sie die *4a* nicht!«, erwiderte die Lehrerin grinsend. »Aber sag gerne Sandra zu mir!«

»Sehr gerne … ich bin die Kerstin.«

Die Viertklässler trotteten allmählich zusammen und bildeten einen Kreis um die beiden Frauen.

»Ich muss aber mal ganz ganz doll, Frau Brunner!«

»Ok. Kerstin, könntest du vielleicht mit Sophie schnell dahinten ums Eck gehen?«

»Na klar! Komm, Sophie, wir kriegen das schon hin.«

Kerstin Schewe nahm die Kleine an die Hand und sie gingen einige Meter weit abseits in ein blicksicheres Gebüsch, während ein paar Jungs sich darüber lustig machten.

»So, passt mal bitte auf!«, zog Frau Brunner händeklatschend die Aufmerksamkeit wieder auf sich. »Weiß denn jemand von euch, wo wir hier sind?«

»Wald«, kam es da von einigen Kindern gelangweilt zurück.

Ganze Sätze waren bei den Kids einfach nicht mehr in Mode.

»Na ja, das ist schon klar. Aber wer kann mir denn sagen, *was* für ein Wald das hier ist?«

Schweigen. Diese Frage schien für die Kinder schon ein bisschen schwieriger zu sein. Marie Schewe hob den Arm.

»Ja, Marie?«

»Ein Mischwald?«

»Sehr gut, Marie! Genau, ein Mischwald. Und warum *Mischwald*?«

»Weil es grad nicht regnet, sonst wär's ja ein Regenwald.«

Die Klasse lachte, und im gleichen Moment kamen Kerstin Schewe und Sophie aus dem Gebüsch wieder zurück zur Gruppe.

»Sehr witzig, Kevin!«, erwiderte Sandra Brunner lächelnd. Sie wusste es: Jede, aber auch *jede* Klasse hatte ihren Clown; das war ein Naturgesetz. Und Kevin Baumer wurde seiner Rolle wieder mal gerecht.

»Du scheinst ja ein echter Experte zu sein. Dann kannst du uns auch sicher mehr darüber erzählen, zum Beispiel, welche Baumarten wir hier antreffen, hmm?«

Kevins breites Grinsen wich einem unsicheren. Vor allem, weil ihm darauf spontan nichts Witziges einfiel.

»Öööh…« war alles, was Kevin Baumer zum Thema Baumarten im Kelheimer Forst zu sagen hatte.

»Wer kann Kevin helfen?«, fragte die Lehrerin in die Runde.

»Tannenbäume?«

»Ja, Weißtannen, richtig, Tobias. Und was noch?«

Die Kinder grübelten, während Marie wieder energisch mit dem Arm wedelte und mit den Fingern schnippte.

»Buchen und Fichten«, rief sie ungeduldig.

»Genau, vor allem Buchen und Fichten finden wir hier. Aber auch einige andere Arten wie Ahorn oder Esche. Wir können deshalb auch von einem ziemlich gesunden Ökosystem sprechen, denn was zeichnet einen Mischwald besonders aus, wisst ihr das?«

»Sie sind … äh … widerspenstiger?«

Lachen.

»Ja, fast, Hannah. Du meinst bestimmt *widerstandsfähiger*. Genau. Denn womit kommt ein artenreicher Wald zum Beispiel besser klar als ein reiner Laub- oder Nadelwald? Hmm, wer weiß das?«

»Ööoh. Mit Schädlingen?«

»Mit Schädlingen! Ganz richtig, Alina. Kennt jemand von euch denn einen Schädling?«

»Ja, der Herr Schnurrer zu Beispiel!«

Wieder lautes Lachen.

Ok, der Punkt geht an dich, Kevin, dachte Sandra Larissa Brunner und kämpfte gegen den Reflex, mitzulachen.

»Du scheinst ja heute einen ganzen Clown gefrühstückt zu haben. Nein, der Herr Schnurrer ist kein … bitte noch mal zuhören!«

Die Aufmerksamkeitsspanne der meisten Kinder schien langsam erschöpft zu sein. Sie musste sie also bald beschäftigen.

»So, jetzt bitte noch mal Ruhe! Hallo, da hinten! Marlin, Fynn-Luka, das gilt auch für euch beide!«

Nur mühsam gelang es ihr, die Kinder halbwegs zur Ruhe zu bringen.

»Der *Borkenkäfer* ist ein solcher Schädling. Es gibt aber noch andere …«

Es hatte keinen Sinn. Ihre Wald-Informationen drangen nicht mehr zu den Kindern durch.

»Ok, wie ihr wollt. Wir machen jetzt Folgendes: Wir bilden insgesamt sechs Teams, also immer vier zusammen.«

Es dauerte eine ganze Weile, bis sich die Horde in sechs Vierergruppen aufgeteilt hatte, was sowohl auf Sympathien als auch auf

Animositäten untereinander zurückzuführen war. Kerstin Schewe half der Lehrerin dabei, die Gemengelage zu sortieren.

»So. Jede Gruppe bekommt von mir jetzt einen Arbeitsauftrag ... was hab ich gesagt, Kevin?«

Der Angesprochene unterbrach sein Dauerplappern und glotzte ertappt. Brunner reagierte schnell und nutzte die entstandene Ruhe.

»Jede Gruppe bekommt einen Zettel mit einer *Jobliste* und das bedeutet: Ihr bekommt jetzt was zu tun.«

Gemurmel. Man war sich offenbar nicht ganz darüber einig, ob diese *Jobliste* etwas Gutes oder Schlechtes war.

Kerstin Schewe half beim Verteilen der Zettel, auf denen verschiedene Pflanzenteile wie Baumblätter, Tannenzapfen und Bucheckern abgebildet waren. Außerdem erhielt jede Gruppe einen Stoffbeutel.

»So. Jeder versucht jetzt, so viele Dinge wie möglich zu finden, die hier abgebildet sind. Wer am meisten gefunden hat, ist Tagessieger.«

Die Stimmung der Kinder erhellte sich auffallend. *Tagessieger* wollte wohl jeder gerne werden.

»Aber tut mir bitte einen Gefallen, Kinder! Hallo! Hört bitte nochmal kurz zu, bevor es losgeht! Es gibt im Wald ein paar wichtige Regeln zu beachten. Bleibt auf den markierten Wegen, behaltet euren Müll in euren Hosentaschen und werft nichts einfach weg! Verhaltet euch bitte ruhig, erschreckt keine Tiere und beschädigt keine Bäume oder Pflanzen. Und bleibt bitte in Sichtweite! Habt ihr mich verstanden?«

Es erklang ein vereinzeltes und nur mittelmäßig motiviertes »*Jaaa*«.

»Marlin, Fynn-Luka. Habt ihr mich auch verstanden?«

»Jaaa.«

»Ok, dann los. In zwanzig Minuten treffen wir uns alle wieder hier.«

Die Kinder stoben in sechs Himmelsrichtungen davon und die beiden Frauen sahen ihnen nach.

»Oha! Ganz schön heftig, dein Job!«, zollte Kerstin Sandra ihren Respekt.

»Ja, manchmal schon. Es macht aber auch Spaß. Was machst du denn eigentlich beruflich?«

»Ich hab ursprünglich Anwaltsgehilfin gelernt, also *Rechtsanwaltsfachangestellte*. Das hat mir aber keinen Spaß gemacht, und nach Maries Geburt bin ich nicht mehr zurück in die Kanzlei. Ich bin jetzt bei Blumen Göller in Teilzeit.«

»Ach, stimmt, du bist ja dort im Laden, jetzt fällt es mir wieder ein!«

»Ja, genau. Ich hab halt gern mit Menschen zu tun. So wie du anscheinend auch.«

»Na, du bist ja lustig!« Sie zeigte in Richtung einer beliebigen Gruppe Kinder. »*Das da* sind keine Menschen, sondern widerliche kleine Monster!«, lachte Sandra Brunner.

»Und? Hier vielleicht?«

»Nee, immer noch nicht. So'n Scheiß, hier ist nirgendwo Netz.«

Marlin hielt sein Handy immer wieder so hoch es ging, aber es wurde kein Balken im Display sichtbar. Fynn-Luka tippte sich durch die Netzwerkeinstellungen seines Smartphones in der Hoffnung, dort etwas Passendes zu finden. Marie und ihre Freundin Hannah waren währenddessen maximal genervt von den Jungs.

»Ey, ihr Pupsköpfe, könnt ihr nicht *einmal* eure blöden Handys weglassen?«, meckerte Marie und klang ein bisschen so wie ihre Klassenlehrerin.

»Ach, sei doch still, Schlaubergerin!«

Marie zog einen Schmollmund, während Hannah es mit Diplomatie versuchte: »Wir müssen doch nur schnell die Sachen hier auf dem Blatt finden, dann könnt ihr ja wieder an euren Handys daddeln.«

Fynn-Luka und Marlin ließen sich nicht beirren und setzten die Suche nach einem Mobilfunknetz fort. Die Mädchen folgten ihnen widerwillig, denn sie wollten nicht allein im Wald zurückbleiben.

»Aber Frau Brunner hat gesagt, wir dürfen nicht so weit …«

»*Aber Frau Brunner hat gesagt, aber Frau Brunner hat gesagt!*«, äffte Fynn-Luka Marie nach und ärgerte sich darüber, dass er versehentlich wieder im Hauptmenü seiner *Netzsuch-App* gelandet war.

Währenddessen wurde der Wald immer dichter und den Weg hatten sie schon vor einer ganzen Weile verlassen.

»Psst!«, machte Marlin und hielt den Zeigefinger vor den Mund. Die Kinder blieben abrupt stehen.

Ganz in der Nähe trommelte ein Specht gegen einen Baumstamm. Das Geräusch klang beinah wie eine Schlagbohrmaschine und hallte erstaunlich weit.

»Das klingt ja geil«, rief Marlin lachend, weil er so etwas noch nie gehört hatte.

»Ganz schön unheimlich hier. Lasst uns lieber wieder zurückgehen, ja?«, flehte Hannah in Richtung der Jungs. Sie griff nach Maries Hand und hielt sie fest umklammert.

»Ach, du schon wieder. Hast du etwa Angst?«, spottete Marlin und lachte frotzelnd, als er sich zu den händchenhaltenden Mädels umdrehte.

»Da!« rief Fynn-Luka plötzlich.

»Wo?«

»Ja, guckt doch mal!«

Fynn-Luka zeigte nach vorne. Etwa zwanzig Meter weiter vor Ihnen schien eine Straße zu sein.

»Hey, da vorne ist vielleicht Netz«, rief Marlin hoffnungsvoll und stakste los, sein Handydisplay immer im Auge behaltend.

Die kleine Gruppe hatte Mühe, sich durch das dichte Gehölz auf dem weichen Waldboden zu kämpfen. Sie hatten sich inzwischen weit von den anderen entfernt und waren schon längst außer Hörweite. Es war still um sie herum und jeder ihrer Schritte erzeugte ein lautes Knacksgeräusch.

Kurz bevor sie die Straße mit dem vermeintlichen Funknetz erreichten, blieb Marlin unversehens stehen. Was er dort ein paar Meter vor sich sah, überraschte ihn genauso, wie es ihn überforderte: Aus einem offensichtlich arrangierten Haufen Blätter und Äste ragte ein nackter Fuß heraus. Fynn-Luka und die Mädchen schlossen kurzatmig auf und sahen es nun auch.

»Was ist denn *das*?«

»Ein … Fuß?«

»Da liegt einer drunter!«

»Das seh ich auch, du Depp!«

»Ist der … tot?«

»Keine Ahnung …«

Marlin hob einen Ast vom Boden auf und stupste damit ein paarmal gegen den Fuß, der bläulich verfärbt und völlig steif war.

»Sieht ja komisch aus!«, murmelte er und warf den Ast wieder weg.

»Boah, ist das eklig!«, meinte Hannah und verzog das Gesicht. »Und wie das stinkt!«

»Ja, voll. Uäääh!«

Fynn-Lukas Neugier war offenbar stärker als seine Angst, denn er schob vorsichtig mit dem Fuß einige Zweige zur Seite, die über dem Kopf der Toten gelegen hatten. Erschrocken riss er die Augen auf.

»Ach, du Scheiße!«, entfuhr es Marlin und Hannah gleichzeitig.

Auch Marie starrte auf das Gesicht der Ermordeten, aber sie sagte kein Wort. Ihr Instinkt befahl ihr, diesen Ort sofort zu verlassen, doch sie war unfähig, sich zu bewegen. Es war, als ob dieser Moment ihr gerade eine schreckliche Wahrheit präsentieren würde, die sie jedoch nicht verstand. Die Erkenntnis, dass sich unter dem Laub eine tote Person befand, bahnte sich langsam, aber erbarmungslos tief in Maries Kinderseele hinein und rang gleichzeitig alle Emotionen nieder, die sich ihr schützend in den Weg zu stellen versuchten.

»Krasser Scheiß!«, stöhnte Fynn-Luka und Hannah kicherte, während Marlin ein Foto mit seiner Handykamera schoss. Als Marlin ihnen das Bild auf dem Display mit Zoom präsentierte, erfasste sie schließlich die blanke Panik und sie rannten los. Nach einigen Metern blieb Hannah stehen und drehte sich zu ihrer Freundin um, die noch regungslos beim Haufen stand.

»Marie! Komm!«, rief sie laut.

Marie Schewe bewegte langsam ihre Lippen und sprach flüsternd das Wort aus, das ihr unerklärlicherweise jetzt in den Sinn kam: »Papa.«

Dann gab sie sich einen Ruck und lief den anderen hinterher.

KAPITEL 13

Das *Klösterl*, eine kleine Einsiedelei mit Gastwirtschaft und Biergarten direkt an der Donau, hatte vormittags normalerweise geschlossen, doch Gastwirt Hermann Riedl ließ sich von Sandra Brunner nicht zweimal bitten und machte Kaiserschmarrn für alle.

Mischlingsrüde *Brösel* und die Hauskatze *Pudding* taten ebenfalls ihr Möglichstes, um die Stimmung aufzuhellen, aber das war im Grunde gar nicht nötig, denn die Kinder waren gut gelaunt und putzmunter. Selbst Fynn-Luka und Marlin flachsten herum wie immer. Der Umstand, dass es am *Klösterl* sowohl LTE-Netz als auch WLAN gab, schien gerade niemanden weiter zu interessieren. Die Tatsache, dass zwei ihrer Klassenkameraden eine echte Leiche im Wald gefunden hatten, schien spannender zu sein als jedes Onlinespiel oder YouTube-Video. Und außerdem gab es hier *Brösel* und *Pudding*. Während sich *Brösel* geduldig von den Kindern streicheln ließ, wuselte *Pudding* um die zugehörigen Beine herum oder sprang geschickt von Sitzbank zu Sitzbank.

Es war Kerstin Schewes Idee, hier auf das Eintreffen der Polizei zu warten, denn der Fußweg zurück zum Parkplatz hätte nur unnötig viel Zeit in Anspruch genommen. Da die Klassenlehrerin praktisch ununterbrochen telefonierte, kümmerte sie sich nun darum, die Kids mit Spielen zu beschäftigen.

Kurze Zeit später wurde am Tor zum Biergarten Blaulicht sichtbar und ein Polizeiauto kam hereingefahren. Zwei Polizisten, eine Frau und ein Mann, stiegen aus.

»Fynn-Luka? Marlin? Hannah, Marie? Kommt ihr bitte mal?«

Sandra Brunner begrüßte die Beamten mit Handschlag.

»Hallo, ich bin Sandra Brunner, die Lehrerin.«

»Kommissarin Katharina Teuber, Grüß Gott. Das ist mein Kollege Tobias Gruber.«

»Servus«, sagte dieser und verschränkte genervt die Arme.

Fynn-Luka und Marlin kamen etwas schüchtern hinzu.

»Hallo. Wer ist denn jetzt wer?«, fragte die junge Kommissarin.

»Ich heiß Marlin«, antwortete Marlin brav.

»Ok, Marlin. Und weiter?«, fragte die Kommissarin.

»Geroldsheimer«, antwortete der Junge gehorsam, während sich die Polizistin den Namen notierte.

»Ich bin Fynn-Luka Schneider«, gab Fynn-Luka zu Protokoll.

»Hannah Schlauderer.«

»Marie Schewe.«

»Ok, und ich heiß Kathi«, sagte Katharina Teuber und setzte sich zu den Kindern auf einen Klappstuhl.

Stirnrunzelnd fragte sie erst einmal nach, wie es ihnen ging.

»Und? Habt ihr euch schlimm erschreckt im Wald? Wie geht's euch denn?«

»Och, gut«, meinte Marlin lapidar und Fynn-Luka nickte. Hannah lächelte verlegen und Marie schwieg.

»Könnt ihr mir denn sagen, *wo* ihr *was* gesehen habt?«

Kathi Teuber vermied Begriffe wie *Leiche* oder *Toter* bei den Kindern.

»Da war so 'n komischer Haufen mit Ästen. Und da haben wir einen Fuß gesehen«, antwortete Fynn-Luka.

»Und wisst ihr auch noch, wo das war?«

»Ich hab ein Foto gemacht, da müssten die Geodaten mit drauf sein«, sagte Marlin und die Polizisten wechselten beeindruckte Blicke.

Sandra Brunner konnte nicht verhehlen, dass sie stolz auf ihre pfiffigen Schüler war. Marlin entsperrte sein Handy und zeigte den Beamten das Foto.

»Super! Kannst du mir das zuschicken, Marlin?«, bat Kathi den Jungen und diktierte ihm eine Telefonnummer.

Der Datentransfer zu den Diensthandys der Polizisten war in wenigen Sekunden erfolgt und Kathi nickte ihrem Kollegen zu.

»Marlin, hast du das Foto sonst noch irgendwem geschickt?«

»Nö«, log der Junge und schaute auf den Boden.

»Gut. Tust du mir einen Gefallen und löschst das Foto von deinem Handy? Es war zwar sehr schlau von dir, dass du es gemacht hast, aber jetzt brauchst du es ja nicht mehr.«

»Klar!«, antwortete Marlin knapp.

Sandra Brunner sah erleichtert zu, wie der Schüler das Foto von seinem Handy verbannte. Zu erkennen war darauf nicht sehr viel, aber für Albträume reichte es allemal: Das war kein Bild für ein Kinder-Handy.

»So, wir schauen jetzt mal da oben nach«, sagte Kathi Teuber zur Lehrerin. Dann wandte sie sich noch einmal den vier Kindern zu: »Vielen Dank. Ihr habt uns ganz schön geholfen, wisst ihr das?«

Die Jungs liefen knallrot an und grinsten, was sie im gleichen Moment bereuten. Schließlich wollten sie immer möglichst cool bei den Erwachsenen rüberkommen.

»Komm, Tobi, wir schauen mal, was wir dort oben finden«, forderte die Kommissarin ihren Kollegen auf.

Sie und Gruber kannten sich schon seit ihrer Ausbildung in Regensburg. Nach Kathi Teubers erfolgreichem Studium und ihrer Beförderung zur Hauptkommissarin war sie Grubers Vorgesetzte geworden, was ihn immer noch heimlich wurmte.

»Jup, dann schau'n wir mal«, antwortete Gruber und setzte sich ans Steuer.

»Kaiserschmarrn ist fertig!«, kam es nun lautstark aus der Küche, gefolgt von einem begeisterten »Jööööh!« der Kids.

Das Polizeiauto verließ mit Einsatzlicht das *Klösterl*-Gelände, während die Kinder zu den Tischen mit dem süßlich duftenden Kaiserschmarrn strömten.

Nur Marie Schewe hatte sich ein ganzes Stück abseits der Gruppe gesetzt und schaute auf ihr Handy. Das Bild auf dem Display war auf Maximum gezoomt und zeigte Äste, Blätter … und einen toten Fuß.

KAPITEL 14

»Papaaaaa!«

Ein Schlüssel drehte sich in der Haustür und Luisa rannte wie von einer tollwütigen Tarantel gebissen durch den Flur. Als die Haustür aufging, sprang sie an ihrem Vater auf und ab, und Mike Schewe hatte alle Mühe damit, Wohnungstür, Schlüssel, Arbeitstasche und Luisa gleichzeitig zu sortieren.

»Auwei auwei, was ist denn mit *dir* los, du Zwerg?«, lachte Schewe und gab seiner Tochter einen dicken Schmatzer.

»Wir ham heut Klööße gemacht!«, rief sie aufgeregt und lispelte dabei durch ihre nicht mehr vorhandenen Schneidezähne.

»Ja, toll, habt ihr mir ein paar übriggelassen, hmm?«

Kerstin kam nun auch hinzu und fragte ernst: »Kannst du mir sagen, wo du so lange warst?«

»Äh, ja, im Büro natürlich. Warum fragst du?«

»Soooo dicke Kloööööße ham wir gemacht, Papa!«

»Lass mich bitte kurz mit Papa reden, ja, Luisa?«

»Is ja guhuuut!«, schmollte Luisa aufgesetzt und tanzte pirouettig zurück in ihr Kinderzimmer.

Kerstin Schewes Blick war vorwurfsvoll.

»Ist irgendwas?«, fragte Schewe verwirrt.

»Ich hab den ganzen Nachmittag versucht, dich zu erreichen. Das ist los!«

»Ach so … Ich hab nach einem Meeting nur vergessen, mein Handy wieder einzuschalten, sorry. Aber was machst du denn jetzt für ′ne Nummer da draus?«

»Du hast ja keine Ahnung, was heute los war. Ich bin fix und fertig mit den Nerven, Schatz!«

»Ach, komm mal her, was ist denn. Hmmm?«

Mike nahm seine Frau in die Arme und streichelte ihr über den Rücken. Er hatte schon angefangen, sich Sorgen zu machen und war erleichtert, dass das Wort *Schatz* im letzten Satz vorkam. So schlimm konnte es also nicht sein.

Aus Luisas Kinderzimmer polterte es laut. Sie hüpfte herum und sang dabei fröhlich: »Klöße, Klöße … wir ham ganz viel Kloooöße!«

»So ein Energiebündel«, lachte Schewe und schüttelte den Kopf. »Wo ist eigentlich Marie?«

»Die ist … in ihrem Zimmer.«

Mike Schewe wandte sich zu Maries Zimmer und wollte die Tür öffnen, doch Kerstin hielt ihn am Arm fest.

»Lass sie! Sie will grad lieber allein sein.«

»Wieso, was ist denn los?«

»Können wir uns kurz hinsetzen?«

Sie setzten sich an den Küchentisch und Mike wurde wieder besorgter. Sollte sie ihm etwa doch draufgekommen sein, wo er sich nach der Arbeit herumgetrieben hatte? Sein Puls und seine Gedanken rasten.

Was ist denn los, verdammt? Weiß sie etwas?

»Magst du was trinken?«, fragte Kerstin.

»Ja, bitte ein Bier! Scheint jetzt offenbar das passende Getränk zu sein.«

Kerstin griff in den Kühlschrank und holte eine Flasche heraus, während Mike es kaum abwarten konnte, dass sie sich hinsetzte und endlich sagte, was los war! Als er ihr beim Öffnen der Flasche zusah, bemerkte er, wie sie zitterte.

»Komm, ich mach das schon. Jetzt setz dich endlich mal!«, herrschte er Kerstin fast ein bisschen zu laut an.

Kerstin setzte sich zu ihm an den Tisch und ließ ihre Schultern hängen. Dann atmete sie kräftig aus und begann zu erzählen.

»Heute war ja Wanderung in Maries Klasse«, begann sie.

»Ach ja, stimmt, das hattest du gestern Abend gesagt.«

»Der Herr Schnurrer hat Corona und konnte deshalb nicht mit. Am Bus hat Sandra … also Frau Brunner, mich dann gefragt, ob ich als Aufsichtsperson einspringen würde. Ansonsten wär die Klassenfahrt ausgefallen. Ich hab natürlich spontan zugesagt.«

»Aber du musstest doch in den Laden heute«, stellte Schewe fest.

»Stimmt schon. Aber ich hab Elke angerufen und es war kein Problem.«

»Ok … und dann?«

»Wir waren im Kelheimer Forst unterwegs, oberhalb vom Donaudurchbruch.«

Mike Schewe ahnte nichts Gutes.

Das kann doch jetzt nicht sein, dass …

»Die Kinder haben eine Leiche gefunden.«

»Was?«, kam es da von Mike Schewe mehr verärgert als besorgt.

»Ja, es war schrecklich. Fynn-Luka und Marlin haben ...«

Kerstins Stimme versagte und sie fing an zu weinen. Mike war so perplex über diese Neuigkeit, dass er sich erst einmal sortieren musste. Dann rief er sich innerlich selbst zur Ordnung. Er musste unauffällig mitspielen und den fürsorglichen Ehemann geben.

»Ach, Schatz, das ist ja furchtbar!«, Mike nahm seine Kerstin wieder in den Arm.

Sie schluchzte und bebte am ganzen Leib. Er streichelte sie und versuchte, sie zu beruhigen. Schewe dachte nach. Er musste dringend herausfinden, was sie *sonst* noch wusste.

»Wieso, äh … also, wie jetzt? Eine Leiche? Wer bringt denn eine Frau im Wald um?«

»Eine Frau …?«

»Ja, das sagtest du doch.«

»Nein, ich hab nicht gesagt, dass es eine Frau war.«

»Doch, natürlich.«

»Nein, hab ich nicht.«

So eine Scheiße!«

»Na ja … aber … äh … na ja, *Leiche im Wald* … da denkt man doch automatisch an eine Frau, oder nicht? Ach, ich bin selbst ganz durcheinander jetzt.«

Jetzt konzentrier dich, verdammt!

»Weiß man denn schon, wer?«

»Die Polizei hält sich noch bedeckt. Aber man vermutet, dass es sich um die vermisste Lara Schuster handelt.«

»Oh, mein Gott, das ist ja furchtbar«, heuchelte Schewe. Er umarmte seine Frau und schloss die Augen.

Lara Schuster war ihm doch nur zufällig auf einem Radweg aufgefallen. Sie war zu Fuß Richtung Abensberg unterwegs, das junge Ding. Er hatte sein Auto auf ihrer Höhe angehalten und ihr freundlich angeboten, sie ein Stück mitzunehmen. Windböen hatten Regen im Gepäck, und da sie ihn vom Sehen her kannte, hatte sie nicht lange gezögert, bei ihm einzusteigen. Die Atmosphäre zwischen ihnen war anfangs noch ganz locker und sie hatte mehrmals über seine flapsigen Bemerkungen gelacht.

Dann hatte er Lara gefragt, ob sie was dagegen hätte, wenn sie noch schnell seine Frau in Kelheim abholen würden, sie hätte gerade eben angerufen. Schewe musste grinsen. Eine raffinierte Taktik, die sehr gut funktioniert hatte.

»Nein, natürlich nicht, von mir aus gerne«, hatte sie freundlich erwidert, und so waren sie schließlich nach etwa zwanzig Minuten Fahrt durch den Kelheimer Forst auf einer Waldstraße oberhalb des Donaudurchbruchs gelandet. Draußen war es zu dieser Zeit bereits stockdunkel gewesen, und es hatte heftig angefangen zu regnen und zu stürmen.

Ab da schien Lara nervös zu werden und hatte mehrmals nachgefragt, wo denn genau seine Frau auf ihn warten würde. Er hatte ihr anfangs ausweichend geantwortet und kurz darauf einen Wanderparkplatz angesteuert. Dann hatte er den Motor und das Licht ausgemacht und sie gefragt, ob sie nicht auch Lust auf ein bisschen Spaß hätte.

Lara hatte sowohl diese Frage als auch die ganze Aktion für einen Spaß gehalten und ihn ausgelacht. Doch dann hatte sie ihn angeschaut und spätestens in diesem Augenblick erkannt, dass er keine Witze machte.

Nein! Ich mache keine Witze, du blöde Kuh!

Glücklicherweise hatte er vorher die Kindersicherung an der Beifahrerseite aktiviert, denn sonst wäre sie ihm in diesem Moment doch noch entwischt.

Er hatte es doch nur gut gemeint und versucht sie zu küssen, doch sie hatte sich heftig mit Armen und Beinen gewehrt, und immer lauter geschrien. Dann hatte sie ihn mit dem Knie heftig im Gesicht getroffen und seine Nase hatte angefangen zu bluten. Was hätte er jetzt Kerstin erzählen sollen?

»Du blöde Schlampe, was hast du gemacht?«, hatte er sie angebrüllt, und dann war ihm die Sicherung durchgebrannt. Er hatte ihren Hals mit beiden Händen so lange zugedrückt, bis sie endlich Ruhe gab.

Dann hatte er schockiert festgestellt, dass es schon viel später war, als er gedacht hatte. Er musste Lara schnellstens loswerden, deshalb hatte er sie im strömenden Regen einige Meter in den Wald hineingetragen. Er hatte unbedingt vermeiden wollen, dass seine Schuhe schmutzig werden, deshalb hatte er nur hastig ein paar Zweige und Blätter über sie gelegt und zugesehen, dass er auf dem schnellsten Weg nach Hause kam. Außerdem musste er dringend seine nassen Klamotten wechseln!

Zu seiner Erleichterung war er sogar noch *vor* seiner Frau und den Kindern daheim angekommen, und für die blutende Nase hatte er eine einfache Erklärung parat: seine Pollenallergie! *Ja, natürlich!*

Mike Schewe hätte zwar nicht gedacht, dass Lara Schuster *so* schnell gefunden werden würde, aber das war nun nicht mehr zu ändern.

Wichtig war nur, dass niemand *ihn* mit dieser Tat in Verbindung bringen könnte. Aber weshalb sollte das jemand tun? Nein, er brauchte sich keine Sorgen zu machen; niemand konnte ihn auf dem Zettel haben.

Das mit dieser Lara war aus seiner Sicht ein vermeidbarer Unfall gewesen. Er musste unbedingt anders vorgehen beim nächsten Mal und Fehler vermeiden.

Auf jeden Fall!

Bei Sonja Pollinger würde alles ganz anders laufen. Und er wusste auch schon, wie. Ein flüchtiges Lächeln huschte über sein Gesicht.

Maries Kinderzimmertür öffnete sich und ein blau-weißer Schlafanzug wackelte heraus. Zunächst blieb Marie etwas unschlüssig im Flur stehen und blinzelte zu ihren Eltern in die helle Küche. Sie sagte nichts und rieb sich die Augen.

»Hallo Marie!«, rief ihr Vater und breitete seine Arme aus.

»Ich muss mal«, murmelte das Mädchen, drehte sich um und ging zur Toilette. Erst jetzt fiel den Eltern auf, dass sich Marie komplett eingenässt hatte.

»Hey, was ist denn mit …?«, wollte Schewe ihr nachrufen, doch seine Frau legte ihre Hand auf seinen Arm.

»Lass sie, Schatz! Ich mach das schon.«

Kerstin Schewe seufzte, stand auf und folgte ihrer Tochter ins Bad.

KAPITEL 15

»Komm, Kala!«

Hundeführer Gerhard Obermeier wurde extra aus Regensburg mit seiner Schäferhündin *Kala* angefordert. Beide hatten schon viele Jahre Erfahrung im Aufspüren von lebenden oder toten Personen und waren ein perfekt aufeinander eingespieltes Team.

Die erste Suche nach der vermeintlichen Leiche im Kelheimer Forst war am Vorabend bei Einbruch der Dunkelheit abgebrochen worden, doch die Hinzunahme eines Polizeihundes stimmte Kommissarin Kathi Teuber nun hoffnungsvoll.

»Hier müsste es irgendwo sein«, sagte sie mit Blick auf ihr Handy. Die Geodaten von Marlins Foto zeichneten einen Umkreis von etwa hundert Metern. Ein weiteres Einsatzfahrzeug mit den Kollegen von der Spurensicherung traf in diesem Moment ebenfalls ein.

»Obermeier, Grüß Gott«, meldete sich der Hundeführer bei den Polizisten.

»Servus, Katharina Teuber«.

»Gruber, Grüß Gott«.

Die Hündin bellte und jaulte aufgeregt und stieß mit ihrer Nase an das Bein ihres Herrchens.

»Jaja, du bist ja gleich dran, Kala!«, beruhigte Obermeier das Tier und streichelte es kräftig am Hals.

»Haben Sie eine Schnupperprobe?«

»Nein, leider nicht«, musste Kathi Teuber eingestehen und zeigte Obermeier das Foto auf dem Handy. »Wir wissen nicht, ob es sich um die vermisste Lara Schuster aus Abensberg handelt. Deswegen wollen wir den Hund nicht unnötig verwirren. Oder was meinen Sie?«

»Ok, dann schauen wir mal. Ich kann aber nichts versprechen.«

Er bückte sich und löste Kalas Hundeleine. Die Hündin jaulte und schaute ihr Herrchen aufgeregt und erwartungsvoll hechelnd an.

»Such, Kala!«, rief der Hundeführer und im selben Moment rannte Kala los.

Gerhard Obermeier und Kathi Teuber liefen ihr mit einigem Abstand hinterher, Gruber folgte ihnen im Gehtempo. Er drehte sich kurz um und gab seinen Kollegen von der Spurensicherung ein Zeichen, dass sie sich erst mal zurückhalten sollten.

Kala rannte etwa dreißig Meter die Straße hinauf und blieb an der Seite stehen, wobei sie immer wieder an verschiedenen Stellen schnüffelte. Dann bellte sie laut und lief geradewegs in den Wald.

»Kala, warte! Kala!«

Obermeier war sich sicher, dass seine Kala irgendwas entdeckt haben musste und bog an derselben Stelle in den Wald ein. Der Boden war dort sehr weich und das Unterholz knackste laut unter seinen Schritten. Dann entdeckte er Kala etwa zehn Meter vor sich. Sie wedelte mit dem Schwanz, bellte immer wieder und sprang mit ihren Vorderbeinen auf und ab.

»Hier! Hier ist was!«, rief Obermeier und Kathi Teuber folgte ihm.

Schließlich standen sie vor einem Haufen aus Laub und Ästen. Genau danach hatten sie gesucht.

»Ruhig, Kala! Ja, brav! Super gemacht hast du das! Ja, super!« Der Hundeführer nahm seine Schäferhündin wieder an die Leine. Ein Leckerli hatte er natürlich auch für sie dabei.

»Vielen Dank, Herr Obermeier! Danke, Kala!«

Die Hündin bellte ihre Antwort. Für sie war die ganze Suchaktion ein Spiel, das ihr großen Spaß machte.

»Sehr gerne. Bin ja froh, dass wir so schnell was gefunden haben«, antwortete Gerhard Obermeier.

Tobias Gruber kam hinzu und schaute auf den Haufen.

»Bingo!«, rief er aus, als er den Fuß sah.

»Also, dann verabschieden wir uns, damit Sie Ihre Arbeit machen können. Servus zusammen. Ja, komm, Kala, Feierabend! Ja, brav ...«

Obermeier rubbelte seiner Schäferhündin noch einmal das Fell und ging mit ihr zurück zum Auto.

»Was denkst du?«, fragte Gruber seine Chefin, während er Fotos vom Fundort machte.

»Ich denke, dass der Täter es wohl ziemlich eilig hatte«, antwortete die Kommissarin.

»Von der Straße aus kann man das hier nicht sehen. Es war purer Zufall, dass die Kinder die Leiche gefunden haben. Trotzdem sieht das alles sehr ungeplant und ... *gehudelt* aus.«

»Die Tote ist auf jeden Fall eine Frau, guck mal die Hand da.«

Seine Kollegin nickte. »Wer macht so was?«

»Sicher wieder einer von unseren Nafris.«

Kathi hasste es, wenn Tobias die afrikanischen Flüchtlinge *Nafris* nannte. Vor allem hasste sie die Art, wie abfällig er von diesen Menschen sprach.

»Wie kommst du denn da drauf? Es gibt nicht den geringsten Anhaltspunkt, dass ...«

»Ach komm! Oder hast du schon vergessen, was hier erst vor Kurzem los war? Ich war dabei, du nicht.«

Kathi schürzte genervt die Lippen.

Im Mai hatte ein Vorfall am Abensberger Asylheim einen Großeinsatz der Polizei ausgelöst. Mehr als 150 Einsatzkräfte aus Niederbayern und der Oberpfalz, ein Polizeihubschrauber, mehrere Diensthunde und eine Verhandlungsgruppe waren vor Ort gewesen. Tobi Gruber war in dieser Nacht ebenfalls zum Einsatz gerufen worden.

Die Ereigniskette war derart verknotet gewesen, dass es für die Ermittelnden in der Folgezeit unmöglich schien, die einzelnen Puzzlestücke passgenau zusammenzufügen. Die größtenteils widersprüchlichen Aussagen der Befragten hatten nur ein sehr diffuses Bild der Nacht gezeichnet, in der es um sexuelle Nötigung, einen geplatzten Drogendeal, Körperverletzung und Geiselnahme ging.

Nach der Erstürmung des Asylheims von einem Hubschrauber aus und der Sprengung einer Innentür durch eine SEK-Einheit hatte sich herausgestellt, dass die vermeintliche Geisel sich zu diesem Zeitpunkt bereits im Außenbereich befand und dabei war, sich mit den Geiselnehmern wieder zu vertragen.

Weil niemand ernsthaft zu Schaden gekommen war, drohte der Fall bereits in den Archiven zu verschwinden.

»Tobi, wir wissen nicht, was dort genau vorgefallen ist. Dieser Tunesier hatte ausgesagt, dass einer der Wachleute die junge Frau …«

»Ha! Da ist es wieder. *Einer der Wachleute,* ja, klar! Und du glaubst den Scheiß etwa?«

»Ich sag nur, dass wir es nicht wissen, Tobi. Aber wenn du immer nur in eine Richtung denkst …«

»Wie sieht es aus, können wir anfangen?«, rief jemand von der Straße zu ihnen in den Wald. Ihre Kollegen der Spurensicherung wurden offenbar allmählich ungeduldig.

»Ja, ihr könnt loslegen. Ein Stück weiter links geht's besser rein«, rief Katharina Teuber zurück.

Der Bereich um den Fundort der Leiche wurde mit Sperrband markiert und die Spurensicherung nahm ihre Arbeit auf. Es dauerte nicht lang, bis traurige Gewissheit über die Identität der Toten bestand: Es war Lara Schuster. Kathi Teuber kannte die Tote vom Sehen. Als ihr bewusst wurde, dass sie die Nachricht deren Familie zu überbringen hatte, hasste sie ihren Job.

KAPITEL 16

»Und dann?«, fragte Norbert Kleusberg und sah Tobias Gruber nun ganz direkt an.

»Dann hat dieser Spürhund die Leiche gefunden«, gab Tobias triumphierend zurück. »Schon krass, was die Kläffer für einen Riecher haben.«

Kleusberg schüttelte beeindruckt den Kopf und trank einen kräftigen Schluck Bier aus seiner Mass.

»Hier, guck mal«, zeigte Tobi stolz sein Handy mit den Fotos von Lara Schusters totem Körper. Sie stammten aus der Pathologie und waren über die inoffizielle Chatgruppe der Polizei mit dem vielsagenden Namen *Heimatfreunde* auf sein Handy gelangt. Sein Gegenüber stellte seinen Bierkrug auf dem Stammtisch ab und wischte sich wortlos durch die Fotos.

Das *Bürgstüberl* galt schon seit Jahrzehnten als kultige Institution in Kelheim. Wirtin Bianca war Herz und Seele des Lokals, dessen Popularität vor allem ihrer schroffen Liebenswürdigkeit zu verdanken war. Sie hatte das Wirtshaus vor fünfzehn Jahren von ihrer Mutter übernommen und gleich einmal alles so gelassen, wie es war. Die Gäste, ein bunter Haufen Einheimischer, Sportler, Nachtschwärmer und Gestrandeter, dankten es ihr.

Das *Bürgstüberl* war alles andere als groß: Fünf Tische und der Tresen boten Platz für etwa fünfzig Personen, was aber auch das oberste Limit war, bei dem Bestellungen nur noch mühsam zu ihren Gästen durchkamen. Ebenso übersichtlich war die Speisekarte: Einer Vielzahl alkoholischer Getränke standen fürs leibliche Wohl nur Debreziner mit Semmel und Gulaschsuppe zur Auswahl gegenüber.

Norbert Kleusberg war so etwas wie Grubers heimliches Idol. Schon bei ihrer ersten Zusammenkunft vor etwa fünf Jahren war Gruber fasziniert gewesen von dem Sechzigjährigen, der für sein Alter noch sehr gut in Form war. Sein Charaktergesicht und sein stählerner Blick hatten Tobias Gruber sofort in ihren Bann gezogen. In seinen monologhaften Belehrungen hatte Kleusberg jedem gegenüber, der es wissen wollte, völlig offen gesagt, was er vom ganzen *System Bundesrepublik Deutschland* hielt: nämlich gar nichts!

Kleusberg war nicht nur ein glühender Anhänger der *Reichsbürger*-Szene, sondern auch so etwas wie ein charismatischer Chefideologe. Und als solcher vertrat er die Meinung, dass das Deutsche Reich nach wie vor fortbestehen würde, und zwar in den Grenzen von 1937. Die Bundesrepublik Deutschland war seiner Meinung nach nur ein theoretisches Konstrukt, eine Art *GmbH* ohne Anspruch auf geopolitische Souveränität.

Seine teils geschichtsverfälschenden Aussagen in Bezug auf die Entstehung und Legitimation des Grundgesetzes[19] mochten bei manchen Zuhörern nur für Kopfschütteln oder Lächeln gesorgt haben – für Gruber waren sie jedoch so einleuchtend und logisch, dass er schon früh damit begonnen hatte, seinem Idol nachzueifern.

Reichsbürger Kleusberg wischte sich nachdenklich den Bierschaum aus dem Vollbart. Der knapp zwei Meter große Hüne betrieb zwei Nachtclubs in Ingolstadt und eine Spielbar am Stadtrand, welche

[19] Kleusberg vertrat die Ansicht, dass die Weimarer Reichsverfassung von 1919 nie abgeschafft wurde und die Bundesrepublik Deutschland faktisch illegal und demzufolge nicht existent sei.

jedoch kaum etwas abwarf. Dort gab es so gut wie keinen Publikumsverkehr, und das war schon seit Jahren der Fall. Der Grund dafür war offensichtlich: Die Zocker von heute bevorzugten die heimischen vier Wände und den eigenen Computer. Dennoch war das *Play-Inn* anscheinend nicht kaputt zu kriegen. Täglich von 10 bis 18 Uhr öffnete einer von Kleusbergs Angestellten die gut gesicherten Türen des Casinos und verbrachte seinen Arbeitstag dort für gewöhnlich allein. Die beiden Nachtclubs hingegen brachten gute Umsätze und verhalfen ihm zu einem großspurigen Lebensstil.

Kleusberg gehörte zu den Menschen, die schon durch ihr bloßes Erscheinungsbild allen Anwesenden Respekt einflößten, und sein finsterer Raubtierblick sagte jedem unmissverständlich: *Leg dich lieber nicht mit mir an, mein Freund!*

Tobias Gruber grinste. Er freute sich immer, wenn er die Aufmerksamkeit des *Chefs* genoss.

»Ey Hotte, hast du schon von dem Einbruch heute beim Pollinger gehört?«, rief Manfred *»Knolli«* Pögl von der Toilette kommend quer durchs *Bürgstüberl* und zog ungeniert den Reißverschluss seiner Cordhose nach. Pögl war Mitarbeiter einer Sicherheitsfirma, die unter anderem auch für das Flüchtlingsheim zuständig war.

»Spinnst du? Das war kein Einbruch, das war ein piefiger Ladendiebstahl, du Zipfeklatscher!«, erwiderte Horst *»Hotte«* Fröber, der als Verkäufer in einem Abensberger Autohaus arbeitete.

» Und, wos hams gstoin? A Gitarr! So deppat miassat ma sei und dann sterm! A Gitarr, i packs ned![20]« schallte es von *Knolli* Pögl zurück. »Wenn, dann hätt i erst amoi in de Kasse einegschaut!«

»Die Kasse macht der Pollinger jeden Tag leer, da ist nie viel drin. Und das war nicht einfach nur eine *Gitarre*. Das Ding hat über fünftausend Euro gekostet«, klärte Fröber ihn auf.

---

[20] Und was haben sie gestohlen? Eine Gitarre! So dämlich müsste man sein und dann sterben! Eine Gitarre, ich fass es nicht!

»Ja, spinnst du jetzt ganz? Fünftausend? Und woaßt vielleicht aa, wer's war?«

Hotte Fröber grinste verschmitzt und sagte nur: »Kannst du dir doch denken, oder?«

»Womit wir beim Thema wären, Freunde«, fing Kleusberg ihre kleine Diskussion an. »Hier in Deutschland findet seit Jahren eine heimliche Umvolkung statt. Gesteuert von internationalen Eliten. Wenn das so weitergeht, sind wir in ein paar Jahren Fremde im eigenen Land.«

Tobi Gruber, Horst Fröber und Manfred Pögl klopften zum Beifall mit ihren Fingerknöcheln auf die Tischkante, während Bianca vier Gläser Weißbier zwischen ihnen vorbeibugsierte und jedem einen weiteren Strich auf den Bierdeckel machte.

»Genau, diese ungeregelte Masseneinwanderung muss endlich mal aufhören, wo sind wir denn hier?«, hetzte jetzt Knolli Pögl drauflos.

»Im Bürgstüberl sammer. Und hier geht's *bunt* zu«, gab die Wirtin trocken zurück und erntete dafür Lacher vom Nachbartisch.

Ihr waren fremdenfeindliche Sprüche wie diese schon immer ein Dorn im Auge und sie hatte längst bereut, ihren Stammtisch an die rechtsextreme Truppe rund um Norbert Kleusberg vergeben zu haben. Doch solange ihr Verhalten keinen Grund zur Beanstandung bot, konnte sie ihre Stammtischgäste nicht auf die Straße setzen. Immerhin sorgten sie verlässlich für gute Einnahmen.

»Ja, bunt, dass ich ned lach! Die Schmarotzer kommen doch nur hierhin, weil's hier die fette Kohle gibt. Ja, ist doch so!«, platzte es da aus Pögl so laut heraus, dass die Gespräche an den Nachbartischen für einen Moment verstummten.

»Du weißt schon, dass das nur für ein knappes Drittel von denen gilt?«, fragte Bianca nach.

Sie hatte sich ebenfalls schon länger mit dem Thema Migration auseinandergesetzt und war zu dem Schluss gekommen, dass es Einwanderung in Europa immer schon gegeben hatte und letztlich vor allem hierzulande zum Wohlstand beigetragen hatte. Doch für Fakten schien sich die Gruppe um das Alphatier Kleusberg nicht zu interessieren. Für sie zählte nur ihr Bauchgefühl, das ihnen einen ganz anderen Befund nahelegte.

»Die scheiß Ampel führt uns alle in die Katastrophe, so schaut´s aus! Die sollen endlich die Grenzen dichtmachen! Die ganze Wirtschaft geht doch den Bach runter! Heizungsgesetz und Klimakleber sag ich nur!«, sprach Pögl einen undifferenzierten Haufen nachgeplapperter Parolen und Reizwörter nach.

Die Kleusberg-Truppe gröhlte zustimmend, während viele der anderen Zuhörer im Bürgstüberl seine Gedankensprünge nicht nachvollziehen konnten und eher nachdenklich dreinschauten.

»Was hat denn das Heizungsgesetz und die Klimakleber mit den Flüchtlingen zu tun?«, fragte nun einer der Fußballer, auf dessen Trikot auf der Rückseite die 7 prangte, aufgebracht vom Nachbartisch.

»Weil … äh … ja, weil das ja klar ist … oder … nicht?«, hob Pögl an und sah dabei hilfesuchend zum Chef des Stammtischs.

Norbert Kleusberg wandte sich direkt an den Fragesteller.

»Alles hat damit zu tun, junger Freund!«, erwiderte der glatzköpfige Hüne und sah den Jungen vom Nachbartisch in einer Art an, die eindeutig nicht freundschaftlicher Natur war.

Ein Mannschaftskollege zog beschwichtigend am Ärmel des Jugendlichen.

»Lass gut sein, Hakim!«

»Hakim heißt du?«, fixierte er den jungen Sportler nun mit seinem Raubtierblick. »Du wohnst im Asylheim, richtig?«

Hakim nickte, während sein Kehlkopf vor Aufregung hüpfte. Kleine Schweißperlen wurden auf seiner Stirn sichtbar. Niemand der Anwesenden traute sich, auch nur ein Wort zu sagen. Die Luft im Bürgstüberl war kurz davor zu explodieren.

»Alles klar«, nickte Kleusberg und drehte sich dann zu Bianca Richtung Tresen hinüber. »Machst du uns noch ´ne Runde Helles, Süße?«

Die Erleichterung der übrigen Gäste war beinahe hörbar. Auch Bianca hatte die Luft angehalten und sich schon darauf eingestellt, den Notruf der Polizei zu wählen.

»Kommt sofort«, rief sie Richtung Stammtisch und begann mit dem Zapfen.

Diese Typen vergraulen mir noch die Gäste, dachte sie, als das kühle Bier in die Gläser floss. *Das geht so nicht weiter!*

KAPITEL 17

»Und w…w…wann kommt sie?«
»Am Mittwoch.«

Konny nickte ein *Aha* und Quincy runzelte die Stirn.

»Am Freitag ist ja das Gartenfest. Wir sollten sehen, dass wir unseren Kram früh genug dahin bekommen. Kannst du um siebzehn Uhr am Proberaum sein, Andi?«

»Jaja, das geht«, gab dieser zurück und druckste dann ein wenig herum. »Ist es denn wirklich ok, wenn ich Lisa dahin mitbringe?«

»W…w…warum denn nicht? Soviel ich weiß, k…kann jeder kommen, d…der will«, versuchte Konny, Andis Bedenken zu zerstreuen.

»Ja, ich weiß schon. Aber da sind halt ausschließlich Abensberger. Lisa ist ja nicht von hier.«

»J…j…ja *und*? Wo ist d…d…as P…roblem? Die Abens…berger sind g…astfreundlich«, entrüstete sich Konny.

»Du brauchst dir wirklich keine Gedanken machen, Andi. Der Robert freut sich, wenn's auf seiner Party richtig voll wird«, meinte Quincy.

Brauereichef Robert Neumaier war ein alter Schulfreund von Quincy Reinhardt, und deshalb hatte er bei ihm auch wegen seiner Band angefragt. Er hatte zwar noch nie etwas von den *Pinpricks* gehört, aber er vertraute darauf, dass es schon irgendwie passte mit der Combo.

»Und du kennst Lisa von früher, oder wie?«, fragte Quincy.

»Ja, genau. Aber *früher* kannst du großschreiben! Es sind ziemlich genau vierzig Jahre her jetzt.«

»Und ihr habt euch n…n…nicht gesehen s…seitdem?«, wollte Konny wissen.

»Nope«, gab Andi knapp zurück.

»Wow!«, kam es von Konny und Quincy gleichzeitig.

»Und bist schon aufgeregt?«, zwinkerte Quincy Reinhardt seinen Bandkollegen an und knuffte ihm in die Seite.

»Bissl scho«, musste Andi zugeben. »Auf jeden Fall bin ich schon sehr gespannt auf sie.«

Konny und Quincy grinsten das breiteste Grinsen der Welt, und Andi empfand die Situation als zunehmend unangenehm.

»Ja, ist ja gut, Jungs! Wie schaut's aus? Wollen wir die Sachen jetzt mal durchspielen?«

»Klar«, sagte Quincy und schaute auf die Uhr. »Frag mich nur, wo Sonja bleibt. Normalerweise ist sie doch immer superpünktlich.«

»Ja st…stimmt. Ist schon k…k…omisch.«

»Ok, wie auch immer. Dann lass uns *Proud Mary* noch mal machen.«

»Ohne Saxophon?«

»Hast recht. Machen wir zuerst *Dance Me to The End of Love,* ok?«

Quincy schlug seine Sticks zusammen und zählte den Song ein.

»Eins … zwei … eins, zwei, drei, vier…«

Die Tür ging auf und Sonja kam herein. Sie war total außer Atem und wirkte derangiert.

»Sorry für die Verspätung Leute, bei uns war heut die Hölle los: ein Ladendiebstahl. Das ganze Programm mit Polizei, bla und blubb. Ging nicht früher, tut mir leid«, entschuldigte sie sich, während sie schwer atmend die Jacke auszog und ihr Saxofon auspackte.

»Hi Sonja. Wir haben uns schon Sorgen gemacht«, sagte Quincy. »Was sagst du? Ladendiebstahl?«

»Ja. Jemand hat ´ne *Ramirez* Konzertgitarre mitgehen lassen. Das Teil kostet über fünftausend Euro.«

»Boah, heftig! Wisst ihr wenigstens schon, wer's war?«, wollte Andi wissen.

»Fehlanzeige, leider. Scheint sich aber um ′ne organisierte Bande zu handeln. In Regensburg gab's letzte Woche einen ähnlichen Fall. Der eine Typ hat meinen Papa in ein Gespräch verwickelt, während der andere einen auf Selbstbedienung gemacht hat. Ich war blöderweise gerade hinten im Büro, sonst hätt′ ich vielleicht was bemerkt.«

»Und w…w…wie sahen die aus?«, fragte Konny.

»Mein Vater sagte was von Lederjacken, Haare seitlich rasiert, zirka Ende zwanzig, Anfang dreißig, osteuropäischer Akzent. Aber was richtig scheiße ist: Die Versicherung hat gesagt, dass sie den Schaden nicht zahlen wird.«

»Oje, warum das denn?«

»Ich hab's auch nicht kapiert. Irgendwas im Kleingedruckten wahrscheinlich. Hab nicht weiter nachgefragt, mein Dad ist grad ziemlich durch deswegen.«

»So eine Scheiße, aber echt!«

»Japp, kannst du laut sagen! Also wie gesagt, sorry nochmal!«

»Hey, kein Thema! Aber … hast du nach der Aufregung jetzt den Kopf für ′ne Bandprobe?«

»Jaja. Da kann man heut eh nichts dran ändern. Und außerdem ist nächsten Freitag schon das Gartenfest.«

»Ok! Jetzt atme erstmal tief durch! Wir wollten gerade eben *Proud Mary* noch mal machen, da hat es beim Übergang vom Intro zum schnellen Teil letztes Mal noch gescheppert«, sagte Quincy.

»Jupp, alles klar.«

Sonja setzte das Mundstück auf ihr Saxofon und spielte ein paar Töne an, um sich warm zu machen.

Dann begann Andi mit dem langsamen Intro.

Immer, wenn Quincy bei diesem Song anfing zu singen, musste sich Andi innerlich zurückhalten, um nicht laut loszulachen. Je mehr sich Quincy bemühte, wie Ike und Tina Turner gleichzeitig zu klingen, desto lächerlicher wurde es. Sein miserables Englisch machte aus dem Rocksong der frühen Siebziger eine lupenreine Comedy-Nummer.

Andi hörte auf zu spielen, denn er hatte eine Idee.

»Hey, sollten wir nicht lieber mal die Originalversion von *Creedence Clearwater Revival* versuchen?«

»Na ja, aber die ist ja dagegen voll lahm«, wandte Quincy ein. »Warum meinst du?«

Weil das mit deinem Gesang scheiße klingt, dachte Andi.

»Oder wir denken uns eine *eigene* Version von dem Song aus«, schlug er stattdessen vor. Als er in Quincys versteinerte Miene schaute, lenkte er aber gleich wieder ein.

»Na ja, war nur so 'ne Idee. Dann machen wir die Ike & Tina-Turner-Version.«

»Ok. Dann los.«

Andi begann wieder mit dem Intro und holte tief Luft, als Quincy einsetzte.

»Left a gotschop in se sidey, workin' for se män effri night 'n day …«

Konnys Augen waren starr zur Decke gerichtet und sein Zwerchfell bebte. Sonja grinste verschämt Richtung Boden und auch Andi hatte Mühe, ernst zu bleiben.

Nach ein paar weiteren Takten unterbrach Quincy seinen Gesang und fragte in die Runde: »Könnt ihr mir bitte mal sagen, was los ist, Leute?«

»G…g…anz ehrlich?«, fragte Konny vorsichtshalber nach.

»Ja, natürlich!«, gab Quincy angesäuert zurück.

»W…w…wenn du wie Ike und Tina T…Turner gl…gl…gleichzeitig singst, d…d…dann ist das einfach lustig.«

»Was ist das? *Lustig*?«, entrüstete sich Quincy schockiert.

»Ja, das ist l…l…lustig.«

»Ich sing die Nummer schon seit zwanzig Jahren so. Das hat noch nie jemand *lustig* gefunden! Und du findest das *lustig*, oder wie?«

Quincy war anzusehen, dass er innerlich kochte. Noch ein weiteres Wort von Konny, und es hätte Verletzte gegeben.

»Jetzt mal tief durchatmen, Jungs!«, versuchte Sonja, die Situation mit ein wenig weiblichem Charme zu deeskalieren. »Vielleicht können wir ja aus der Not eine Tugend machen.«

»Wie m…m…meinst du das?«

Sonja legte ihr Saxofon auf die kleine Couch und ging rüber zum Holzregal in der Ecke. Dort lag ziemlich viel Krimskrams herum, mehrere Tambourins, ein Stimmgerät, Kabel und eine …

»Hey, wie wär's hiermit?«, rief sie fröhlich.

»Nicht dein Ernst, oder?«, fragte Quincy verdattert.

»Doch, mein voller Ernst! Setz mal auf!«

Sonja warf eine rotblonde Lockenperücke wie ein Frisbee Richtung Schlagzeug und Quincy fing sie auf. Er schaute das staubige Ding nachdenklich an.

»Die gehörte der Band *Schichtwechsel*, die haben hier früher mal drin geprobt. Haben so 'ne wilde Mischung aus Kabarett und Musik gemacht … aber die waren wirklich gut!«

Quincy machte eine Pause und wirkte mit einem Mal bedrückt.

»Der Sänger ist im Baggersee in Ingolstadt ertrunken und kurz danach hat sich die Band aufgelöst.«

»Oh, das wusste ich nicht«, erwiderte Sonja. Was als Spaß gemeint war, war ihr jetzt peinlich.

»Ja, das war 'ne krasse Geschichte damals … *Aumi*, also *Ralf Aumer*, hieß er. Er ist beim Versuch, ein Mädchen im See zu retten, selbst ertrunken. Ihr kennt doch die Stelle hinten am Wehr, wo die Strömung so stark ist. Die Kleine hat überlebt, aber für Aumi kam jede Hilfe zu spät.«

Quincy stieß Luft durch die Nase aus und schüttelte den Kopf.

»Der *Aumi* … war immer so ein lustiger Kerl, total kumpelig und immer für einen Spaß zu haben.«

»Ja d…d…das stimmt. Aumi war ein prima Typ«, stimmte Konny zu. »Der hat mir auch g…g…geholfen bei der H…h…homepage von der Band u…und so.«

Sonja und Andi wechselten betroffene Blicke. Keiner sagte was. Schließlich ergriff Quincy das Wort.

»Ok. Ich glaub, ich weiß, was ihr meint«, sagte er entschlossen und setzte die Perücke auf.

»Wir werden Ralf Aumer mit *Proud Mary* ein würdiges Andenken setzen.«

KAPITEL 18

Lisa saß auf dem Beifahrersitz eines BMW und schaute zum Fahrer, der ihr völlig unbekannt war. Während sie irritiert versuchte, dahinterzukommen, warum sie in seinem Auto saß, wurde das Wetter draußen immer ungemütlicher. Der Wind hatte jede Menge Blätter und Äste auf die Straße geweht und schwere Wolken verdunkelten den Abendhimmel.

Ich hab doch eben noch im Zug gesessen! Was mache ich hier in diesem Auto? Und wer ist dieser Typ?

Lisa fand die ganze Situation gleichermaßen befremdlich und beängstigend. Soweit sie sich erinnern konnte, war sie in ihrem ganzen Leben noch nie per Anhalter gefahren. Warum also jetzt?

Sie schaute wieder zu dem Mann am Steuer und räusperte sich.

»Entschuldigung. Ich möchte bitte hier aussteigen.«

Doch der Fremde machte keinerlei Anstalten zu bremsen. Im Gegenteil: Er drückte aufs Gaspedal und überholte einen LKW. Sie waren viel zu schnell und Lisa hielt sich unwillkürlich am Haltegriff fest.

Nach einer kurzen Zeit fuhren sie auf einer dicht bewaldeten Straße einen Berg hinauf, bis sie nach rechts auf einen Parkplatz abbogen.

Der Mann schaltete den Motor aus und beugte sich zu ihr rüber. Sein Geruch war abstoßend.

»Wir können uns die Zeit doch ein bisschen versüßen, findest du nicht auch, hmm?«

Was soll denn der Scheiß jetzt? fragte sich Lisa und musste auf einmal laut lachen.

Der Typ hatte sie wohl nicht alle!

»Sagen Sie mal, wollen Sie mich verarschen oder so?«

Doch jetzt wurde der Fremde sogar noch zudringlicher und fing an, sie schnaufend zu begrapschen.

Lisa strampelte wild mit ihren Armen und Beinen, um sich zu wehren, dabei erwischte sie mit einem Fuß die Sonnenblende. Für einen kurzen Moment erblickte sie ihr Spiegelbild im Schminkspiegel und war in höchstem Maße entsetzt: Es war das angsterfüllte Gesicht einer fremden Frau!

»Die Fahrausweise bitte!«

Lisa schreckte hoch. Ein Bahnübergang raste lautstark an ihrem Fenster vorbei, und der ältere Mann, der ihr ab Würzburg gegenübergesessen hatte, stand auf und griff in der Ablage nach seinem Gepäck. Er sah zu Lisa herab, die noch nicht ganz wach war.

»Fast eine ganze Stunde, nicht schlecht!«, meinte er lächelnd. »Leider kann ich im Zug überhaupt nicht schlafen.«

Der Schaffner kam nun zu ihr und Lisa entsperrte flugs ihr Handy. Der Barcode ihres Bahntickets erschien im Display und nach einem *Piep* des Scanners ging der Kontrolleur weiter zum nächsten Sitz.

»Wo sind wir denn?«, fragte sie den Alten. Sie war immer noch ganz durcheinander.

»In zehn Minuten sind wir in Regensburg.«

Erleichtert lehnte sie sich wieder zurück in den Sitz, als ihr der furchtbare Traum wieder einfiel. Was für ein Albtraum! Alles war ihr so unfassbar real vorgekommen.

Wie kommt man nur auf so eine Scheiße? fragte sie sich ärgerlich.

Dieser Typ! Er wollte mich umbringen, ich hab es ganz deutlich gespürt!

Lisas Handy klingelte.

»Hi!«, rief sie lächelnd in den Hörer, sie freute sich über Karolas Anruf.

»Hi, Süße«, kam es etwas kratzig durch den Lautsprecher. Offenbar war ein Funkloch im Anmarsch. »Wollte nur mal hören, ob alles ok ist bei dir.«

»Ach, du bist ja goldig. Danke, alles gut hier. Und bei dir? Warst du schon bei meiner Ma?«

»Bin gerade auf dem Weg zu ihr. Hab w..s vom Griechen d..bei.«

»Ah, super, das liebt sie total! Dann wünsch ich euch einen guten Appetit.«

»D…nke, … d …. i … krrr … ja … nn … »

»Oh, Mist, Funkloch! Karo …?«, rief Lisa in den Hörer, doch der blieb jetzt stumm.

Enttäuscht legte sie auf. Sie würde es später wieder versuchen, wenn sie in Abensberg war, nahm sie sich vor.

Erst jetzt bemerkte sie, dass der Briefumschlag mit Andis Babyhaaren die ganze Zeit neben ihr auf der Ablage gelegen hatte. Sie steckte den Umschlag schnell wieder zurück in ihre Handtasche neben sich. Wenn der jetzt auf den letzten Metern verloren ginge, wäre das unverzeihlich, dachte sie angespannt.

»Dann alles Gute für Sie!«, verabschiedete ihr Sitznachbar sich freundlich, und Lisa bedauerte im selben Moment, dass sie sich die ganze Fahrt über nur schweigend – beziehungsweise schlafend – gegenübergesessen hatten.

»Danke, für Sie auch!«, antwortete sie und winkte flüchtig.

»Wollten Sie nicht auch in Regensburg raus?«, fragte der Mann, als der Zug langsam in den Regensburger Hauptbahnhof einfuhr.

»Oh, mein Gott, stimmt ja!«

Lisa lief schnell zu ihrem Koffer, den sie in Köln in der Kofferablage geparkt hatte, und zog daran. Doch der hatte sich anscheinend verhakt und ließ sich nicht bewegen. Mit zunehmender Panik zog sie immer wieder daran, aber er rührte sich keinen Zentimeter.

»Warten Sie, ich helfe Ihnen!«, bot der Mann an und zog ihren Koffer unter festem Rütteln heraus.

Lautlos rollte der ICE noch ein paar Meter und blieb schließlich ruckelnd stehen.

»Vielen Dank! Wirklich sehr nett von Ihnen!«, bedankte sie sich bei dem Mann und zog den Koffer im Eiltempo Richtung Ausstieg. Draußen warteten schon die einsteigenden Fahrgäste.

Jetzt aber schnell, dachte sie.

»Hallo, Sie da?«

Lisa stieg aus dem Zug und ignorierte diesen Ruf. Sie konnte ja wohl kaum gemeint sein.

»Hallo! Ist das Ihre Tasche?«

Ein dunkelhäutiger junger Mann stand oben an der Einstiegstür und hatte Mühe, sich den hereinströmenden Fahrgästen entgegenzustellen. Er hielt Lisas Handtasche hoch und wedelte damit in ihre Richtung.

»Oh!«, rief Lisa zurück und nahm die Tasche im Gewusel der Leute dankbar entgegen. »Vielen vielen Dank!«

Der Fremde nickte. Eine Trillerpfeife schrillte am Zugende und die Türen schlugen mit einem lautem Rumms zu.

Hui, das war echt nett von ihm. Ich bin aber auch ein Duselkopp! dachte sie erleichtert und öffnete die Bahn-App in ihrem Handy. Sie suchte nach der Bahnsteignummer für den Zug nach Abensberg.

Gleis 8. Ah, dort drüben ist das.

Lisa kippte ihren Rollkoffer und zog ihn ein Stück, als ihr mit einem Mal ein mulmiges Gefühl in die Magengegend fuhr: In einer halben Stunde würde sie Andi wiedersehen!

KAPITEL 19

Kommissarin Katharina Teuber blickte in die vier erwartungsvollen Gesichter der *»Soko Lara«*, die gleich nach dem Fund von Lara Schusters Leiche bei der Kripo in Landshut gebildet wurde.

Der Besuch bei Laras Eltern steckte ihr noch in den Gliedern. Sie hatte sich zwar bemüht, ihnen die Nachricht vom Tod ihrer Tochter so schonend wie möglich zu überbringen, doch Laras Mutter hatte einen schweren Nervenzusammenbruch erlitten und musste notärztlich versorgt werden.

Die junge Kommissarin zwang sich selbst zur Disziplin, ihre Emotionen beiseitezuschieben. Sie wollte um jeden Preis diesen Mordfall so professionell und gründlich wie möglich aufklären. Trauer oder Hass hatten bei polizeilichen Ermittlungen keinen Platz.

Der Raum war abgedunkelt und ein Beamer zeigte ein Foto vom Fundort der Leiche.

»Hallo erst mal und danke, dass Sie hier sind. Also … wir wissen nun gesichert, dass es sich bei der im Kelheimer Forst gefundenen Toten um die Leiche der seit vier Wochen vermissten Lara Schuster aus Abensberg handelt.«

Sie schaltete auf das nächste Foto, auf dem eine Straße mit einem Radweg zu sehen war. Das Bild war mit einer Kameradrohne gemacht worden und zeigte die Umgebung des Ortsteils Offenstetten mit dem angrenzenden Waldstück.

Die Kommissarin fuhr fort.

»Lara war zuletzt am Abend des 4. Juni gegen 20 Uhr 30 von mehreren Zeugen auf dem Radweg zwischen Offenstetten und Abensberg gesehen worden, danach verliert sich ihre Spur.«

Kathi Teubers Kollege Tobias Gruber setzte sich aufrecht und räusperte sich. Er schenkte sich Mineralwasser in ein Glas ein und trank es in einem Zug leer.

Die Kommissarin setzte ihren Vortrag fort.

» Derzeit gehen wir davon aus, dass Lara Schuster ungefähr zu dieser Zeit, also zwischen halb neun und neun Uhr abends, entweder freiwillig oder unfreiwillig, in ein Fahrzeug eingestiegen ist und dort wohl auf ihren Mörder stieß.«

Gemurmel begann und Tobias Gruber meldete sich zu Wort.

»Warum sollte sie das getan haben? Also, ihre Eltern sagen, dass Lara niemals in ein fremdes Auto eingestiegen wäre.«

Die Kommissarin sah Tobias Gruber direkt an, als sie ihm antwortete.

»Ja, das ist richtig. Allerdings gab es an diesem Abend einen heftigen Regen und Sturm. Sie könnte also in ein Auto gestiegen sein, um dem Wetter zu entgehen. Ob sie den Fahrer kannte oder nicht, wissen wir nicht. Sicher jedoch war Lara in diesem Moment völlig arglos. Laras Eltern haben ihre Tochter noch in derselben Nacht, also genau um 00 Uhr 19, als vermisst gemeldet. Es gab daraufhin eine mehrtägige großangelegte Suchaktion im gesamten Gemeindegebiet, diese blieb jedoch erfolglos.«

Der Beamer schaltete auf das nächste Foto, das den Fundort der Leiche zeigte. Teuber sprach weiter.

»Am 3. Juli, also knapp vier Wochen später, fanden zwei Schülerinnen und zwei Schüler während einer Waldexkursion ihrer Schulklasse gegen 10 Uhr 15 zufällig die Leiche von Lara Schuster. Tobias Gruber und ich haben die Kinder etwa eine Stunde später bei der Ausflugs-Schenke *Klösterl* unten am Donaudurchbruch angetroffen. Ein Schüler hatte am Fundort der Leiche ein Foto mit seiner Handykamera gemacht, was uns dabei half, den Suchradius einzuschränken.«

Auf dem folgenden Bild war ein Portrait von Schäferhündin Kala zu sehen. Sie schien zu lächeln, was sich prompt auf die Polizisten der Soko übertrug.

»Unsere erste Suche am selben Tag war leider erfolglos. Die Hinzunahme eines Leichenspürhundes am nächsten Morgen führte zum Fund der Toten.«

Das nächste Foto war eine Nahaufnahme von Laras rechtem Arm, das in der Gerichtsmedizin entstanden war. Darauf waren neben ein paar kleinen Tätowierungen zahlreiche Hämatome und Kratzer zu sehen.

»Am Körper der Toten fanden sich etliche Kampfspuren, die aktuell noch gentechnisch untersucht werden.«

Für die meisten der anwesenden Polizisten der Soko war dieses Foto nur schwer erträglich. Schließlich dokumentierte es die letzten Minuten von Lara, in denen sie verzweifelt um ihr Leben gekämpft hatte.

Die 26-jährige Polizeimeisteranwärterin Melanie Weber wandte sich schockiert ab. Sie war erst seit drei Monaten bei der Kelheimer Wache und hatte dort noch den Status eines Neulings. Während ihr Kollege Konrad Berger ausdruckslos auf die Leinwand starrte, schenkte sich Tobias Gruber ein weiteres Glas Wasser ein.

Das nächste Foto erschien. Laras junges hübsches Gesicht war darauf zu sehen. Bedrückte Stille lag jetzt über dem Raum.

»Lara Schuster wurde vermutlich auch vergewaltigt. Wir haben Sperma in ihrem Genitalbereich gefunden.«

Fassungsloses Kopfschütteln. Die Fotos und der Bericht der Kommissarin waren für die Anwesenden schier unerträglich.

Das Foto eines goldenen Ohrsteckers in Herzform war dagegen eine Erleichterung für die Beamten.

»Lara hatte nur diesen Ohrstecker dabei, der zweite fehlte. Es könnte sein, dass er im Kampf herausgerissen wurde. Möglicherweise hat ihn der Täter ihr auch bewusst abgenommen – sozusagen als Trophäe. Wie auch immer: Der fehlende Ohrstecker ist ein wichtiges Indiz.«

Als Nächstes erschien ein Foto von Laras Jeans.

»An der Jeanshose von Lara fanden sich Blutspuren am rechten Bein, etwa in Kniehöhe. Das Blut stammt *nicht* von ihr selbst und ist somit höchstwahrscheinlich dem Täter zuzuordnen. Eine genauere gentechnische Analyse steht noch aus, aber diese Blutspur ist aktuell unsere größte Hoffnung, den Täter schnell zu finden.«

Gemurmel. Diesmal meldete sich Melanie Weber zu Wort.

»Wie genau … finden? Also, ich meine, wie geht das?«

Tobias Gruber grinste und schloss seine Augen, als wäre er genervt von dieser dummen Frage.

»Ganz einfach«, antwortete er ironisch. »Wir nehmen eine Speichelprobe von allen Triebtätern aus Niederbayern. Und um Zeit zu sparen, fangen wir bei den Nafris im Asylheim an.«

Er und sein Kollege Konrad Berger lachten, Melanie Weber wurde rot, und Kathi Teuber sah Tobi Gruber fassungslos an. Sie wartete einen Moment, bis sich die Heiterkeit ihrer Kollegen gelegt hatte, und räusperte sich schließlich.

»Ich find das überhaupt nicht lustig, Tobi. Das weißt du.«

»Wieso nicht?«, erwiderte Tobias Gruber nun provokativ. »Die kommen doch nur hierhin, um Ärger zu machen.«

»Wir ermitteln in diesem Mordfall objektiv und vorbehaltlos, Tobi. Ist das klar?«

»Ja, klar tun wir das«, gab Tobias Gruber lässig zurück.

»Bei dir bin ich mir da aber leider nicht ganz sicher, Tobi.«

»Und warum, Frau *Hauptkommissarin*?«, fragte Gruber aufmüpfig.

»Weil ich glaube, du möchtest, dass es einer der Asylanten war.«

Tobias Gruber öffnete den Mund, um zu protestieren, doch die Kommissarin sprach unbeirrt weiter.

»Und auch, wenn es unnötig ist, es zu wiederholen: Wir ermitteln hier objektiv und vorbehaltlos in alle Richtungen, verstanden?«

Gruber wich dem Blick seiner Kollegin aus und schaute mürrisch auf die Leinwand. Es ärgerte ihn immer, wenn er bei Kathi Teuber klein beigeben musste.

Bis vor ein paar Monaten waren die beiden noch enge Freunde gewesen. *Sehr* enge Freunde, um genau zu sein. Doch das hatte sich seiner Einschätzung nach mit ihrem Karrieresprung zur Hauptkommissarin geändert. Seitdem war es zwischen ihnen immer öfter zu Meinungsverschiedenheiten gekommen. Außerdem hatten sie keinen Sex mehr, was ihn sehr viel mehr frustrierte, als er zuzugeben bereit war.

In einem Punkt musste er ihr jedoch recht geben: Er hoffte tatsächlich, dass Laras Mörder einer der Asylanten war.

KAPITEL 20

Als der Zug aus Regensburg endlich in der Ferne sichtbar wurde, schlug Andis Herz plötzlich wild drauflos. Mit einem Mal übermannten ihn Gefühle, die er in der ganzen letzten Zeit entweder beiseitegeschoben oder denen er einfach keine Beachtung geschenkt hatte. Er wusste zwar, dass er sich freute, Lisa wiederzusehen, aber jetzt mischten sich plötzlich Zweifel mit hinein.

Wie sie wohl heute aussieht? Hat sie sich sehr verändert? Es ist schließlich über vierzig Jahre her. Werde ich sie überhaupt wiedererkennen? War das überhaupt eine gute Idee, dass sie jetzt zu mir nach Bayern kommt? Fucking vierzig Jahre, verdammt…!«

Es dauerte eine gefühlte Unendlichkeit, bis die Räder des Zuges endlich zum Stillstand kamen. Und ebenso lang dauerte es, bis sich die erste Wagentür öffnete. Andi kniff die Augen zusammen und fokussierte die Ausstiege.

Ganz hinten stieg zuerst ein älterer Mann aus, gefolgt von einer Frau. In der Mitte des Zuges verließ zunächst ein junger Mann das Abteil, um seiner Frau beim Ausladen des Kinderwagens zu helfen. Es folgten drei Ordensschwestern und ein Punker.

Direkt neben Andi strömte eine ganze Schulklasse laut grölend aus dem Zug und er musste aufpassen, dass er nicht den Überblick verlor.

Also, da hinten ist sie schon mal nicht, und hier vorne …

Immer wieder schaute er nervös nach links und rechts, doch Lisa war nirgends zu sehen. Es folgte noch eine fünfköpfige Wandergruppe, aber dann stieg niemand mehr aus.

Ein schriller Pfiff des Schaffners ließ ihn erschrecken und der Zug setzte sich wieder in Bewegung. Möglicherweise kam die Schulklasse von einem Ausflug heim, denn die Kinder wurden von ihren Eltern abgeholt. Ein großes Hallo gab es allerorts, dementsprechend tumulthaft ging es jetzt auf dem Bahnsteig zu. Doch so sehr er sich auch anstrengte: Lisa war nirgendwo zu entdecken.

Mist! Das gibt's doch nicht, sie müsste doch … das gibt's doch nicht! Mist!

Vor lauter Enttäuschung spürte Andi einen Kloß im Hals. Er griff nach seinem Handy, um ihre Nummer zu wählen.

»Andi …?«

Für einen Moment setzte sein Herz aus, als er Lisas Stimme vernahm. Sie klang so vertraut, als hätten sie sich nur ein paar Tage nicht gesehen. Natürlich hatte er fest damit gerechnet, dass Lisa sich verändert hatte, aber es war *exakt* die gleiche Stimme … und sie war damals siebzehn gewesen, wie war das möglich?

Fucking vierzig Jahre!

Er drehte sich um, und da stand sie. Er traute seinen Augen nicht, denn sie war anscheinend nicht älter geworden!

»Lisa!«

Gleichzeitig rannten sie los und fielen sich in die Arme. Es tat gut, sie so nah zu spüren. Sie fühlte sich noch genauso an, wie er sie in Erinnerung hatte. Selbst ihr Geruch war ihm noch vertraut, er konnte es nicht fassen. Ein vergleichbarer Glücksmoment musste mehr als eine Ewigkeit her sein, und er wünschte sich nur, dass er nie vorbeigehen würde.

Das ist sie! Jetzt ist sie tatsächlich hier!

Doch da bemerkte er, dass Lisa sich von ihm wegdrückte. Sie wirkte ein bisschen so, als ob es ihr peinlich wäre, und schaute verschämt zur Seite.

»Hey … ich …«

»Oh, sorry, ich wollte nicht …«

»Nee, alles gut!«, wand sie sich schließlich ganz aus Andis Umarmung und griff nach ihrem Gepäck.

»Lass schon, ich nehm den Koffer!«, rief Andi schnell, um seine Verlegenheit zu überspielen.

»Ja, ok … danke«, erwiderte sie nur und musterte ihn.

Dann schaute sie sich um und ihr Blick fiel auf das Ortsschild des Bahnsteigs gegenüber.

»Abensberg … aha. Und jetzt?«

»Jetzt bring ich dich erst mal zum Hotel, das ist nicht weit von hier. Und wenn du magst, essen oder trinken wir später was in der Stadt.«

Lisa lächelte.

»Gute Idee. So machen wir's.«

Andi zeigte die Richtung und sie gingen los. Auf den ersten Metern schwiegen sie und nur Lisas Rollkoffer war zu hören, wie er vorlaut über den Bürgersteig dröhnte.

»Wie war die Fahrt?«, brach Andi schließlich das Schweigen.

»Ganz gut«, kam es knapp zurück und der penetrante Rollkoffer übernahm wieder die Geräuschkulisse.

Dann fügte sie hinzu: »Bin ein bisschen kaputt, sorry. Ich brauch, glaub ich, nur ein Stündchen im Hotel, um anzukommen. Dann bin ich wieder fit.«

»Ja, logisch. Die Fahrt von Bröhlheim bis hierhin ist ja auch ziemlich lang.«

Sie kamen auf dem Stadtplatz in der Altstadt an, wo wie auf allen Stadtplätzen im Sommer die obligatorischen Tische und Stühle vor den Cafés, Bars und Restaurants aufgebaut waren. Die lebhafte und bunte Kulisse mit den teils mittelalterlich wirkenden Fassaden hatte einiges zu bieten und schien sowohl bei den Einheimischen als auch bei den Touristen eine der Hauptattraktionen im Ort zu sein. Die Szenerie sprach für sich: Hier fand Abensberg statt.

»Wow, nett hier!«, kam es von Lisa ehrlich beeindruckt.

»Ja, ich mag das hier auch. Hier ist immer was los, vor allem im Sommer.«

Sie bogen nach rechts in eine schmale Straße ein und Andi zeigte nach vorn.

»Dort hinten ist dein Hotel.«

Das Altstadthotel war in mehrere Gebäude unterteilt, die sich unauffällig in die teils mittelalterliche Bausubstanz einfügten. Der Eingangsbereich war zwar klein, aber modern gestaltet und wirkte wie die Dame an der Rezeption einladend und freundlich.

Andi stellte Lisas Koffer auf dem Teppich vor dem Desk ab und schien ab diesem Moment nicht mehr so recht zu wissen, was er mit seinen leeren Händen anfangen sollte.

»Danke fürs Abholen, Andi. Ich ruh mich kurz aus, mach mich frisch, und dann ruf ich dich an, ok?«

»Alles klar. Ich bin in der Nähe. Meld dich einfach!«

»Ok, bis später.«

»Ja, bis später.«

Die Umarmung fiel diesmal ein wenig förmlich, ja, beinahe steif aus, was vor allem daran lag, dass Andi Lisa dabei mit der Hand auf den Rücken klopfte.

Andi verließ das Hotel mit gemischten Gefühlen. So sehr er sich freute, Lisa wiederzusehen, so sehr wurmte es ihn, dass er sie wohl bei der Begrüßung in irgendeiner Form irritiert hatte, doch so richtig konnte er ihr Verhalten nicht einordnen.

Na ja, die Zeit lässt sich nicht einfach so überspringen, dachte er und nahm sich vor, behutsamer zu sein.

Als er um die Ecke zurück auf den Stadtplatz abbog, wäre er fast mit Michael Schewe zusammengestoßen.

»Uups, oh, Entschuldigung!«

»Ah, servus, Sie sind es, Herr Krammer! Das ist ja ein Zufall!« Schewe war es anzusehen, dass er sich nicht über diesen Zufall freute.

»Ach, hallo zusammen. Hallo Marie!«, rief Andi und war noch dabei, seine Überraschung zu verdauen.

Michael und Kerstin Schewe waren mit ihren Töchtern Luisa und Marie offenbar auf einen kleinen Spaziergang in der Stadt unterwegs. Die Mädchen hielten jeweils eine Eistüte in der Hand, doch Luisa war die Einzige, die genüsslich daran schleckte.

»Ach Marie, was machst du denn?«

Kerstin Schewe nahm Marie die halb geschmolzene Eiswaffel ab und leckte das heruntertropfende Eis schnell weg. Dann öffnete sie ihre Handtasche, zupfte ein feuchtes Tuch aus einer Verpackung und gab es Marie.

»Hier, mein Schatz!«

Marie nahm das Tuch entgegen und wischte sich die Hand sauber, wirkte dabei aber seltsam abwesend. Nur für einen kurzen Moment kam es zu einem Blickkontakt zwischen ihr und Andi, und es war so, als ob ihr ein flüchtiges Lächeln übers Gesicht huschte. Doch dann schaute sie schnell wieder weg in Richtung Boden oder in der Gegend herum.

Was ist denn mit Marie los?

»Wir sind mit den Kindern auf ein Eis in die Stadt gegangen«, erklärte Mike Schewe das, was eh schon offensichtlich war.

Kerstin Schewe nahm das benutzte Feuchttuch von Marie wieder entgegen und steckte es zurück in ihre Tasche. Dann schaute sie zu Andi und schien nach Worten zu suchen.

»Äh, gut, dass wir Sie treffen, Herr Krammer. Ich wollte Sie eigentlich schon die ganzen letzten Tage anrufen, aber … äh … also … wir wollten nur sagen, dass Marie in der nächsten Zeit nicht mehr zur Klavierstunde kommen kann.«

Andi konnte nicht recht glauben, was er da hörte, und sah überrascht zu Marie hinunter.

»Marie! Wieso, was ist denn los?«

Beinah hätte Marie etwas gesagt, doch da fuhr ihr Vater dazwischen: »Ja, wissen Sie, das sind eher private Gründe, Herr Krammer. Das möchten wir jetzt nicht so … ich hoffe, Sie verstehen.«

Andi schüttelte den Kopf und verstand kein Wort.

»Aber … Marie hat wirklich Talent! Und es macht dir doch auch Spaß, das Klavierspielen, oder nicht?«

Marie nickte stumm, doch Schewe wurde nun im Ton etwas schroffer: »Ja, wie auch immer. Wir werden Marie dann zum neuen Schuljahr abmelden, und bis dahin wird sie auch nicht mehr kommen.«

Kerstin Schewe sagte nichts, aber es war ihr deutlich anzumerken, dass ihr die Situation unangenehm war. Maries Schwester Luisa beschäftigte sich nun mit dem Zerknabbern ihrer Eiswaffel, was angesichts der fehlenden Schneidezähne eine gewisse Herausforderung darstellte. Marie sah wieder ausdruckslos nach unten.

»Also dann … haben uns gefreut, Sie zu treffen! Servus!«

Schewe zog an Andi vorbei, seine Frau und die Mädchen folgten ihm nach. Für einen winzigen Moment schien es Andi, als ob Kerstin Schewe ihn mit ihren Blicken … anflehte? Aber er konnte sich auch getäuscht haben.

Andi drehte sich um und schaute der jungen Familie nach. Irgendwas stimmte mit ihnen nicht.

KAPITEL 21

Elom Kouassi Prince Charles sah sich erschrocken um. Er war verwirrt, denn er befand sich auf dem Rücksitz eines fahrenden Autos und hatte keine Ahnung, warum. Auf dem Platz links neben ihm war ein rot-grün gemusterter Kindersitz am Gurt befestigt. Vorne am Steuer saß ein Fremder, Elom hätte ihn auf etwa dreißig geschätzt.

Die Mitte des Lenkrades zierte ein weiß-blaues BMW-Logo und der Tachometer zeigte knapp hundert Stundenkilometer an. Sie fuhren auf einer Landstraße. Links und rechts der Fahrbahn gab es einen Radweg, dahinter wechselten sich ausgedehnte Felder mit kleineren Waldstücken ab.

»Hallo …?«, versuchte Elom Kontakt mit dem Fahrer herzustellen, der ihn jedoch ignorierte.

Was um alles in der Welt ist hier los? fragte sich Elom und versuchte es ein zweites Mal, diesmal etwas lauter: »Hallo, entschuldigen bitte!«

Der Fahrer drehte den Lautstärkeknopf seines Radios nach rechts und der Refrain von *Wake Me Up Before You Go Go* schallte laut durch den Innenraum. Das große Display in der Mitte des Cockpits zeigte den Radiosender BAYERN 1 an.

Der unfreiwillige Fahrgast bekam es mit der Angst zu tun. War er irgendwo überwältigt und entführt worden? Angestrengt versuchte er zu erinnern, wie er in diese Situation gekommen war, aber so sehr er sich auch bemühte: Er konnte sich keinen Reim darauf machen. Tatsache war: Er saß in einem fremden Auto, und der Fahrer wirkte alles andere als freundlich. In seiner Heimatstadt Lomé kamen Raubüberfälle und Entführungen immer wieder mal vor und endeten für den Entführten in der Regel unerfreulich, aber Deutschland hatte er bis zu diesem Tag eigentlich für relativ sicher gehalten.

Obwohl Elom seinen eigenen Puls im Hals spürte, versuchte er, die Situation zu deeskalieren und rief:

»Ich nix habe Geld, du mir glaube bitte!«

Doch wieder tat sein Chauffeur so, als hätte er nichts gehört.

»Bitte bitte, du mir nix tun, ja? Meine kleine Tochter sein sonst ganz schlimm traurig!«

Der Togoer war kinderlos, aber er hatte die Hoffnung, dass diese Information das Herz dieses Mannes erweichen würde. Denn nach dem Kindersitz zu urteilen, handelte es sich bei ihm offenbar um einen Familienvater.

Mit einem Mal wurde die Musik wieder leiser und der Wagen bremste ab. Elom sah sich um, und schon kurz darauf konnte er erkennen, warum sie langsamer wurden: Das Auto blieb in Höhe einer jungen Frau stehen, die zu Fuß auf dem Radweg unterwegs war. Ein leichter Regen setzte ein, als die Räder stoppten.

Jetzt oder nie! dachte Elom. Der Umstand, dass er nicht angeschnallt war, konnte ihm entscheidende Sekunden schenken. Er machte sich darauf gefasst, notfalls auf den Gehweg zu rollen und anschließend über das Feld zu rennen, wo ihn der BMW nicht verfolgen konnte. Selbst wenn er sich bei seiner Flucht verletzen würde: egal, Hauptsache weg von hier!

Der Afrikaner riss am Türhebel, und im gleichen Moment gefror sein Blut vor Schreck in den Adern. Dieses verdammte Ding ließ sich nicht öffnen, das durfte doch alles nicht wahr sein! Allerdings war diese Tatsache nicht einmal der Hauptgrund für seine grenzenlose Bestürzung, sondern der Umstand, dass er selbst offenbar aus *Luft* bestand! Mit wachsender Panik versuchte er wieder und wieder, den Türöffner zu ziehen, doch seine Finger glitten daran vorbei wie Wind an einem Spoiler.

Der Fahrer lächelte und ließ die Fensterscheibe der Beifahrertür herunter. Die junge Frau schaute von außen ins Auto und lächelte ebenfalls.

»Hallo Lara! Kann ich dich ein Stück mitnehmen?«, fragte er und die Angesprochene schaute sich unsicher um.

»Na ja, ich ...«

»Ach, komm schon! Es fängt an zu regnen, du wirst ja klatschnass.«

Lara schaute nach oben und der Himmel war tatsächlich wenig verheißungsvoll. Windböen verwirbelten ihre langen blonden Haare, und dicke graue Wolken kündigten unmissverständlich Starkregen an.

»Oh, das ist aber sehr nett von Ihnen!«, sagte sie schließlich, öffnete die Beifahrertür und setzte sich ins Auto.

Das Klicken des Blinkers wurde hörbar und der Wagen beschleunigte wieder.

»Ich nehme an, du möchtest nach Abensberg?«, fragte der Mann am Steuer und Lara nickte.

Abensberg? fragte sich Elom irritiert.

»Aber nur, wenn es Ihnen wirklich nichts ausmacht.«

»Nein, überhaupt kein Problem. Ist ja schließlich auch meine Richtung.«

Lara drehte sich nach hinten und sah sich im Auto um. Für einen Moment glaubte Elom, sie würde ihn direkt anschauen, und nickte ihr unwillkürlich zu. Doch auch sie schien ihn nicht zu sehen und schaute nun auf den Kindersitz.

Er war unterdessen außerstande, einen klaren Gedanken zu fassen. Ihn beschäftigte nur diese eine Frage:

Was ist hier los, verdammt?

»Heute mal ohne die Kinder unterwegs?«, fragte die junge Frau, die offenbar Lara hieß.

Irgendetwas an dieser Frage löste einen Knoten in Eloms Gedanken.

Sie kennt ihn! Zumindest vom Sehen, dachte er und hörte ihrem Gespräch nun aufmerksam zu.

»Jaja, gottseidank!«, lachte der Mann. »Nee, Spaß, ich komme grad von der Arbeit und bin auf dem Weg nach Hause. Meine Frau und die Mädels erwarten mich schon sehnsüchtig.«

Als Elom vor sich nach unten sah, entdeckte er eine Playmobilfigur, die dort im Fußraum lag. Es war eine Piratenfigur, die wahrscheinlich bereits von einem seiner Kinder vermisst wurde, vermutete er.

Der Regen prasselte nun lautstark gegen die Windschutzscheibe und der Scheibenwischer hatte Mühe, die Sicht nach vorne freizuhalten. Sturmböen fegten Blätter und kleinere Äste über die Straße und boxten immer wieder seitlich auf das Auto ein.

»Puh, da hab ich ja wirklich noch mal Glück gehabt, dass Sie mich mitnehmen!«, rief Lara erleichtert und der Mann nickte.

»Hey, würde es dir etwas ausmachen, wenn wir einen kleinen Umweg machen und meine Frau aufgabeln? Sie hat eben angerufen.«

Moment mal, dachte Elom in diesem Moment. *Hat er nicht eben gesagt, dass seine Frau und die Kinder daheim auf ihn warten würden?*

»Kein Problem, sehr gern«, antwortete die Jugendliche, die offenbar keine Ungereimtheiten erkannte.

»Ok, das ist bei Kelheim, also ein Stück von hier, aber wenn es dir nichts ausmacht…?«

»Nee, überhaupt nicht!«, gab Lara freundlich zurück. »Immerhin haben Sie mich vor diesem Unwetter gerettet.«

Sie bogen auf die B 16 Richtung Kelheim ab und überholten einen LKW. Mit der rechten Hand wischte sich der Unbekannte ein bisschen mehr Sicht durch die beschlagene Scheibe und drehte das Gebläse voll auf. Als die Sicht wieder besser war, drückte er das Gaspedal durch. Der BMW beschleunigte auf etwa 140, was sowohl Lara als auch Elom angesichts der Wetterbedingungen und der dort erlaubten 100 Stundenkilometer unangepasst erschien. Laras Oberkörper versteifte sich ein wenig und sie suchte nach dem Haltegriff rechts über ihr.

Elom spürte, dass er jetzt irgendetwas tun musste und lehnte sich über die Mittelkonsole nach vorne. »Können du mich hören oder sehen,

Frau Lara?«, rief er ihr, so laut er konnte, zu, doch die junge Frau erwiderte nichts. Sie krallte sich nur noch fester an den Griff.

Elom wandte sich nun dem Fahrer zu und rief ihm zu:

»Du wahnsinnig, wolle du uns umbringe, hä?«

Die Fahrt wurde wieder langsamer und die beiden Passagiere entspannten sich wieder etwas. Es ging nun vorbei an der Befreiungshalle, die wie ein riesiger gelber Topf oben am Berg über ganz Kelheim wachte. Außerdem ließ der Regen wieder etwas nach.

Die Straße führte nun in Serpentinen immer tiefer durch den Wald hinauf, als Lara irgendwann fragte. »Wo ist denn Ihre Frau?«

Der Mann am Steuer schien einen Moment zu überlegen und antwortete schließlich:

»Hier irgendwo müsste es eigentlich sein.«

Dabei schaute er immer wieder nach links und rechts und schien tatsächlich nach etwas zu suchen. Nach einigen weiteren Kurven erschien ein Wanderparkplatz auf der rechten Seite, der aufgrund des Wetters und der Tageszeit verlassen war. Der Mann setzte den Blinker, fuhr auf den Parkplatz und hielt das Auto an einer von der Straße aus schlecht einsehbaren Stelle an. Dann drehte er das Radio leiser und drückte auf den Zündungsknopf, um den Motor auszuschalten. Bis auf die leise Stimme von Tom Petty mit seinem Oldie-Dauerbrenner *»Free Fallin'»* war es jetzt still im BMW.

Lara spähte aus dem Fenster, konnte aber aufgrund der Dunkelheit draußen nichts erkennen.

»Wo ist denn Ihre Frau?«, fragte sie wieder, und Elom merkte ihr an, dass sie sich langsam unbehaglich fühlte.

Der Mann tat kurz so, als würde er selbst nach seiner Frau suchen und antwortete nur: »Ach, die müsste gleich hier sein.«

»Hatten Sie nicht eben gesagt, dass Ihre Frau und Ihre Kinder zu Hause wären?«

Exactement, dachte Elom.

»Nein nein, die müsste eigentlich hier irgendwann …«

Er unterbrach sich, legte seine Hand auf Laras Oberschenkel und grinste in einer Art, dass Elom ein kalter Schauer den Rücken hinunterlief.

»Wir können uns die Zeit bis dahin doch ein bisschen versüßen, findest du nicht auch, hmm?«

Laras Rücken versteifte sich und ihre rechte Hand griff instinktiv zum Türhebel, verharrte aber zunächst dort.

»Hey, du lassen sofort die Frau los, ja? Ich rufen Polizei!«, schimpfte Elom laut, der mit seiner Rolle als unsichtbarer Beobachter einfach nicht klarkam.

»Ach komm, Süße! Gegen ein kleines bisschen Spaß ist doch nichts einzuwenden, was meinst du?«

An dieser Stelle musste Lara plötzlich lachen und fragte:

»Sagen Sie mal, wollen Sie mich verarschen oder so?«

Dann wurde sie wieder ernst und wischte seine Hand von ihrem Bein.

»Ich möchte jetzt bitte sofort nach Hause!«, bat sie streng und schaute Schewe nun direkt an.

»Hey, was soll das? Hier kann uns doch keiner stören«, erwiderte Schewe in einer Penetranz, die Elom wütend machte.

»Die Frau das nicht wolle, du musse jetzt ma aufhöre!«, brüllte er vom Rücksitz nach vorne, so laut er konnte.

In diesem Moment zog Lara entschlossen am Türhebel und stieß die Beifahrertür ein Stück weit auf. Erst jetzt realisierte sie, dass das Auto sehr dicht an einem Baum stand, was es ihr unmöglich machte, die Tür weit genug zu öffnen. Es regnete seitlich hinein und Lara atmete aufgeregt, während sie fieberhaft nachzudenken schien. Dann zog sie die Tür resigniert wieder zu.

»Hören Sie«, rang sie sich einen ruhigen Tonfall ab. »Ich möchte jetzt bitte nach Hause. Ich werde auch niemandem davon erzählen, ok?«

Dieser Satz schien Schewe gleichermaßen zu erschrecken wie wütend zu machen.

»Was soll denn *der* Scheiß jetzt? *Ich werde niemandem davon erzählen.* Spinnst du?«

Schewe schaute verunsichert nach links aus dem Fenster, während er an seinem Daumennagel knabberte. Dann atmete er tief ein, drehte sich zu Lara und beugte sich zu ihr rüber. Elom hoffte, dass der Kerl nun endlich wieder bei Sinnen war und dieses erbärmliche Unterfangen aufgab. Doch stattdessen begrapschte er die junge Frau wieder, diesmal sogar noch unverschämter als davor.

Lara schlug mit ihren Händen nach ihm und strampelte mit den Füßen, bis sie ihren Angreifer schließlich mit dem Knie mitten im Gesicht traf. Der Mann ließ erschreckt von ihr ab und schaute in den Rückspiegel. Seine Nase blutete.

»Was hast du getan, du Schlampe?«, schrie er Lara an, die jetzt anfing zu wimmern.

Schewe griff nun mit beiden Händen nach ihrem Hals und drückte zu.

Elom riss die Augen auf und brüllte sich die Seele aus dem Leib, doch Schewe ließ nicht von ihr ab. Immer wieder versuchte der Afrikaner vom Rücksitz aus, Schewes Arm zu packen, aber er schaufelte nur Luft. Lara wand sich verzweifelt hin und her, hatte aber keine Chance gegen ihren Peiniger.

Nach einer gefühlten Ewigkeit bewegte sie sich nicht mehr. Ihre Arme lagen schlaff rechts und links neben ihr und ihre Beine waren im Fußraum ganz verdreht. Schewe setzte sich langsam wieder gerade und schaute entsetzt auf seine Hände.

»Hey … das … hab ich nicht so gemeint!«, stotterte er kleinlaut, doch Lara konnte ihm nicht mehr antworten.

Dann winselte er wie ein getretener Hund und hämmerte auf das Lenkrad ein.

Elom starrte entsetzt nach vorn und konnte nicht fassen, was er da gerade gesehen hatte.

»Scheiße! Scheiße! Scheiße!«, schrie Schewe und machte nun das Autoradio ganz aus.

Er öffnete die Fahrertür, stieg aus dem Auto und sah sich um. Inzwischen hatte es aufgehört zu regnen, aber der Matsch unter seinen

Schuhen war rutschig. Er schien dort fieberhaft nachzudenken, stieg dann wieder ein, startete den Motor und fuhr ein paar Meter an die Seite. Dann schaltete er die Zündung wieder aus und verließ abermals das Auto.

Elom saß immer noch wie festgeeist auf der Rücksitzbank und versuchte, auf irgendwas anderes zu schauen als auf die Tote vor sich.

Ein paar Sekunden später ging die Beifahrertür auf und der Killer griff nach Laras Oberkörper. Es schien ihn eine Menge Kraft zu kosten, sie aus dem Fahrzeug zu bugsieren. Nachdem er die Frau ganz herausgezogen hatte, kletterte Elom vom Rücksitz nach vorne und verließ gleich hinter ihr das Auto durch die offene Tür.

Sein Herz überschlug sich beinahe in seiner Brust und gleichzeitig überkam ihn grenzenlose Wut. Laut brüllend nahm er Anlauf und machte einen Hechtsprung, um Schewe zu Fall zu bringen, doch er landete auf dem matschigen Erdboden, ohne ihm auch nur ein Haar gekrümmt zu haben.

Zitternd kam er wieder auf die Beine und musste dabei zusehen, wie Lara von ihrem Mörder einige Meter in den Wald hineingezogen und provisorisch mit Laub und ein paar Ästen abgedeckt wurde.

Der unsichtbare Seher weinte, während Schewe durch den Matsch zurück zu seinem Auto stakste.

»Warum?« rief Elom ihm jammernd nach. »WARUM?«

»Ruhe, verdammt noch mal!«

Es pochte mehrmals an der Zimmerdecke.

Elom schreckte auf. *Wer war das?* Völlig verwirrt stellte er fest, dass er plötzlich wieder in seiner Küche in Bröhlheim saß. Der Schrecken saß immer noch tief in seinen Gliedern und er hatte Mühe, sich zu bewegen.

Instinktiv schaute er auf seine Hände und griff nach einem Becher, der vor ihm auf dem Tisch stand. Die schiere Tatsache, dass dieser sich problemlos bewegen ließ, überwältigte ihn fast vor Freude.

Er sah aus dem Küchenfenster nach unten. Draußen dämmerte es bereits und der übliche Feierabendverkehr wälzte sich monoton durch die Innenstadt.

»Mon Dieu!«, sagte er laut und wischte sich durchs schweißnasse Gesicht. Dann stand er auf und rief:

»Das sehr gemein gewesen, Krammer! Sehr gemein, du höre?!«

Er horchte in die Stille, erhielt jedoch keine Antwort.

Nach einer Weile drehte er sich entschlossen um und googelte nach der Telefonnummer der Abensberger Polizei.

KAPITEL 22

Mike Schewe war an diesem Morgen eine gute halbe Stunde früher als gewöhnlich zur Arbeit aufgebrochen, was er Kerstin damit erklärt hatte, dass er vorher noch schnell beim Discounter vorbeifahren wollte, um dort einen Bohrschrauber zum Schnäppchenpreis zu ergattern. Kerstin hatte sich anfangs darüber zwar gewundert, denn Do-it-yourself-Arbeiten gehörten nicht gerade zu Mikes Königsdisziplinen. Aber dann hatte sie sich darüber gefreut, dass ihr Mann offenbar doch ein paar verborgene Talente besaß.

Nach dem Alibikauf des besagten Werkzeuges stellte Schewe sein Auto ein Stück vom Badesee entfernt ab. Zu dieser Zeit war hier noch nichts los, aber er wusste, dass Sonja Pollinger in Kürze hier auftauchen müsste. Im Sommer ging sie jeden Dienstag vor der Arbeit von halb acht bis halb neun hier zum Schwimmen, das hatte er herausgefunden. Er sah auf seine Uhr und stellte fest, dass er noch etwa zehn Minuten Zeit hatte.

Um sich bis zu ihrer Ankunft ein wenig die Zeit zu vertreiben, öffnete er ein verstecktes Fotoalbum auf seinem Handy. Das erste Bild ließ Schewe innerlich zusammenzucken, denn es war ein Portrait von Lara Schuster. Bei dem Foto handelte es sich um eine Bildschirmkopie aus ihrem Facebook-Profil, das er sich einige Wochen vor dem Mord an ihr auf seinem Handy gespeichert hatte.

Schewe betrachtete Laras Foto und dachte darüber nach, was geschehen war. Darüber, was *er* getan hatte. Darüber, dass er es nicht mehr rückgängig machen konnte.

Zum ersten Mal seit jenem Abend im Kelheimer Forst regte sich in Mike Schewe so etwas wie ein Gewissen und er begann damit, seine Gedanken laut auszusprechen. Hier, im Schutz seines Autos, konnte ihn ja niemand hören.

»Ach, Lara … warum? Warum, warum? Ich wollte dir nicht wehtun, glaub mir bitte! Aber ich hatte keine andere Wahl, das musst du verstehen! Ach, Mensch, mit den Fotos von dir hatte ich dieses scheiß Verlangen eigentlich ganz gut im Griff, weißt du? Aber dann bist du plötzlich am Straßenrand aufgetaucht und ich hab gedacht, der Himmel hätte dich vor meine Füße geworfen. Und als du dann bei mir eingestiegen bist, konnte ich mein Glück darüber kaum ertragen! Ach, Lara, es tut mir so leid. Ich wollte das echt nicht!«

Schewe schreckte auf und blickte sich hektisch um. Er hatte ein Geräusch gehört, dessen war er sich sicher. Gleich neben seinem Auto hatte es deutlich geraschelt. Aber draußen war niemand zu sehen.

»Hmm, wahrscheinlich nur ein Vogel«, murmelte er und sah wieder auf sein Handy.

In diesem Moment näherte sich ein Auto und Schewe klopfte das Herz. Es war Sonjas Fiat. Er duckte sich zur Seite und wartete einen Moment. Zwei Autotüren wurden zugeschlagen.

Zwei? Warum zwei?

Vorsichtig erhob er sich und schaute nach. Als er sah, *wer* dort ausgestiegen war, spürte er augenblicklich seine Wut hochkochen. Es waren Sonja Pollinger … und dieser tätowierte Nichtsnutz Sebi!

Die beiden flachsten miteinander herum wie ein frisch verliebtes Pärchen, was Schewes Wut noch weiter steigerte. Am liebsten wäre er sofort ausgestiegen und hätte dieses Arschloch erledigt, ein für alle Mal! Doch das wäre unvernünftig gewesen. Nicht zu dieser Zeit, nicht an diesem Ort!

Das mit den Fotos konnte er jetzt aber vergessen, das war einfach zu riskant. Er schaute den beiden nach, bis sie hinter dem Gebüsch Richtung Seeufer verschwunden waren. Dann schlug er ein paarmal auf sein Lenkrad ein. Diesen Morgen hatte er sich anders vorgestellt, sein schöner Plan war dahin.

Enttäuscht warf er sein Handy auf den Beifahrersitz und startete den Motor. Die Reifen drehten beim Anfahren durch und der Kies schleuderte zur Seite, als er auf die Bundesstraße abbog.

Für den Bruchteil einer Sekunde sah er in seinem Augenwinkel etwas Rotes aufblitzen und im nächsten Moment hörte er Reifen auf dem Asphalt quietschen. Instinktiv riss er das Lenkrad herum und trat auf die Bremse. Dann sah er ein Motorrad, das wie ein kaputter Spielzeugkreisel liegend über die Straße schleuderte und dabei ein unsägliches kratzendes Schleifgeräusch machte. Schließlich gab es einen lauten Knall, als das Motorrad gegen die Leitplanke schlug. Dann war es still.

Schewe stockte der Atem vor Schreck. Das Motorrad hatte sein Auto nicht berührt, da war er sich ganz sicher. Offenbar war es ihm im letzten Moment ausgewichen.

Von ihm bis zur Einschlagstelle an der Leitplanke waren es etwa fünfzig Meter. Irgendetwas musste er tun. Jetzt!

Schewe setzte seinen Wagen wieder ein Stück zurück und schaltete den Motor aus. Dann stieg er aus und schaute sich um. Niemand zu sehen. Auch Sonja und dieser Sebi schienen von dem Unfall nichts mitbekommen zu haben. Oder doch?

»Oh Scheiße! Oh Scheiße, verdammt!«, rief er und rannte zur Unfallstelle.

Vom Motorrad selbst war nicht mehr allzu viel zu erkennen, außer einem verformten Klumpen Metall mit zwei Rädern. Die Straße war über die gesamte Breite übersät mit Brems- und Schleifspuren sowie mit Metall-, Glas- und Plastiksplittern. Es war der reinste Horroranblick.

Schewe suchte verzweifelt nach dem Fahrer und fand schließlich hinter der Leitplanke einen Mann im schwarzen Lederkombi und einem roten Helm. Seltsam gekrümmt lag er dort reglos im Straßengraben.

»Oh Scheiße … das gibts doch nicht!«, brüllte Schewe und hoffte, dass er von diesem Albtraum endlich erwachen würde.

Er wunderte sich, dass weit und breit niemand zu sehen war. Auch kein Auto war seitdem hier langgefahren.

»Ach, ich muss doch ein Warndreieck aufstellen!«, fiel Schewe ein und er rannte wieder ein Stück zum Auto zurück.

Dann fragte er sich, ober er nicht besser zuerst nach dem Unfallopfer schauen sollte, um eventuell Erste Hilfe zu leisten und lief wieder ein Stück zurück. Die ersten Minuten waren entscheidend, das hatte er immer wieder gehört.

Aber wie war das noch mal beim Erste-Hilfe-Kurs? Oh Scheiße, ist der tot, oder was? Nein, halt! Ich muss zuerst den Notruf wählen!

Mike Schewe war panisch und ratlos. Sein Kopf war leer. Er blieb stehen und atmete ein und wieder aus, bis er schließlich wieder klar denken konnte. Er sah auf das völlig demolierte Motorrad und dessen Trümmerteile. Er sah den immer noch bewegungslosen Fahrer dort liegen. Dann schaute er zurück zu seinem eigenen Auto, das von diesem Unfall keine Schramme abbekommen hatte.

Da traf Schewe eine folgenschwere Entscheidung.

KAPITEL 23

Es klopfte leise, die Tür öffnete sich und das Gesicht von Gertrud Klingbeil erschien. Sie war erst seit kurzem als Sekretärin und Telefonistin bei der Landshuter Kripo angestellt und redete mit einem unverwechselbaren schwäbischen Akzent.

»Entschuldigung, darf i kurz störe?«

»Ja, was ist denn?«

»Ein *Prinz Charles* aus Togo … er sagt, er kennt den Mörder.«

»*Was?*«

»Der Herr Prinz Charles. Aus Togo.«

»*Prince Charles* hat aus *Togo* angerufen?«

»Nein, aus dem Rheinland.«

Katharina Teuber hielt sich die Hand vor die Stirn. Etwas dermaßen Absurdes hatte sie lange nicht mehr gehört. Vom Rheinland wusste sie nicht allzu viel. Nur, dass die Menschen dort pünktlich zum 11. November regelmäßig alle durchdrehten. Zumindest, wenn man den Fernsehbildern Glauben schenkte. Der Karneval in Köln und der Fasching in Bayern – das waren zwei ähnliche und doch ganz unterschiedliche Paar Schuhe. Gut, der rheinische Humor war vielleicht sprichwörtlich und über seine Grenzen hinaus bekannt, aber jetzt war einer dieser Spaßvögel eindeutig übers Ziel hinausgeschossen.

»Gerti, ich fürchte, wir haben für so was jetzt keine Zeit. Bitte notier dir Namen und Anschriften von allen Anrufern, ich melde mich dann hinterher bei ihnen.«

Gertrud Klingbeil nickte leicht bedröppelt und zog die Tür des Besprechungszimmers wieder zu.

Während die Kommissarin die aktuelle Erkenntnislage weiter darlegte, brummte der Vibrationsalarm von Tobias Grubers Handy. Er hielt das Gerät unter die Tischkante und schaute aufs Display. Es gab mehrere neue WhatsApp-Nachrichten im Chatverlauf.

RG: glaubt ihr aUch, dass es einer von den Nafris ausm asylhEim war?

TS: ja 100 pro!!

RG: die komMen zu tauseNden und killEn unsre Mädels pfui deibi!!

KF: und wir stecken ihnen jede Menge Kohle in den Arsch!!!

RG: werd zeit, dass ma da mAl was gegen macHt!!

TS: und was???

RG: denen müSst ma amoi so richTig die HackfrEssn poliern!!!

Tobias Gruber ignorierte sowohl die Schreibfehler als auch die inflationäre Verwendung von Satzzeichen, nickte zustimmend und schaute wieder auf zur Leinwand. Dort war immer noch das Foto der Toten auf dem Seziertisch zu sehen, zufälligerweise sogar dasselbe, das in ihrem inoffiziellen Chat aufgetaucht war. Gruber dachte nach, und prompt fiel ihm etwas ein. Er grinste beim Eintippen der Nachricht.

TG: Ich hab ne Idee LeuTe! Smile!

Nur wenige Sekunden später vibrierte sein Handy wieder.

RG: Echt?? Geil!!! WaS denn???

Gruber blickte sich verstohlen im Raum um, aber niemand schien ihn zu beachten. Die Augen der übrigen Teilnehmer klebten auf der Leinwand und ihre Ohren waren bei seiner Vorgesetzten Kathi Teuber. Er hatte also Zeit und Gelegenheit, sich ganz dem Chat zu widmen.

TG: der BR von der Patho, der kan uns bestimmt helfen!!!

RG: BR?

TG: Bernhard Rauch, du Depp! smile!!

RG: ah der! smile!!!

KF: den keNne ich auch! smile!!

TS: smile!!!

RG: was haßt du vor??

Tobias Gruber blickte sich verstohlen im Raum um. Seine Kollegen von der *Soko Lara* waren immer noch damit beschäftigt, sich von der Kommissarin über den aktuellen Stand der Ermittlungen aufklären zu lassen oder Rückfragen zu stellen. Grubers Puls schoss nach oben und er überlegte kurz, ob er sich *das* jetzt wirklich trauen konnte zu schreiben. Aber der Chat war geheim, also gab er sich einen Ruck. Es gab hier genug Kollegen, die sich gegenseitig decken würden, wenn's hart auf hart käme. Aber der Gedanke daran, dass er ganz allein den Fall aufklären würde, hatte schon seinen Reiz. Mit diesem Clou würde er sich die volle Anerkennung bei allen einheimsen, und Norbert Kleusberg wäre sicher stolz auf ihn. Aufgeregt tippte er die Antwort auf die letzte Frage:

TG: nur die Spurenlage ein bisschen aufhübschen! zwinkersmiley!!

TS: nee echt jetzt?? smile!!

RG: lach!! geil!! LOL!!! Und wie…???

TG: wir haben doch noch die DNA von dem Nafri, oder???

RG: LOGO!!

TG: sag ihm, er soll nochmal alles schön durchmixen!!

RG: klar mach ich!!

TG: und das bitte schnellstens!!!!

An dieser Stelle wurde Tobias Gruber aus dem Chat gerissen.

»… und was denkst *du*, Tobi?«

Gruber schaute sich um und die Blicke der Soko *Lara* waren nun ausschließlich auf ihn gerichtet.

»Was ich … äh?«

»Ja, genau. Wir waren schließlich zusammen am Fundort der Leiche.«

Gruber sah seine Kollegin mit leerem Blick an und hatte keine Ahnung, was sie von ihm wissen wollte.

»Ich … äh …«

Es klopfte, die Tür öffnete sich und Gertrud Klingbeil schaute wieder in den Raum.

»Frau Teuber, die Pathologie. Der Kollege sagt, es sei dringend.«

KAPITEL 24

Elom Kouassi Prince Charles lief wild gestikulierend in seiner Küche auf und ab und war nicht einfach nur sauer. Es war vielmehr eine Mischung aus Wut und Fassungslosigkeit.

Er hatte die Telefonnummer der Polizeidienststelle in Abensberg gegoogelt und dort angerufen. Von dort wurde er mit der Kripo in Landshut verbunden, wo sich eine Frau mit unverständlichem Dialekt gemeldet hatte. Nachdem er ihr dann ein paarmal erklärt hatte, wer er war und was er zu sagen hatte, hatte sie einfach den Hörer aufgelegt!

Seit dem Tag seiner Ankunft in Deutschland hatte Elom ein eher ambivalentes Verhältnis zu Behörden im Allgemeinen entwickelt, was möglicherweise auch daran lag, dass er seine erste Nacht in einer Polizeizelle verbracht hatte. Doch es waren vielmehr seine Erfahrungen mit der Bürokratie in den Jahren danach, die ihn ein ums andere Mal an seinem Verstand zweifeln ließen. Er konnte einfach nicht begreifen, wie manche Behördenmitarbeiter Vorschriften, Bestimmungen und Verfahrensanweisungen zum Quasi-Bibelstandard erklärten und ums Verrecken nicht willens waren, auch nur ein Jota davon abzuweichen, selbst wenn die Vernunft einem ins Gesicht schrie:

»Jetzt mach es einfach, du Depp!«

»Polizei sein blind wie … wie Hund! Wie Blindenhund!«, rief er laut und warf sein Smartphone vor sich auf den Tisch. Erst jetzt bemerkte er, dass draußen bereits die Dämmerung hereingebrochen war, und schaltete das Licht an.

Elom war sich absolut sicher, dass seine Vision etwas völlig anderes als ein gewöhnlicher Albtraum gewesen sein musste, und dass er zwar unfreiwilliger, aber doch unmittelbarer Zeuge eines Verbrechens geworden war. Und obwohl er sich auf Widerstand der Behörden einzustellen hatte, sah er sich in der Pflicht, ihnen bei der Aufklärung zu helfen.

Er versuchte, sich zu erinnern, die junge Frau hieß Lara, so hatte der Mann sie ein paarmal angesprochen. Doch der Name des Mörders war in ihrer Unterhaltung kein einziges Mal gefallen, somit konnte er ihn lediglich beschreiben. Immerhin würde es ihm nicht schwerfallen, bei der Anfertigung eines aussagekräftigen Phantombildes zu helfen, denn die Fratze des Mörders hatte sich fest in sein Gedächtnis gebrannt.

»Could you be loved then be loved?«

Der Klingelton seines Handys schreckte ihn auf. Im ersten Moment hoffte er, dass diese Polizistin zurückrufen und sich bei ihm entschuldigen würde.

»Hallo?«

»Hallo, die Brandstätters hier!«

Tom und Ferenc hatten ihr Telefon offenbar auf laut gestellt, denn das *Hallo* erklang zweistimmig.

»Ah, hallo Brandstätters!«

»Du, Elom, wir wollten uns nur bei dir bedanken. Der Geist ist definitiv weg! Also wirklich … definitiv weg!«

»Jaja, weiß schon!«

»Hast du eine Ahnung, wohin der … ach, ist auch ejal. Hauptsache, dä is fott.«

»Jaja.«

»Wat machst du denn am Wochenende?«, wollte Tom wissen. »Wir wollen die Geisterjagt jebührend feiern und machen einen Ausflug nach München. Hast du Lust, mitzukommen?«

Ferenc Brandstätter hatte am vergangenen Wochenende in der ungarischen Lotterie *Ötöslottó* 1,5 Millionen Forint gewonnen, was umgerechnet etwa viertausend Euro entsprach. Den Gewinn wollte er in gemeinsame Unternehmungen investieren, und obwohl er am Telefon darüber informiert wurde, dass er sich bis zur Auszahlung noch *ein paar Wochen* gedulden müsse, so sollte der Trip zum Oktoberfest nach München dennoch der Startschuss dafür werden.

Die Einladung an Elom als kleines Dankeschön war für die beiden eine Selbstverständlichkeit, und außerdem hatten sie sich inzwischen auch schon ein bisschen mit ihm angefreundet.

Es entstand eine Pause und Tom fragte sich, ob ein Funkloch der Grund dafür war.

»Ich … äh … musse Abensberg«, druckste Elom ein wenig herum.

»Nach Abänsbärg?«, kam es nun von Ferenc überrascht zurück und er griff nach seinem Handy.

»Ja, ich musse da hin. Es wichtig ... sehr wichtig!«

»Aha, cool.«

»Ja«, bestätigte Elom knapp und wieder entstand eine Pause.

Tom hielt sich den Zeigefinger vor die Lippen und stellte dann die Lautstärke seines Handys auf Maximum. Er glaubte, im Hintergrund Stimmen gehört zu haben und zischte:

»Da! Hörst du das auch?«

Ferenc machte eine skeptische Miene und zuckte mit den Schultern. Gedanklich war er sowieso gerade mehr mit seiner Google-Suche beschäftigt und hielt Tom nun sein Handy vors Gesicht.

»Hey, Elom! Ferenc hätt datt jrade mal jegoogelt: Abensberg ist nur eine Stunde weg von München. Wir können dich mitnehmen, wenn du willst.«

Wieder Stille. Nur leise und diffuse Stimmen drangen durch den Lautsprecher des Telefons. Jetzt konnte Ferenc es auch hören.

Tom gestikulierte Ferenc skeptisch: *»Mit wem redet er da?«*

Dann antwortete Elom schließlich: »Ja, das gut. Kommen mit. Danke!«

»Ok, wir starten dann am Samstag so gegen neun Uhr. Passt datt?«

»Ja gut. Sind da. Tschuhuss.«

Ein Klacken im Hörer signalisierte Verbindungsabbruch und Tom schaute verwirrt zu Ferenc. »Hat er gesagt, *kommen* mit und *sind* da?«

»Deutsch ist sähr schwäre Sprache, glaub mir das!«

Elom Kouassi Prince Charles seufzte laut. Die Situation, in der er sich aktuell befand, war neu für ihn. Als *echter* Seher hätte er eigentlich jederzeit auf so etwas gefasst sein müssen, doch niemals hätte er auch nur eine Sekunde geglaubt, dass ihn einmal ein *echter* Geist aufsuchen würde. In seiner eigenen Wohnung! Und nun war es tatsächlich passiert. Noch dazu hätte er sich niemals vorstellen können, wie lästig ein solcher Geist sein konnte. Sicherlich gab es da auch ganz unterschiedliche Typen, aber *dieser* hier ließ ihn seit Tagen nicht mehr in Ruhe.

Elom machte das Licht aus, zog die Vorhänge zu und setzte sich zurück an den Küchentisch. Die Nacht war inzwischen hereingebrochen und in seiner kleinen Dachgeschosswohnung war es jetzt stockdunkel.

Er schaute sein Gegenüber an und sagte mit fester Stimme:

»Ok. Ich dich bringen ssu deine Sohn, Krammer!«

KAPITEL 25

Lisa Wallmann lag mit nassen Haaren und nur mit einem Badetuch bekleidet auf dem Bett ihres Hotelzimmers. Das Duschen hatte ihr gutgetan, aber jetzt fragte sie sich, was sie hier eigentlich wollte. Andi nach der langen Zeit wiederzutreffen, hatte sie verwirrt. Seine Umarmung bei ihrer Ankunft hatte augenblicklich ein chaotisches Gefühlsmischmasch in ihr ausgelöst, das sie nur schwer einordnen konnte.

Damals, mit siebzehn, war alles noch unkomplizierter gewesen. Sie dachten nicht so viel über alles nach, sondern *machten* einfach. Und wenn es danebenging, dann ging es schon irgendwie anders weiter, *so what!*

Aber jetzt ärgerte sie sich selbst über ihre verdammte Grübelei, denn das war genau das, was sie ihrer Mutter in den letzten Jahren immer wieder vorwarf.

»Du denkst immer viel zu viel über alles nach, Mama!«, hatte sie wiederholt ihrer Mutter vorgeworfen, doch die hatte nur gelächelt und erwidert, dass der Kopf doch genau dafür da sei, über alles gründlich nachzudenken.

Sie nahm ihr Handy vom Bettkasten, tippte eine Telefonnummer und hielt es ans Ohr. Es klingelte auf der anderen Seite der Leitung.

»Hi Mama!«, rief sie lächelnd in den Hörer.

»…?«

»Ja, alles gut. Ich bin grad im Hotel.«

»…?«

»Hmm, das kann ich noch nicht sagen, hab noch nicht so viel von der Stadt gesehen. Aber ist, glaub ich, ganz nett hier.«

»…?«

»Ja, klar hab ich ihn wiedererkannt. Sofort!«

»…?«

»Bisschen grau vielleicht, aber sonst genauso wie früher.«

»…!«

»Ja, Mama, ich schick dir ein Foto!«

Lisa musste lächeln.

»…«

»Ah, cool! Sag ihr bitte, dass ich gut angekommen bin, ja?«

»…«

»Hmm, weiß ich noch nicht so genau. Hängt davon ab, wie …«

»…?«

»Was?«

»…?«

»Ja, hängt davon…«

»…!«

»Ach so, ja, das meinte ich.«

»…?«

»Das kann ich auch noch nicht genau sagen, Mama.«

»…?«

»Ja, ich treff mich gleich mit ihm in der Stadt.«

»…!«

»Ja, mach ich, Mama. Du aber auch!«

»…«

»Ich dich auch, Mama.«

»…«

»Was?«

»…«

Hmm … na ja, das hoff ich doch mal. Ok, dann mach's gut. Meld mich morgen wieder. Bis dann.«

»…«

»Ja, tschüss! Tschüüüss!«

Lisa legte auf und ließ ihr Handy neben sich aufs Bett fallen. Sie sah zur Decke und machte eine Schnute.

Ihre Mutter hatte am Ende des Gespräches wieder diese seltsame Bemerkung wiederholt.

Mach die Augen zu und öffne dein Herz. Dann wirst du sehen, hatte sie gesagt. Schon wieder! Lisa fragte sich, was sie damit meinte, und schüttelte den Kopf.

Erinnerungen an die frühen 80er ploppten in ihren Gedanken auf wie Seifenblasen. Sie war damals wirklich sehr verliebt gewesen in Andi, erinnerte sie sich. Irgendwie hatte sich alles *richtig gut* angefühlt, obwohl sie nur ein knappes Jahr zusammen waren. Ok, sie waren noch jung und unerfahren, die Dinge waren im Vergleich zu heute einfacher gewesen. Entscheidungen wurden normalerweise aus dem Bauch heraus getroffen, und meistens fuhr man auch ganz gut damit.

Und dann hatte er es beendet. Einfach so. Am Telefon! Er hatte versucht, es ihr zu erklären und irgendwas von *Wert* gefaselt, aber sie hatte ihn einfach nicht verstanden. Oder nicht verstehen wollen. Jedenfalls hatte sie viel geweint nach diesem Anruf.

Einige Zeit später hatte sie Stefan kennengelernt und sich Hals über Kopf in ihn verliebt. Es tat ihr zwar einerseits gut, über Andi hinweggekommen zu sein, aber andererseits hatte sie schon von Beginn an mit Stefans Marotten zu kämpfen gehabt.

Stefan war das genaue Gegenteil von Andi: immer wie aus dem Ei gepellt, immer in Action. Doch er war nie zufrieden. Immer war irgendwas nicht genug, und dann war er wieder auf der Jagd nach schneller … besser … weiter.

Lisa erinnerte sich, dass er grundsätzlich einen halben Meter vor ihr her ging, wenn sie zusammen spazieren waren. Es gefiel ihr nicht und sie hatte es öfters angesprochen, aber er hatte nur darüber gelacht.

Dann hatte er bei dieser Firma angefangen und war praktisch kaum noch zu Hause gewesen. Lisa hatte damals oft das Gefühl, sie und

Stefan hätten sich hoffnungslos *zerheiratet*. Das war die Zeit, in der sie oft allein war. Das war die Zeit, in der sie oft an Andi dachte.

»Ach, verdammt, was will ich überhaupt hier?«, fragte sie das Hotelzimmer, doch sie bekam keine Antwort.

Sie griff nach ihrem Handy und wählte eine andere Nummer.

»...«

»Hi Andi, ich bin's!«

»...«

»Ja, danke, alles gut. Du, ich mach mich noch schnell fertig und dann treffen wir uns unten?«

»...?«

»Sagen wir ...« Lisa schaute auf die Uhr. »Sagen wir um sieben?«

»...«

»Ok, alles klar, dann bis gleich«

»...«

»Ja, freu mich auch. Tschüss!«

Lisa ließ ihr Handy wieder neben sich aufs Bett fallen und schaute hoch zur Decke. Dann fasste sie sich mit beiden Händen ins Gesicht und rief:

»Oh mein Gott!«

KAPITEL 26

»Ok, und wie sicher ist das?«
»Fünfundneunzig Prozent.«
Kommissarin Kathi Teuber runzelte die Stirn und schüttelte ungläubig den Kopf. Sie bedankte sich, legte auf und sah in die erwartungsvollen Gesichter ihrer Kollegen der Soko *Lara*.
»Die Pathologie. Wir haben eine Übereinstimmung in der DNA-Analyse vom Blut und vom Sperma, das beim Opfer gefunden wurde. Es handelt sich um Hakim Yumah, einen Asylbewerber aus Syrien. Allerdings gibt es ein Problem: Es wurde auch die DNA vom Blut einer weiteren Person gefunden, die wir nicht in der Datenbank haben.«

Die Kommissarin versuchte, sich auf diese neuen Informationen einen Reim zu machen und ärgerte sich über das selbstgefällige Dauergrinsen von Tobias Gruber. Gleichzeitig sah sie aber auch die Dringlichkeit eines sofortigen Zugriffs. Sie dachte nach.

»Was überlegst denn so lang, hmm?«, fragte Gruber aufgebracht. »Ist doch wohl klar, was wir jetzt machen, oder?«

»Wenn wir jetzt mit ´nem Großaufgebot ins Asylantenheim gehen und diesen Yumah festnehmen … was meinst du, was dann da los ist?«

»Das kann uns doch scheißegal sein, oder nicht? Die sollen uns mal kennenlernen. Wir machen kurzen Prozess hier in Bayern.«

»Ich denk, es wäre klüger, wenn wir Yumah irgendwo außerhalb abfischen. Was wissen wir von ihm, Klaus?«

Der 29-jährige Klaus Lobner arbeitete im Innendienst und war hauptsächlich damit beschäftigt, alle verfügbaren Datenbanken und das Internet zu durchforsten, um die Kollegen mit verlässlichen Zahlen, Daten und Fakten zu versorgen. Außerdem war er in der Lage, in nur wenigen Minuten Handys zu entsperren und deren Inhalte auszulesen. Mit seinem Erscheinungsbild hätte Lobner allerdings perfekt in die RTL-Serie *»Schwiegertochter gesucht«* hineingepasst, denn praktisch alles an ihm signalisierte der Damenwelt ein »schwer vermittelbar«. Doch Kathi Teuber mochte ihren Kollegen und schätzte vor allem seine fachliche Kompetenz.

»Hier, hab ihn schon. Hakim Yumah, achtzehn Jahre, Syrer … seit dem elften März letzten Jahres in Deutschland. Bisher unauffällig und gut integriert, macht eine Ausbildung zum Einzelhandelskaufmann und spielt Fußball beim TSV Abensberg. Seine DNA ist seit dem Vorfall im Asylantenheim im April bei uns gespeichert. Es ging um leichte Körperverletzung eines unserer Kollegen bei einer Rauferei im Zuge der Tumulte dort.«

»Na also. Körperverletzung! Worauf warten wir?«, rief Tobias Gruber seiner Vorgesetzten zu. Sein Siegerblick war für die Kommissarin kaum zu ertragen, doch sie hielt ihre Verärgerung darüber zurück.

»Wann trainieren die Fußballer vom TSV immer?«, fragte sie offenbar ungerührt ihren Kollegen am Computer.

»Immer dienstags, donnerstags und freitags von sieben bis halb neun. Demnach sind sie im Moment noch beim Training.«

»Im neuen oder im alten Stadion?«

»Im neuen.«

»Ok. Wir fahren mit zwei Wagen hin. Tobi und Konrad, ihr beide fahrt hinter uns her. Aber bitte kein Blaulicht! Melli, du kommst mit mir.«

Trainer Harald Göller war mit seinen Jungs auf dem Spielfeld in eine Übung vertieft. So richtig zufrieden sah er aber nicht aus. Er stieß zweimal kurz in seine Trillerpfeife.

»Ey, Klaus, bisschen Gas geben, ja? Meine Omma dribbelt ja schneller als du!«

Der Angesprochene im Mittelkreis erhöhte sein Tempo gehorsam und keuchte dabei noch etwas lauter als davor.

»So, Hacki, jetzt du!«

Hakim »*Hacki*« Yumah war augenblicklich zur Stelle. Trainer Göller schaute seinem Schützling zu und grinste zufrieden. Hakims Schnelligkeit, seine Wendigkeit und sein *Killerinstinkt* waren schon bis über die Grenzen der Hallertau bekannt beziehungsweise gefürchtet und ließen so manchen Bundesligaprofi alt aussehen.

Der junge Syrer war bereits ein ganzes Stück Richtung Tor unterwegs, als sein Gegenspieler Klaus Altendorf verblüfft feststellen musste, dass er den Ball nicht mehr besaß. Der Versuch, den davonstürmenden Mannschaftskollegen einzuholen, wäre aussichtslos gewesen, das wusste er. Deshalb schaute er nur zum Trainer und zuckte mit den Achseln. Es war immer dasselbe: ein *Hacki* Yumah in der gegnerischen Mannschaft war immer ein Garant für hohes Frustpotential.

Ein paar Sekunden später schlug der Ball im linken oberen Eck des Tores ein und ließ Torwart Peter Neubauer genauso wie dem zuvor ausgetricksten Klaus Altendorf nicht den Hauch einer Chance.

Der Jubel einiger Mitspieler und Zuschauer wurde nur von Trainer Göllers Trillerpfeife übertönt, als im selben Moment zwei Einsatzwagen der Polizei an der Tribünenseite anhielten. Das Eintreffen der insgesamt vier Polizisten beim Fußballtraining war äußerst ungewöhnlich und sorgte bei den Anwesenden für eine ziemliche Überraschung und fragende Blicke.

Harald Göller verstand die Situation ebenso wenig und kam Kommissarin Teuber und ihren Kollegen Ahnungslosigkeit gestikulierend entgegen.

»Teuber, Kriminalpolizei, Grüß Gott!«, sagte die Kommissarin. »Wir sind auf der Suche nach Herrn Hakim Yumah.«

»Hacki? Wieso, was ist mit ihm?«, fragte Trainer Göller skeptisch.

»Wir möchten ihn als Zeugen befragen.«

»Aha, ok …«, murmelte Göller verwundert und rief dann laut Richtung Strafraum: »Hakim, kommst du bitte mal?«, und dann wiederholte er noch etwas lauter: »Hakim …?«

Der junge Syrer erinnerte mit seinem Gebaren an einen Auswechselspieler, der ohne Eile zum Spielfeldrand getrottet kam.

»Herr Hakim Yumah?«, sprach Kathi Teuber den Fußballer an. Dieser nickte nur und sah immer wieder unsicher zu seinem Trainer.

»Ich muss Sie bitten, uns zur Polizeiwache zu begleiten, Herr Yumah. Wir haben ein paar Fragen an Sie.«

»Fragen? Was denn für Fragen?«, schaltete sich Göller nun ein. Er war empört und konnte nicht begreifen, was das Ganze sollte.

»Wir müssen Herrn Yumah als Zeugen befragen«, gab die Kommissarin knapp zurück und dann auffordernd zu Hakim:

»Kommen Sie bitte mit?«

»Ich … äh …. meine Sachen«, stotterte der Jugendliche und sah seinen Trainer flehend an.

Tobias Gruber griff ihn am Oberarm und zog ihn ruppig zur Seite.

»Keine Zeit. Mitkommen!«

»Ich pack deine Sachen und bring dir die Sporttasche dann nach, ok?«, versuchte Göller, ihm beizustehen.

Er war sich absolut sicher, dass es sich bei der ganzen Sache um ein Missverständnis handeln musste.

Hakim nickte ängstlich und ließ sich von den Beamten widerstandslos auf den Rücksitz eines der beiden Polizeiwagen bugsieren. Auf das Anlegen von Handschellen verzichtete Kathi Teuber; schließlich sollte der Syrer offiziell zunächst als *Zeuge* befragt werden.

Sprachlos und einigermaßen befremdet sahen die Fußballer des TSV Abensberg dabei zu, wie ihr Mannschaftskamerad *Hacki* Yumah in einem Polizeiauto das Trainingsgelände verließ.

KAPITEL 27

TG: Ham grad den Syrer festgenommen!!! Geil, oder???
RG: WOW!! ging ja fix!!!!
TG: Ja, auf BR ist immer Verlass. zwinkersmiley!!
RG: nee …
TG: HÄH????
RG: BR hat ja eher nix daMit zu tun
TG: wie jetzt??? du solltest ihm doch texten!!!
RG: weißt dus etwa noch nicht??
TG: WAS DENN???
RG: Motorradunfall! den hams heut früh von der Straße gekratzt

Tobias Gruber steckte sein Handy wieder ein und schluckte mühsam. Bernhard Rauch lag schwer verletzt im Krankenhaus? Das musste bei ihm erst mal sacken.

Gruber war so fest davon überzeugt gewesen, dass sein Kollege von der Pathologie die gesicherte DNA-Probe wunschgemäß modifiziert hatte, dass er in diesem Moment die Welt nicht mehr verstand.

Bernhard Rauch war neben seinem Job als Pathologe zusätzlich als Mitglied im Kreisverband der AFD in Abensberg politisch aktiv und hatte die Ansicht vertreten, dass die *Massenzuwanderung* in Deutschland nicht nur zu einem Anstieg der Kriminalität und Terrorgefahr führen würde, sondern auch zu Wohnungsnot, Geldknappheit und allgemeiner Wohlstandsgefährdung.

Auf dem vergangenen Weihnachtsfest der Polizei war es zu diesem Thema unter den Kollegen zu einem Streit gekommen. Nach einer etwa einstündigen lautstarken Diskussion unterschiedlicher Lager hatte sich schließlich herausgestellt, dass Rauch sich differenzierten Analysen zu diesem Thema verweigerte, was Tobi Gruber wiederum *megacool* fand: der AFD-Pathologe hatte nun mal seine Meinung vertreten und sich dabei nicht von unbequemen Fakten beirren lassen.

Aber wenn Rauch an diesem Vormittag bei einem Motorradunfall schwer verletzt worden war, dann konnte er die DNA-Probe nicht manipuliert haben. Wie war das möglich?

Gruber tippte noch eine WhatsApp-Nachricht in die Chatgruppe Heimatliebe, dann steckte er sein Handy ein und begegnete dabei dem eingeschüchterten Blick des jungen Syrers neben ihm. Gruber erschrak. Hatte der Junge etwa mitgelesen, was er eben in sein Handy getippt hatte? Nein, sicher nicht. Oder doch? Und warum sah ihn der junge Mann so an? So hilflos, ja, beinahe flehentlich!

Diese Blicke irritierten Gruber zunächst, dann machten sie ihn wütend. Glaubte dieser Typ etwa, von ihm Hilfe zu bekommen? Ausgerechnet von ihm?

Pass bloß auf, dass ich dir nicht später auf der Wache eine reinhaue, wenn grad keiner zuschaut, Arschloch!

Gruber dachte nach. Wenn die DNA des Syrers tatsächlich am Körper der toten Lara gefunden worden war, dann hatte er definitiv etwas mit ihrem Tod zu tun. Und diese ominöse zweite Spur? Die konnte man vergessen. So einfach war das.

Umso besser, dachte Gruber. *Dann ist der Fall gelöst und der Nafri war's sogar wirklich! Einfach genial!*

Grubers Laune besserte sich schlagartig.

»Ich weiß ja nicht, wie's dir geht, aber ich freu mich schon auf ein kühles Feierabendbier!«, rief er feierlich zu seinem Kollegen, der am Steuer saß.

Konrad Berger lächelte und nickte ein *Aha.* So richtig leiden konnte er Gruber nicht, und mit dieser Einschätzung war er bei der Landshuter Kripo nicht allein. Zu oft war der schon mit seinen dummen Sprüchen aufgefallen. Und nicht selten waren damit peinliche Situationen verbunden gewesen, die Gruber hingegen nicht davon abhielten, immer noch eins draufzusetzen. In Bergers Augen gehörte sein Kollege zur Kategorie *maximale Lautstärke bei maximaler Ahnungslosigkeit.*

»Nein danke, Tobi, ich fahr gleich nach Haus. Mir reicht´s für heut.«

»Wer nicht will, der hat schon«, entgegnete Gruber achselzuckend und freute sich schon darauf, seinen Kumpels im Bürgstüberl die Neuigkeiten zu servieren. Ein hämisches Grinsen konnte er nun nicht mehr verbergen, sodass sein Sitznachbar Hakim Yumah die Schultern hängen ließ und entmutigt nach unten sah.

Der Streifenwagen hielt auf dem Parkplatz der Inspektion in Landshut an und der Verdächtige wurde von zwei Beamten in Empfang genommen. Nachdem sie einige Türen und Flure passiert hatten, wurde er in einen spärlich möblierten Raum geführt und gebeten, sich auf einen Stuhl zu setzen. Kurz darauf erschien Hauptkommissarin Katharina Teuber und setzte sich ihm gegenüber an einen Tisch.

Hakim sah die Kommissarin an, dann drehte er seinen Kopf und sah sich im Raum um. Die moderne LED-Leuchte, die über dem großen quadratischen Tisch hing, war gedimmt und erzeugte ein kaltes Licht. Ein Mikrofon mit Schwanenhals war fest auf der Tischmitte montiert. Durch die Fenster konnte er erkennen, dass die Dämmerung bereits hereingebrochen war. In spätestens einer Viertelstunde würde es dunkel sein. Eigentlich wollte er sich nach dem Training noch mit ein paar Kumpels zum Zocken treffen, aber daraus wurde ja nun nichts. Sein einziger Hoffnungsschimmer in diesem Moment war sein Trainer Harald Göller, der ihm bei seiner Verhaftung versprochen hatte, seine Sachen zu bringen.

»Möchtest du was trinken?«

Die Frage der Kommissarin holte ihn aus seinen Gedanken heraus. Mit etwa dreizehn hatte er sich in einer ähnlichen Situation befunden. Allerdings war es nicht die Polizei in Landshut, sondern in Aleppo gewesen. Etwas zu trinken hatte man ihm dort nicht angeboten. Die Umstände seiner Festnahme damals hatte er genauso wenig verstanden wie seine plötzliche Freilassung am nächsten Tag. Das spielte für ihn aber auch keine Rolle, denn ein Streubombenangriff der syrischen Armee hatte in der Nacht sein Zuhause komplett zerstört und seine Eltern und drei Geschwister getötet. An diesem Tag war in ihm der Plan erwacht, nach Europa zu fliehen.

»Du verstehst mich doch, oder?«, hakte die Kommissarin nach.

»Äh, ja.«

»Und? Möchtest du vielleicht ´ne Cola?«

»Ja … bitte!«

Die Kommissarin machte eine knappe Geste zu ihrer Kollegin Melanie Weber, die zurücknickte und auf den Flur verschwand.

»Die Cola kommt gleich«, sagte Kathi Teuber und fügte hinzu: »Ich heiße übrigens Kathi.«

Katharina Teuber lächelte Hakim Yumah zu. Es war ein unverbindliches, aber freundliches Lächeln, das er nicht erwartet hatte. Die deutsche Justiz war mit der in seiner Heimat beim besten Willen nicht vergleichbar.

»Um es gleich vorweg zu sagen, Hakim … du wirst hier erst einmal nur als Zeuge vernommen. Alles, was du uns erzählst, können und dürfen wir allerdings auch gegen dich verwenden. Wir zeichnen unser Gespräch hier auf. Hast du das verstanden?«

Hakim nickte, und im selben Moment betrat Polizeimeisteranwärterin Melanie Weber mit einem Becher Cola wieder den Raum. Sie stellte den Becher vor Yumah und nahm dann auf einem Stuhl neben der Kommissarin Platz.

»Hakim Yumah … ist das dein vollständiger Name?«, fragte die Kommissarin.

»Hakim Baschar Leron Yumah«, antwortete Hakim. »Aber meine Freunde sagen *Hacki* zu mir.«

Ein flüchtiges Lächeln zuckte über Kathi Teubers Gesicht. Der Junge sprach nicht nur ganz gut Deutsch, sondern schien auch kooperativ zu sein.

»Ok, wenn es für dich ok ist, sag ich Hakim zu dir, ja? Wann bist du geboren, Hakim?«

»Am 26. Mai 2006 … in Aleppo«, gab der Syrer zu Protokoll und lehnte sich dabei nach vorne, um an seiner Coke zu nippen.

»Du bist im Herbst 2018 im Alter von dreizehn Jahren als unbegleiteter Flüchtling hier in Deutschland angekommen. Was ist mit deinen Eltern?«

Hakims Gesichtsausdruck veränderte sich schlagartig. Die Bilder des Krieges in seiner Heimat und die Erlebnisse auf seiner monatelangen Flucht quer durch Europa waren augenblicklich wieder da.

»Meine Eltern … meine Familie … sind tot. Alle!«, brachte er nur mit Mühe heraus und drückte dabei mit beiden Händen auf den Pappbecher ein, sodass etwas von seiner Cola auf den Tisch floss.

Dann ließ er sich gegen seine Rückenlehne fallen.

»Ok, das tut mir leid, Hakim«, sagte Kathi Teuber aufrichtig.

Sie machte eine kleine Pause und sprach dann weiter.

»Wir müssen dich fragen, was du am vierten Juni gemacht hast, Hakim.«

Der junge Syrer schien zu überlegen, aber in Wahrheit wusste er noch ganz genau, was an jenem Tag geschah. Hakim wand sich auf seinem Stuhl hin und her und … schwieg.

»Möchtest du mir auf meine Frage antworten?«, fragte die Kommissarin und verschärfte den Ton.

Hakim vermied nun den Blickkontakt, sowohl zur Kommissarin als auch zu dieser Frau, die ihm die Cola gebracht hatte. Sein T-Shirt war an mehreren Stellen schweißnass. Was sollte er nur machen, fragte er sich panisch. Er konnte doch unmöglich die Wahrheit erzählen!

»Ich sag dir mal, wie die Situation für dich aktuell ist, Hakim. Du bist aufgrund der Spurenlage Hauptverdächtiger in einem Mordfall. Verstehst du, was ich sage?«

Hakim zitterte und bebte am ganzen Körper. Seine Gesichtszüge verzerrten sich, dann weinte er hemmungslos.

Melanie Weber sah erschreckt zu ihrer Vorgesetzten, doch die legte erbarmungslos nach und rief laut:

»Was ist am Abend des vierten Juni passiert? Antworte mir!«

Hakim Yumah schluchzte und hielt sich die Hände vors Gesicht.

»Ich war es nicht!«

»Was warst du nicht, Hakim?«

»Ich hab Lara nicht umgebracht!«

»Wer dann? Wer war noch dabei?«

»Niemand!«

»Wir haben aber Blut von jemand weiterem an der Leiche von Lara gefunden. Wer war noch dabei?«

»Niemand war dabei … ich schwör!«, schrie Hakim und begann, mit seinen Fäusten auf sein Gesicht einzuprügeln.

KAPITEL 28

Wer an einem lauschigen Sommerabend auf dem Abensberger Stadtplatz einen Tisch bei einem der dortigen Gastronomen ergattern wollte, musste gleich mehrere Talente in sich vereinen. Hier kam es nicht nur auf ein gutes Auge, sondern auch auf Schnelligkeit, entschlossenes Handeln und Konfliktbereitschaft an.

Andi Krammer war jedoch seit Jahren Brillenträger, seine Fähigkeiten zum Spurten waren aufgrund seiner lädierten Knie eingeschränkt, und im Grunde war er viel zu gutmütig, um sich auf einen Streit mit ein paar jugendlichen Ninja Warriors einzulassen, die zeitgleich mit ihm einen freigewordenen Tisch erstürmt hatten. So hatte er, nachdem er Lisa am späten Nachmittag zu ihrem Hotel gebracht hatte, einen der zu dieser Tageszeit noch reichlich vorhandenen freien Tische besetzt, um dort auf sie zu warten.

Mit leicht glasigen Augen schaute er in sein Weißbierglas und stellte fest, dass auch dieses inzwischen leer war. Er zog seine Brille ab und zupfte eine Papierserviette aus dem Halter, um sie zu putzen. Blinzelnd suchte er in der unscharfen farbigen Melange nach seiner Freundin.

Wo sie nur bleibt, fragte er sich und winkte nach der Bedienung, um ein neues Bier zu bestellen.

»Hey, da bist du ja!«

Überrascht setzte Andi seine Brille wieder auf und realisierte, dass er Lisa gewunken hatte und nicht der Bedienung. Er stand auf und umarmte sie zur Begrüßung.

»Hi! Schön, dass du da bist!«

»Oh Mann, ich hab ganz schön lang nach dir gesucht, aber hier ist ja alles voll. Ist ein bisschen später geworden, sorry, dass ich dich so lange hab warten lassen!«

»Kein Ding, du hast ja schließlich ′ne lange Zugfahrt in den Knochen.«

»Ja, stimmt. Trotzdem wollte ich mich eigentlich beeilen, tut mir ehrlich leid! Aber cool, dass du mich sofort erkannt hast. Ich hätt bestimmt noch ewig nach dir gesucht. Gute Augen!«, bemerkte sie anerkennend. Andi sagte nichts, lächelte bescheiden und zog Lisa einen Stuhl zurück.

»Ok … immer noch der Gentleman von 1984?«, fragte sie augenzwinkernd und nahm Platz.

Ihre bunte Stofftasche hängte sie an die Stuhllehne.

Da war es wieder: dieses Gefühl für Lisa, das er in all den Jahren nie verloren hatte.

»Servus, derf I eich was bringa?«

»Oh, ja!«, rief Lisa und fragte: »Haben Sie Lillet Berry?«

»Freilich! Und für Sie? No oans?«, fragte sie Andi und hob sein leeres Weißbierglas an.

»Nein, ich hätt auch gern so ein … äh …«

»Lillet Berry?«

»Ja, genau.«

»Gerne!«, rief die junge Frau im Dirndl gut gelaunt und verschwand.

»Krass!«, raunte Lisa und grinste Andi an.

»Was denn?«

»Ja, wie die hier rumlaufen. Also, die Klamotten.«

»Ach so, das. Na ja, wir sind halt in Bayern.«

»Also, ich find das ja cool«, Lisa schaute mit einer gedanklichen Pause nach oben.

Anscheinend war ihr etwas eingefallen. Dann lächelte sie und schnaubte durch die Nase.

»Weißt du noch? Der Pfarrer damals auf der Beerdigung deines Vaters? War der nicht auch aus Bayern?«

»Ja, stimmt! Pfarrer Niedermeier. Dass du das noch weißt!«

»Ja, klar. Ich weiß noch so einiges«, lachte sie. »Das war schon crazy, das alles.«

Andi nickte. »Oh ja!«

»So, zwoamal Lillet Berry, schauns her!«

Lisa wippte zur Seite, um der Kellnerin Platz zu machen.

»Danke!«, sagte Lisa und hob ihr Glas. »Aufs Wiedersehen!«

Andi griff ebenfalls nach seinem Glas und witzelte:

»Gut, dass du nicht *Auf Wiedersehen* gesagt hast!«

Lisa lachte und stieß ihr Glas gegen Andis.

»Also, jetzt bin ich ja erst mal da.«

Sie tranken einen Schluck, stellten die Gläser wieder ab und schauten sich an. Keiner der beiden wusste in diesem Augenblick, was er oder sie sagen sollte. Die vierzig Jahre zwischen ihnen waren auf eine Tischbreite zusammengeschrumpft. Das musste erst mal sacken.

Andi hatte das Gefühl, dass er an der Reihe war. Aber das mit Lisa war zu lange her, um einfach nahtlos thematisch irgendwo anzusetzen. Wenn man einen Menschen so lange nicht gesehen hat, dann müsste er einem doch fremd werden, dachte er. Aber das Gegenteil war der Fall: Lisa war ihm vom ersten Moment an so vertraut, als hätten sie sich erst gestern voneinander verabschiedet. Ihre Wege waren sich fremd geworden, nicht aber sie selbst.

Dann fiel ihm ihr Brief wieder ein. Er hatte ihn inzwischen so oft gelesen, dass er ihn schon auswendig konnte.

»Also, deine Freundin hat tatsächlich die Wohnung gekauft, wo mein Vater damals … oh …«

Andi unterbrach seinen Satz, denn Lisa hatte den Briefumschlag mit der Babylocke auf den Tisch gelegt. Vorsichtig, ja, beinahe andächtig nahm er ihn hoch.

»Danke«, brachte er nur hervor und öffnete behutsam das Kuvert. Was sich darin befand, wusste er natürlich: Es enthielt ein kleines gefaltetes Papier, in dessen Mitte eine blonde Haarlocke lag. Er strich mit dem Zeigefinger über seine zarten Babyhaare, schnaubte leise und schüttelte langsam den Kopf.

»Meine Mutter hat mir mal gesagt, ich wäre etwa sechs Monate alt gewesen. Da hat sie mir zum allerersten Mal die Haare geschnitten.«

Er faltete das Kuvert wieder zu und legte es wieder auf den Tisch.

»Danke fürs Mitbringen!«

»Gern!«

»So, jetzt erzähl doch mal, Lisa! Was ist da los bei euch in Bröhlheim?«

»Na ja, das meiste weißt du ja schon. Den Umschlag haben wir bei dieser Schamanen-Aktion bei den Brandstätters gefunden.«

»Sind das die, die jetzt in der Wohnung von meinem Vater wohnen?«

»Genau, ja.«

»Hmm. Ok. Und die haben einen Geist gesehen, oder was?«

»Nicht direkt gesehen … aber da war irgendwas, ich schwör's dir!«

»Na ja, du hast in deinem Brief geschrieben, dass du das alte Wohnzimmer von meinem Vater plötzlich gesehen hast. Das klingt schon irgendwie seltsam.«

»Ja, ich weiß. War aber so.«

»Vielleicht hat sich ja irgendwas im Fenster gespiegelt.«

Lisa ärgerte sich darüber, dass Andi alles zu erklären versuchte. Er war schließlich nicht dabei gewesen. Aber *sie* war dort gewesen. Und sie wusste ganz genau, was sie gesehen hatte!

»Andi, da hat sich nichts *gespiegelt*!«

»Meinst du nicht, dass du dir das nur … und jetzt sei bitte nicht böse, ok? … also, dass du dir das vielleicht eingebildet hast?«

Lisa schaute Andi jetzt angesäuert an.

»Und wie erklärst du dir, dass wir das *alle* gesehen haben, Sherlock?«

»Du hast ja in deinem Brief geschrieben, dass da auch irgend so ein Schamane dabei war.«

»Ja, das stimmt. *Elom Kouassi Prinz Charles* heißt der. Und der ist auch ein echter Fachmann auf dem Gebiet. Der hat sich richtig ins Zeug gelegt und sogar einen Teller mit Laub angezündet.«

»*Laub angezündet*. Soso«, wiederholte Andi Lisas Worte und grinste.

»Was heißt hier *Soso*, hmm?«

»Kann es sein, dass ihr alle ein bisschen ... benebelt wart? Hahaha!«

Jetzt war Lisa wirklich sauer.

»Weißt du was, Andi?«, rief sie laut und stand auf. »Du kannst mich mal!«

Sie sah sich wütend nach der Kellnerin um.

»Zahlen bitte! Ach fuck, wo ist jetzt die Dirndl-Tussi schon wieder?«

Andi bekam spontan ein schlechtes Gewissen und versuchte, Lisa zu beruhigen.

»Jetzt warte doch mal! Bitte!«

»Glaubst du etwa, ich hab Bock auf den ganzen Scheiß hier?«, rief sie so laut, dass die Gespräche an den Nachbartischen leiser wurden.

»Jetzt setz dich doch bitte wieder hin! Es tut mir leid, ich hab das nicht so gemeint!«, zischte Andi beschwichtigend und hoffte, ihren kleinen Zoff irgendwie deeskalieren zu können.

Wenn Lisa jetzt wegen eines dummen Kommentars von ihm wieder abreisen würde, dann könnte er sich das nie mehr verzeihen.

Lisa stand immer noch und sah abwechselnd sauer zu Andi und suchend nach der Bedienung.

»Setz dich, Lisa!«, flehte Andi. »Bitte!«

Unschlüssig und mürrisch setzte sie sich wieder. Die Gespräche an den Nachbartischen gingen weiter.

»Es tut mir leid. Ehrlich! Ich wollte dich nicht verletzen!«, sagte Andi und hoffte auf irgendeine Reaktion ihrerseits.

Doch ihr Blick war nur schwer zu deuten. Er redete weiter.

»Aber das klingt alles so unrealistisch ... ach, ich weiß ja auch nicht.«

»Darf ich dich daran erinnern, dass *du* damals behauptet hast, deinem toten Vater begegnet zu sein? Wie hat das wohl für mich geklungen, hä?«

»Ja, du hast ja recht. Ich kann's ja heute selbst nicht mehr so richtig glauben, was damals passiert ist. Tut mir leid, das war ein saublöder Spruch von mir. »

»Ok. Entschuldigung angenommen.«

Lisa klang wieder ein bisschen versöhnlicher und Andi war unendlich erleichtert.

»Hab auch ein bisschen überreagiert, tut mir leid!«, sagte sie. »Aber im Moment geht mir einfach wahnsinnig viel durch den Kopf.«

»Schon gut«, wandte Andi ein.

»Andi?«

»An…ndi!«

Andi kannte diese Stimme. Er drehte sich um und entdeckte Quincy Reinhardt und Konny Moser, die sich an den vielen Tischen vorbei zu ihnen durchkämpften.

»Hey, schön euch zu sehen!«, rief Andi.

»Habt ihr w…was d…dage…gen, wenn wir uns k…kurz zu euch s…setzen?«, fragte Konny.

Andi wusste nicht, ob Lisa etwas dagegen hatte und sah sie fragend an.

»Nee, überhaupt nicht. Hallo!«, sagte Lisa und reichte Quincy die Hand.

»Das ist Lisa Wallmann, Karlheinz – beziehungsweise *Quincy* Reinhardt, Cornelius, oder besser *Konny* Moser«, stellte Andi seine Bandkollegen vor.

»Fechtner«, verbesserte Lisa ihn.

»Freut mich«

»F…freut mich!«

Nachdem alle Hände geschüttelt und Bandkollegen umarmt waren, setzten sich die Musiker zu Lisa und Andi an den Tisch.

»Du, Andi, bevor ich's vergesse – wegen Samstag: der Robert vom Ottenbräu hätt gern den Song *Perfect* von Ed Sheeran. Kriegst du dir den bis übermorgen noch draufgeschafft?«, fragte Quincy.

»Ok … aber der weiß schon, was wir normalerweise machen?«

»Na ja, nicht so ganz genau.«, druckste Quincy rum. »Hab ihm versprochen, es ist für jeden was dabei.«

Andi fühlte sich an seine finstersten Zeiten erinnert, als er sich als Aushilfs-Keyboarder in diversen Coverbands über Wasser gehalten hatte, die bei ihren Auftritten in aller Regel als Störfaktor wahrgenommen wurden. Applaus gab's, wenn überhaupt, aus reiner Höflichkeit.

Auf einem Schützenfest mit der Heavy-Rock-Band *Krypton* war er mal in einer Spielpause im Toilettenflur mit einem aufgebrachten älteren Sportschützen aneinandergeraten.

»Ihr spielt jetzt gefälligst was von Roooland Kaiser, Freundchen!«, hatte der Rentner mit hochrotem Kopf Wacholderschnaps spuckend angeordnet. »Oooder was von Uuudo Jürgens. Egal. Aber ihr hört sooofort mit dieser englischen Scheiße auf, ist das klar?«

Andi hatte die drei anderen Bandmitglieder von *Krypton* kaum gekannt und den Job dort nur zugesagt, weil ihm hundertfünfzig Mark cash versprochen worden waren. Er war also definitiv nicht der Ansprechpartner für Liederwünsche. Doch in Anbetracht seiner berstenden Blase und um des lieben Friedens willen hatte er dem Mann versprochen, dass die Band im nächsten Set Roland Kaiser *und* Udo Jürgens zum Besten geben würde.

Dass es sich bei dem streitbaren Schlagerfan um den Ehrenpräsidenten des Schützenvereins gehandelt hatte, wusste Andi zu diesem Zeitpunkt nicht. Tatsache war, dass *Krypton* nach einigen erbärmlichen Versuchen, *Alles was du willst* und *Der Teufel hat den Schnaps gemacht* zu intonieren, achtkantig aus dem Schützenheim geworfen worden waren. Ohne Gage zwar, aber mit Hausverbot auf Lebenszeit. Das hatten ihm die Jungs von *Krypton* nie vergessen.

»Ok, kein Problem«, sagte Andi. *Perfect* bestand im Wesentlichen aus vier Akkorden und dementsprechend war die Herausforderung überschaubar.

»U…u…und w…wie gefällt es dir hier in Ab…bensberg, Lisa?«, fragte Konny Moser.

»Ich bin ja eben erst angekommen und hab noch nicht sehr viel gesehen«, gab Lisa zurück.

»Dann m…m…müsst ihr u…unbedingt mal zum H…h…Hundertwasserturm«, empfahl Konny stolz und fügte seinen obligatorischen Hundertwasserturm-Gag hinzu:

»D…das ist n…nicht einfach nur ein W…W…Wasserturm, das ist sogar ein H…H…Hundertwasserturm! Hahahaha!«

Lisa lachte. Sie fand den dünnen Wortwitz tatsächlich gut, und dieser Konny war ihr sympathisch. Quincy und Andi verdrehten die Augen. Konnys Standardgag wurde mit jeder Wiederholung einfach nicht lustiger.

»Ich hab ihn mal in Neuseeland getroffen«, erzählte Lisa.

»Äh. *Wen* hast du in Neuseeland getroffen?«, fragte Andi verdutzt.

»Friedensreich Hundertwasser. Es war ein totaler Zufall, er saß in *Kawakawa* auf einer Parkbank und sagte, dass ihm meine Tasche gefällt.«

»Was? Und dann?«

Quincy, Konny und Andi waren beeindruckt.

»Dann hab ich ihn um ein Autogramm gebeten.«

»Wow!«, kam es von Konny begeistert. »Und hast d…du das noch?«

»Ja, klar. Hier!«

Lisa hob ihre Stofftasche hoch, die über ihrem Stuhl hing. Die Tasche hatte ihre besten Zeiten definitiv schon hinter sich, aber Lisa schien an dem Stück zu hängen. Das Autogramm des weltberühmten Künstlers war zwar verblasst, aber noch deutlich lesbar.

»*Für Lisa. Friedensreich Hundertwasser.* Ich brech zusammen!«, rief Quincy. Konny und Andi schauten beinahe ehrfurchtsvoll auf Lisas alte Stofftasche.

»Coole Geschichte!«, bemerkte Konny, ganz ohne zu stottern.

»Coole Tasche!«, sagte Andi.

»Ja, stimmt«, gab Lisa zurück und sah nun ein bisschen traurig aus. »Die hab ich von meinem Papa geschenkt bekommen.«

Andi wusste aus Lisas Brief, dass ihr Vater Theo verstorben war.

Theo Wallmann … er war ein Frühpensionär und ein lebenslustiger Technikfreak gewesen, der immer was zum Basteln brauchte. Vor allem aber war er ein wahnsinnig netter Kerl und für Andi sowas wie ein

Wunschvater. Bei ihrer ersten Begegnung in der Pension in Bröhlheim war Lisas Vater gerade damit beschäftigt gewesen, Kabel in einer Verteilerdose zusammenzulöten. Irgendwas musste er in Andi gesehen haben, denn er hatte ihm ohne große Einleitung den Lötkolben in die Hand gedrückt und ihm erklärt, was er zu tun hatte. Das war für Andi damals ein völlig neues Gefühl gewesen: Theo Wallmann hatte *ihm* etwas zugetraut. So etwas hatte es bei seinem eigenen Vater nie gegeben.

KAPITEL 29

»...Hochwasser die Einsatzkräfte und Einwohner in Teilen Baden-Württembergs weiter in Atem. Besonders betroffen ist die Gemeinde Gögglingen. In Ulm wird im Laufe des Tages mit einem weiteren Höchststand gerechnet. Für die kommenden Tage und das Wochenende gilt in Teilen Bayerns die höchste Warnstufe vier. Besonders in ...«

Mike Schewe tippte den Radiowecker aus und sah auf dessen Anzeige. Es war sechs Uhr. Dann drehte er sich nach rechts zu seiner Frau und küsste sie auf die Stirn.

»Guten Morgen«, brummte er und ließ sich wieder ins Kissen fallen.

Kerstin Schewe blinzelte und verzog ihr Gesicht.

»Wie spät isses denn?«, fragte sie.

»Kurz nach sechs.«.

»Irgendwas vom Hochwasser in den Nachrichten?«

»Hmm? Nee«, gab Schewe zurück, ohne zu verstehen, was Kerstin meinte.

Die vielen Hochwassermeldungen der letzten Tage hatte er nicht mitbekommen. Bei Nachrichtensendungen schalteten seine Ohren seit eh und je zuverlässig auf Durchzug.

»Gestern Abend gab es dazu sogar einen Brennpunkt im Ersten. Es regnet anscheinend seit über einer Woche ununterbrochen in Baden-Württemberg, und an einigen Stellen ist dort Hochwasser.«

»Ja und?«, fragte Mike desinteressiert.

»Na ja, das sind alles Ortschaften an der Donau. Das kann auch hier zu uns rüberkommen. Außerdem soll es auch hier bald regnen.«

»Ach, Quatsch. Schau doch mal raus, das Wetter ist super.«

»Na ja, noch. Aber das wird sich bald ändern.«

»Glaub ich nicht. Hier passiert schon nix.«

»Schatz, könntest du vielleicht trotzdem mal im *Haus* nachschauen?«

»Och bitte! Lass mich mit der blöden Hütte in Ruhe!«

»Mike, du hast es mir versprochen, dass du dich darum kümmerst.«

Schewe verzog sein Gesicht.

»Ja, ja«, gab Schewe zurück und hoffte, dass die Diskussion damit beendet war, doch Kerstin ließ einfach nicht locker.

»Bitte tu mir den Gefallen und schau heute Nachmittag mal nach, ja? Und leg vielleicht ein paar Sandsäcke dorthin!«

»Ein *paar* Sandsäcke, spinnst du? Weißt du, wie viele Sandsäcke allein am Eingang nötig sind?«

»Schatz, wenn der Keller wieder vollläuft, können wir das Haus abreißen lassen.«

Schewe war genervt von diesem Thema, versuchte aber, sich nichts anmerken zu lassen.

»Ok, ich schau heut Nachmittag vorbei. Gleich, wenn wir vom Arzt zurückkommen, ok?«

»Ach, der Arzttermin …«

Kerstin sah mit einem Mal bedrückt aus und Mike streichelte ihr liebevoll übers Gesicht.

»Alles wird gut, Schatz!«

Kerstin schloss die Augen.

»Oh Mann, ich hoff so sehr, dass es nichts Schlimmes ist.«

»Hey, Marie ist kerngesund, Schatz! Das ist bestimmt irgendwas Entwicklungsbedingtes.«

»Meinst du? Ich weiß nicht. Das hat alles genau an dem Tag angefangen, als wir mit der Schulklasse im Wald waren.«

Sie machte eine kleine Pause und fügte dann hinzu:

»Als sie die Leiche gefunden hat.«

Schewe schluckte schwer und sein Kehlkopf wippte wie eine volle Baggerschaufel.

»Ja … aber das kann es nicht gewesen sein. Die war ja abgedeckt. Marie kann also nicht wirklich was Schlimmes gesehen haben.«

»Marie sagt, sie hätte das Gesicht und einen Fuß gesehen. Oh Gott, das ist so furchtbar!«

Schewe dachte an den Moment, in dem er hektisch ein paar herumliegende Äste über Laras noch warmen Körper geworfen hatte. Er ärgerte sich darüber, dass er in dieser Situation nicht gewissenhafter agiert hatte. Und warum war ihm das mit dem Fuß nicht aufgefallen, verdammt?

»Hör mal, Marie ist immerhin zehn. Was glaubt du, was für Zeug sich die Kids jeden Tag per WhatsApp zuschicken? Da ist so ´ne blöde Leiche im Wald aber gar nix gegen.«

»*So ´ne blöde Leiche?* Sag mal, wie redest du denn?«, fragte Kerstin entsetzt. »Das war die junge Lara Schuster hier aus dem Ort! Ein bildhübsches Mädel war das, du kanntest sie doch auch vom Sehen. Die hat irgendein Irrer kaltblütig ermordet und verscharrt. Welches gottverdammte Arschloch macht so was?«

Schewe begann, sich unwohl zu fühlen.

»Ja, ist schon schlimm«, gab er zurück und versuchte, das Thema zu wechseln. »Jetzt steh ich mal auf und mach mich fertig. Soll ich uns ein paar Semmeln beim Bäcker holen?«

»Ja, das wär lieb!«, antwortete sie beiläufig.

Kerstin schien gedanklich noch bei dem Mord an Lara Schuster zu hängen.

»Mach ich doch gerne, Süße. Weckst du dann schon mal die Mädels?«

»Alles klar. Ok, dann bis gleich.«

Michael gab Kerstin einen Kuss auf die Stirn und umarmte sie. Er streichelte zärtlich ihren Rücken und sie schien sich allmählich wieder zu beruhigen. Er hielt sie noch eine Zeitlang und wartete, bis ihr Puls wieder langsamer wurde. Dann löste er behutsam die Umarmung und stand auf. Sie schaute ihm nach, wie er zur Tür ging.

»Ganz schön knackig, Herr Schewe!«, rief sie ihm hinterher.

Mike schaute sich zu ihr um und setzte ein Lächeln auf. Es kam nur selten vor, dass Kerstin ihm gegenüber Avancen für Sex machte, worüber er im Grunde aber ganz froh war. Die Anziehungskraft ihrer Vagina hatte bei Maries Geburt bereits ernsten Schaden genommen und schon kurz danach war der Ofen bei ihnen schließlich ganz aus. Ihr Körper, den er anfangs mal unwiderstehlich gefunden hatte, turnte ihn heute regelrecht ab.

Schon seit Jahren lebten sie ihr Leben als funktionierende Eltern aneinander vorbei und klammerten das Thema Sex und Erotik weitestgehend aus. Stattdessen trieb er sich lieber im Internet auf diversen Pornoseiten herum und beschäftigte sich mit sich selbst.

Er spürte, dass er Kerstin jetzt in irgendeiner Form besänftigen sollte. Dazu hatte er im Laufe der Zeit ein paar wirkungsvolle Strategien entwickelt. Zunächst einmal galt es, Zeit zu schinden.

»Heute Abend können wir ja mal eine Flasche Wein aufmachen, wenn die Kinder im Bett sind, hmm?«

»Gerne! Wird ja auch noch mal Zeit«, hauchte Kerstin und zwinkerte ihm zu.

»Oh ja, das stimmt«, heuchelte Mike und grinste breit.

Entschlossen drehte er sich zu Kerstin um.

»Aber nimm dich in Acht, Schatz! Tief in mir schlummert ein ganz böser Mann.«

»Ok, dann überrasch mich, böser Mann!«, gab Kerstin liebeshungrig zurück und räkelte sich lasziv unter ihrer Decke.

KAPITEL 30

Elom Kouassi Prince Charles hob seine Reisetasche vom Boden hoch, als der weiße Tesla Model Y der Brandstätters um die Ecke bog. Das dissonante Heulen eines Elektromotors war in Bröhlheim zwar noch ein exotisches Geräusch, aber zumindest das hiesige Taxiunternehmen war seit einiger Zeit dabei, seine Flotte sukzessiv auf elektrische Fahrzeuge umzustellen. Tom Brandstätter war bekennender Autonarr, und er hatte sich schon wie ein kleines Kind darauf gefreut, seine neue Errungenschaft zum ersten Mal auf Langstrecke zu testen. Das Fahrzeug wurde ihm von seinem Arbeitgeber als Dienstwagen mit uneingeschränkter Privatnutzung zur Verfügung gestellt.

Die Beifahrertür öffnete sich und ein gut gelaunter Ferenc Brandstätter stieg aus.

»Hallo, Älom! Wartä, ich nehmä deinä Taschä. Steig schon mal ain!«

Elom übergab Ferenc seine Reisetasche und öffnete die hintere Tür auf der Beifahrerseite. Doch anstatt sich dort hinzusetzen, rückte er ganz nach links durch und wartete einen Moment. Dann reckte er sich, so weit es ging, nach rechts und zog die Tür zu, was Tom, der am Steuer saß, ein wenig verwunderte.

»Na, Elom, alles fit im Schritt?«

Der Angesprochene, der gerade nach dem Gurt suchte, verstand die Frage nicht, antwortete aber mit einem freundlichen »Jaja, alles gut, danke! Und du auch fit im Schritt?«

Tom grinste und nickte. Es gab einen Rumms, als die Heckklappe geschlossen wurde, und der Wagen wippte leicht. Ferenc stieg vorne ein, legte sich ebenfalls den Gurt an und drehte sich strahlend nach hinten.

»Toll, dass äs geklappt hat! Ich freu mich total!«

Elom schaute nervös nach rechts und tippte mit der Handfläche auf die Sitzfläche neben sich.

»Ja, das gut!«

Der Motor summte auf und das Auto setzte sich elegant in Bewegung. Nach ein paar Metern jedoch ertönte ein Warnton.

»Watt is datt denn?«, fragte sich Tom laut und schaute auf die Anzeige, wo eine rote Gurtwarnung blinkte. »Datt is ävver komisch[21]. Seid ihr alle anjeschnallt?«

Er ging vom Gas runter und lenkte den Wagen in die nächste Haltebucht. Der Warnton verstummte. Tom ruckelte testweise an seinem Gurt und vergewisserte sich, dass er ordnungsgemäß saß. Auch Ferenc und Elom checkten ihre Gurte, konnten aber ebenfalls keinen Fehler feststellen.

»Da scheint irjendwatt mit dem Sensor nit ze stimme.«

Er setzte den Blinker und fuhr wieder an. Das Klingeln ging wieder los und die Warnanzeige war auch wieder da.

»Jo, leck misch in de Täsch! Datt Jebimmel hür'n isch m'r ävver net bis noh dä Bayoware ahn.«[22]

Geistesgegenwärtig griff Elom nach rechts zum Nachbargurt und steckte ihn ins zugehörige Gurtschloss. Das Klingeln verstummte und auch der Warnhinweis verschwand.

Tom schaute verblüfft nach hinten. Elom grinste breit.

»Jo, su kamme et och maache![23]«, lachte er und schüttelte den Kopf.

---

[21] »Das ist aber komisch.«

[22] »Ja, leck mich am Arsch. Das Gebimmel hör ich mir aber nicht bis nach Bayern an.«

[23] »Ja, so geht's natürlich auch!«

Sie fuhren in Wesseling auf die Autobahn, und eine knappe Viertelstunde später waren sie auch schon auf der A3 Richtung Nürnberg / München. Das Navigationssystem zeigte 14:00 Uhr als Ankunftszeit beim Hotel an, offenbar wurden auf der Strecke keine größeren Behinderungen erwartet. Tom plante eine halbe Stunde bei Würzburg ein, um den Akku wieder nachzuladen.

»Warst du schon mal auf däm Oktobärfäst, Elom?«

»Nee nee, noch nix Bayern«, lachte Elom und machte mit beiden Armen eine abwehrende Handbewegung.

Eloms Kenntnisse von Deutschlands südlichstem Bundesland waren nicht besonders umfassend. Wenn ihn jemand gefragt hätte, was er über Bayern wisse, hätte er gesagt, dass die Frauen dort in ihren bunten, folkloristischen Kleidern sehr elegant und schön aussahen, während sich ihre Männer mit lustigen Kostümen verkleideten. Wahrscheinlich, um ihre Frauen zum Lachen zu bringen.

Zum Beispiel, wenn sie bei ihren seltsamen Tanzritualen in knielangen Lederhosen und Filzhüten mit Gamsbärten immer wieder so etwas wie *Juuuhuuuhuuuhuiiii* riefen, während sie auf ihre Oberschenkel schlugen oder Peitschen in der Luft knallen ließen.

Diese Bilder kannte Elom aus dem Fernsehen und fand sie schon immer sehr befremdlich. Daher konnte er sich eines mulmigen Gefühls nicht erwehren, denn letztlich hatte er keine Ahnung, was in diesem *Bayern* auf ihn zukommen würde.

Unterdessen waren Tom und Ferenc bester Laune und witzelten miteinander herum wie ein frisch verliebtes Teenager-Pärchen.

Elom sah nach rechts, um sich zu vergewissern, dass der *blinde Passagier* noch an Bord war. Er musste schon sehr genau hinsehen und dabei blinzeln, denn nur ein kaum sichtbares Flimmern in der Luft umgab den Geist von Matthias Krammer. Außerdem knisterte es fast unmerklich an seiner Hand, wenn er Krammers körperlose Hülle zufällig berührte. Für den ungeschulten Beobachter indes waren diese Nuancen atmosphärischer Schwankungen nicht erkennbar.

Der Afrikaner dachte nach. Allem Anschein nach war er mit einer gewissen Sensibilität für die Wahrnehmung solcher paranormalen Phänomene ausgestattet. Diese Erkenntnis war ihm neu.

Elom seufzte, schaute nach vorne und begegnete erschrocken Toms Blicken im Rückspiegel, der ihn offenbar seit längerem beobachtet hatte.

»Alles in Ochtnung?«, fragte Tom, woraufhin auch Ferenc sich nach hinten drehte. Elom fühlte sich auf frischer Tat ertappt wie ein Apfeldieb und lief spontan rot an, was man freilich nicht sehen konnte.

»Ja … äh … alles Ochtnung!«, stotterte Elom und lenkte mit dem Zeigefinger die allgemeine Aufmerksamkeit auf die rote Anzeige des Akkustands, der nur noch bei 2 Prozent lag.

»Datt hann isch och jesinn. Datt dunn mir och wuppe.«[24]

Wie bestellt tauchte eine entsprechende Hinweistafel an der Straßenseite auf: *Raststätte Würzburg 5 km* stand darauf geschrieben samt passenden Symbolbildern für Tanken, Essen und Toilette.

Zwei Minuten später fuhr der Tesla der Brandstätters auf den Rastplatz und steuerte dort zunächst eine der drei freien Ladesäulen an.

Der Akkustand war auf 1 Prozent gesunken und Tom freute sich.

»Punktlandung. Geil!«

Die drei stiegen aus. Ferenc und Elom streckten ihre Glieder, während Tom den vorderen Kofferraum öffnete, um den Ladeadapter herauszuholen. Elom bemerkte als Erster einen Zettel, der mit Klebestreifen an der Ladesäule angebracht war.

WEGEN WARTUNGSARBEITEN VORÜBERGEHEND AUSSER BETRIEB

»Äh … Tom?«

»Ja, wat is?«

Elom zeigte auf den Hinweis.

---

[24] Ja, das habe ich auch gesehen. Das schaffen wir auch noch.

»Ach du Scheiße!«, rief Tom und ließ vor Schreck fast den Ladeadapter fallen, denn die beiden anderen Ladesäulen waren mit dem gleichen Zettel dekoriert.

»Scheiße!«, wiederholte Tom.

»Und jätzt? Rübär zur Tankställe?«, fragte Ferenc, der ein wenig von seiner gesunden Gesichtsfarbe verloren hatte.

»Datt is ene Tässla. Do bruchste keij Pittermännche met Benzin!«[25], antwortete Tom gereizt.

»Das waiß ich auch. Abär wir können dort viellaicht jemandän fragän?«

Tom warf den Ladeadapter ruppig zurück in den Kofferraum und ging ein paar Schritte über den Rasenstreifen.

»So eine verdammte Scheiße!«, rief er und haute mit der Faust auf den Deckel eines Müllcontainers.

Tom war bewusst, dass sie mit der verbliebenen Reserve nie und nimmer eine andere Ladesäule erreichen konnten. Offenbar hatten sie keine andere Wahl, als einen Abschleppdienst zu rufen, was sehr teuer war und den Zeitplan um Stunden zurückwarf.

Elom zog sich wieder ins Auto zurück, um in Ruhe nachzudenken.

Mit seinen Kenntnissen in Elektrotechnik hätte er problemlos eine Batterie nachbauen können. Man benötigte dazu nur ein paar simple Materialien wie einen Plastikbecher, eine Schere, etwas Kupfer, Aluminium und ein bisschen Salz. Das Problem war nur: Solch eine Batterie wäre viel zu schwach, um ein Auto anzutreiben. Genauso gut hätten sie auch eine 1,5-Volt-Batterie kaufen können.

DOCH, DAS GEHT… HIHI!

Elom erschrak fast zu Tode und sein Herz überschlug sich, obwohl er ahnte, von wem diese Stimme ausging. Sie hatte einen hohlen und dennoch gewaltigen Charakter. Sie kam gleichzeitig von nirgendwo und überall.

---

[25] Das ist ein Tesla. Da kannst du nicht mit einem *Pittermännche* Benzin nachfüllen (ein *Pittermännche* ist ein 10 Liter Kölschfass).

In den letzten Tagen hatte er viel Zeit mit dem Geist von Matthias Krammer in seiner kleinen Mansardenwohnung verbracht, und er wünschte sich weiß Gott nichts sehnlicher, als ihn endlich wieder loszuwerden. Genau genommen war das ja auch der Grund, warum er überhaupt jetzt in diesem Auto saß. Er würde einfach nur diesen blöden Geist bei dessen Sohn in Bayern abgeben und alles würde wieder gut werden, dachte er. Bisher hatte jener Geist noch kein einziges Wort an ihn gerichtet. Ihre Konversation hatte immer auf einer langwierigen und anstrengend symbolhaften Ebene stattgefunden. Und nun sprach er plötzlich zu ihm. Und er wurde dabei anscheinend immer übermütiger. Oder hatte er sich verhört? Was sollte denn dieses dämliche Kichern am Ende?

»Krammer, bist du das?«

Stille.

»Krammer! Bist du das?«, wiederholte Elom nun laut.

»Was sagst du?«, fragte Ferenc zum offenen Beifahrerfenster hinein.

»Äh … nee nee … alles gut«, rang sich Elom erschrocken ab.

Er nahm schnell sein Handy in die Hand und tat so, als ob er gerade mit jemandem telefonieren würde. Die Aktion mit dem geheimen Mitreisenden durfte auf gar keinen Fall auffliegen.

»Oh, sorry!«, flüsterte Ferenc und signalisierte mit beiden Händen *Entschuldigung*.

Sein Kopf verschwand wieder auf den Parkplatz.

»Was das sollen? Du mich verscheisern oda was?«, zischte Elom wütend in Richtung seines unsichtbaren Sitznachbarn.

TUT MIR LEID, kam es ein wenig zerknirscht aus dem Nirgendwo.

»Merde!«, raunte Elom sauer.

NICHT BÖSE SEIN, JA?

Elom beruhigte sich wieder etwas.

»Ok, ist gut. Ich mich nur total erschrecken. Was du meinen mit *Doch das geht?* flüsterte er und hoffte, dass niemand etwas von dieser bizarren Unterhaltung mitbekam.

NIMM EINFACH IRGENDEINE BATTERIE. DEN REST MACH ICH.

Elom war fassungslos. Krammer wollte ihn offenbar in den Wahnsinn treiben. Seit knapp einer Viertelstunde hingen sie mit ihrem Tesla Model Y auf diesem Rastplatz mit einer leeren Autobatterie an einer kaputten Ladesäule fest, und ein unsichtbarer Geist neben ihm auf der Rücksitzbank gab völligen Nonsens zum Thema Elektrik von sich. *Irgendeine Batterie!* Was sollte der Scheiß?

Er schüttelte den Kopf, schnaufte und stieg wütend aus. Ferenc und Tom diskutierten währenddessen aufgeregt.

»Näh, datt jeit nit, Ferri. Met dämm funzelije Akku kumme m'r nit mieh wigg. Un up dämm Randstriefe will isch och nit avvjemolt sin!«[26]

»Dann gehän wir jätzt rübär zur Tankställe und fragän jemandän. Ich gebä einä Rundä Cappuccino aus«, versuchte Ferenc seinen übelgelaunten Lebenspartner zu besänftigen.

»Häste rääch, datt maache mir. Ellem kumm, et jitt Kappetschieno!«[27]

Tom tippte etwas auf sein Handydisplay, was der Tesla mit einem kurzen Hupen quittierte.

Zu dritt gingen sie hinüber zur Tankstelle, die etwa hundert Meter entfernt lag. Unterdessen schaute Elom ein ums andere Mal zurück und betete, dass der alte Krammer noch auf der Rücksitzbank saß.

---

[26] Nein, das geht nicht, Ferri! Mit dem bisschen Akku kommen wir nicht mehr weit. Und auf dem Randstreifen möchte ich auch nicht liegenbleiben.

[27] Du hast recht, das machen wir. Elom, komm mit, es gibt Cappuccino!

KAPITEL 31

»Glückwunsch, Frau Kollegin!«.
»Wie bitte?«
»Na ja, Fall gelöst. Bravo!«

Der anzügliche Unterton in Grubers Bemerkung war nicht zu überhören. Kathi Teuber ging nicht weiter darauf ein, nahm ihren Kaffee aus dem Ausgabefach und wandte sich zum Gehen. Doch Tobias Gruber hatte sich mit seinem Arm an den Getränkeautomaten gelehnt und versperrte ihr den Weg. Sie blieb stehen.

»Was soll das werden?«, fragte sie gereizt.

Die Kommissarin versuchte, unter seinem Arm durchzuschlüpfen, doch das misslang und sie verschüttete etwas von ihrem Kaffee auf ihr Diensthemd.

»Mann ey! Was soll der Scheiß?«, schimpfte sie lauthals.

»Ach komm! Was bist du denn in der letzten Zeit so kratzbürstig zu mir?«

Sie stieß Grubers Arm unsanft zur Seite und löste sich aus seiner Fixierung.

»Du hast sie wohl nicht alle, Tobi!«

»Jetzt mach doch nicht gleich so ein Fass auf, Kathi! Ich wollte nur ein paar Takte mit dir reden. So ganz unter Kollegen«. Gruber zwinkerte der Kommissarin zu.

»Na schön, das haben wir ja jetzt gemacht. Und jetzt wünsch ich dir noch einen schönen Tag, ich hab zu tun«, gab sie genervt zurück und ging.

Gruber lief ihr hinterher.

»Hey Kathi, jetzt wart doch mal! Bitte!«

Sie rollte mit den Augen, blieb stehen und drehte sich wieder um.

»Was denn noch?«, fragte sie betont desinteressiert.

»Ich wollte dich fragen … ob wir nicht nochmal zusammen ausgehen wollen. Auf die guten alten Zeiten anstoßen.«

»Auf die guten alten Zeiten anstoßen? Sag mal, wer hat dir eigentlich ins Hirn geschissen?«

»Ach, komm Kathi, das mit uns … das war doch super.«

Sie musste unwillkürlich lachen.

»Na, das haut mir ja gleich den Vogel raus! Was soll denn bitte super sein mit einem Typen, der an chronischer Selbstüberschätzung leidet und der einen am Ende auch noch sitzen lässt?«

»Ja, ich weiß schon. Mir tut's auch leid, ehrlich! Aber … wir hatten doch auch unsere ganz besonderen Momente.«

Kathi Teuber konnte es nicht fassen …

Kurz nach ihrer gemeinsamen Polizeiausbildung waren sie und Tobias Gruber ein Paar geworden. Es hatte ganz gut funktioniert – bis zu dem Zeitpunkt, als sie sich für eine Weiterbildung in den gehobenen Polizeivollzugsdienst entschieden hatte. Ab da war nach Dienstschluss nur noch wenig Zeit für gemeinsame Unternehmungen. Als angehende Kommissarin war sie entweder mit Arbeiten oder Lernen beschäftigtgewesen, was ihm gegen den Strich gegangen war.

Seinen Frust darüber hatte er versucht, mit Sauftouren zu kompensieren, und war dabei eines Abends Norbert Kleusberg im Bürgstüberl begegnet, der anscheinend sofort einen tiefen Eindruck bei ihm hinterlassen hatte. Gruber fand, dass niemand sonst die Dinge so gut auf den Punkt bringen konnte wie er. Und so hatte es nicht lange gedauert, bis ihm klar geworden war, dass die *Ausländer* an allem schuld waren.

Bei ihr hingegen hatte seine Begeisterung für Kleusberg keine Resonanz gefunden. Im Gegenteil: Mit seinen auswendig gelernten Parolen hatte er bei ihr nicht punkten können. Immer wieder war es zu nervigen Diskussionen gekommen, die nicht selten zu lauten Streitgesprächen eskaliert waren. Eines Morgens hatte sie ihn mal einen Nazi genannt, und noch am selben Tag hatte er ihre gemeinsame Wohnung verlassen.

»Tobi! Ich sag´s dir jetzt noch einmal in aller Klarheit: Es ist aus und vorbei mit uns beiden. Ich hab damit abgeschlossen und …«

»Servus, ihr zwei«, rief Gertrud Klingbeil ihnen im Vorbeigehen zu.

Der Dienstflur der Landshuter Polizeiinspektion war beim besten Willen kein Ort für ein solches Gespräch, aber sie hatte sich wieder mal von Tobias da reinquatschen lassen, und darüber ärgerte sie sich jetzt.

Kathi senkte ihre Stimme, was ihr in der Aufregung nicht leichtfiel.

»Tobi, bitte! Lass gut sein, ja?«

Tobias Gruber sah ein, dass er tatsächlich einen schlechten Zeitpunkt erwischt hatte, und tat jetzt schuldbewusst.

»Tut mir leid, Kathi. Ich …«

»Was denn noch?«

»Eigentlich wollte ich dir doch nur zu deinem Ermittlungserfolg gratulieren.«

»Meinst du nicht, dass es dafür noch ein bisschen zu früh ist?«

»Wieso, das war doch der Syrer … das ist doch klar, oder?«

»Nein, ist es nicht.«

»Hä? Aber der DNA-Abgleich war doch eindeutig!«

»Das stimmt. Aber deswegen muss er noch lange nicht der Mörder gewesen sein. Oder hast du vergessen, dass es noch eine weitere Spur gibt?«

»Sorry, aber jetzt check ich grad gar nichts mehr.«

»Hakim Baschar Leron Yumah war mit Lara Schuster befreundet. Das hat er eben ausgesagt. Er behauptet, er habe das verheimlicht aus Angst, verdächtigt zu werden.«

»Was? Und das kaufst du ihm ab?«

»Ich sag nur, dass es noch Fragen und Ungereimtheiten gibt.«

Gruber war bestürzt. Jetzt hatten sie endlich den Fall gelöst – und in seinen Augen war Yumah ohne jeden Zweifel der Mörder – und die leitende Ermittlerin hegte tatsächlich noch Zweifel daran.

Gerade eben hatte er feierlich in der inoffiziellen Chatgruppe *Heimatfreunde* die Aufklärung des Mordfalls Lara Schuster verkündet, wobei er sich selbst den größten Anteil daran zugeschrieben hatte. Vor allem Kleusberg hatte er damit beeindrucken wollen. Aber wenn sich am Ende herausstellen sollte, dass es doch nicht dieser Yumah war, war er bis auf die Knochen blamiert. Wie stand er denn jetzt da?

»Wow, das ist echt…«, Gruber fehlten die Worte.

»… ergebnisoffene Ermittlungsarbeit? Ja, ganz recht, Tobi, das ist es. Dir noch einen schönen Tag!«

Die Kommissarin warf ihren leeren Kaffeebecher in den Mülleimer und ging in ihr Büro.

KAPITEL 32

»Und? Hat's funktioniert?«

Andi runzelte die Stirn.

Er und Lisa hatten sich an diesem Vormittag zum Brunch im *Kommod* verabredet, einem Bistro am Aventinusplatz in der Abensberger Altstadt. Vor ihnen wartete bereits eine appetitlich angerichtete Platte mit Wurst, Käse und verschiedenen Aufstrichen auf sie. Ein Korb mit Brot und duftenden Semmeln fehlte dabei genauso wenig wie zwei Tassen Cappuccino.

In der Stadt war es noch ruhig zu dieser Zeit. Nur wenige Gäste saßen außer ihnen auf der Bistroterrasse, und Lisa genoss diese Ruhe und die Sonnenstrahlen mit geschlossenen Augen. Die Glocken der nahegelegenen Pfarrkirche St. Barbara läuteten elfmal.

Diese Idylle schien wie aus einem Reiseprospekt herausgeschnitten und Lisa kommentierte sie mit einem Wort:

»Bayern!«

Andi grinste und schnaubte leise durch die Nase.

»Was meintest du damit, ob's *funktioniert* hat?«

»Ach so, ich meinte die Babyhaare, die ich dir mitgebracht hab. Hast du dich mal mit deinem Vater unterhalten?«

Diese absurde Frage kam von Lisa in einer derart lapidaren Art und Weise, als wäre es das Selbstverständlichste auf der Welt, sich mit seinen verstorbenen Verwandten zu unterhalten. Diese Eigenart hatte sie zweifellos von ihrem Vater Theo geerbt, der für seinen sprichwörtlichen trockenen rheinischen Humor bekannt war.

»Tss«, machte Andi und verwarf diese Quatschfrage mit einer Handbewegung.

»Hey! Ich meinte das ernst. Hast du's mal ausprobiert?«

Andi bemerkte ihren festen Blick. Lisa schien nicht zu bluffen.

»Ja, wie jetzt? Was soll ich denn deiner Meinung nach machen?«

»Das hab ich dir doch alles erklärt. Laut Elom sind die Babyhaare ein *Faktum*, mit dessen Hilfe du Kontakt mit deinem Vater aufnehmen kannst.«

Andi hatte keine Ahnung, in welche Richtung dieses Gespräch führen sollte, und wunderte sich einmal mehr darüber, dass sie es absolut ernst zu meinen schien.

»*Kontakt mit meinem Vater aufnehmen*! Na, du bist witzig, Lisa!«

»Ja, was glaubst du denn, weshalb ich den ganzen Aufwand hier gemacht hab, zu dir nach Bayern zu kommen, hmm? Hast du es wenigstens mal versucht?«

Andi wurde erst jetzt bewusst, dass er seit dem Abend davor nicht mehr an den Umschlag in seiner Jackentasche gedacht hatte. Instinktiv vergewisserte er sich, dass er noch dort war. Er kräuselte seine Lippen schuldbewusst und schüttelte den Kopf.

Lisa schnaufte mürrisch und verschränkte die Arme.

»Du hättest es wenigstens mal probieren können!«

»Ja, sorry, aber wie soll das überhaupt funktionieren? Hat dein toller Seher dir dazu vielleicht eine Anleitung mitgegeben?«, fragte Andi ein bisschen angefressen.

Das Thema fing an, ihn zu nerven.

»Ja, was weiß ich? Vielleicht musst du die Haare anzünden, dich nackig ausziehen und drumherum tanzen … Herrgott, ich weiß es doch auch nicht. Es war *dein* Vater, verdammt!«, rief Lisa und erntete so die Aufmerksamkeit der anderen Gäste auf der Bistroterrasse.

»Komme gleich«, schallte es nun von einer Seitentür des Bistros, woraufhin Andi unwillkürlich zu prusten begann.

»Er kommt gleich«, wiederholte Andi ironisch, und nun musste auch Lisa lachen.

»Mann!«, schimpfte sie und boxte ihm auf den Oberarm.

Die Unterhaltungen an den Nachbartischen gingen weiter und Andi und Lisa butterten sich grinsend ein paar Semmeln. Immerhin war das weniger peinlich.

»Hey, es gibt auch Erdbeermarmelade«, freute sich Andi und hob ein Gläschen mit roter Konfitüre hoch. Er schob seine Brille zurecht und las das Etikett.

»Weißt du noch…?«, fragte er[28].

»Natürlich«, antwortete Lisa und fügte hinzu: »Aber die ist bestimmt nicht so gut wie meine.«

Andi lächelte und nickte zustimmend. Eine Zeitlang beobachteten sie die Menschen auf der Straße und genossen das leckere Frühstück.

»Also, wie sieht dein Plan für die nächsten Tage aus?«, fragte Lisa schließlich, während sie sich ein paar Krümel von den Beinen strich.

Glücklicherweise hatte Andi sich schon ein paar *places to visit* herausgesucht, schließlich gab es unendlich viele Unternehmungsmöglichkeiten im Umkreis; da konnte er aus dem Vollen schöpfen.

»Also, heute könnten wir nach Regensburg fahren, wenn du magst, das ist von hier nur eine halbe Stunde weg. Warst du schon mal in Regensburg.«

»Nee, da war ich noch nicht. Klar, sehr gerne!«, antwortete Lisa entzückt. »Kann man gut shoppen? Würd gerne was für meine Mum und Karola mitbringen.«

---

[28] Am Tag ihrer ersten Begegnung in der Pension Wallmann im Herbst 1984 hatte Lisa dem völlig aufgelösten Andi ein Frühstück aufs Zimmer gebracht. Eine Schale mit ihrer selbstgemachten Erdbeermarmelade war auch dabei. Der Rest ist eine andere Geschichte (s. Roman *Krammers Turntable*).

»Ja, klar. ´ne gemütliche Shoppingrunde in der Altstadt hab ich eh mit eingeplant.«

»Sehr cool, dann könnten wir … Sekunde!«

Lisas Handy vibrierte.

Sie nahm ihr Telefon von Tisch und meldete sich: »Fechtner …?«

Andi zuckte es in der Magengegend, als er diesen Namen hörte, und im gleichen Moment wurde ihm bewusst, dass Lisa ja immer noch den Namen ihres Ex-Mannes trug.

»Ja, hi Süße, alles gut bei euch?«

Andi schmierte sich eine weitere Semmel und versuchte, nicht den Eindruck zu machen, neugierig dem Gespräch zu lauschen, was ihm jedoch schwerfiel.

»Ja … ja … ja … wir sitzen zusammen beim Brunchen im …« Lisa hielt das Telefon weg und drehte sich zu Andi. »Wie heißt das hier noch mal?«

»Kommod«

»… im *Kommod,* das ist so ein Bistro hier in der Altstadt. Tootal schön hier, wirklich! Ja … hmm? … Ach so, ja klar«

Lisa lachte und hielt das Handy wieder zur Seite.

»Karola fragt, ob ich dann überhaupt wieder zurückkomme.«

Andi grinste und Lisa redete wieder mit ihrem Handy.

»Was? … Hmm … aha … hmm … komisch … ok … ich ruf sie später an … ja … ok … ja … hey, das ist doch super, oder? Was, der auch? Lustig! Ja … ja ok … ja … ok, ich meld mich … ja, mach´s gut, Liebes. Ciao!«

Lisa klickte auf Beenden und legte das Handy wieder auf den Tisch.

»Wie geht's deiner Mutter?«, fragte Andi, der sich ein kleines bisschen aus dem Gespräch zusammenreimen konnte.

»Ach, der geht's gut so weit … es ist nur …«

Lisa suchte nach passenden Worten.

»Was denn?«, wollte Andi wissen.

»Karola meint, sie redet manchmal so wirres Zeug. Also nicht andauernd, sondern immer wieder mal zwischendurch. Das hat sie bisher nie gemacht. Wenn ich wieder zu Hause bin, geh ich mit ihr mal zum Doc«, sagte Lisa und Andi nickte.

»Aber was anderes: Karola sagt, dass die beiden Brandstätters in den Urlaub gefahren sind. Und weißt du, wohin?«

»Nee, keine Ahnung«

»Die wollen nach München zum Oktoberfest! Und jetzt rat mal, wer auch mit dabei ist?«

»Äh, woher sollte ich das …?«

»Der Elom Kouassi Prince Charles! Krass, oder?«

»Aha. Ja, schön«, antwortete Andi achselzuckend und nur medium interessiert, da er weder die Brandstätters noch diesen ominösen Seher aus Togo kannte.

»Ich find das krass«, blieb Lisa unbeirrt in ihrer Begeisterung und fügte hinzu: »Hey, fahren wir morgen auch zum Oktoberfest?«

KAPITEL 33

»Marie Schewe?«, knisterte es aus dem Lautsprecher.

Auf den Aufruf hatten Kerstin, Mike und Marie an diesem Morgen seit einer gefühlten Ewigkeit gewartet. Das Wartezimmer war prall gefüllt, und dem aufmerksamen Beobachter wäre sicher schnell aufgefallen, dass es fast ausnahmslos Mütter waren – in einem Fall war es wohl die Oma –, die dort mit ihren Sprösslingen saßen.

Kerstin Schewe hatte auf einen zeitnahen Sprechstundentermin bei der Psychotherapeutin Dr. Klaudia Wehrmann gedrängt. Mike hatte sich dafür einen Tag frei genommen, um seine Frau und Marie zu begleiten.

Die Schewes waren zwar pünktlich zum Termin erschienen, aber nach mehr als einer Stunde im Wartezimmer kannten alle die Geschichte vom kleinen Feuerwehrmann Norbert in- und auswendig.

»… da holt der kleine Feuerwehrmann Norbert eine Leiter und einen Eimer Wasser und ...«

»Sie dürfen dann schon mal in Zimmer zwei gehen«, wies die junge Arzthelferin sie im Flur an, und in Zimmer zwei warteten sie dann weitere zwanzig Minuten, bis Frau Dr. Wehrmann endlich erschien.

Die Diplom-Psychologin und Psychotherapeutin Klaudia Wehrmann war 38, mit ihren dichten, zum Schopf gebundenen grauen Haaren wirkte sie jedoch ein paar Jahre älter.

Zunächst steuerte sie auf Marie zu, die ganz dicht bei ihrer Mutter stand.

»Ja, hallo, grüß dich«, sagte sie freundlich und gab Marie lächelnd die Hand.

Danach begrüßte sie Kerstin und Mike.

»Hallo, was kann ich denn für Sie tun?«

»Ja, also …«, kam es von Kerstin und Mike vollendet synchron.

Mike lächelte entschuldigend und ließ seiner Frau mit einer Geste den Vortritt.

»Ja … also … es ist so«, begann Kerstin nun etwas zögerlich. »Marie ist seit etwa drei Wochen sehr verändert. Sie ist plötzlich sehr still und zieht sich oft zurück. Sie wirkt insgesamt ängstlich, so kennen wir sie eigentlich gar nicht. Andererseits reagiert sie aber auf manche Dinge sehr gereizt …«

Dr. Klaudia Wehrmann unterbrach Kerstin freundlich und sagte zu Marie:

»Sag mal, hast du vielleicht Lust, mir ein schönes Bild zu malen? Schau, dort drüben ist ein Tisch, da gibt es jede Menge Papier und Malstifte. Na, wie schaut's aus?«

Marie ließ die Hand ihrer Mutter los und setzte sich an einen kleinen Tisch, auf dem sich bereits einige Malutensilien befanden. Sie schien sich schnell dort zurechtzufinden und begann sofort damit, ein leeres Blatt Papier zu bemalen.

»Ja, also, Marie ist eigentlich ein sehr lebenslustiges Kind. Doch im Moment spricht sie kaum noch, manchmal hält sie sich stundenlang in ihrem Kinderzimmer auf. Sie hat plötzlich vor ganz normalen Sachen Angst. Sie ist oft unkonzentriert und reagiert gereizt auf bestimmte Geräusche und …«

Dr. Wehrmann hakte nach.

»Wann hat das angefangen?«

»Vor etwa drei Wochen. Marie war an diesem Tag mit ihrer Schulklasse im Wald. Ich war als Betreuung mit dabei. An diesem Tag ist etwas passiert, das womöglich die Ursache dafür ist …«

Kerstin Schewe schaute sicherheitshalber hinüber zu ihrer Tochter, die sehr vertieft am Malen war und dabei leise eine undefinierbare Melodie summte.

»… Marie und drei ihrer Klassenkameraden haben an diesem Morgen eine Leiche im Wald gefunden«, ergänzte Kerstin den Satz leise.

»Ok…«, kam es nachdenklich von der Psychologin zurück, während sie Marie beim Malen zusah.

»Ich glaube, ich weiß, wovon Sie sprechen. Ich habe den Bericht in der Zeitung gelesen. Furchtbare Sache … und ausgerechnet Kinder …«

Kerstin nickte, während Mike sich mehr für die Bilder an der Wand zu interessieren schien. Er tauchte gerade in ein Schwarzweiß-Foto ein, auf dem eine junge Frau abgebildet war. Ihr Blick hatte etwas geheimnisvoll Melancholisches, was ihn mehr und mehr in den Bann zu ziehen schien. An den Ausführungen der Ärztin hatte er offenkundig kein Interesse und gab das Bild eines demonstrativ Unbeteiligten ab.

»Marie, kommst du mal?«, bat Frau Dr. Wehrmann, doch Marie reagierte nicht darauf.

»Marie!«, rief nun Mike im Ton etwas harscher, woraufhin seine Tochter erschrocken aufsah. Sie löste sich von ihrem Maltisch und kam zum Arzttisch.

»Sag mal, Marie, wie war das bei eurem Schulausflug im Wald? Möchtest du mir davon erzählen?«, wollte die Ärztin wissen.

Marie Schewe schaute abwechselnd zu ihrer Mutter und zu ihrem Vater und schüttelte langsam den Kopf.

»Ok, das ist gar kein Problem. Wenn du nicht willst, musst du mir nichts davon erzählen!«, sagte Dr. Wehrmann ruhig und sah zu Kerstin, die sich gerade etwas aus dem Auge wischte.

»Natürlich ist es noch zu früh für eine Diagnose, aber möglicherweise hast du sowas wie eine posttraumatische Belastungsstörung, eine so genannte *PTBS*. Ich hoffe aber, dass es sich bei dir um eine leichte Form handelt, aber das müssen wir erst einmal versuchen, herauszufinden.«

In diesem Moment verzog Mike den Mund und zuckte mit den Achseln.

»Also, das ist ja wohl alles ein bisschen an den Haaren herbeigezogen, oder? *Posttraumatische Belastungsstörung* … wenn ich so was schon höre! Meine Tochter hat doch keinen Unfall erlebt und kommt auch nicht aus einem Kriegsgebiet oder so etwas. Was auch immer sie da oben im Wald gesehen hat, kann *so* schlimm auch wieder nicht gewesen sein. Also ehrlich, Frau Doktor, das glaub ich so nicht.«

»Wie würden Sie denn Ihr Verhältnis zu Ihrer Tochter beschreiben, Herr Schewe?«, fragte sie Mike, den die Direktheit dieser Frage zu überraschen schien.

»Gut … ich habe ein gutes Verhältnis zu Marie … zu meinen beiden Kindern. Warum fragen Sie das?«, antwortete Schewe irritiert.

»Marie hat noch eine jüngere Schwester«, ergänzte Kerstin.

»Soso, ja, das ist schön«, lenkte die Ärztin ein.

»Auf jeden Fall wäre es gut, wenn Sie nächste Woche wiederkommen könnten.«

Dann wandte sie sich direkt an Marie.

»Ich glaube, dass ich dir helfen kann, Marie.«

Die Ärztin drehte sich zur Seite und tippte etwas in ihren Computer. »Ich schreibe Marie mal Johanniskrautextrakt auf. Das ist ein rein pflanzlicher Stimmungsaufheller, mit dem wir sehr gute Erfahrungen gemacht haben. In seltenen Fällen kann es zu Magen-/Darmbeschwerden kommen, aber dann rufen Sie mich bitte an, ja?«

Kerstin nickte.

»Haben Sie noch irgendwelche Fragen?«

»Ja, hab ich. Gibt's hier ein Klo?«, fragte Mike Schewe sichtlich genervt.

Die Ärztin stand auf und antwortete freundlich:

»Ja, am Ende des Flures auf der rechten Seite.«

Schewe stand auf und verließ wortlos das Sprechzimmer. Kerstin war über seinen rüden Abgang einigermaßen überrascht.

»Frau Schewe, hätten Sie im Laufe des Nachmittags mal zehn Minuten Zeit? Ich würde Sie gerne anrufen«, sagte Klaudia Wehrmann leise und schaute Kerstin dabei eindringlich an.

»Ja … natürlich …«, antwortete Kerstin und konnte ihre Verlegenheit kaum verbergen.

»Gut. Also, bis später dann. Tschüss, Marie.«

KAPITEL 34

Auf Ferenc Brandstätters Tablett befanden sich drei Tassen Cappuccino und drei Croissants. Er schob es auf der Tablettablage ein Stück weiter links Richtung Kasse. Vor ihm waren noch drei Kunden an der Reihe.

Unterdessen waren Tom und Elom zum Tankstellenschalter gegangen, um sich dort wegen den defekten Ladesäulen zu erkundigen. Ferenc beobachtete, wie Tom mit dem Mann diskutierte und dabei verärgert mit seinen Armen wedelte.

»Sechsundzwanzig Euro achtzig«, sagte die Dame an der Kasse.

»Mit Kartä bittä«, Ferenc hielt seine Bankkarte hoch.

»EC-Karte oder Kreditkarte?«, schallte es ihm entgegen.

Ferenc wusste nicht, was die Dame meinte, und hielt ihr seine Bankkarte zur Ansicht hin.

»Geht nur mit der normalen Karte!«

Die Dame an der Kasse, auf deren Namensschild »Reuter« stand, setzte ihre Lesebrille auf, die an einer Schnur um ihren Hals gebunden war. Hinter Ferenc räusperte sich ein älterer Herr bereits ungeduldig.

»Keine Ahnung, versuchen Sie's mal!«, forderte die Dame Ferenc auf und drehte das Terminal in seine Richtung. »Hinten dranhalten!«

Ferenc hielt seine Karte wie angeordnet an den hinteren Teil des NFC-Lesers, doch der absteigende Quittungston ließ nichts Gutes erahnen.

»Ging nicht. Versuchen Sie's mal mit Reinstecken!«

Irgendjemand in der Reihe hinter ihm kicherte albern und der Herr hinter Ferenc wiederholte sein Räuspern nachdrücklich.

Ferenc schob seine Karte in das Terminal hinein, doch sie verhakte sich in der Mitte.

»Nein, andersrum!«, rügte ihn Frau Reuter, entriss ihm die Karte und steckte sie genervt in den Schlitz des Terminals.

Auf dem Display erschien nun das Wort *Geheimzahl*. Ferenc versuchte, sich an die vierstellige PIN seiner Bankkarte zu erinnern, denn er hatte sie seit mindestens einem halben Jahr nicht mehr gebraucht. Außerdem hatte Frau Reuter ihn mit ihrer Art aus dem Konzept gebracht. Hinzu kam, dass der Herr hinter ihm sich nun im Zehnsekundentakt räusperte.

Ferenc dachte angestrengt nach: Es war doch der Jahrestag von der Hochzeit mit Tom. Sie beide hatten sich auf ihren Bankkarten dieselbe Geheimzahl eingerichtet.

Das Jahr zuerst … oder war es andersrum?

Hilfesuchend sah er sich nach Tom um, der gerade zusammen mit Elom an einem Tisch Platz nahm. Von seinem Ungemach an der Kasse bekamen die beiden offenbar nichts mit.

Nervös tippte er 2 0 4 2 ein und drückte anschließend auf die OK-Taste. Das Display zeigte an, dass die Geheimzahl falsch war.

Mist!

Inzwischen war die Schlange an der Kasse beträchtlich angewachsen und der Mann hinter Ferenc schien kurz davor zu sein, ihm an die Gurgel zu gehen. Er spürte, wie ihm der Schweiß ausbrach und versuchte es erneut. Diesmal bat er zusätzlich seine selige Oma im Himmel um ihren Beistand. Er tippte ein: 2 4 2 0 + OK.

Diesmal funktionierte es! Ferenc nahm schnell sein Tablett und ging erleichtert zu Tom und Elom an den Tisch.

»Dat hätt ävver jeduurt«[29], bemerkte Tom, was Ferri tief durchatmend unkommentiert ließ.

---

[29] Das hat aber lange gedauert.

Ferenc stellte die Tassen und die Teller mit den Croissants ab und setzte sich zu den beiden an den Tisch. In diesem Moment erklang ein Warnton eines Handys.

»Hmm? Die Tesla-App«, murmelte Tom und schaute stutzig auf sein Display.

Das neueste Update der *Tesla-App* warnte den Autobesitzer nicht nur vor neugierigen Blicken Fremder, die sich dem Fahrzeug näherten, sondern lieferte auch die entsprechenden Livebilder direkt aufs Mobiltelefon. Ein spannendes Feature, das Tom bisher noch nicht ausprobieren konnte. Jetzt irritierte ihn die Meldung allerdings.

»Komisch … da ist niemand«, sagte Tom und legte das Gerät wieder auf den Tisch.

»Habt ihr was herausgefundän wegän der Ladäsäulä?«

»Also, der Typ in der Tankstelle sagt, datt die Ladesäulen seit gestern außer Betrieb sind. Normalerweise hätte ein Techniker schon gestern Abend kommen sollen, aber bis jetzt war noch niemand da«, berichtete Tom.

Erneut vibrierte sein Handy und gab einen Warnton ab. Doch auch diesmal war auf den Livebildern rings um das Auto niemand zu sehen.

»Wat is denn hück loss met dä Kaah? Leeven Jott, datt is jo furschbar!«[30], rief Tom gereizt.

»Wir gehän zur Werkstatt, wänn wir wiedär zu Hausä sind. Da ist schließlich noch Garantie drauf«, schlug Ferenc vor.

Tom nickte.

»Und jetz?«, fragte er in die Runde.

Elom dachte darüber nach, ob er Krammers Vorschlag mit den Batterien anbringen sollte, entschied sich aber dagegen. Die erwartbare Reaktion wollte er sich ersparen.

Nachdem sie ihre Cappuccinos ausgetrunken und die Croissants gegessen hatten, bemerkte Elom seine Blase, die ihn zur Toilette zwang. Er folgte dem Wegweiser und ging an den Kassen vorbei in einen

[30] Was ist denn heute los mit der Karre? Mein Gott, das ist ja furchtbar!

breiten Flur, an dessen Ende sich vier Drehkreuze befanden, die die Passage nur gegen Cash freigaben. Erschreckt realisierte er, dass sich seine Geldbörse noch in seiner Jacke im Auto befinden musste.

Elom versuchte, das Drehkreuz zur Hälfte in seine Richtung zu ziehen, um dann besser zur anderen Seite zu gelangen. Zumindest in Togo hatte das für gewöhnlich immer gut funktioniert. Doch er gab es schnell wieder auf, weil im gleichen Moment eine größere Gruppe Asiaten erschien, die vermutlich einem Reisebus entstammten.

Im Bereich des Drehkreuzes entstand nun eine ohrenbetäubende chinesische Schwadronade, und Elom hatte den Eindruck, dass alle gleichzeitig redeten.

Der Afrikaner platzierte sich sicherheitshalber ein Stück weiter seitlich, um nicht Gefahr zu laufen, von einer Meute Chinesen durchs Drehkreuz gepresst zu werden. Es dauerte eine ganze Weile, bis die ersten Teilnehmer der etwa dreißigköpfigen Reisegruppe die Sperren passiert hatten. Dabei fiel Elom auf, dass die meisten von ihnen entweder ihre Handys oder eine Armbanduhr an den Sensor des jeweiligen Terminals hielten, woraufhin jeweils ein grünes Lichte aufblinkte und die Passage freigeschaltet wurde.

Von hinten kamen noch weitere Chinesen hinzu und ließen die Menschenmenge auf etwa fünfzig Personen anwachsen. Der Lautstärkepegel im Toilettenflur näherte sich der Schmerzgrenze und war nun vergleichbar mit dem eines Konzertes der Rockgruppe *Manowar,* wobei der bandeigene Tontechniker spezielle Verstärker- und Lautsprecheranlagen konzipieren musste, um diese Lautstärke überhaupt erreichen zu können.

»你还在等什么？[31]«

Eine Dame im Alter von etwa Mitte fünfzig hatte sich vor Elom aufgebaut. Sie trug einen dunkelroten Stoffhut und war ungefähr ein Meter sechzig groß, weswegen Elom sie nicht auf Anhieb bemerkt hatte.

---

[31] Worauf warten Sie?

»Wie bitte?«, fragte er verwirrt und im selben Moment wurde ihm klar, dass die Dame ihn sicher ebenso wenig verstand.

»你还在等什么？«, wiederholte die Frau mit Nachdruck und Elom fragte sich, was die Dame von ihm wollte.

Bat sie ihn um Kleingeld für das Drehkreuz oder störte es sie einfach nur, dass er dort stand?

»Ich nicht verstehen. Do you speak english?«, versuchte er es, aber die Frau schüttelte nur mit dem Kopf. Außerdem schien sie die Geduld zu verlieren.

»你还在等什么？«, rief sie nun mantrahaft mehrere Male hintereinander, was Elom mehr und mehr verunsicherte.

MOMENT, ICH KÜMMERE MICH DARUM.

Was war das jetzt wieder, fragte sich Elom, der inzwischen vollends verwirrt war.

»Krammer, du das sein?«

Im nächsten Moment schalteten alle vier Drehkreuze gleichzeitig auf Grün und die Chinesen stürmten jubelnd zu den Toiletten. Die kleine Frau nickte und schloss sich den anderen an.

Elom stand der Schweiß auf der Stirn und er fragte sich, was um Himmels willen da gerade geschehen war. Er schaute auf seine Hände. War sein Geist wirklich in der Lage, elektronische Geräte zu beeinflussen?

DU WOLLTEST DOCH ZUR TOILETTE, ODER?

»Ja … äh … warum?«, antwortete Elom unwillkürlich in den leeren Flur hinein.

DANN MACH SCHON! UND VERGISS DIE BATTERIEN NICHT!

Als Elom zum Auto zurückkam, telefonierte Tom gerade aufgeregt gestikulierend mit einer Abschleppfirma. Ferenc ging derweil auf dem Gehsteig auf und ab, um sich zu beruhigen.

»… Ja, das sage ich doch die ganze Zeit! Hören Sie! Wir stehen hier mit einer komplett leeren Batterie an der Raststätte Würzburg und müssen dringend zur nächsten Ladesäule geschleppt werden! Und es ist mir scheißegal, wenn Sie keinen Fahrer mehr …«

Elom trat vorsichtig in Toms Sichtfeld und signalisierte ihm winkend, dass er auflegen solle. Die eiserne Selbstverständlichkeit in Eloms Gesichtsausdruck ließ Tom das Handy nach unten senken, während die Stimme auf der anderen Seite der Leitung weiterhin im Lautsprecher zu hören war.

»Hallo? Hallo! Hören Sie mich? Sind Sie noch dran?«

»Wat is denn?«, fragte Tom verwundert.

»Schau!«, antwortete Elom und zeigte auf das tabletgroße Display in der Mitte des Cockpits.

»Hallo! Wir können Ihnen höchstens anbieten, gleich morgen früh ...«

Tom unterbrach das Telefonat und starrte mit offenem Mund ungläubig auf die Anzeige. Der Akkustand betrug 100 %.

KAPITEL 35

»Dann erzähl uns doch alles mal der Reihe nach, ja?«

Hakim Yumah nickte. Ihm war sichtlich unwohl, aber er hatte im Vorfeld der Befragung versprochen, alles auszusagen, was er wusste.

Polizeihauptkommissarin Katharina Teuber lehnte sich nach vorne und tippte auf die Aufnahmetaste des Recorders.

Der junge Syrer sah sich in dem abgedunkelten und karg ausgestatteten Raum um. Er war sichtlich nervös und rieb sich ein ums andere Mal am Unterarm.

»Wo hast du Lara Schuster zum ersten Mal getroffen?«, fragte die Kommissarin und fing Hakims fahrige Blicke ein.

»Das am ersten Mai. Ich mit ein paar Freunden vom Fußballverein in der Stadt gewesen beim Maibaumgestell.«

Die Kommissarin verstand nicht ganz.

»Du meinst beim Maibaumaufstellen?«, frage sie nach.

»Ja, beim Maibaumaufstellen«, berichtigte Yumah sich.

»Ok, verstanden, und weiter?«

»Diese Männer den Baum mit Stöcken immer weiter nach oben gedrückt und Leute haben laut gerufen und so. Und dann, wie der Baum halb oben war, er plötzlich aus dem Gewicht gekommen und umgefallen«, berichtete Hakim aufgeregt.

Die Kommissarin schaute fragend zu ihrer Kollegin Melanie Weber.

»Beim letzten Maibaumaufstellen gab es tatsächlich einen kleinen Zwischenfall, aber nichts Ernstes«, bestätigte die junge Polizeimeisteranwärterin, die bei der Abensberger Maibaumaufstellung auch dabei gewesen war.

»Nein nein, nicht ernst!«, rief Hakim, »aber da war ein großes Schild fast auf die Leute gefallen so.«

»Du meinst, eins von den Schildern hat sich vom Maibaum gelöst?«

»Ja, genau! Und dann bin ich dahingelaufen und hab den Schild gefangen.«

»Das stimmt, ich erinnere mich. Beim ersten Versuch ist eine der Stangen beim Nachfassen abgerutscht und der Baum ist umgefallen. Es wurde aber niemand verletzt.«

»Ja, weil ich den Schild aufgefangen! Deswegen niemand verletzt!«, empörte sich Yumah.

»Also, du sagst, du hast ein Holzschild aufgefangen, das sonst auf die Leute gefallen wäre, ist das richtig?«

»Ja, ja, genau!«, nickte der Syrer aufgeregt und trank einen Schluck Wasser.

»Und was war dann?«, fragte Kathi Teuber.

»Lara zu mir gekommen und sich bedankt.«

»Na ja, da kann man sich ja auch mal bedanken, finde ich«, pflichtete die Kommissarin lächelnd bei.

»Und wie ging es dann weiter?«

»Ja, Lara … ich sie voll gerngehabt«, fuhr Hakim bedrückt fort. »Sie manchmal zum Fußballtraining gekommen und zugesehen. Wir haben … bisschen verliebt, glaub ich«.

»Ok, und dann? Wie ging es weiter? Was ist am vierten Juni passiert?«, wurde die Kommissarin konkret.

Hakim Yumah wand sich auf seinem Stuhl hin und her, die Frage war ihm sichtlich unangenehm. Mit einem kräftigen Schluck leerte er den Plastikbecher Wasser und stellte ihn wieder ab.

»Was war am vierten Juni, Hakim?«, bohrte die Kommissarin entschlossen nach.

»Wir uns … getroffen … heimlich.«
»Wo habt ihr euch getroffen?«
»Am Bahnhof in Offenstetten.«
Die Kommissarin sah Hakim ungläubig an.
»Am Bahnhof in Offenstetten?«, fragte sie nach.
»Ja«, nickte Hakim.
»Aber in Offenstetten gibt es keinen Bahnhof, Hakim«, stellte Kathi Teuber klar.
»Doch doch, da ist Bahnhof … im Wald!«, widersprach Yumah vehement.
Melanie Weber, die neben der Kommissarin stand, nickte.
»Es gibt einen stillgelegten Bahnhof im Offenstettener Wald, der ist aber ziemlich heruntergekommen«, wandte Weber ein.
Katharina Teuber kräuselte die Augenbrauen.
»Was, ein Bahnhof in Offenstetten? Mitten im Wald?«, fragte sie nach.
»Ja, das stimmt. Der gehörte früher mal zur Schmalspurbahn. Die gibt's natürlich schon lange nicht mehr, aber das alte Bahnhofsgebäude steht noch dort. Auch wenn's heute ein bisschen gruselig ausschaut dort.«
»Ok, also ihr habt euch da getroffen?«, wollte Teuber wissen.
»Nein, nicht getroffen. Wir zusammen dorthin gelaufen.«
Melanie Weber holte eine kleine Flasche Wasser von der Ablage in der Ecke und stellte sie dem Befragten auf den Tisch. Hakim füllte seinen Plastikbecher nach.
»Da war diese Bahnhof und wir ums Haus gegangen. Hinten so eine offene Tür und wir reingegangen und … dann wir uns geküsst und …«
Hakim schluckte.
»Ihr hattet dort Sex«, vervollständigte Teuber den Satz.
Hakim erschrak zunächst und nickte dann bedrückt.
»Und dann? Was ist dann passiert?«
»Wir … gestritten«, druckste Hakim herum.
Jetzt war die Kommissarin überrascht.
»Ihr habt euch gestritten? Ok. Warum habt ihr euch gestritten?«

»Lara sagen plötzlich zu mir, dass es große Fehler war. Sie hat gesagt, dass sie Freund hat und sie ihn liebt. Ich hab sie gefragt *warum,* und sie nur so *‚ja weiß auch nicht'* und dann ich sie angeschrien und geschimpft … und dann sie gesagt, sie mich nicht mehr sehen will und ist weggelaufen«, überschlug sich Hakim fast.

»Ok … ist Lara dann allein nach Hause gegangen?«

»Ja … nein … ich war nicht so schnell. Ich erst meine Hose anziehen und dabei ich gestolpert und hab ich Hand verletzt. Dann ich ihr hinterhergelaufen im Wald. Ich sie immer wieder gefragt *warum,* aber sie immer nur so gesagt *‚lass mich, lass mich!'.*

»Hast du versucht, sie festzuhalten?«

Hakim dachte nach.

»Ja. Aber sie hat mich immer wieder so weggedrückt.«

»Und dann hast du sie gehen lassen? Allein?«

Yumah drehte sich weg und versuchte, den Blicken der Polizistinnen auszuweichen.

»Hast du Lara Schuster dann allein gehen lassen? Hakim, ich muss das jetzt wissen!«, wiederholte Katharina Teuber ihre Frage nachdrücklich.

»Ja«, brach es schließlich aus ihm heraus. »Es mir leidtut! Es mir so leidtut!«, schluchzte er und weinte dann hemmungslos.

Die Kommissarin gab Hakim einen Moment, bevor sie das Verhör fortsetzte.

»Was hast du dann gemacht, Hakim?«

Yumah schien sich langsam wieder zu fangen und wische sich die Tränen aus dem Gesicht.

»Ich nach Hause gegangen«, antwortete er.

»Nach Hause? Also, du meinst, ins Asylheim?«

Hakim Yumah nickte niedergeschlagen.

»Und kann das jemand bezeugen?«

Hakim schien nachzudenken und sagte schließlich:

»Ja«.

KAPITEL 36

Die Regensburger Innenstadt hatte ihren Nachmittagspuls erreicht. Lisa war maximal entzückt von den vielen kleinen Gässchen und Geschäften und benahm sich wie ein kleines Mädchen auf einer Kirmes an der Hand ihres Papas.

Ein ums andere Mal musste Andi unwillkürlich lächeln: Diese Begeisterungsfähigkeit war so typisch für Lisa; sie gehörte genauso zu ihr wie die etwas zu kleine Nase und die Grübchen in ihrem Gesicht.

Dieses Gesicht hatte sich in all den Jahren zwar verändert, doch wenn Andi es ansah und Lisas Lebendigkeit auf ihn einströmte, erkannte er immer noch seine siebzehnjährige Freundin von 1984. Ohne jeden Zweifel. Und jetzt war sie … 57!

Er fragte sich ernsthaft, wie Lisa sich ihre Jugendlichkeit bis heute bewahren konnte – und das offenbar mühelos. In ihrem Leben hatte sie doch sicher ebenso viele Krisen und Katastrophen durchlebt wie er. Ja, vielleicht sogar schlimmere. Und trotzdem schien sie mit sich und der Welt zufrieden zu sein und hatte auf eine entwaffnende Weise immer gute Laune.

Ihn dagegen plagte nach wie vor das Gefühl, überhaupt erst mal dahinterkommen zu müssen, wer er eigentlich war, und was zum Teufel sein beschissener Lebenszweck denn hier sein sollte. Seiner eigenen Einschätzung nach war er mit keinem besonderen Talent ausgestattet worden, woraus er den Schluss zog, dass es ganz offenbar seine einzige Bestimmung war, geduldig auf den allerletzten Furz zu warten. Er tröstete sich damit, dass dieser Planet zumindest über ausreichende Bierreserven verfügte.

Aber wenn er Lisa so anschaute, konnte er sich eine Frage nicht verkneifen:

»Wie machst du das?«

Sie leckte einen Tropfen Erdbeereis von ihrer Waffel, der sich Richtung Erde davongemacht hatte.

»Was denn?«, fragte sie und hakte sich wie selbstverständlich bei ihm ein, was ihn für einen Moment auf eine angenehme Weise irritierte.

»Na … DAS!«, antwortete Andi und meinte damit *alles*.

Lisas Stirn schlug Falten und Andi erkannte, dass sie tausend Kilometer davon entfernt war, seine Frage zu verstehen.

»Ich meine: Wie machst du das, dass du immer so gut drauf bist?«

»Wieso, bin ich doch gar nicht.«

»Nicht?«

»Nee, überhaupt nicht. Ich bin absolut nicht *immer* gut drauf. Das geht doch auch gar nicht.«

»Aber du wirkst auf mich so … zufrieden mit dir und der Welt. Wie geht das? Ich find mich selbst meistens zum Kotzen und bin schon allein deswegen schlecht gelaunt.«

Lisa leckte wieder an ihrer Eiswaffel und murmelte ein *Hmmm*. Sie blieb an einem Schaufenster mit Krimskrams und Souvenirs stehen und betrachtete wohl eine Schneekugel, in der sich ein kleiner Regensburger Dom befand.

»Nach der Trennung von meinem Ex gab es eine Zeit, da war ich ziemlich fertig mit der Welt. Ich hab mich damals immer gefragt, ob *ich* nicht zu *ihm* gepasst habe, oder ob *er* nicht zu *mir* gepasst hat. Und welche der beiden Erkenntnisse eigentlich die ätzendere wäre.

Am Anfang unserer Ehe hab ich wirklich fest daran geglaubt, dass Stefan der perfekte Mann an meiner Seite ist. Und jahrelang habe ich nur für diese Illusion gelebt: Für ihn wollte ich das *perfekte* Zuhause einrichten. Für ihn wollte ich die *perfekte* Frau sein. Und so weiter *perfekt* bla bla bla.

Und dann lag alles in Scherben und ich lief wie so 'n Zombie durch die Kölner City. Da hab ich mich ernsthaft gefragt, ob ich lieber gleich von der Deutzer Brücke in den Rhein springen oder vorher lieber nochmal in den Dom gehen sollte. Hab mich sicherheitshalber für den Dom entschieden. Dort hab ich dann so ´ne Kerze gekauft und angezündet. Fast ´ne halbe Stunde hab ich einfach nur dagesessen und geweint und auf ein Zeichen von *oben* gewartet. Kam aber nix.

Irgendwann hat sich eine alte Frau neben mich gesetzt. Die hat anscheinend mitbekommen, dass es mir grad scheiße ging – was ja auch keine große Kunst war. Aber die hat was zu mir gesagt, das vergess ich im Leben nie.«

»Und was?«, fragte Andi neugierig und schaute nun ebenfalls zur Schneekugel im Schaufenster.

»*Das Leben ist nicht perfekt*, hat sie gesagt, als ob sie meine Gedanken lesen könnte. Glaub mir, das war schon fast ein bisschen unheimlich. Darauf hab ich ihr geradeaus ins Gesicht geflennt. Und dann hat sie ihre Hand auf meine gelegt und gesagt: *Fast perfekt ist besser als perfekt*.«

»Wow«, bekundete Andi beeindruckt. »So eine Begegnung hatte ich noch nie.«

»Wer weiß?«, gab Lisa zu bedenken. »Vielleicht warst du einfach nur unaufmerksam«.

»Achtung, dein Eis!«, rief Andi und Lisa schlürfte eilig mehrere Erdbeereistropfen von der Waffel und ihrer Hand.

»Oh, danke, sehr aufmerksam!«, zwinkerte sie ihm lächelnd zu.

Im nächsten Schaufenster wurden Dirndl und Trachtenmode angeboten. Die Exponate sahen allesamt sehr edel und hochwertig aus, und die Zahlen auf den Preisschildern waren größtenteils dreistellig. Andi wäre schon weitergebummelt, doch Lisa blieb stehen und rief:

»Wart mal kurz!«

»Dirndl?«, fragte er verdutzt, weil er Lisas Interesse daran nicht verstand. »Nicht dein Ernst!«

»Na klar«, erwiderte Lisa. »Wenn wir morgen zum Oktoberfest fahren, brauch ich noch was Passendes.«

Der Innenraum des Trachtenladens war wesentlich größer, als es von außen den Anschein hatte. Andi hatte den Eindruck, er würde von Dirndln, Blusen, Jankern und folkloristischen Hemden förmlich erschlagen. Seit mehr als fünfzehn Jahren lebte er nun in Bayern, aber ein Trachtengeschäft hatte er bis zu diesem Tag noch nie von innen gesehen. In seinen Augen waren diese Kleidungsstücke nichts anderes als ein Überbleibsel einer vergangenen Zeit. Etwas für Alpenromantiker oder Ewiggestrige.

»Guck mal, das ist ja hübsch!«, rief Lisa von irgendwo, aber Andi konnte sie zwischen all den Regalen und Kleiderständern nicht finden.

»Wo bist du denn?«, fragte er in die Richtung, in der er Lisa ungefähr vermutete.

»Hier!«, kam es zurück, doch wo genau dieses *Hier* war, fand Andi erst einen Moment später heraus.

Lisa hielt abwechselnd zwei Dirndl hoch und fragte:

»Das oder das?«

»Keine Ahnung, zieh doch mal an!«

»Konn i eana behilflich sei?«, fragte eine Verkäuferin, die wie aus dem Nichts aufgetaucht war und nun direkt hinter Andi stand.

Selbstverständlich trug sie – wie auch die anderen Verkäuferinnen in diesem Geschäft – ein Dirndl. Ihre blonden Haare waren zu Zöpfen geflochten und brezelartig um ihren Kopf gebunden, was in der Tat sehr bayerisch wirkte. Die etwa Vierzigjährige war von einer eher gedrungenen Statur, verfügte jedoch über ein beeindruckendes Dekolleté, dessen Inhalt nur mit Mühe von einer dünnen bestickten Bluse vor der Explosion bewahrt zu werden schien.

»Oh, das wäre nett«, sagte Lisa.

»Zwecks wos warsn?«, fragte die Frau.

»Äh … wie bitte?«

Lisa verstand kein Wort.

»Für welchen Anlass ist das Dirndl gedacht?«

»Ach so … fürs Oktoberfest«, antwortete Lisa und grinste Andi breit an.

»Sie sand scho richtig do! Schauns her, des zum Beispiel.«

Mit sicherem Griff hatte die Verkäuferin ein Dirndl in klassischem Blau vom Ständer gezupft und hielt es Lisa an.

»Welche Farbe nimmt man denn da am besten?«, fragte Lisa und outete sich damit als Dirndl-Amateurin.

» De Farben kinnan variieren, aber typische Trachtenfarben wia dunkelblau, dunkelgrea[32] oder rout[33] hand immer a guate Wahl.«

Nun schien Lisa ein wenig überfordert, was ihr von einem zum anderen Dirndl wechselnder Blick verriet.

»Wissns wos, i leg eana wos aussa, dann kinnans seiba schauen.«[34], schlug die Verkäuferin vor, die schon längst zum Dirndl-Coach für Newbies geworden war.

Ein prüfender Blick auf Lisas Taille folgte und innerhalb von einer halben Minute hatte die Dame drei verschiedene Dirndlmodelle überm Arm hängen. Nach einer weiteren Minute kamen noch drei Schürzen und zwei Blusen hinzu.

Andi sah ihr staunend dabei zu und überlegte, ob sie sich mit diesem Talent nicht bei *Wetten dass…?* bewerben sollte.

»So, schauns her«, resümierte die Verkäuferin, deren Name *Frau Schneider* war, wie sich herausstellte, weil eine jüngere Kollegin sie zwischenzeitlich so angesprochen hatte. Andi fand diesen Namen sehr passend.

Frau Schneider führte Lisa zu den Umkleidekabinen und Andi ließ sich in der Zwischenzeit auf einem Sessel nieder, der offenbar für die wartende Männerwelt dort platziert war. Die Auswahl der dort ausgelegten Zeitschriften bestätigte diese Annahme.

---

[32] dunkelgrün

[33] rot

[34] Wissen Sie was? Ich suche Ihnen etwas raus, dann können Sie selber schauen.

Andi nutzte die Gelegenheit, sich in der Bandgruppe bei WhatsApp über den neuesten Stand der Planungen fürs Gartenfest beim Ottenbräu zu informieren. Offenbar hatte Quincy noch einen Tontechniker engagiert. Normalerweise machte Konny den Mix immer von der Bühne aus, aber für das Event bei Brauereichef Robert Neumaier wollte Quincy soundtechnisch wohl nichts dem Zufall überlassen. Des Weiteren hatte er Neumaier dazu überredet, für den Abend ein professionelles Bühnenpodest nebst Beschallungs- und Lichtanlage anzumieten.

»*Wenn's schön werden soll, dann soll's auch schön werden*« war einer von Quincys Standardsprüchen, die außer ihm niemand verstand.

»No, wos moanst?«, fragte Lisa im schlechtesten Bayerisch, das Andi jemals in seinem Leben gehört hatte. Er hatte nicht bemerkt, dass sie neben ihm stand. Hatte sie sich etwa angeschlichen?

Er sah auf und ihr Anblick verschlug ihm glatt den Atem.

KAPITEL 37

»Schewe?«

»Hallo Frau Schewe, hier ist Klaudia Wehrmann, Sie waren ja heute bei mir wegen Ihrer Tochter Marie.«

»Ja, richtig.«

»Passt es gerade?«

»Oh, kleinen Moment bitte!«

Kerstin Schewe klemmte sich das Handy zwischen Wange und Schulter, drückte einen Knäuel Wäsche in die Trommel und schloss mit einem kräftigen Druck die Waschmaschinentür.

»So, jetzt geht's. Entschuldigung, aber ich bin grad bei der Wäsche.«

»Gar kein Problem, Frau Schewe. Ich rufe auch gerne später an, wenn es dann besser bei Ihnen passt«, schlug Frau Dr. Wehrmann vor.

»Nein, nein, das passt schon. Ich musste das grad nur fertig machen. Worum geht es denn?«

Eine kleine Pause deutete darauf hin, dass die Ärztin sich die Worte zurechtzulegen schien.

»Ich wollte es bei der Sprechstunde nicht so gerne ansprechen, denn ich hatte den Eindruck, dass Ihr Mann … nun, ich sag mal so: sich dem Ernst der Lage nicht bewusst zu sein scheint. Marie zeigt eindeutige Symptome, die von einer Belastungssituation herrühren könnten, und das sollten Sie nicht auf die leichte Schulter nehmen.«

»Wie kommen Sie denn darauf, dass wir das auf die leichte Schulter nehmen?«, fragte Kerstin entrüstet. »Immerhin sind wir ja mit Marie zu Ihnen gekommen, oder etwa nicht?«

»Jaja, das war auch sehr gut«, beschwichtigte die Psychologin. »Ich meinte ja auch mehr Ihren Mann und sein Verhalten in der Praxis.«

»Mein Mann ist im Moment ziemlich eingespannt auf der Arbeit. Wahrscheinlich war es ein Fehler von mir, ihn zu bitten, uns zu begleiten.«

»Wissen Sie was, Frau Schewe, das war überhaupt kein Fehler. Ganz im Gegenteil. Bei den meisten Familien ist es so, dass die Mütter mit solchen Problemen im Stich gelassen werden. Deswegen finde ich es so wichtig, die Väter mit in die Verantwortung zu nehmen.«

»Das war ja ursprünglich auch mein Gedanke. Aber er hat mir gesagt, dass er gerade so viel um die Ohren hat, dass ich ihn damit wahrscheinlich überfordert habe.«

Dieser Satz schien die Ärztin auf die Palme zu bringen.

»Jetzt aber mal halblang, Frau Schewe! Sie nehmen Ihren Mann in Schutz und das ist auch sehr schön. Aber es ist auch so typisch für Mütter in Ihrer Situation. Warum ist es denn Ihrer Meinung nach so, dass nur *er* den ganzen Stress hat? Sie sind doch auch im Stress!«

Kerstin musste darüber nachdenken.

»Aber darf ich Sie dann fragen, weshalb Sie mich überhaupt anrufen?«, fragte sie die Ärztin.

»Bitte entschuldigen Sie, Frau Schewe. Es ist normalerweise nicht so meine Art. Aber ich erlebe das in meiner Praxis täglich und das macht mich manchmal einfach sauer. Der Grund, weshalb ich mit Ihnen reden wollte, ist folgender: Wie ist Ihr Verhältnis zu Ihrem Mann? Wie würden Sie das beschreiben?«

Kerstin Schewe stutzte und verstand den Sinn dieser Frage nicht, schließlich ging es doch um Marie! Dann zuckte sie mit den Achseln und sagte:

»Mike und ich sind seit zwölf Jahren verheiratet. Sicher ist nicht immer alles toll, aber im Grunde sind wir sehr glücklich. Er ist auch ein toller und hingebungsvoller Vater. Vielleicht haben Sie heute Morgen einfach nur den falschen Eindruck von ihm bekommen.«

Dr. Klaudia Wehrmann hätte am liebsten geantwortet, dass dieser Mike ihr sehr seltsame und beängstigende Vibes gegeben hatte, aber das wäre wahrscheinlich ein Fehler gewesen. Deshalb versuchte sie es anders.

»Haben Sie schon einmal darüber nachgedacht, sich ans Jugendamt zu wenden?«

»Jetzt hören Sie mal, was glauben Sie denn?«, entrüstete sich Kerstin. »Wie kommen Sie denn jetzt aufs Jugendamt? Wir sind eine ganz normale Familie mit ganz normalen Problemen. Da brauchen wir ganz sicher kein Jugendamt!«

Die Ärztin hatte das Gefühl, in diesem Moment keinen Zugang zu Kerstin Schewe zu bekommen. Sie konnte ihr ja nicht so einfach mitteilen, dass sie Mike Schewe für die Ursache des Problems hielt. Vor allem, weil sie diesen Verdacht mit nichts belegen konnte außer mit ihrem eigenen Instinkt.

»Ok, war ja auch nur so ein Gedanke. Wissen Sie was, wir machen das so: Nächste Woche kommen Sie ja wieder zu mir in die Praxis, und dann schauen wir weiter.«

»Ja, ok …«, antwortete Kerstin zögerlich und dachte gleichzeitig darüber nach, einen anderen Psychologen für Marie zu suchen. Sie ärgerte sich über den Anruf und darüber, dass diese Quacksalberin immer wieder auf ihren Mann zu sprechen kam.

Was sollte das? Es ging schließlich um Marie!

Nachdem Sie sich von der Ärztin verabschiedet und aufgelegt hatte, fiel ihr allerdings ein Gegenstand ins Auge, der ganz andere Fragen in ihr aufwarf. Es war ein goldener Ohrstecker in Herzform, der aus einem der Wäschestücke herausgefallen war.

KAPITEL 38

»Oppjewaach, lävv Lück, mir sin do!«[35]

Es war bereits später Nachmittag, als der Tesla der Brandstätters direkt gegenüber des Hotels *Vier Jahreszeiten Kempinski* in München hielt. Die schlichte, aber stilvolle Eleganz der Außenfassade des traditionsreichen Fünf-Sterne-Hotels vermochte ja allein schon zu beeindrucken, doch der ungetrübte Sonnenschein verstärkte diese Wirkung zusätzlich.

Ferenc und Elom rieben sich die Augen. Kurz hinter Ingolstadt waren die beiden fast zeitgleich in einen tiefen Schlaf gefallen und hatten Tom mit einem Schnarchkonzert der Sonderklasse wachgehalten. Mehrere Male hatte er spaßeshalber versucht, die beiden mit den im Tesla versteckten Gimmicks, zum Beispiel mit lauten Furzgeräuschen, zu wecken. Aber egal, wie laut er das Soundsystem des Autos drehte: Seine beiden Mitfahrer übertrafen dessen Lautstärke mühelos im Schlaf.

Zeitweise hatte Tom sogar den untrüglichen Eindruck, dass nicht zwei, sondern *drei* Passagiere in seinem Auto um die Wette schnarchten, aber das schrieb er dann seiner eigenen Übermüdung zu.

---

[35] Aufwachen, die Herrschaften, wir sind da!

Nachdem sie an der feudal ausgestatteten Lobby in der beeindruckenden Hotelhalle des *Kempinski* eingecheckt hatten und Tom dem Concierge-Service den Autoschlüssel für den Parkdienst ausgehändigt hatte, wurden die neuen Gäste aufgefordert, ihrem jeweiligen Pagen zu den Zimmern zu folgen. Zwei Hoteldiener waren bereits mit den Koffern zur Stelle, um die Brandstätters und Elom zu ihren jeweiligen Zimmern zu begleiten.

Der erste Page, ein stattlicher Herr mit Silberblick, führte Tom und Ferenc moderaten Schrittes zu den Aufzügen. Eloms Hotelboy war fast einen Kopf kleiner und wesentlich jünger als der andere, aber die Uniform war die gleiche: eine dunkelblaue Livree mit goldenen Knöpfen und Abzeichen. Unverkennbar sollte sie den königlichen Charme des Hotels widerspiegeln. Unter der roten Dienstmütze des Knaben lugten blonde Locken hervor. Er nickte Elom freundlich zu und forderte ihn auf, ihm zu folgen.

Durch eine riesige, runde Glasleuchte fiel ein kräftiges, goldgelbes Licht in die Hotelhalle. Darunter befanden sich mehrere Sitzgruppen mit Sesseln und Tischen, so dass Elom den Eindruck hatte, nicht durch eine Lobby, sondern durch ein gigantisches Wohnzimmer zu schreiten.

Der schweigsame, aber freundliche Hotelpage war sicher noch keine zwanzig, schätzte Elom, als sie im Lift schweigend nebeneinanderstanden. Als sie schließlich in seinem Zimmer angekommen waren, stellte der Edelkuli den Koffer an der Garderobe ab und verharrte einen Moment lang diskret. Großherzig drückte Elom ihm eine Zwei-Euro-Münze in die Hand, woraufhin der Hotelboy kurz mit dem Kopf nickte, sich umdrehte und verschwand.

Dann schloss Elom die Tür seines *Superior-Zimmers* und ging zum Fenster, das vom dritten Stock einen guten Blick in den lichtdurchfluteten Innenhof gewährte. Er öffnete es und horchte: Erst jetzt fiel ihm auf, dass in diesem Haus überall eine gediegene Stille herrschte. Er schloss die Augen und gab sich diesem Moment der Entspannung hin. Schließlich atmete er tief ein und ließ sich rückwärts auf die Matratze seines King-Size-Bettes fallen, von wo aus er das luxuriöse Design und die zeitlose Eleganz des in hellen Brauntönen gehaltenen Raumes auf sich wirken ließ.

Über dem Kopfteil hing ein riesiger, runder, goldgerahmter Spiegel und auf der gegenüberliegenden Seite stand ein Schreibtisch, auf dem sich ein Willkommensgeschenk, bestehend aus Bier und einer bayerischen Brotzeit, befand. Darüber war ein Plasma-TV der Oberklasse angebracht, und die Wand rechts von ihm war mit einem eindrucksvollen Bergmotiv bemalt. Das alles war schlicht ... überwältigend!

Er rieb sich das Gesicht, um zu prüfen, ob er sich etwa noch schlafend auf dem Rücksitz von Toms Tesla befand. Doch das hier war die Realität – und die war beinahe zu schön, um wahr zu sein.

Da spürte er seine Blase und er realisierte, dass er schon seit ihrer Ankunft im Hotel dringend zur Toilette musste. Er stand auf und ging ins Bad. Das Licht dort schaltete sich automatisch ein und gab den Blick in einen kleinen, aber feinen Wellnesstempel frei. Allein die kunstvoll gestalteten Wandfliesen mit Bildmotiv mussten ein Vermögen gekostet haben.

Ehrfürchtig zog er seine Jeans runter und setzte sich vorsichtig auf die Toilette. Seine volle Blase leerte sich allmählich und er genoss das erleichternde Gefühl mit geschlossenen Augen und einem Lächeln im Gesicht.

Als er die Augen wieder öffnete und für den Bruchteil einer Sekunde einen Schatten im Spiegel vorbeihuschen sah, erschrak er fast zu Tode.

»Krammer!«, rief er schockiert und dämpfte im nächsten Moment seine Stimme, um nicht das ganze Hotel in Aufruhr zu versetzen. »Was *du* hier machen?«

ICH BRAUCHE EIN HANDTUCH.

»Raus hier, sofort! Raus! Raus!«, brüllte er und bekräftigte seine Forderung mit wedelnden Armbewegungen.

IST JA GUT, kam es von irgendwoher und ein Duschtuch wurde augenblicklich unsichtbar.

»Ich das nicht glauben! Kann das denn moglich sein?«, rief er Krammer wütend hinterher.

Elom konnte es nicht fassen. Wenn der alte Geist ihm nicht ein Mindestmaß an Privatsphäre zugestand, würde er die ganze Mission sofort abbrechen; das schwor er sich in diesem Moment. Wutentbrannt verließ er das Bad, um den Alten unverzüglich zur Rede zu stellen.

»So, jetzt du mal aufpassen, Krammer! So das nicht gehen!«, rief Elom ins Hotelzimmer und suchte gleichzeitig nach jenen flimmernden Ungleichmäßigkeiten in der Atmosphäre, die den Geist permanent umgaben. Doch er fand ihn nicht.

»Krammer?«, fragte er, während er den Raum mit zusammengekniffenen Augen absuchte.

Keine Antwort.

War der Alte jetzt etwa eingeschnappt, oder was?

»Krammer! Wo du sein?«, versuchte es Elom noch einmal, doch es blieb still … sehr still … *zu* still.

Elom dachte nach: Wo zum Henker konnte der alte Geist jetzt wieder sein? Und was in aller Welt hatte er mit dem Handtuch vor?

Da schoss ihm plötzlich ein Gedanke durch den Kopf, der ihm überhaupt nicht gefiel. Aufgeregt riss er die Zimmertür auf und spähte in den Hotelflur. Niemand war zu sehen. Gegenüber hing ein Wegweiser an der Wand.

NOTAUSGANG … LIFT … THE SPA

»Merde!«

KAPITEL 39

»Also, aktueller Stand ist wie folgt: Wir stellen bei unseren Ermittlungen alles nochmal auf Anfang. Hakim Yumah ist aller Wahrscheinlichkeit nach *nicht* der Mörder von Lara Schuster.«

Die Kollegen der Soko *Lara* sahen sich fragend an. Was war *das* denn jetzt? Bis gerade eben waren sie davon überzeugt gewesen, dass der Fall gelöst sei, und hatten sich darauf eingestellt, von der Kommissarin zu einem Umtrunk in der Kantine eingeladen zu werden. Ermittlungserfolge dieser Art wurden hier üblicherweise so gefeiert. Enttäuschung machte sich breit. Tobias Gruber war der Erste, der sich zu Wort meldete.

»Wow, jetzt mal langsam, Frau Kollegin. Was ist los? Die DNA-Spuren haben doch eindeutig zu diesem Yumah geführt. Es ging dabei um Blut und Sperma, richtig?«

»Ja, das ist korrekt, Tobi«, nickte die Kommissarin.

»Dann sag mir bitte mal, wie eindeutig du es denn noch brauchst!«, polterte Gruber ungehalten.

»Hakim Yumah hat ausgesagt, dass er mit Lara Schuster am Tag ihres Mordes Sex gehabt hätte. Das Blut, das wir bei ihr gefunden haben, stammt seiner Aussage nach von seiner Hand, die er sich verletzt hat.«

»Ja … und?«, kam es herausfordernd von Gruber. »Sind das nicht Beweise genug?«

»*Beweise*, mein Lieber, sind das noch lange nicht. Das sind allerhöchstens Indizien«, belehrte Kathi Teuber, und Gruber verschränkte sauer seine Arme. »Und vergiss bitte nicht, dass es noch eine weitere DNA-Spur gibt. Und die ist definitiv nicht von Yumah.«

»Ja, und jetzt? Wie geht's jetzt weiter?«, fragte Konrad Berger, der mit dieser Frage allgemeines Kopfnicken erntete.

»Ich schlage vor, wir konzentrieren uns auf den zeitlichen Ablauf der Geschehnisse. Hakim Yumah hat uns ziemlich genaue Angaben gemacht, wann und wo er und Lara sich an diesem Nachmittag getrennt haben. Wir müssen vor allem klären, wie Lara in den zwanzig Kilometer entfernten Kelheimer Forst gekommen ist. Außerdem ist da ja noch die Sache mit dem fehlenden Ohrstecker. Hast du dazu mal was rausgefunden, Melli?«

Die Polizeimeisteranwärterin nickte.

»Das ist Modeschmuck von Bijou Brigitte, also nichts Teures.«

»Ok, dann lass bitte mal ein paar *»Die-Polizei-bittet-um-Ihre-Mithilfe-Plakate«* mit einem Bild von diesem Stecker verteilen! Vielleicht kann uns jemand was dazu sagen.«

»Mach ich.«

»Konrad, und du schau doch bitte mal, ob es vielleicht brauchbares Material von der Verkehrsüberwachung vom 4.6. in der Zeit zwischen 18 Uhr und 18 Uhr 30 gibt. Das Zeitfenster ist, wie gesagt, ziemlich genau«, bat Kathi Teuber ihren Kollegen Berger.

»Und, Tobi, wir beide fahren zu Laras Eltern und fragen sie nochmal gezielt nach allen möglichen Freunden und Bekannten von Lara. Ich glaub nämlich nicht, dass sie zu jemand völlig Fremdem ins Auto gestiegen ist, sondern dass sie ihren Mörder womöglich kannte.«

Gruber zog eine Schnute.

»Aber Kathi, das hatten wir doch schon alles …«

»Ich hab das nicht zur Diskussion gestellt, Tobi!«, unterbrach ihn Teuber und ließ keine Widerrede zu.

»Und was machen wir mit Hakim Yumah?«, fragte Melanie Weber.

Die Kommissarin nickte, denn darüber hatte sie auch schon nachgedacht.

»Wir fahren anschließend zum Asylheim und schauen mal, ob dort jemand Hakims Alibi bestätigen kann.«

Tobias Gruber war fassungslos. Glaubte Kathi Teuber etwa, irgendwas Brauchbares von diesen – in seinen Augen – *Primitivlingen* herauszubekommen? Am liebsten hätte er auf der Stelle vor Wut über ihre Sturheit laut losgebrüllt, aber er machte eine Faust in der Tasche und beherrschte sich. Sie würde schon sehen, was sie davon hatte.

Das Haus der Familie Schuster lag in einem verkehrsberuhigten Teil von Abensberg ein wenig abseits der Hauptgeschäftsstraße. Die Gebäude dort waren allesamt älterer Bauart und mit großzügigen Grundstücken umgeben. Ein schmaler gepflasterter Weg führte von einem kleinen Gartentor an einer Wiese entlang zum Hauseingang. Das Anwesen der Schusters machte einen gediegenen und gepflegten Eindruck. Kathi Teuber drückte auf die Klingel, und kurz danach öffnete jemand die Haustür.

»Hallo Frau Schuster«, begrüßte die Kommissarin die Frau, die etwa Anfang bis Mitte fünfzig war.

»Wir sind's noch mal. Dürfen wir Ihnen vielleicht noch ein paar Fragen stellen?«

Ingeborg Schuster trug eine anthrazitfarbene Bluse und einen langen schwarzen Faltenrock. Mit verschiedenen Make-up-Tricks hatte sie es zwar leidlich geschafft, ihr trauerndes Gesicht zu kaschieren, dennoch konnte man darin das Leid erahnen, das über die Familie gekommen war.

»Kommen Sie bitte herein«, sagte sie und trat zu Seite.

Das Wohnzimmer war erwartungsgemäß groß und das Fenster bot einen angenehmen Ausblick in den idyllischen und üppig bewachsenen Garten auf der Rückseite des Hauses.

Jürgen Schuster erhob sich etwas wackelig von seinem Sessel. Er war Ende fünfzig, Rechtsanwalt und bis auf Weiteres arbeitsunfähig. Seine müden Augen verrieten den Polizisten, dass er unter Medikamenteneinfluss stand.

»Nein, bleiben Sie doch bitte sitzen!«, bat Teuber den Mann, der bis ins Mark hinein gebrochen schien.

»Wir möchten Sie nicht lange stören«, versicherte die Kommissarin entschuldigend. »Wir haben nur noch ein paar Fragen an Sie.«

»Fragen? Was denn für Fragen? Ich dachte, der Scheißkerl ist bereits hinter Gittern.«

Natürlich hatte sich die Verhaftung Yumahs längst wie ein Lauffeuer in der Stadt verbreitet.

»Es stimmt«, antwortete die Kommissarin, »dass wir einen verdächtigen Mann in Gewahrsam genommen haben. Aber es gibt noch ein paar offene Fragen.«

»Ja, wenn dem so ist, natürlich, fragen Sie nur«, bot Laras Vater seine Unterstützung an. »Hauptsache, dieses Ausländerschwein schmort bis an sein Lebensende in einer Zelle.«

Einerseits konnte Kathi Teuber die Wut und den Hass dieser Menschen auf den Mörder ihrer Tochter verstehen, aber andererseits stand dessen Identität noch nicht fest, davon war sie nun mal überzeugt. Und eine Vorverurteilung Yumahs – insbesondere aus fremdenfeindlichen Motiven – wollte sie nicht einfach so hinnehmen. Dennoch beließ sie es für diesen Moment dabei.

»Dürfen wir vorher vielleicht nochmal in Laras Zimmer gehen?«

»Ja, selbstverständlich. Kommen Sie bitte!«, stimmte Ingeborg Schuster zu und ging voraus.

Laras Zimmer war im ersten Stock. Wie von Kathi Teuber erwartet, war es modern gestaltet und geschmackvoll eingerichtet. Zwei dunkelrot abgetönte Wände bildeten einen schönen Kontrast zu den vorwiegend weißen Möbeln. Es war das typische Zimmer einer jungen Frau zwischen Mädchen- und Erwachsenenalter.

Über einem kleinen Schreibtisch war ein Wandboard montiert, dessen Exponaten allem Anschein nach eine besondere Wichtigkeit zuteil wurde: Links stand ein gerahmtes Foto, auf dem sie zusammen mit ihrer vermutlich besten Freundin zu sehen war, in der Mitte ein Plattencover von Drake und rechts ein Kunstdruck eines Gemäldes von Sarah Faux.

Kathi Teuber schaute sich im Zimmer um. Die Schusters hatten hier seit Laras Verschwinden offensichtlich alles unverändert gelassen. Selbst ein kleiner, nicht weggeräumter Haufen Wäsche lag in einer Ecke. Mutmaßlich deshalb, damit es dort so aussah, als wenn Lara jeden Moment zur Tür hereinkommen könnte. Ein allerletzter, hoffnungslos irrationaler Hoffnungsschimmer.

»Wir haben hier alles so gelassen, wie es war«, erklärte Ingeborg Schuster, als ob sie Kathi Teubers Gedanken gelesen hätte.

Die Kommissarin betrachtete das Albumcover des kanadischen Rappers Drake. Offenbar war Lara ein Fan von ihm gewesen. Doch irgendetwas lugte dahinter hervor.

»Frau Schuster, Sie haben mir ja beim letzten Mal gesagt, dass Ihre Tochter keinen festen Freund hatte«, begann Kathi Teuber.

»Ja, das ist richtig«, bestätigte Laras Mutter.

»Und Sie sind sich da absolut sicher?«, fragte die Kommissarin nach.

»Ja, natürlich. Davon hätten wir ganz sicher etwas mitbekommen.«

Kathi Teuber griff hinter das Plattencover und zog ein Polaroid-Foto hervor. Es war ein Foto von Hakim. Auf der Rückseite des Bildes stand *In Liebe, Dein Hacki,* umrahmt von mehreren Herzen.

Die Kommissarin zeigte Frau Schuster das Foto und fragte sie:

»Kennen Sie diesen Jungen?«

»Nein, den hab ich nie gesehen«, antwortete Ingeborg Schuster aufgebracht. »Und das hätten wir auch sicher nicht …«

Sie ließ den angefangenen Satz in der Luft hängen, als ob ihr der Rest peinlich wäre, doch Katharina Teuber fing ihn auf.

»…sicher nicht zugelassen, wollten Sie sagen?«

»Nein. Mit so einem … das hätten wir niemals akzeptiert!«

»Gab es am Tag von Laras Verschwinden vielleicht diesbezüglich Streit mit ihr?«, fragte die Kommissarin mit der größtmöglichen Rücksicht.

Ingeborg Schuster wand sich, als wäre es ihr unbehaglich.

»Ja, hatten wir«, sagte Jürgen Schuster, der in der Zwischenzeit hinzugekommen war und sich im Türrahmen aufgebaut hatte.

Er straffte seinen Rücken.

»Es ist so … wir möchten mit diesen … Ausländern nichts zu tun haben, und das haben wir Lara auch zu verstehen gegeben. Jetzt, wo wir wissen, von wo der Mörder herkam, ist es nur schwer zu ertragen, dass wir damit recht hatten.«

Schuster sank nun ein wenig in sich zusammen. Die Last seiner Verbitterung schien wie ein schweres Plumeau auf ihm zu liegen.

»Wir hatten uns zu diesem Thema schon oft mit Lara gestritten, aber an diesem Tag war es besonders schlimm. Ich weiß noch, wie sie mich gefragt hat, was ich dazu sagen würde, wenn sie uns *so einen* ins Haus bringen würde. Einen Freund! Da bin ich wütend geworden und hab ihr gedroht, ihr Studium nicht weiter zu finanzieren. Sie hat das Haus weinend verlassen und die Tür zugeknallt.«

Schuster schaute nun Kathi Teuber direkt an.

»Ich hatte ja keine Ahnung … Wissen Sie, was das Schlimmste ist? Das Schlimmste ist, dass das letzte Wort zwischen mir und meiner Tochter im Streit gefallen ist. Damit muss ich für den Rest meines Lebens klarkommen.«

Plötzlich sah er auf, als ob ihm etwas eingefallen wäre. Seine Wut schien mit einem Mal wie heiße Milch in ihm überzukochen. Schuster riss der Kommissarin das Foto aus der Hand und brüllte:

»War *der* das etwa?«

»Davon … gehen wir derzeit nicht mehr aus, Herr Schuster«, versuchte es Teuber diplomatisch. »Aber es ist durchaus möglich, dass …«

»Was soll das heißen, verdammt? Hat dieser dreckige … «

Der Rechtsanwalt atmete schwer und musste sich am Türstock festhalten.

»Herr Schuster, bitte beruhigen Sie sich! Wir stehen noch am Anfang unserer Ermittlungen.«

Die Kommissarin befürchtete, dass ihr die Situation entglitt, und setzte alles daran, sie zu deeskalieren. Deswegen senkte sie ihre Stimme und redete jetzt beruhigend auf Schuster ein.

»Ich verspreche Ihnen, dass wir wirklich alles tun, um den Mörder ihrer Tochter zu finden.«

Jürgen Schusters Oberkörper bebte. Er weinte. Seine Frau legte ihren Arm um ihn und versuchte, ihn sowohl zu stützen als auch zu beruhigen.

»Wenn es dieser … wenn es der war … ich schwör, den bring ich um!«, presste Schuster unter Tränen mit hochrotem Kopf heraus.

Tobias Gruber zuckte ein Grinsen über den Mundwinkel, das aber niemand bemerkte.

»Bitte, Herr Schuster, das wissen wir noch nicht. Sagen Sie lieber nichts, das Sie später bereuen könnten«, heuchelte Gruber und schien damit bei Schuster einen Nerv getroffen zu haben.

»Sie haben recht, bitte entschuldigen Sie!«, lenkte er matt ein und drehte sich weg.

»Alles gut«, sagte Kathi Teuber und atmete tief durch. Gleichzeitig wunderte sie sich über Tobias´ unerwartet gutes Konfliktmanagement.

KAPITEL 40

Über der niederbayerischen Stadt Abensberg hatte die Abenddämmerung bereits begonnen. Wie immer zu dieser Zeit im Sommer strömten die Menschen in die Innenstadt und machten sie zu ihrem erweiterten Wohnzimmer. Mit Glück hatte Andi dort noch einen Parkplatz ergattert und schaltete den Motor aus.

»Das war schön heut in Regensburg«, strahlte Lisa Andi mit ihrem unverwechselbaren Lächeln an.

Er nickte und dachte nach: über sich, Lisa, und ihre scheinbar unerschütterliche Lebensfreude.

Es musste gefühlt Jahrzehnte her sein, dass er zuletzt einen ähnlich schönen Tag erlebt hatte, an dem sich seine Gedanken nicht um irgendwelche Sorgen, Aufgaben oder um den nächsten Tag drehten, sondern an dem er ganz und gar im Hier und Jetzt lebte. Seiner Einschätzung nach waren solche Momente im Leben so rar wie ein sauberes Klo auf einem Rockfestival. Dabei konnte er noch nicht einmal von sich behaupten, *unglücklich* zu sein – aber er war eben auch nicht wirklich *glücklich.*

Andi hatte schon oft über das Wesen des *Glücks* nachgedacht. Irgendwann war er zu dem Schluss gekommen, dass es nichts anderes war als ein theoretisches Konstrukt, nach dem die Menschheit pausenlos strebte, ohne jedoch eine klare Vorstellung davon zu haben, was Glück eigentlich *konkret* bedeutet. Denn wenn man ehrlich war, musste man einsehen, dass dieses *Glück* ein äußerst scheues Wesen ist, das sich nur selten und nur für kurze Zeit blicken lässt. Was machte es also letztlich für einen Sinn, kopflos einem Gefühl hinterherzujagen, das alles andere als nachhaltig ist?

In seiner Kindheit hatte es eine italienische Zeichentrickserie gegeben, in der ein gewisser Herr *Rossi* ebenfalls auf der Suche nach dem Glück war. Zusammen mit seinem Hund *Gastone* konnte dieser freundliche Mann mit rotem Jackett und Hut durch die Zeit reisen, stets mit dem Ziel, das Glück zu finden.

Andi musste damals acht oder neun Jahre alt gewesen sein, als diese Sendung einmal pro Woche im Fernsehen ausgestrahlt wurde. Ob Herr Rossi sein Glück am Ende tatsächlich gefunden hatte, daran konnte sich Andi nicht erinnern.

In seinen Augen war das Wort *Glück* sowieso ein gnadenlos überstrapazierter Begriff, der vielmehr durch Vokabeln wie *Zufriedenheit* oder *Gelassenheit* ersetzt gehörte. Natürlich waren diese Kategorien längst durch die Esoterik besetzt, aber selbst dann, wenn man es eine Nummer kleiner anging, kam man am Ende doch immer zu dieser *einen* Schlüsselfrage: Wie war so etwas wie *Zufriedenheit* im Leben überhaupt zu erreichen? Er selbst war ja schon unzufrieden, wenn er morgens in den Spiegel schaute oder seine Waage betrat.

»Alles gut bei dir?«, fragte Lisa.

»Hmm?«

»Du wirkst so abwesend. Ist alles gut bei dir?«, wiederholte Lisa ihre Frage.

»Entschuldige bitte, ich hab nur gerade an was denken müssen.«

»Ok … und an was, wenn ich fragen darf?«

Direkt vor dem Auto hatte sich eine Gruppe Jugendlicher stationiert. Sie alle hatten schwarze Haare und einen kahl rasierten Nacken. Auch der übrige Look der fünf jungen Männer war auffallend homogen: Jogginghose, T-Shirt und eine Zigarette im Mundwinkel. Ein Sixpack mit Bier stand in ihrer Mitte. Offensichtlich waren sie dabei, sich auf ein Party-Wochenende vorzubereiten. Einer von ihnen musste eine sehr witzige Bemerkung gemacht haben, wenn man das laute Grölen der anderen als Maß dafür nahm.

»Nicht so wichtig«, wich Andi Lisas Frage aus.

»Na, dafür, dass es *nicht so wichtig* war, warst du eben aber ziemlich lange offline, mein Lieber!«, entgegnete Lisa amüsiert.

»Passiert dir das öfter?«

»Was denn?«, fragte Andi.

»Dass du manchmal wie weggetreten bist.«

Erwischt. Schon wieder. Oh Mann! Jetzt hat Lisa es auch bemerkt.

»Tut mir leid …. ich häng nur manchmal so tief in meinem Gedankenkarussell fest, dass ich kaum wieder rausfinde.«

»Aha. Und über was musst du so tiefgründig nachdenken?«

»Schwer zu sagen … unterschiedlich.«

»Unterschiedlich? Jetzt komm! Los, sag schon!«

Andi fing an, sich unwohl zu fühlen. Lisa war drauf und dran, an seine verwundbarste Stelle vorzudringen.

»Wollen wir vielleicht ein bisschen gehen?«, fragte er und hoffte, sich mit diesem Vorschlag ein wenig Luft zu verschaffen.

»Na klar!«, antwortete Lisa, löste ihren Gurt und stieg aus.

»Whooo hooo!«, kam es jetzt von einem der Jungs vor dem Auto. Anscheinend hatten sie die beiden im Auto die ganze Zeit beobachtet und nur auf den Moment gewartet, an dem sie endlich aussteigen würden.

Andi wusste aus eigener Erfahrung, dass angetrunkene junge Männer überraschend schnell zwischen ausgelassener Fröhlichkeit und todernstem Hass umschalten können, deshalb sprang sein Beschützerinstinkt an und er ging ums Auto zu Lisa. Dabei streifte er mit seinem Schuh versehentlich eine Jacke, die auf dem Boden lag. Seine Hoffnung, dass niemand Notiz davon genommen hatte, löste sich schnell in Luft auf.

»Ey, du hast meine Jacke beschmutzt!«, rief einer der Jungs empört.

»Sorry, das war keine Absicht«, sagte Andi beschwichtigend, um die drohende Eskalation möglichst im Keim zu ersticken.

»Klar war das Absicht!«, polterte sein neuer Diskussionspartner zurück. Er hob seine Jacke vom Boden auf und wischte den vermeintlichen Schmutz ab. Offenbar war er eher nicht an einer Deeskalation interessiert.

»Deine Jacke lag auf der Erde«, wandte Andi ein, um auf die mangelnde Sinnhaftigkeit dieser Auseinandersetzung hinzuweisen.

»Komm, lass uns gehen!«, forderte Lisa ihn auf und griff nach seinem Arm.

Andi nickte und ließ sich von Lisa wegziehen.

»Deine *Mutter* liegt auf der Erde!«, schaltete sich nun ein Dritter in die Unterhaltung ein.

Lautes, hämisches Gelächter.

»*Unter* der Erde«, murmelte Andi leise, doch leider nicht leise genug.

»Was hastu gesagt, ey?«

»Oh, wirklich?«, fragte Andi genervt in Richtung des Gremiums.

Er ging ein Stück zurück und konkretisierte seinen letzten Satz:

»Ich habe gesagt, meine Mutter liegt *unter* der Erde.«

»Ja, da gehört die auch hin, du Nazi!«, rief wieder der Zweitlauteste aus der Gruppe, und spöttisches Gelächter der anderen folgte. Einer spuckte auf den Boden.

»Komm, das bringt nix!«, forderte Lisa Andi nachdrücklich auf und zog ihn wieder am Arm.

»Isch ficke deine Toten!«, rief nun der mit der Jacke.

Andi war fassungslos, kniff die Augen zu und schüttelte den Kopf. Hatte der Typ das wirklich gerade genauso gesagt?

»*Was* willst du machen?«, fragte er verdattert.

Mit einer Rückfrage hatte der Angesprochene in diesem Moment wohl eher nicht gerechnet. Er schien sich für einen Augenblick zu wundern. Normalerweise reichte dieser Spruch aus, um jeden Gegner final zu beeindrucken.

»Isch ficke deine Toten!«, krakeelte er sein Statement selbstzufrieden heraus. Mutmaßlich blieb er bei seiner Meinung, dass damit alles gesagt sei.

»Hey, gibt's hier ein Problem?«

Andi drehte sich überrascht um. Quincy Reinhardt und Konny Moser waren zufällig auch in der Stadt unterwegs und hatten ihn erkannt.

Allein der Umfang und die Körpergröße von Quincy reichten aus, um die Diskussion zu beenden. Innerhalb kürzester Zeit hatten sich die fünf samt Jacke und Sixpack in Richtung Marktplatz verzogen. Andi atmete tief durch.

»Danke, ihr beiden! Boah, das war grad ein bisschen schwierig geworden hier«, sagte Andi zu seinen Bandkollegen.

»W…w…was macht ihr so heut Abend?«, erkundigte sich Konny.

»Hmm, wissen wir noch nicht«, antwortete Andi.

»Vielleicht noch irgendwo was trinken gehen?«

Er drehte sich fragend zu Lisa, die mit den Achseln zuckte.

»Ja, von mir aus gerne«, stimmte sie zu.

»K…k …kommod?«, schlug Konny vor.

»Kommod!«, kam es einstimmig von Andi und Quincy zurück, und sie gingen los.

»Da haben wir aber Glück gehabt«, sagte Lisa leise zu Andi, als sie über den Marktplatz gingen, und hakte sich bei ihm ein.

»*Glück …* ja, das stimmt«, erwiderte Andi und musste lächeln.

KAPITEL 41

Kerstin Schewes Elternhaus lag ein Stück außerhalb von Abensberg im Ortsteil Aunkofen und befand sich in einem bedauernswerten Zustand. Seit dem plötzlichen Tod ihrer Eltern vor acht Jahren war an dem Gebäude so gut wie nichts repariert worden, was ihrer Meinung nach auch an der Untätigkeit von Mike lag.

Immer, wenn sie bei ihm das *Haus* zur Sprache brachte, blockte er sofort und wechselte das Thema. Ihr war zwar bewusst, dass sich die handwerklichen Fähigkeiten ihres Mannes im Großen und Ganzen auf das Auswechseln von Glühbirnen beschränkten, aber sie hätte sich doch viel mehr Einsatz und Unterstützung von seiner Seite gewünscht. Stattdessen hatte er sie immer nur zum Verkaufen gedrängt.

Doch Kerstin hing an ihrem Elternhaus und wollte es nur sehr ungern veräußern. Außerdem hatte der elende Zustand seinem Marktwert erheblich zugesetzt, und die Tatsache, dass es sich in unmittelbarer Ufernähe der *Abens* befand und sich nur schwierig gegen Hochwasserschäden versichern ließ, wirkte sich zusätzlich negativ auf den Wert der alten Immobilie aus.

Mike Schewe stellte seinen BMW auf einem Schotterplatz etwa zwanzig Meter vom Hauseingang entfernt ab. Ganz Aunkofen war bereits eifrig dabei, alle Häuser und Einfahrten mit Sandsäcken, die der städtische Bauhof LKW-weise verteilte, vor dem befürchteten Hochwasser zu schützen. Laut Kerstin hätte er sich jetzt ebenfalls damit beschäftigen müssen, doch dazu hatte er jetzt weder Lust noch Zeit.

Mürrisch sah er sich um: Überall lagen hier Laub und Äste herum. Nicht nur das Haus selbst, sondern auch sein gesamter Außenbereich wirkte wie aus einem Endzeitfilm.

Schewe grübelte darüber nach, wann er wohl das letzte Mal hier gewesen war. Seine Frau hatte offenbar doch nicht ganz unrecht mit ihrer Kritik, dachte er.

Hier müsste wirklich dringend mal was gemacht werden!

Er hob einen größeren Ast auf, der wahrscheinlich bei einem Sturm auf den Weg gefallen war, und legte ihn ein Stück zur Seite. Gleichzeitig fragte er sich, wann es zuletzt einen heftigeren Sturm in Abensberg gegeben hatte.

Mein Gott, was sieht das hier scheiße aus!

Er schob ein paar dünne Äste zur Seite, die über den Weg gewachsen waren, und stand nun vor dem Eingang. Drei Treppenstufen führten zu einem gefliesten, überdachten Plateau hinauf. Es war eine Art Terrasse im vorderen Bereich; es gab aber noch eine größere und schönere im hinteren Bereich des Hauses.

Mike Schewe steckte den Schlüssel ins Schloss der verwitterten Haustür und drehte ihn. Entgegen seinen Befürchtungen ließ die Tür sich mühelos öffnen. Da die Abenddämmerung schon hereingebrochen war, schaltete er das Licht in der Diele ein.

Schewe schnaubte abschätzig, denn sofort krochen alte Erinnerungen in ihm hoch. In diesem Haus hatte er sich noch nie willkommen, geschweige denn wohlgefühlt. Seine Schwiegereltern hatten nie zu einem offiziellen *Ja* zur Beziehung zwischen ihm und ihrer Tochter gefunden. Erst als Marie zur Welt gekommen war, hatte sich ihr Verhältnis zueinander ein wenig gebessert. Doch zu keinem Zeitpunkt war es wirklich gut, sondern allenfalls distanziert harmonisch.

Und dann, vor ziemlich genau acht Jahren, war die Zeit in diesem Haus urplötzlich stehen geblieben. Er konnte sich noch gut an den Moment erinnern, als er und Kerstin vom Tod ihrer Eltern erfahren hatten.

Er hatte den Anruf damals selbst entgegengenommen. Eine Polizistin hatte ihm mitgeteilt, dass seine Schwiegereltern vor wenigen Augenblicken bei einem Verkehrsunfall ums Leben gekommen seien. Zu diesem Zeitpunkt konnte sie nur sehr wenige Informationen zum Unfallhergang herausgeben, aber sie reichten völlig aus: Ein LKW war auf ein Stauende aufgefahren und der Fiat von Kerstins Eltern hatte sofort Feuer gefangen. Für sie war wohl jede Hilfe zu spät gekommen.

Es war ein Schock für die ganze Familie gewesen, vor allem aber für Kerstin. Seit diesem Tag hatte sie keinen Fuß mehr in ihr Elternhaus gesetzt. Sie hatte immer wieder gesagt: *»Es geht einfach nicht«*.

Schewe blickte geradeaus in den Flur, der zur Küche führte. Alles war von einer dicken Staubschicht bedeckt, und nach den vielen Spinnweben zu urteilen, mussten bereits Generationen von Insekten diesen Lebensraum erobert haben.

Er ging durch den Flur hindurch und betrat die Küche. Die Ausdünstungen, die überall in diesen Räumen lagen, konnte man nur schwerlich noch als Atemluft bezeichnen. Im Grunde war es so, dass man hier gezwungen war, Gestank von fauligen Möbeln einzuatmen, der einem unweigerlich innerhalb kürzester Zeit Würgereiz und Kopfschmerzen bereitete.

Er wandte sich nach links hinüber zum Wohnzimmer, doch das Licht dort funktionierte nicht. Im Halbdunkel erkannte er die alte Couchgarnitur und gegenüber die dunkelbraune Schrankwand mit einem riesigen Fernseherfach auf der linken Seite.

Schewe ging zurück zum Flur, um auch im oberen Stockwerk nach dem Rechten zu sehen. In der Stille, die hier mit der Zeit schon fast ein eigenes Bewusstsein entwickelt hatte, erschien ihm das Knarzen der Holztreppe ohrenbetäubend laut.

Im Obergeschoss befanden sich das elterliche Schlafzimmer und ein Bad. Außerdem gab es dort noch einen kleinen Raum, in den sich seine Schwiegermutter immer gerne zum Malen zurückgezogen hatte. Dabei hatte sie keine Leinwände oder Papier bemalt, sondern Steine, die sie eigens für dieses Hobby gesammelt hatte.

Schewe nahm eins dieser kleinen Kunstwerke in die Hand. Das Motiv kannte er schon von vielen Postkarten: der Hundertwasserturm. Er legte den Stein wieder zurück ins Regal und sein Blick fiel nun auf den Schreibtisch am Fenster. Dort lag ein Stein, dessen Bemalung seine Schwiegermutter offensichtlich nicht mehr vollendet hatte: Er erkannte eine Baumgruppe und in der Mitte des Motivs einen Haufen mit Ästen, der genauso aussah wie …

Er ließ den Stein fallen wie eine glühend heiße Kartoffel. Nein, das konnte unmöglich sein! Sicher hatte sie nur ein Waldstück malen wollen; der Rest war pure Einbildung!

Schewe begann, sich unwohl zu fühlen, ja, fast kam es ihm vor, als ob jemand ihn hier schon die ganze Zeit auf Schritt und Tritt beobachten würde. Irgendwo knackte es.

Was war das?

Gespannt horchte er in die Stille hinein, doch es war kein Laut zu hören.

Allmählich wurde ihm dieser Ort jetzt ein bisschen *zu* unheimlich und sein Puls stieg. Er wollte nur noch raus hier, deswegen ging er schnell wieder hinunter ins Erdgeschoss und dann zur Haustür. Doch als er sie öffnen wollte, hörte er wieder ein Knacken. Diesmal war das Geräusch sehr viel näher. Erschrocken drehte er sich um und schaute zurück in den Flur. In der Küche brannte noch Licht. Er hatte vergessen, es auszuschalten.

Scheiße!

Widerwillig machte er ein paar Schritte zurück Richtung Küche und bemerkte in diesem Moment, dass die Tür zum Keller in der Mitte des Flurs einen Spalt breit offenstand. Er wunderte sich darüber, dass ihm die offenstehende Kellertür nicht schon bei seiner Ankunft aufgefallen war.

Mit der flachen Hand drückte Schewe gegen den verglasten oberen Teil der Kellertür. Genau in diesem Moment ertönte von unten ein lautes Scheppern und Klatschen.

Vor lauter Schreck schrie Schewe unwillkürlich auf. Einen Moment später zog er die Tür wieder ein Stück auf.

»Hallo?«, rief er halblaut nach unten, doch er erhielt keine Antwort.

»Ist da jemand?«, rief er ein wenig mutiger, doch wieder blieb alles still.

Schewe zog die Kellertür nun ganz auf und sah nach unten. Das fahle Flurlicht drang nur ein paar Stufen hinunter, danach verlor sich die Treppe in der Dunkelheit.

Er tastete nach dem Lichtschalter, der in Schulterhöhe auf der rechten Seite angebracht war, und betete, dass das Licht funktionierte. Zu seiner großen Erleichterung wurde es hell.

Sein Blick fiel auf einen verzinkten Putzeimer, der auf der obersten Stufe stand. Er nahm den Eimer hoch und hielt ihn vor sich, um ihn im Notfall entweder als Schutzschild oder als Schlagwaffe verwenden zu können.

Mit der rechten Hand griff er nach einem Seil, das sein Schwiegervater dort als provisorischen Treppenlauf befestigt hatte. Immer wieder hatte er ihn damals gebeten, ihm bei der Montage eines *richtigen* Handlaufs zu helfen; schließlich wären sie auch nicht mehr die Jüngsten und die Kellertreppe wurde nach seiner Aussage mehr und mehr zu einem lebensgefährlichen Fußsteig. Doch Schewe waren immer andere Ausreden eingefallen, warum es nicht ging, und nach dem Autounfall hatte sich das Thema aus seiner Sicht eh von selbst erledigt.

»Hallo?«, versuchte er es noch einmal, doch auch dieses Mal erhielt er keine Antwort.

Als er ungefähr auf der Hälfte der Treppe angekommen war, stieg ihm ein ekelhafter Geruch in die Nase, und nur ein paar Augenblicke später sah er auch, woher der Gestank kam: Der Kellerboden, der unterhalb des Wasserspiegels der nahe gelegenen *Abens* lag, stand teilweise zentimetertief unter Wasser. Eines der Lebensmittelregale war offenbar aufgrund des Wassereinbruchs umgestürzt, wobei der Großteil der Vorratsgläser, die darauf gestanden hatten, auf dem

Kellerboden zerbrochen waren. Dort hatte sich nun großzügig eine Pampe aus verschimmelter Marmelade, Nudelsoße und faulen Zwiebeln verteilt.

Schewe hielt sich die Hand vors Gesicht und unterdrückte seinen Brechreiz. Er warf den Blecheimer in eine Ecke und lief hinüber zu den Lichtschächten, die zum Garten hinaufführten. Frische Luft war eindeutig der drängendste Mangel hier unten, dachte er und riss die beiden vergitterten Fensterflügel weit auf.

Gleich darauf eilte Schewe wieder hinauf zum Erdgeschoss, verriegelte die Kellertür und schaltete das Licht in der Küche aus.

Nachdem er die Haustür von außen ebenfalls zugesperrt hatte, ging er ein paar Schritte rückwärts und schaute an der Fassade nach oben zum Dachgiebel. Wenn er es nicht besser gewusst hätte, dann hätte er in diesem Moment angenommen, das Haus würde ihn hassen, so finster und diabolisch fühlte er sich von dem alten Gebäude beobachtet. Doch dann spuckte er verächtlich auf den dreckigen Terrassenboden.

»Du beschissene Bruchbude!«, rief er laut. »Ich wünsch dir, dass du irgendwann abbrennst.«

Dann zog er seinen Autoschlüssel aus der Hosentasche und lief zu seinem Auto.

KAPITEL 42

»Krammer! Wo du sein? Merde! Krammer!«

Elom Kouassi Prince Charles hatte den Eingang zum Wellnessbereich, der in der sechsten Etage des Luxushotels lag, erreicht. Der Geist des alten Krammer wollte ihn in den Wahnsinn treiben; dessen war er sich jetzt sicher.

»Krammer!«, flüsterte er, so laut es ging. Er musste unbedingt vermeiden, die Aufmerksamkeit von wem auch immer auf sich zu ziehen.

Elom war maximal genervt, und dabei sollte dieses Wochenende doch Spaß und Erholung bringen. Stattdessen hatte er nichts als Scherereien mit dem Geist eines alten Mannes, der seit über vierzig Jahren tot war.

»Merde! Krammer! Wo du sein?«

»Hallo? Suchen Sie jemanden?«

Elom fuhr erschrocken herum und bemerkte erst jetzt die junge Frau, die hinter einem Tresen an der Eingangstür zum *The Spa* saß.

»Oh, bitte entschuldigen! Ich suchen … eh … meine Onkel.«

»Ah, ok! Ist Ihr Onkel denn hier im Spa?«, fragte die junge Frau, die eine schwarze Tunika mit dem Logo des Hotels trug und ihre langen blonden Haare zu einem Haarknoten zusammengebunden hatte.

»Ja … eh … er … hochstwahrseinlich … hier sein«, antwortete Elom nervös und schaute dabei unentwegt in alle Richtungen.

»Wie sieht Ihr Onkel denn aus?«, fragte die Empfangsdame freundlich. »Ich kann gerne einmal für Sie nachschauen.«

»Oh ... eh ... nein, das geht nicht, ich meine, er ist ... eh ... sehr unauffällig«, stotterte Elom. »Ich musse selbst nack meine Onkel suche.«

»Sehr gerne, natürlich!«, sagte die Dame. »Möchten Sie vielleicht einen Bademantel und ein Handtuch ausleihen?«

In diesem Moment wurde die breite Schwingtür des Eingangs von innen aufgestoßen und zwei gedrungene, glatzköpfige Männer kamen heraus. Beide trugen weiße Bademäntel und unterhielten sich angeregt über die Performance der internationalen Finanzmärkte.

Elom sah an sich herab und registrierte, dass er mit seinem kurzärmeligen, karierten Hemd und seiner Jeans für den Wellnessbereich eher unpassend gekleidet war.

»Ja ... wenn das ... eh ... gerne!«, antwortete Elom, was die Dame mit einem freundlichen Nicken quittierte.

»Was ist denn Ihre Schuhgröße?«, fragte sie, nachdem sie einen Bademantel und zwei Saunatücher auf dem Tresen abgelegt hatte.

Elom erinnerte sich daran, dass ihn diese Frage in seiner Anfangszeit in Deutschland einige Male ganz schön ins Schleudern gebracht hatte. Sein halbes Leben hatte sich Elom nämlich keinerlei Gedanken zu diesem Thema machen müssen, ganz einfach deswegen, weil es in Lomé keine einheitlichen Schuhgrößen gibt. Wenn man dort neue Schuhe brauchte und zufällig etwas Geld dafür übrighatte, betrat man ein Geschäft und sagte *»Ich möchte Schuhe bitte!«*, und mit ein wenig Glück war man kurze Zeit später stolzer Besitzer neuer Treter.

So kam es, dass er sich seine *deutsche* Schuhgröße sehr genau eingeprägt hatte.

»Sechsundvierzigeinhalb,« informierte er die junge Frau mit einem breiten Lächeln.

»Oh, das wird jetzt schwierig«, musste die Dame an der Anmeldung eingestehen und durchsuchte noch einmal ihre Bestände.

»Wir haben leider nur noch ein Paar in Größe 44 da. Möchten Sie die vielleicht einmal anprobieren? Vielleicht haben Sie Glück, sie fallen manchmal etwas größer aus.«

Elom zog seinen rechten Sneaker aus und zwängte seinen Fuß in einen der beiden Latschen. Sofort stellte er fest, dass ihm das Tragen dieser Badeschuhe ganz sicher keine Freude bereiten würde. Aber er war nun mal in großer Eile, weshalb er ihr mit einem gewinnenden Lächeln und einem Daumen signalisierte, dass alles perfekt sei.

Um keine weitere Zeit zu verlieren, schnappte er sich den Stapel mit den Saunatextilien und betrat den Wellnesstempel.

Zunächst orientierte er sich nach dem Umkleidebereich, wo außer ihm zu diesem Zeitpunkt sonst niemand war. Vielleicht war der alte Krammer ja noch dabei, sich umzuziehen, schoss ihm in den Sinn, doch er verwarf diesen absurden Gedanken sogleich wieder mit Kopfschütteln. Er kniff die Augen zusammen.

»Krammer! Du hier? Sagen endlich!«

Mit etwas Glück fand er schnell einen freien Spind, zog sich dort aus und schlüpfte in den Bademantel. Sein Blick fiel nun mit ein wenig Sorge auf die viel zu kleinen Flipflops, aber er hatte keine Wahl: Das Tragen von Badelatschen war hier anscheinend obligatorisch.

Ein großer Swimmingpool mit angrenzenden Saunen bildete das Zentrum des Luxus-Spa. Der Anblick, der sich ihm hier bot, verblüffte und überforderte ihn gleichzeitig: eine illustre Gesellschaft, die überwiegend aus Damen und Herren gesetzteren Alters bestand, ging oder schwamm dort größtenteils splitternackt umher.

Ein riesiger Spiegel in der Decke, welcher die gleichen Ausmaße wie der Swimmingpool darunter hatte, zeigte ihm die Rückseite einer Dame mit geblümter Schwimmhaube, die dort gerade seelenruhig ihre Bahnen zog. Entsetzt drehte er sich weg.

Ein angenehmes Licht und sanfte Brauntöne sorgten für ein entspannendes Ambiente. Die Könige und Kaiser des römischen Reiches hätten sich kaum eine schönere Therme vorstellen können.

Elom versuchte, sich unauffällig zu verhalten, was ihm schwerfiel, weil seine Badeschlappen sich mit jedem Schritt so anfühlten, als wenn sich zwei ausgehungerte Piranhas an seinen Füßen festgebissen hätten. Doch Schmerz und Elend hatte er in seinem Leben schon oft genug erfahren, und so überspielte er diese Tortur mit einem breiten Lächeln.

Niemand der Anwesenden konnte jedoch etwas von seiner Wut erahnen, die sich in diesem Moment ausschließlich auf den alten Krammer fokussierte. Er hatte doch versprochen, ihn zu seinem Sohn zu bringen. Warum also konnte sich dieser verrückte Kerl nicht einfach anständig benehmen wie jeder andere Geist auch?

Als Erstes musste er sich einen Platz suchen, von wo aus er einen guten Überblick hatte. Die meisten Liegen waren schon belegt oder mit Handtüchern reserviert, doch an der Fensterseite hatte er noch eine letzte freie Holzliege erspäht, die es umgehend zu erobern galt. Mit schmerzverzerrter Miene steuerte er im Eiltempo direkt darauf zu.

Die Ankunft des Afrikaners mit diesem sonderbaren Eiergang sorgte bei den übrigen Hotelgästen im *The Spa* unterdessen für Verwunderung. Prof. Dr. Raimund Kohlmeier, Vorstandsmitglied einer großen deutschen Handelskette, kam sogar ein wenig ins Straucheln, als Elom an ihm vorbeiwackelte. Glücklicherweise konnte seine Frau Hildegard ihn mit einem beherzten Zupfen an seinem Bademantel davor bewahren, rückwärts ins Wasser zu fallen.

»Pardon, je cherche mon oncle[36]«, bat Elom den Mann erschrocken um Verzeihung.

Als er bei der Pool-Liege seiner Wahl angekommen war, breitete er das Saunatuch aus und setzte sich erst einmal hin. Erleichtert rieb er sich die Füße, nachdem er sich endlich seiner unliebsamen Latschen entledigt hatte.

Von hier aus konnte er ausgiebig die Umgebung absuchen. Ein bisschen kam er sich so vor wie Sir David Attenborough, der von einem getarnten Verschlag aus einem scheuen Reh auf der Spur war. Dies war

[36] Entschuldigung, ich suche meinen Onkel.

der perfekte Ort, um jede noch so kleine Regung, jedes noch so winzige Flirren in der Atmosphäre des Schwimmbads zu lokalisieren, dessen war er sich in diesem Moment noch sicher.

Na warte, Krammer, ich dich finden!

Allerdings war Elom in diesem Moment nicht bewusst, dass er aufgrund seiner durchdringenden und suchenden Blicke von einigen Badegästen überaus misstrauisch beäugt wurde.

»Jetzt kommen diese Primitiven auch noch *hier*hin, widerlich ist das!«, beschwerte sich Hildegard Kohlmeier bei ihrem Gatten.

Das Lager der Kohlmeiers befand sich an der langen Poolseite schräg gegenüber von Elom, und ihre Augen hafteten argwöhnisch an dem Mann aus Togo.

»Der kann sich dieses Hotel doch gar nicht leisten.«

»Das kann man nicht wissen, Muschi. Vielleicht ist er ja ein afrikanischer Prinz«, mutmaßte Dr. Kohlmeier, ohne zu ahnen, wie zutreffend seine Vermutung im Grunde war.

»Afrikanischer Prinz, dass ich nicht lache!«, empörte sich Hildegard. »Das ist bestimmt ein Krimineller, der irgendwas im Schilde führt!«

»Was? Nein, das glaub ich nicht. Er sieht doch ganz harmlos aus«, nahm Dr. Kohlmeier den Afrikaner jetzt in Schutz.

»Jaja, *harmlos* sehen die alle aus, Purzel. Aber hinter einem netten Gesicht verbirgt sich oft die Fratze des Bösen! *Der da* ist ganz bestimmt ein Krimineller«, legte sich Hildegard nun fest.

»Meinst du wirklich, Muschi?«

»Und ob! Schau ihn dir doch mal an! Er späht eindeutig gerade aus, welche Taschen er stehlen kann, sobald jemand mal zur Toilette geht.«

»Uuh, das ist ja unerhört!«, empörte sich Prof. Dr. Kohlmeier. »Gut, dann lass uns lieber gehen, Muschi.«

Die Kohlmeiers hatten genug gesehen. Sie nahmen ihre Badetaschen und Saunatücher und gingen Richtung Ausgang.

Ungeachtet dessen kniff blinzelnd Elom die Augen zusammen und suchte angestrengt den Bereich des Pools ab. Aber auch dort konnte er Krammer nicht finden. Angesichts des gedimmten Lichts und der natürlichen Bewegungen des Wassers war es sowieso schwierig, *überhaupt* etwas zu erkennen.

»Wo du sein, Krammer? Zeigen dich endlich!«, murmelte er grimmig und suchte nun auf der gegenüberliegenden Seite des Swimmingpools weiter.

Moment mal! Für einen winzigen Moment glaubte er, am Eingang der Sauna, die sich gleich neben der Tür zur Dachterrasse befand, einen verdächtigen Schatten gesehen zu haben.

»Na warte, Freund! Je te tiens, je te tiens[37]«, brummte Elom und stand auf. Er band entschlossen seinen Bademantel zusammen und zog sein Handtuch von der Liege. Seine viel zu kleinen Badelatschen ließ er zurück und ging barfuß hinüber zur Sauna. Obligation hin oder her!

Auf dem Weg dorthin hatte er beobachtet, dass die Badegäste unbekleidet in die Schwitzkabine strömten, weswegen er seinen Bademantel an einem Haken an der Außenseite aufhängte und die Kabine ebenfalls splitternackt betrat.

Drinnen herrschte ein großes Gedränge, fast alle Plätze waren bereits belegt. Nur noch eine einzige Lücke konnte er ganz oben in einer Ecke in der dritten Reihe ausmachen.

Nachdem Elom Kouassi sich an den nackten, weißen Körpern vorbei bis zur obersten Reihe durchgezwängt hatte, setzte er sich dort auf sein Handtuch und tat das, was alle anderen offenbar auch machten: warten.

Aber auf was wir hier eigentlich warten, fragte er sich.

Die Antwort darauf folgte umgehend in Form von Gerlinde Hebertz in ihrer Funktion als Saunameisterin.

Die kompakte Achtundvierzigjährige aus Chemnitz verfügte nicht nur über umfassende Kenntnisse zum effektiven Erhitzen von Saunaräumen und dem Verteilen exotischer Aufgussmittel auf den heißen Saunasteinen, sondern auch über ein markantes Kinn und eine beeindruckende Oberweite.

---

[37] Gleich hab ich dich, gleich hab ich dich!

»Hei zesamm', isch bin de Gerli«, begrüßte sie die Saunagäste, die teilweise schon seit einer Viertelstunde voller Vorfreude auf sie gewartet hatten.

Gerlinde *Gerli* Hebertz war so etwas wie die Saunamutter des Fünf-Sterne-Spa-Bereichs. Man erzählte sich, dass manche Gäste hauptsächlich wegen *ihr* ins *Vier Jahreszeiten Kempinski* nach München kamen, weil ihre Aufgüsse so legendär waren. Obwohl man solche Aussagen sicherlich anzweifeln darf, so stand doch eines fest: Gerli Hebertz war eine Nummer für sich; das musste man ihr lassen.

»Heud hab'sch Waldbeere Minze dabei, damit ihr och so richtsch ausschwitze könnt«, rief sie gut gelaunt in die erwartungsvolle Transpirationsgruppe.

»Ich mach heude insgesamt drei Runden. Wem's zu heeß wird, der kann gern gehn. Abor dann bidde draußn bleibm, nor!«

Sagte es und goss einen großen Holzlöffel voll Wasser aus einem Eimer auf die glutheißen Steine des Saunaofens. Dies tat sie mit einer solch erstaunlichen Präzision und Gefühl für das richtige Timing, dass Elom schon beim ersten Hitzeschwall schwindelig wurde.

Das Wasser zischte und brodelte auf den heißen Steinen, und durch den dichten Dampf konnte man in der Kabine kaum noch etwas erkennen. Hinzu kam, dass der Minzeanteil des Duftmittels der Saunagemeinschaft Tränen in die Augen trieb. Gerlis Schwitzpublikum schloss die Augen und litt schweigend. Nur ein leises Stöhnen war von hier und dort zu vernehmen.

Anschließend griff Gerli nach einem Handtuch und verwedelte damit den heißen Dampf in alle Richtungen. Auch diese Technik beherrschte sie natürlich in Vollendung.

»Das macht eusch Spaß, odor?«, fragte sie in die Runde. »Ja, ja … Nur dä Harden gomm' in mein' Schrebergordn!«

Keiner der Anwesenden wagte es, zu lachen oder mit einem witzigen Spruch zu antworten, denn das hätte Gerli möglicherweise angestiftet, noch einen Gang zuzulegen.

Nachdem der heiße Dampf des ersten Aufgusses sich ein wenig verzogen hatte, stieß die sächsische Saunameisterin ihren Holzlöffel ein zweites Mal in den Eimer, und die Gruppe machte sich moralisch bereit für die nächste Hitzedusche. Das Zischen des verdampfenden Wassers auf den Steinen war diesmal sogar lauter als beim ersten Mal.

Elom wurde langsam panisch und wollte nur noch raus hier, aber seine Position dort oben in der dritten Reihe war für eine Flucht absolut nicht geeignet. Er sah sich gefangen inmitten nackter, schwitzender Körper, und seine Gedanken kreisten nur noch um die Frage, wann diese Tortur endlich vorbei sein würde.

Doch dann regte sich überraschend sein Kämpferherz. Auf keinen Fall würde er kapitulieren. Nicht hier! Nicht vor dieser Frau! Er hielt die Luft an und sah seiner Kontrahentin direkt in die Augen.

Gerli hielt Eloms Blick stand. Ihr Gesicht hatte nun erbarmungslose Züge angenommen. Schwungvoll nahm die stabile Chemnitzerin ihr Handtuch und wedelte damit die kochend heiße Luft direkt zu Elom in die dritte Reihe. Ihr Körper und ihre Arme bewegten sich dabei mit einer fast tänzerischen Hingabe, dass es eine Freude gewesen wäre, ihr bei der Arbeit zuzuschauen. Vorausgesetzt, man befand sich in diesem Moment nicht mit ihr zusammen in einer Sauna.

Als der zweite Hitzeschwall bei Elom ankam, fühlte er sich wie ein Hummer, der bei lebendigem Leib in einen sprudelnden Kochtopf geworfen wurde. Es war jetzt so heiß, dass die Nadel im Saunathermometer sich an ihrem Anschlagbolzen durchzubiegen schien.

Spätestens jetzt war der Zeitpunkt gekommen, wo restlos alle Aufgussteilnehmer aufstöhnten, ob sie wollten oder nicht. Von irgendwoher kamen die Worte »Gnade! Bitte Gnade!«

ALSO MIR MACHT´S SPASS.

Elom erschrak. Was war das? Befand er sich bereits halluzinierend in einer Art Zwischenwelt, oder hatte er gerade tatsächlich die unverkennbar hohle Stimme des alten Krammer vernommen? Hektisch drehte er sich zur Seite und stellte fest, dass der Platz neben ihm leer war.

Hat da nicht eben noch jemand gesessen?

Elom schaute irritiert in die Runde, aber offenbar hatte niemand etwas gehört oder bemerkt.

»Krammer? Bist du das?«, flüsterte er, so leise es ihm möglich war.

»Ruhe dord obn off den billischn Plätzen! So, un nu geht's in d'n großen Endspurt vom Finale«, tönte Gerli feierlich und schöpfte mit ihrem Holzlöffel die dritte und letzte Ladung aus dem Wassereimer.

Diesmal beließ sie es jedoch nicht bei dem Inhalt des Löffels, sondern kippte das Restwasser aus dem Holzeimer direkt auf die Steine. Es brodelte, dampfte und zischte wie aus einer anderen Dimension, und als Gerli wieder nach ihrem Handtuch griff, schien die überwiegende Mehrheit in der Kabine bereit zu sein, bedingungslos zu kapitulieren. Offenbar war man bereit, sich seinem Schicksal zu ergeben und stellte sich darauf ein, in aller Kürze seinem Schöpfer zu begegnen.

Doch Elom wollte nicht sterben. Nicht jetzt! Nicht hier! Er biss wacker die Zähne zusammen, als der kochend heiße Dampf von Gerli zu ihm hinaufgewedelt wurde, und fixierte nun mit halb zusammengekniffenen Augen den freien Sitzplatz rechts von ihm.

AAAH, IST DAS SCHÖN!

In diesem Moment konnte er durch den Dampf hindurch schemenhaft ein Gesicht erkennen. Der alte Krammer schien sehr glücklich zu sein, und während Elom im kochend heißen Dampf das Gefühl hatte, seine Epidermis würde sich ablösen, lächelte Krammer ihn an und sagte:

DAS HAB ICH MIR SCHON SO LANGE GEWÜNSCHT, WEISST DU.

»Krammer«, brachte Elom kraftlos hervor und sank in sich zusammen.

Ein paar wenige nasse Hände applaudierten Gerli schlapp für diesen unvergleichlichen Aufguss, während der überwiegende Teil der anderen Saunagäste längst fluchtartig die Tür zur Freiheit aufgestoßen hatte. Innerhalb weniger Sekunden war die Sauna leer. Nur Elom saß noch auf seinem Platz. Er war viel zu schwach und zu müde, um aufzustehen.

WOLLEN WIR LIEBER ZURÜCK AUFS ZIMMER? fragte Krammer und Elom nickte matt. Dann schlief er ein.

KAPITEL 43

»Da vorne rechts.«
»Weiß ich, Tobi!«

Das Asylbewerberheim lag am Stadtrand in einer Gegend, die außer einem Jugendzentrum, dem städtischen Bauhof, dem Vereinssitz der Kaninchenzüchter und einer Kläranlage nur wenig Glamour zu bieten hatte. Es war eine Straße, deren Ende sich im Ackerland verlor und die scheinbar nur für den Zweck gebaut worden war, um aus der Stadt *hinaus*zuführen.

Kathi Teuber lenkte das Polizeiauto auf einen Parkplatz und stoppte den Motor. Gerhard Pasinger, der Leiter des Flüchtlingsheims, hatte sie bereits kommen sehen und kam ihnen entgegen. Pasinger war einundfünfzig, und sein Haaransatz war bereits auf dem Rückzug befindlich. Er trug ein kurzärmeliges blaues Hemd und eine dunkelgraue Jeans.

»Katharina Teuber von der Kriminalpolizei. Das ist mein Kollege Tobias Gruber. Grüß Gott.«

»Gerhard Pasinger, Grüß Gott. Kommen Sie bitte!«

Der Heimleiter führte die Kommissarin und ihren Kollegen zunächst einmal in sein Büro, das im Erdgeschoss am Ende des Flures lag. Nachdem sich die drei um einen kleinen Schreibtisch gesetzt hatten, ergriff Kathi Teuber das Wort.

»Ich nehme an, Sie wissen, weswegen wir hier sind?«

»Jaja, der Hacki. Uiuiuiui, das ist so ein lieber Kerl. Das hätt ich ja nie von dem gedacht, dass der so was macht.«

Tobias Gruber wollte schon anmerken, dass man so was ja niemandem von außen ansieht, aber Kathi Teuber kam ihm zuvor.

»Haben Sie Herrn Yumah am vierten Juni gesehen?«

»Jaja, natürlich. Der Hacki kommt ganz oft auf einen Ratsch zu mir rein. Und am vierten Juni … warten Sie, ich hab mir das doch sogar aufgeschrieben … da war er nämlich noch am Vormittag bei mir und hat mir erzählt, dass er eine Lehrstelle als KFZ-Mechaniker beim Autohaus Baumer bekommen kann. Der war so happy, das können Sie sich nicht vorstellen.«

»Hat er sonst noch irgendwas erwähnt?«

Pasinger überlegte.

»Nein, eigentlich nicht. Oder doch, warten Sie: Er hat mir erzählt, dass er sich verliebt hat.«

»Ok … Haben Sie so ein gutes Verhältnis, dass er Ihnen so persönliche Dinge anvertraut?«, fragte die Kommissarin nach.

»Ach, wissen Sie, den Hacki hab ich ja sozusagen adoptiert«, scherzte Pasinger und machte im nächsten Moment eine ernstes Gesicht.

»Hakim ist als sogenannter unbegleiteter minderjähriger Flüchtling nach Deutschland gekommen, da war er gerade mal elf. Die Flucht übers Mittelmeer war von Schleppern organisiert worden und hatte seine Familie alle Ersparnisse gekostet. Fünf Kilometer vor Lampedusa ist das Boot gekentert und sechsunddreißig der ursprünglich fünfzig Flüchtlinge sind ertrunken, darunter auch Hakims Eltern."

Pasinger machte eine kurze Pause und fuhr dann fort:

»Ich erzähle Ihnen das, weil mir Hakims Geschichte so nah gegangen ist, dass ich mich vom ersten Tag an besonders um ihn gekümmert habe. Und um Ihre Frage zu beantworten: Ja, Hacki und ich haben ein sehr gutes Verhältnis.«

Katharina Teuber nickte.

»Hat Hakim hier im Asylheim viele Freunde?«

Der Heimleiter schürzte die Lippen und gestikulierte unentschlossen.

»Na ja, es ist eigentlich so, dass der Hacki hier im Heim nicht so viele Freunde hat. Außer vielleicht mit seinem Zimmernachbarn hat er hier mit niemandem großartig Kontakt. Er ist lieber mit den Jungs vom Fußballclub unterwegs, weshalb ihn viele hier als Außenseiter ansehen.«

»Wie heißt denn der Zimmernachbar?«, fragte Tobias Gruber.

»Iskandar. Iskandar Suleiman. Er ist da, soll ich ihn ausrufen lassen?«

»Wir würden ihn gerne auf seinem Zimmer besuchen, wenn das möglich wäre.«

»Ja, klar ist das möglich. Kommen Sie, ich bringe Sie zu ihm.«

Pasinger führte die beiden Polizisten durch den weitläufigen, doppelstöckigen Containerbau. Es ging zunächst durch einen langen Flur vorbei an den Waschräumen und einer Gemeinschaftsküche. Vor den Türen der Wohnräume stapelten sich die Schuhe der jeweiligen Bewohner.

»Wir haben im Schnitt immer so zirka einhundertdreißig Leute, die hier wohnen. Die Menschen kommen aus Syrien, Mali, Kasachstan, Aserbaidschan, aus der Ukraine und neuerdings auch aus Russland. Sie können sich vielleicht vorstellen, dass es hier manchmal ziemlich zugeht. Aber insgesamt ist es hier sehr friedlich. Meistens. Hier unten wohnen hauptsächlich Familien. Da wird's bei sieben oder acht Kindern ziemlich eng in so einem Zimmer. Aber … hilft ja nix.«

Gerhard Pasinger bog nun ins Treppenhaus ab und ging voraus in die erste Etage. Auch dort gab es einen langen Flur und rechts und links davon die Türen zu den Unterkünften und Gemeinschaftsräumen, aus denen die unterschiedlichsten, teils undefinierbaren Gerüche kamen.

Es ging durch eine provisorisch reparierte Glastür in einen Zwischenbereich, der die beiden Gebäudetrakte verband.

»Hier, schauen Sie!«, zeigte Pasinger kopfschüttelnd auf einen großen schwarzen Fleck an der Wand.

»Aufgesprengt haben sie die Tür! Eine Nummer kleiner hatten sie's an dem Tag offenbar nicht.«

Pasinger ging ein Stück weiter voraus und sah nicht, wie fassungslos die Kommissarin ihren Kollegen Tobias Gruber anschaute.

»Was!«, entgegnete dieser mit Unschuldsmiene und grinste angesichts der riesigen schwarzen Rauchspuren an der Wand.

»War doch ´ne coole Aktion.«

Kathi Teuber schüttelte den Kopf und ging weiter. Mit der Türsprengung waren die Kollegen des SEK ihrer Meinung nach übers Ziel hinausgeschossen. Möglicherweise hatte die unklare Gemengelage im Mai zu dieser Fehleinschätzung geführt, aber eine ehrliche Aufarbeitung des Einsatzes hatte es bisher nicht gegeben.

»So, da ist es«, sagte Pasinger und klopfte an eine Tür.

Sie vernahmen ein dumpfes *»Ja?«* von innen und der Heimleiter öffnete die Tür.

Mit einem freundlichen »Vielen Dank, Herr Pasinger« deutete die Kommissarin an, dass sie das Gespräch mit Hakims Zimmernachbarn lieber ohne die Anwesenheit des Heimleiters führen würden.

»Oh, ja, selbstverständlich. Ich bin unten in meinem Büro, falls Sie noch was brauchen.«

Pasinger nickte und zog sich zurück.

Kathi Teuber und Tobias Gruber traten ein. Bei dem *Zimmer* handelte es sich eher um eine kleine und spärlich eingerichtete Wohnzelle. Was die Einrichtung anging, war die Bezeichnung *»nur das Nötigste«* noch geprahlt. Zwei Metallrahmenbetten, ein Kleiderschrank und ein paar wenige abschließbare Metallspinde an der Wand schafften keine echte Wohnraum-Idylle, und schmückende Elemente suchte man hier vergebens. Nein, die Auswahl des Mobiliars ging erkennbar auf eine andere Grundidee zurück: Niemand sollte sich hier *zu* wohl fühlen.

Iskandar Suleiman war Anfang zwanzig und von eher schmächtiger Statur. Er besaß auffällig zarte Gesichtszüge, und die dicken, schwarzen Locken, die bis über seine braunen Augen ragten, blies er in stoischer Regelmäßigkeit aus seinem Sichtfeld. In einer halb sitzenden, halb liegenden Position fläzte er sich auf seinem Bett und war in ein Handyspiel vertieft, dessen Protagonisten er mit einer absurden Geschwindigkeit Hindernissen ausweichen oder Münzen einsammeln ließ.

Als Iskandar Tobias Gruber erblickte, zuckte er zusammen und legte das Telefon zur Seite.

»Ah ... wir beide kennen uns ja schon«, rief Gruber mit einem unangenehm dominanten Unterton.

»Ich alles gesagt, was wissen!«, rief der junge Mann aufgeregt und sprang auf.

»Immer cool bleiben!«, sagte Gruber und wies ihn an, sich wieder hinzusetzen.

»Iskandar Suleiman ... ist das Ihr vollständiger Name?«, begann die Kommissarin die Befragung.

»Iskandar Aabid Mohamed Suleiman«, komplettierte dieser brav.

»Es geht um Hakim. Dein Zimmernachbar, richtig?«

Iskandar nickte.

»Seid ihr gut befreundet?«

Der Syrer zuckte mit den Achseln und machte eine abwägende Geste mit dem Kopf.

»Ja, geht so. Hakim schon lange hier in Deutschland. Er lieber mit andere Leute zusammen.«

»Du meinst, Hakim hat mehr Kontakt zu den Abensbergern als zu den anderen Flüchtlingen hier?«

»Ja, er Fußball spielen und meistens immer zusammen mit einheimische Jungs un so. Hierhin er nur kommen zum Schlafen und Essen.«

»Habt ihr euch nicht auch mal ein bisschen unterhalten? Ihr seid doch immerhin Zimmernachbarn«, hakte Kathi Teuber nach.

»Ja, weiß nicht. Hakim schon immer machen sein eigenen Ding. Er nicht so viel reden.«

»Hat er dir gegenüber vielleicht mal was von einer Frau erzählt, also dass er sich verliebt hat?«

»Verliebt? Nein! Hakim nix so reden mit mir. Aber er immer ihr Foto auf WhatsApp angeguckt, deswegen ich wissen, er sehr verliebt. Einmal er nach Hause gekommen und er sehr schlimm geweint. Er nur gesagt, dass sie Schluss gemacht und er nix verstehen, warum.«

»Aha. Wie hat Hakim da auf dich gewirkt? Also ich meine: war er nur traurig, oder hat er sich irgendwie auch seltsam benommen?«

»Nein, Hakim sehr sehr traurig. Er immer wieder bei diese Frau anrufen, aber sie nix drangegangen. Hakim auch sie gesucht in Stadt, aber sie nix gefunden. Er ganz schlimm verzweifelt. Und dann … auf einmal … gar nix mehr von diese Frau geredet. Gar nix!«

Suleiman machte das internationale Handzeichen für *Kopf ab*.

Kathi Teuber dachte nach.

Das, was Iskandar Suleiman erzählte, passte 1:1 zu Hakims Aussage. Die Tatsache, dass dieser tagelang versucht hatte, Lara am Telefon zu erreichen oder sie in der Stadt anzutreffen, sprach dafür, dass er von dem Mord nichts wusste. Vielleicht hatte er sie aber dann auf einem Fahndungsplakat entdeckt und Angst bekommen, er könnte für ihr Verschwinden verantwortlich gemacht werden. Deswegen hatte er sich still verhalten.

»Herr Suleiman, ich glaube, das war's für den Moment. Vielen Dank«, sagte die Kommissarin und stand auf. Sie zog eine Visitenkarte aus ihrer Brusttasche und gab sie Iskandar.

»Falls Ihnen noch irgendwas einfallen sollte, was uns weiterhilft, melden Sie sich bitte bei mir, ok?«

Der junge Mann nickte erleichtert.

Als die Polizisten zurück im Auto angekommen waren, war es Tobias Gruber, der das Schweigen unterbrach.

»Na, wie schaut's aus? Lust auf ´nen Burger bei McDonald´s?«

Kathi sah ihren Kollegen an wie ein Wesen aus einer fremden Galaxie.

»Tobi … welchen Teil von ‚*Es ist aus mit uns beiden*?' hast du nicht verstanden? Erklär es mir bitte!«

»Ach komm, ich mach doch nur Spaß! Jetzt lach doch mal!«

Kathi drehte sich kopfschüttelnd zur Seite und schnaufte genervt aus.

Gruber verzog sein Gesicht. Dieser Tag machte ihn definitiv nicht mehr zum Gewinner, so viel stand fest. Um möglichst schnell aus diesem unangenehmen Moment zu entkommen, wechselte er das Thema.

»Ok, was anderes: Was denkst du zu unseren beiden Besuchen heute bei den Schusters und im Asylheim?«

»Ich denke, wir können inzwischen davon ausgehen, dass Hakim Yumah *nicht* unser Killer ist.«

Gruber sah mit leerem Blick nach vorne und nickte langsam.

»Na ja … nur, wer war es dann?«

»Das ist unser Job, das rauszufinden, Tobi!«

Er schürzte die Lippen. Inzwischen glaubte er selbst nicht mehr an Hakims Schuld, was für ihn zwar eine bittere, aber trotzdem nicht die bitterste Erkenntnis an diesem Tag war.

KAPITEL 44

»Vier Personen? Haben Sie reserviert?«
»Leider nein.«
»Oh, das wird schwierig. Ich schau mal.«

Im *Kommod* herrschte Hochbetrieb, was für diese Bar an einem Donnerstagabend völlig normal war. Die Bedienung wies den vieren die letzten verfügbaren Sitzplätze zu und wischte die Tischplatte sauber.

»Wollt ihr auch etwas essen?«, fragte sie in die Runde, aber Quincy, Konny, Andi und Lisa hatten keinen Hunger.

»Nur was trinken«, sagte Quincy, der wie gewöhnlich in die Rolle des Gruppensprechers geschlüpft war.

»Alles klar, ich komme dann gleich zu euch«, nickte die Bedienung und wandte sich einem Nachbartisch zu, um dort Bestellungen aufzunehmen.

»U…und? Was habt ihr h…h…heut so gemacht?«, wollte Konny von Lisa und Andi wissen.

»Wir waren in Regensburg. Altstadtrunde, Kaffee und bissl Shoppen«, antwortete Andi.

»Cool«, fand Konny. »Regensb…b … Regensburg ist total schön.«

»Ja, das stimmt«, bestätigte Lisa grinsend. »Und ein Dirndl hab ich mir auch gekauft für morgen.«

»Ach ja, ihr wollt ja nach München auf die Wiesn«, erinnerte sich Quincy. »Oh, da wird morgen ordentlich was los sein. Lasst euch nicht überrennen!«

»Nee nee«, winkte Andi ab. »Wir schaun einfach nur ein bisschen.«

»Wir schaun einfach nur ein bisschen!«, zitierte Quincy spöttisch. »Entweda lassts as krachn oder ihr bleibts glei dahoam«, beschwor er lachend die urbayerische Tradition des Feierns ohne Kompromisse.

Allem Anschein nach war Lisa sprachlich nicht ganz mitgekommen, deswegen wiederholte er seine bayerische Weisheit in leicht abgewandelter Form.

»Entweda machst as gscheid, oda du lassts as bleim.«

Dieser Spruch schien etwas bei Andi ausgelöst zu haben.

»Hast du vielleicht noch eine Lederhose für mich, die du mir für morgen ausleihen kannst, Konny?«, fragte Andi.

Konny grinste und nickte.

»Ja, kl…kl …klar hab ich eine. Kannst du gerne haben!«

Die Bedienung nahm die Bestellungen auf. und wenige Minuten später standen drei Gläser Weißbier und eine Weinschorle auf dem Tisch.

»So, Prost erst einmal«, hielt Quincy sein Bierglas hoch und die vier prosteten sich zu.

Nachdem die Gläser wieder abgestellt worden waren, fiel Quincy offenbar noch etwas Wichtiges ein.

»Ach so, wegen Samstag noch kurz, Andi. Der Schwager vom Robert möchte seine Frau gerne mit *Perfect* von Ed Sheeran überraschen. Kriegst du das hin?«

Andi hatte diesen Song, der im Wesentlichen nur aus vier Akkorden bestand, schon auf unzähligen Hochzeiten gespielt, sodass er spontan nickte.

»Klar, kein Thema.«

»Und wär es vielleicht auch möglich, dass du ein zweites Mikrofon für ihn mitbringst?«

Super! Ein fremder Typ sabbert mein gutes SM58 voll, dachte Andi.

»Japp, mach ich«.

»Und vielleicht noch einen Mikroständer?«

Es war immer dasselbe: Auf den allerletzten Drücker kamen vor den meisten Gigs immer noch die verschiedensten Last-Minute-Sonderwünsche rein, die die ursprüngliche Planung locker über den Haufen warfen. Oft waren es nur Kleinigkeiten, aber auch die konnten sich zu echten Herausforderungen aufsummieren.

»Ich bring einen mit«, nickte Andi und trank noch einen kräftigen Schluck Bier aus seinem Glas.

»Super!«, freute sich Quincy und klopfte seinem Bandkollegen kumpelhaft auf die Schulter.

»Ach, und denkst du dann auch noch an zwei bis drei zusätzliche XLR-Kabel, die bräuchten wir für …?«

In diesem Moment entdeckte Quincy Sonja Pollinger, die Klarinettistin der *Pinpricks*. Sie saß zusammen mit einem tätowierten Typen am Tresen und lachte gerade laut auf. Offenbar hatte er etwas Witziges gesagt. Er streichelte ihr zärtlich über den Rücken, was Quincy gar nicht gefiel.

»Na, alles g…gut, Quincy?«, fragte Konny nach, der den abwesenden Blick seines Freundes bemerkt hatte.

»Jaja«, gab der Bandleader ein wenig bedrückt zurück.

»Sonja ist da vorne«

»W…wo?«

Quincy zeigte genervt mit dem Daumen Richtung Bar. Gerade wollte Konny sich bei ihr bemerkbar machen, als Quincy seinen Arm festhielt.

»Lass die beiden mal turteln. Die wollen bestimmt ihre Ruhe vor uns alten Säcken haben.«

Andi beobachtete Konnys leeren Gesichtsausdruck und fragte sich amüsiert, welcher Teil von Quincys Bemerkung ihn so zum Grübeln gebracht haben könnte.

»Wusstet ihr eigentlich, dass Lisa eine tolle Gesangsstimme hat?«, warf Andi ein und vollzog mit dieser Frage einen respektablen Thementwist.

»Ach komm, hör auf!«, genierte sich Lisa und haute Andi auf den Arm.

»Nein, im Ernst!«, bekräftigte Andi. »Lisa hat eine super Stimme.«

»Das ist ja s…s …super!«, rief Konny Moser erfreut. »Dann kannst d…du ja v…v …vielleicht einen Song mit uns zus…sammen performen übermorgen.«

»Ach, ich weiß nicht«, zierte sich Lisa. »Ihr seid doch voll die Profis, und ich …«

»Lisa!«, wies Andi seine dienstälteste Freundin entschlossen zurecht. »Jetzt sieh dir bitte mal die Anwesenden dieses Tisches hier ganz genau an! Siehst du hier einen einzigen Profi?«

Lisa errötete, als sie in die erwartungsvoll erstarrten Gesichter von Konny Moser und Quincy Reinhardt sah.

»Nein, so hab ich das doch nicht gemeint. Oh Mann, Andi!«, schimpfte sie halb im Spaß.

»Die Frage ist doch ganz einfach«, fuhr Andi fort und sah Lisa nun direkt an. »Hättest du Lust, am Samstag einen Song zu singen?«

Sie schnaufte tief ein, und obwohl ihr Reflex ihr ein kategorisches *Nein* gebot, machten ihre drei männlichen Begleiter den Eindruck, dass sie sich über ein *Ja* sehr freuen würden. Vor allem Andi.

Lisa hatte in ihrer Zeit in London in einer Coverband gesungen, aber davon hatte sie Andi nichts erzählt. Sie fand es nicht wichtig genug, um überhaupt jemandem etwas davon zu erzählen außer ihrer Mutter. Das, was Andi von ihrem *Gesangstalent* kannte, war eine kleine Einlage auf der Beerdigung seines Vaters vor vierzig Jahren.

»Ich denk drüber nach, ok?«, schlug sie vor.

Die Musiker der *Pinpricks* lehnten sich ein wenig ernüchtert wieder nach hinten.

»Klar, kein Problem«, sagte Andi achselzuckend und bemühte sich um einen gleichmütigen Unterton.

»Habt ihr eigentlich schon die Nachrichten gelesen?«, fragte Quincy in die Runde. Er hatte das Gefühl, dass ein Themenwechsel die beste Option für das festgefahrene Gespräch war.

»Nee, was meinst du denn?«, fragte Andi nach.

»Na, dieser Mord vor ein paar Monaten an Lara Schuster. In der MZ stand, dass sie einen Verdächtigen verhaftet haben. Ein junger Syrer soll´s gewesen sein«, führte Quincy aus.

»Krass!«, meinte Andi. »Aber wenn sie den Täter ja jetzt haben, dann immerhin.«

»Es kommen einfach zu viele Flüchtlinge zu uns«, fand Quincy. »Da weiß man ja auch nicht so genau, *was* wir uns da alles ins Land holen.«

»Na, jetzt aber m…m…mal langs…sam«, empörte sich Konny. »Erstens *holen* wir uns niem…manden, sondern die *k…kommen* z…zu uns. G…g …größtenteils unter g…ganz schlimmen Be…dingungen. Und z…weitens kann man das doch so n…nicht pauschal sagen!«

»Na ja, aber wenn es einer von denen drauf anlegt …«, hängte Quincy einen angefangenen Satz in die Luft.

Das kam Andi schon fast vor wie Nazi-Rhetorik *light*: einfach mal ein bisschen was andeuten und schwer widerlegbare Unwahrheiten absondern. Natürlich immer unter dem Motto: *Das muss ja mal gesagt werden dürfen!* Doch ein solcher Satz blieb immer eine Zeitlang im Raum hängen und sorgte meist von selbst für die gewünschte Vergiftung der Zuhörerschaft.

»Wieso, was meinst du damit?«, hakte Andi nach.

»Ich mein ja nur«, stellte Quincy klar, ohne irgendwas klarzustellen.

»Wenn irgendein kranker Scheißkerl es drauf anlegt, jemanden zu ermorden, dann ist es doch völlig Wuppe, ob der jetzt aus Syrien oder aus Abensberg kommt!«, stellte Andi seine Position klar.

»Na ja …«, wiegelte Quincy ab und ließ den Kern seines Statements schon wieder im Dunklen.

»Was m…meinst du mit *Na ja*?«, wollte Konny jetzt konkret von seinem Kumpel wissen.

Quincy schaute sich in der Runde um. Drei Augenpaare lagen nun erwartungsvoll auf ihm.

»Na ja …«, räusperte er sich.

»Einer aus Abensberg wird es ja wohl nicht gewesen sein, oder?«

»Was? Ja, glaubst du etwa, das Böse kommt ausschließlich aus dem Ausland, oder was?«

»Jetzt haut's m…mir aber den H…Hut weg.«

Es dauerte nicht lang, bis Quincy realisierte, dass er mit seinem Meinungsgerüst zumindest an diesem Tisch nicht zur Mehrheit gehörte.

»Ok, vielleicht habt ihr recht«, reagierte Quincy nun etwas nachdenklicher. »Aber in letzter Zeit hört und liest man einfach so viel Querulanten-Zeugs, dass man sich selbst nicht mehr so richtig auskennt.«

Andi musste staunend anerkennen, dass er mit so einer schnellen Einsicht und Selbstreflektion bei Quincy nicht gerechnet hatte. Er hatte sich im Gegenteil schon auf ein längeres Wortgefecht eingestellt, das Potential genug gehabt hätte, den ganzen Abend zu verderben.

Vielleicht hatte er seinen Bandkollegen ja doch noch nicht richtig eingeschätzt.

»Alles gut«, sagte Andi. »Find es ja schön, dass wir uns auch mal so unterhalten. In der Probe ist ja kein Platz dafür.«

Dem wollte niemand was hinzufügen. Sie hoben ihre Gläser.

»Wenn's sch…schön werden soll, dann soll's auch sch…schön werden«, zitierte Konny lachend seinen Freund, und vier Gläser trafen sich klingend über der Tischmitte.

KAPITEL 45

Die Uhrzeit auf der Mikrowelle zeigte 22:38 Uhr an und war zu diesem Zeitpunkt die einzige Lichtquelle in der Küche. Die Kinder schliefen schon längst, als die Wohnungstür der Schewes von außen aufgesperrt wurde. Kerstin stand schon seit geraumer Zeit mit einem Glas Rotwein und einer Zigarette am Küchenfenster und schaute hinaus in die Dunkelheit, während ihre Ohren jedes einzelne Geräusch registrierten, das vom Flur zu ihr herüberschallte. Schuhe wurden ausgezogen, Stöhnen, eine Jacke wurde über den Kleiderständer geworfen, Schritte.

»Kerstin?«

Sie antwortete nicht. Er würde sie schon finden, dachte sie.

»Kerstin? Hallo?«

Wieder Schritte. Mikes Verunsicherung war für Kerstin deutlich spürbar.

Jetzt wurden die Zimmer der Mädchen nacheinander geöffnet und kurz darauf wieder geschlossen. Das Knarzen einer Tür war zu hören. Anhand der Geräusche wusste sie zu jedem Zeitpunkt, wo sich ihr Mann gerade befand. Und zwar auf den Zentimeter genau. Jetzt war er ein paar Schritte die Treppe hinaufgegangen.

»Kerstin? Bist du zu Hause?«

Bevor er weiter nach oben ging, um sie dort zu suchen, schien er es sich anders überlegt zu haben und kam wieder herunter. Seine unscharfe Silhouette wurde im Glas der Küchentür sichtbar, die kurz darauf geöffnet wurde. Mike tastete nach dem Lichtschalter und schaltete das Licht ein. Als er Kerstin am Fenster stehend entdeckte, zuckte er vor Schreck am ganzen Körper zusammen.

»Schatz! Was machst du denn hier?«

»Ich stehe hier. Das siehst du doch.«

»Ich hab die ganze Zeit nach dir gerufen, warum antwortest du mir denn nicht?«

Kerstin schaute ihren Mann mit einem schwer zu interpretierenden Blick an und trank einen Schluck Rotwein aus ihrem Glas.

Verdattert starrte Mike Schewe auf seine Frau, die sich in seinen Augen absolut befremdlich benahm.

»Ist irgendwas?«, fragte er.

Mit dieser Frage konnte er nicht viel falsch machen, dachte er sich. Schließlich war *sie* diejenige, die sich hier komisch verhielt.

Kerstin stellte das Weinglas auf die Küchenplatte und sah Mike nun direkt an.

»Warst du im Haus?«

Schewe kräuselte irritiert die Augenbrauen. Was sollte denn jetzt diese blöde Frage?

»Ja klar! Das wolltest du doch auch, oder nicht?«

»Und hast du Sandsäcke vor die Kellerschächte gelegt?«

»Ja Himmelherrgott, was ist denn los mit dir? Was soll das Ganze hier?«

»Ich habe dir nur eine Frage gestellt.«

»Ja … ja, hab ich, verdammt«, log Schewe.

Er wollte endlich wissen, was mit Kerstin los war.

»Kannst du mir bitte mal sagen, was …«

»Nein, *du*!«, fiel sie ihm jetzt so energisch ins Wort, dass er zusammenzuckte.

»Was?«, brachte Mike nur mit Mühe heraus.

»*Du* sagst mir jetzt bitte mal, was hier los ist!«

»Was soll denn los sein? Ich hab ehrlich keine Ahnung, was du hier gerade aufführst, Kerstin. Sag mal, spinnst du?«, gab Schewe aufgeregt zurück und seine Lautstärke hatte dabei deutlich zugenommen.

»Schrei mich nicht so an, oder willst du die Kinder wecken?«

Mike nickte und machte mit seinen Händen das internationale Zeichen für *cool down.*

»Ok, alles gut. Du willst also reden. Können wir. Gerne. Aber sag mir *bitte* jetzt mal, was hier los ist!«

»Gut, du möchtest, dass ich anfange? Kannst du gerne haben, mein Lieber. Ich habe heute einen Anruf von Frau Wehrmann erhalten.«

»Hä? Wehrmann? Wer ist *das* denn jetzt wieder?«

»War mir klar, dass dir der Name nichts sagt. Zur Erinnerung: Wir waren gemeinsam heute Morgen in ihrer Praxis.«

»Ach die! Ja, und? Was wollte die?«

»Sie denkt, dass *du* mit Maries Problemen irgendwas zu tun haben könntest.«

»Was?«, rief Schewe fassungslos. »Und du glaubst der, oder was?«

»Zuerst nicht«, sagte Kerstin ruhig. »Aber dann hab ich *das* hier gefunden. Es ist aus deiner Jeans gefallen.«

Kerstin hielt den Ohrstecker von Lara Schuster hoch.

Damit hatte Mike Schewe nicht gerechnet.

Dieser scheiß Ohrstecker, dachte er.

Er hatte ihn bei der Rangelei mit Lara im Auto neben dem Beifahrersitz gefunden und eingesteckt, damit Kerstin ihn nicht findet. Fieberhaft suchte er nach einer einfachen, plausiblen Erklärung.

»Ach, der …«, winkte er betont lässig ab, während er verzweifelt eine Erklärungsmöglichkeit suchte. Er musste sich beeilen.

»Den hab ich vor Wochen irgendwo in der Altstadt gefunden. Hab ihn nur eingesteckt, weil ich gedacht hab, dass der vielleicht wertvoll ist, und wollte ihn beim Fundbüro abgeben. Aber dann hab ich ihn vergessen.«

»Aha«, sagte Kerstin süffisant und wiederholte: »Vergessen.«

»Jetzt sag mal! Was soll das alles, bitte? Du findest so einen scheiß Ohrknopf in meiner Hose und denkst sofort, dass ich dir fremdgeh, oder was?«, entrüstete sich Mike.

Sie hat keine Ahnung, dachte er. *Das ist gut!*

»Du bist um kurz nach sechs zum Haus gefahren. Schau mal auf die Uhr, es ist jetzt inzwischen fast elf. Was hast du die ganze Zeit dort gemacht?«

»Also, echt jetzt! Eins von den Vorratsregalen im Keller war umgefallen und hat die ganze Sauce kreuz und quer auf dem Boden verteilt. Und den ganzen Scheiß hab ich dann weggewischt, so schaut´s aus! Was meinst du, was das für ´ne Arbeit war, hä? Anstatt dich mal zu bedanken …«

»Du willst mir also erzählen, dass du den ganzen Abend den Kellerboden geputzt hast? Ach komm!«

»Ja, du kannst gerne selbst nachschauen«, rief Mike gestikulierend.

Wohl wissend, dass Kerstin dies niemals tun würde.

»Und danach? Was hast du danach gemacht?«

Mike überlegte, was er danach gemacht haben könnte.

»Ach so, ja. Danach hab ich noch ein paar Kollegen in der Stadt getroffen. Wir sind noch ins *Barell* rein und haben zusammen noch einen getrunken. Na ja … es sind vielleicht ein paar Biere mehr geworden, war ziemlich lustig.«

»Hauch mich mal an!«

Oh Fuck!, dachte er. Kerstin verfügte offenbar über verhörtaktisches Talent; das überraschte ihn.

»Na ja … äh … also, *ich* hab nur Wasser getrunken beziehungsweise Mango-Schorle. Musste ja noch fahren.«

»Du willst mir also erzählen, dass du im Haus den Kellerboden geputzt hast und danach mit deinen Kollegen im *Barell* Mango-Schorle getrunken hast?«

»Ja … so ungefähr. Ja.«

»Und wann hast du dann noch die Sandsäcke vor den Eingang gelegt?«

Die Sandsäcke! In der Aufregung hatte er nicht mehr daran gedacht.

Mist, die Sandsäcke!

»Ja, die hab ich … äh … also die …«

Kerstin winkte ab.

»Spar dir die Mühe!«, empfahl sie und nahm ihr Telefon in die Hand.

»War sie auch dabei, im *Barell*?«, fragte sie, während sie etwas in ihr Handy tippte.

»Wer, verdammt?«, fragte Mike.

»Na, deine hübsche blonde Kollegin mit dem fehlenden Ohrring.«

Wieder eine dieser Bemerkungen, aus denen er nicht schlau wurde.

»Hübsche blonde Kollegin? Also bitte, Kerstin! Was soll das, hä?«

Kerstin drehte ihr Handy um und zeigte Mike das Display. Es war eines der Fotos, die er vor einer Woche heimlich von Sonja Pollinger gemacht hatte. Unscharf zwar, aber sie war immer noch gut zu erkennen.

»Woher hast du das?«, fragte er verdattert.

Kerstin griff in ihre Jeans und holte einen USB-Stick heraus.

Ach du Scheiße, das darf doch nicht wahr sein!

Dieser Stick enthielt zwar in seinem Hauptverzeichnis nur ein paar mehr oder weniger belanglose Fotos von Sonja Pollinger, die er noch irgendwie erklären konnte, aber es gab außerdem noch einen versteckten und verschlüsselten Unterordner, der *hunderte* Fotos von Lara Schuster enthielt. Und da waren Ablichtungen dabei, die ihn in echte Schwierigkeiten bringen konnten.

So eine verdammte Scheiße!

Dass seine Frau nun offenbar Kenntnis und Besitz von dem kleinen Datenträger hatte, machte Schewe in diesem Moment extrem nervös und er begann zu schwitzen.

»Gib ihn mir!«, forderte Schewe seine Frau auf und ging einen Schritt auf sie zu. Der Frost in seinem Gesichtsausdruck machte deutlich, dass er es ernst meinte.

»Du kannst mich mal!«, erwiderte Kerstin.

Schewe trat noch einen weiteren Schritt auf seine Frau zu.

»Gib ihn mir!«, herrschte er Kerstin nun laut in einem Ton an, den sie so von ihm auch noch nicht kannte.

Sein Gesicht war nur noch wenige Zentimeter von ihrem entfernt und seine eiskalten Augen fixierten sie nun erbarmungslos.

In einer blitzschnellen Bewegung hatte er ihr linkes Handgelenk gepackt und drückte es mit aller Kraft zu. Kerstin schrie vor Schmerz auf, als Schewe ihre Hand zu sich zog. Ihre Faust hielt sie immer noch verzweifelt um den Stick verschlossen, doch Mike bog ihre Finger brutal auf und angelte sich schließlich das Objekt seiner Begierde. Dann stieß er Kerstin grob von sich, wobei das halbvolle Weinglas zu Boden fiel und auf den Fliesen zerschellte.

Schewe ging einen Schritt zurück und steckte den Stick in seine Hosentasche, während Kerstin aufgelöst schluchzte und sich die schmerzende Hand rieb.

»Du Arschloch! Was ist nur los mit dir? Ich kenne dich nicht mehr wieder!«, schrie sie ihn weinend an.

Ihr Mann antwortete nicht. Er beobachtete sie nur kühl und aufmerksam.

»Weißt du was? Es ist mir *scheißegal*, mit welchen Weibern du dich so rumtreibst. Ich geb dir genau eine halbe Stunde, um ein paar Sachen zu packen, und dann will ich, dass du gehst.«

»Was? Hä? Drehst du jetzt etwa komplett durch, oder was?«

»Du hast gehört, was ich gesagt habe. Ich will dich in einer halben Stunde hier nicht mehr sehen.«

»Kannst du mir bitte mal sagen, wie du dir das vorstellst?«, fragte er.

Mike Schewe war völlig entrüstet. Es war schließlich fast mitten in der Nacht, sollte er etwa ein Hotelzimmer buchen?

»Bis du eine Wohnung gefunden hast, darfst du im *Haus* meiner Eltern bleiben. Ich weiß ja, wie gerne du dort bist, deswegen wird es sicher nicht für sehr lange sein«, steckte ihm Kerstin die Optionen ab.

»Ja, aber …«

Schewe rang nach Worten und wedelte hilflos mit den Armen, wodurch er jetzt ein bisschen wirkte wie ein kleines Kind. Die

Vorstellung, eine ganze Nacht in diesem Haus verbringen zu müssen, gruselte ihn und war für ihn undenkbar.

»Neunundzwanzig Minuten!«

Verzweiflung, Hass und Wut bahnten sich durch seine Magengegend. Er sah zum Messerblock neben der Spüle, und für ein paar Sekunden entwarf er einen grausamen und blutigen Plan B, um dieser Situation zu entkommen. Doch das würde die Mädchen wecken, weshalb er ihn wieder verwarf.

Mike Schewe atmete tief ein und ließ die Schultern hängen.

»Gut, wie du willst, Schatz!«, bemühte er sich, zu einem versöhnlichen Ton zurückzufinden.

»Aber eins kannst du mir wirklich glauben: Ich bin dir nicht fremdgegangen!«

Kerstin schüttelte heftig den Kopf.

»Ich weiß grad überhaupt nicht mehr, was ich glauben soll, deswegen geh jetzt, bitte!«

Sie fing wieder an zu schluchzen, und Mike sah ein, dass er zumindest für diesen Moment keine Wahl hatte. Er drehte sich um, ging nach oben und packte ein paar Sachen zusammen.

Es muss nur ein bisschen Gras über alles wachsen, dann würden sie sich schon wieder versöhnen, dachte er bei sich. Letztlich hatte sie ja nur vage Vermutungen und nichts Konkretes gegen ihn in der Hand … in diesem Moment griff er erschrocken an seiner Hosentasche entlang und war wieder beruhigt: der Stick war noch da!

Kerstin wartete derweil halbwegs gefasst unten in der Küche. Sie schaute hinab auf die Glasscherben und die Rotweinspritzer auf dem Küchenboden. Die Symbolkraft dieses Bildes hätte in diesem Moment nicht drastischer ausfallen können.

Als Mike Schewe mit dem Packen seines Koffers fertig war, gab es keinen Abschied, nur einen stummen, ausdruckslosen Blick. Um kurz nach halb zwölf zog er die Haustür von außen zu.

KAPITEL 46

Elom Kouassi Prince Charles erwachte morgens um halb acht aus einem tiefen, traumlosen Schlaf und fühlte sich so frisch und erholt wie schon lange nicht mehr, worüber er sich wunderte. Nach und nach ploppten die Bilder des vergangenen Abends in ihm hoch, und irgendwann fiel ihm auch wieder ein, wie er Krammer in der Sauna gesucht hatte. Jedoch konnte er sich beim besten Willen nicht mehr daran erinnern, wie er zurück auf sein Zimmer gelangt war.

Nach einigen Minuten angestrengten Grübelns gab er es schließlich auf, dahinterzukommen. Schließlich ging es ihm gut – sehr gut sogar. Mit einem Lächeln im Gesicht räkelte er sich in seinem Fünf-Sterne-Gemach und genoss die angenehme Kühle der Bettdecke. Vom Innenhof des Hotels klang gedämpftes Vogelgezwitscher ins Zimmer, und für einen glückseligen Moment wähnte er sich im Paradies. Einen unglückseligen Moment später jedoch spürte er seine volle Blase, die ihn zur Toilette zwang.

Widerwillig brummend schälte er sich aus der Bettdecke und stand auf. Unwillkürlich krabbelte er mit seiner Hand unter den Bund seiner Schlafanzughose und kratzte sich am Po. Da wurde er stutzig.

Schlafanzughose?

Er watschelte weiter ins Bad und begegnete dort einem Spiegelbild, das einen viel zu kleinen Schlafanzug mit Mandalorian-Motiv trug, auf dem das Konterfei des putzigen Baby-Yoda namens *Grogu* abgebildet war, darunter der Spruch *THIS IS THE WAY.*

Mehrere Fragen drängelten sich in seinem verdatterten Hirn nun gleichzeitig um die ersten Plätze. 1: *Wie* war er von der Sauna zurück auf sein Zimmer gekommen, oder besser gefragt … 2: *Wer* hatte ihn ins Bett gelegt? Nicht zu vergessen 3: Wem gehörte dieser Schlafanzug? Und wo zum Teufel war …?

»Krammer?«, rief Elom und horchte in die Stille hinein.

Es war einfach zum Verrücktwerden mit diesem Geist! Elom fragte sich abermals, warum er sich nur dazu bereit erklärt hatte, ihn zu seinem Sohn zu bringen, und ärgerte sich über seine bescheuerte Hilfsbereitschaft. Diesen Mist hatte er sich selbst eingebrockt, und überhaupt … wäre er doch damals nur in Lomé geblieben!

Merde! Merde! Merde!

Nur mit Mühe gelang es ihm, sich den Kinderschlafanzug abzustreifen, während er wütend zurück ins Zimmer stolperte.

»Na warten, Krammer! Ich jetzt echt mal sauer sein! Sehr sauer! Du hören?«

Um den Frühstücksraum zu erreichen, gab es für die Hotelgäste des *Vier Jahreszeiten Kempinski* einen direkten Zugang zur *Schwarzreiter Tagesbar,* dem modernen Fine-Dining-Restaurant für gehobene Ansprüche. Die deckenhohen Fenster sorgten selbst bei mäßigem Wetter für eine angenehme Lichtdurchflutung der Räume, die im Vergleich zum Haupthaus mehr durch ihre schlichte und moderne Eleganz wirkten.

Das reichhaltige Buffet ließ zwar kaum Wünsche offen, machte jedoch auch kein Geheimnis daraus, dass es vor allem regionale und saisonale Speisen waren, die hier im Mittelpunkt des Angebots standen. So wurde dem internationalen Gast wohldosiert unbescheiden mitgeteilt: Du bist hier in München, also komm gefälligst nicht auf die Idee, uns nach frittierten Kochbananen mit Schweinefleisch zu fragen!

Nachdem Elom der Mitarbeiterin am Eingang des Frühstücksraums seine Zimmernummer verraten hatte, bekam er im Gegenzug einen Vitamin-Shot überreicht und wurde an einen Zweiertisch geführt. Elom nahm Platz und sah sich um. Der Frühstücksraum war etwa zur Hälfte mit Gästen gefüllt. Die Akustik war gedämpft, und es duftete nach frischem Kaffee und süßem Gebäck. Unaufdringliche Klaviermusik im Hintergrund rundete das kultivierte Ambiente ab.

»Darf ich Ihnen Kaffee oder Tee bringen?«, fragte die Servicekraft zuvorkommend freundlich.

»Äh … Kaffee bitte!«

»Sehr gerne! Wünschen Sie vielleicht auch einen frisch gepressten Orangensaft?«

»Oh ja!«

»Selbstverständlich, der Herr. Kommt sofort.«

Die junge Frau nickte höflich und verschwand.

Erst jetzt erinnerte sein knurrender Bauch Elom daran, dass er seit dem vergangenen Nachmittag nichts mehr gegessen hatte. Sein Magen machte sich dermaßen ausgiebig und laut bemerkbar, dass der Zeitung lesende Mann am Nachbartisch sich zu ihm umdrehte und fragte:

»Wie bitte?«

Um die Situation zu überspielen, setzte Elom ein breites Lächeln auf.

»Sie schon haben eine Kaffee? Ich musse noche bissele warten!«

Der Mann visierte ihn über den Rand seiner Lesebrille an, nickte irritiert und drehte seinen Kopf wieder in seine Zeitung hinein.

Eloms Magen hörte sich nun an wie das Knurren eines ausgehungerten Bernhardiners. Er musste jetzt wirklich dringend etwas essen, also steuerte er auf direktem Weg das Buffet an, dessen opulentes Angebot ihn allerdings prompt überforderte: Es gab dort verschiedenste Backwaren wie Brot, Semmeln und süßes Gebäck, Butter, Margarine, zig Marmeladensorten, Obst, Müsli, Cornflakes, Nüsse, Wurst, Käse, Eier, Trockenfrüchte, rohen Speck, gebratenen Speck. Außerdem gab es Angebote für Vegetarier, Veganer, Flexitarier, Pescetarier, Frutarier, Paleo-Fans, Allergiker, Diätierende und Totalverweigerer.

Der Togoer nahm einen kleinen Teller von einem Stapel und bestückte ihn mit einer Körnersemmel, Butter und etwas Marmelade.

»Hallöschen mit Öschen!«, drang ihm plötzlich direkt ins rechte Ohr.

Elom zuckte zusammen. Tom Brandstätter stand direkt hinter ihm.

»Ah, Hallösche Tom!«, grüßte Elom zurück.

»Mir sin do lanz, un du?«[38]

»Ich dort … lanz«, zeigte Elom auf seinen Zweiertisch.

»Weißte wat? Kumm doch einfach rüvver ze uns. Et jitt och Röggelcher mit jett drupp!«[39]

»Ja, gut, äh, sehr gerne«, freute sich Elom über die Einladung.

Die Brandstätters hatten zwar ihre Eigenheiten, aber er mochte die beiden. Sein Gefühl, dass dies durchaus auf Gegenseitigkeit beruhte, kam nicht von ungefähr, denn Tom und Ferenc gehörten zu den Wenigen, die ihn völlig unvoreingenommen als Menschen sahen und auch so behandelten.

Außerdem hatte Elom das Gefühl, dass der alte Krammer ihm an diesem Morgen ein wenig Erholung gönnte, denn von der penetranten Nervensäge war weit und breit nichts zu sehen oder zu hören. Vielleicht war er ja in der Stadt unterwegs und trieb dort seinen Unfug, dachte sich Elom. Es war ihm schnuppe … sollte er doch!

Der Stress des vergangenen Abends war ihm jedenfalls eine Lehre gewesen. Ab sofort würde er sich wegen diesem Krammer nicht mehr verrückt machen lassen. Was konnte er schon dafür, dass er einen schwer erziehbaren Geist an der Backe hatte?

Gutgelaunt sortierte er sein Frühstück auf ein kleines Tablett und ging hinüber zu Tom und Ferenc.

»Ah, da bist du ja! Gutän Morgän!«, begrüßte Ferenc ihn mit seinem unverkennbar breiten ungarischen Akzent.

Elom nahm Platz und verteilte den Inhalt seines Tabletts auf seinem Platz.

»Wir habän dich gästern Abänd übärall gäsucht. Wo warst du dänn?«

»Ich … äh … gewesen in Sauna.«

---

38 Wir sitzen dort hinten. Und du?

39 Weißt du was? Komm doch einfach rüber zu uns! Wir haben auch Roggenbrötchen mit Aufstrich.

»Ha! Siehst du, Tom, hab ich´s doch gäsagt!«, rief Ferenc erfreut und klatschte in die Hände.

»Tom hat nicht gäglaubt, dass du dort bist. Wättä gäwonnän, wuhu!«

Tom Brandstätter zog eine Schnute und gab sich geschlagen.

Elom verstand kein Wort, was sein leerer Gesichtsausdruck in aller Deutlichkeit verriet.

»Wir habän gäwättät«, erklärte Ferenc. »Där Gäwinnär darf sich auf dem Oktobärfäst aussuchen, auf wälchäs Karussäll wir gehän.«

»Er will unbedingt auf den *Toboggan*«, knurrte Tom.

»Jaaa, der Toboggän! Das wird supär!«, rief Ferenc und wirkte mit seiner überschäumenden Vorfreude wie ein Zwölfjähriger, der zum ersten Mal allein Autofahren durfte.

»Toboggan?«, fragte Elom, der keine Ahnung hatte, wovon Ferenc da schwärmte.

»Jo. Datt is so ne Turm, wo mer auf enem Fließband hochfährt. Ich hann mir mit zwanzig minge Schulter jebrochen auf demm Scheißding.«

»Ah, du hast äs einfach nur falsch gämacht, Tom. Du musst dich nur nach vorn beugän, dann fällst du nicht um«, belehrte Ferenc ihn.

Tom sah Ferenc missmutig an.

»Ehrlich jetzt? Der Toboggan?«

»Jaaa!«

An einem der Nachbartische fand derweil folgende Unterhaltung statt:

»Guck mal, Purzel!«

»Hmm? Was denn?«

»Ja, guck doch mal, das ist doch der aus der Sauna! Der Schwarze da.«

»Aber Muschi! Schwarzer darf man nicht mehr sagen.«

»Wieso denn nicht? Der *ist* doch schwarz, Purzel.«

»Ja, aber man darf es trotzdem nicht mehr sagen.«

»Warum das denn? Und Indianer darf man auch nicht mehr sagen, oder was?«

»Ja, richtig, Muschi. Indianer geht auch nicht mehr.«

»Pfff, so weit kommt´s noch, dass ich mir das von irgendjemand vorschreiben lasse! Jetzt guck doch mal, Purzel, die anderen beiden sind bestimmt seine Komplizen.«

»Wie kommst du denn da drauf, Muschi?«

»Ach, so was sieht man doch.«

Mürrisch griff sie nach ihrer Kaffeetasse und kippte sich daraus einen kräftigen Schluck in den Mund. Eine Sekunde später prustete sie die warme Flüssigkeit angewidert wieder hinaus und verteilte sie großzügig über den Tisch.

»Uääääh!«, rief Hildegard Kohlmeier und hustete ausgiebig.

»Aber Muschi! Was ist denn los?«

Eine Servicemitarbeiterin eilte aufgeregt zum Tisch der Kohlmeiers.

»Was ist denn? Kann ich Ihnen irgendwie helfen?«

»Es … der … uäääh … *(Husten)* … der Kaffee … total versalzen!«, krächzte Hildegard und langte nach einem Stapel Servietten.

»Oh, das verstehe ich aber nicht. Ich bringe Ihnen sofort einen neuen Kaffee, wenn Sie wünschen«, bot die Mitarbeiterin des Hotels an.

»Nein, bringen Sie mir Wasser. Sofort. Wasser!«

Die junge Frau lief, so schnell sie konnte, zum Buffet und entnahm dort eine Karaffe Tafelwasser und ein kleines Glas. Dann rannte sie wieder zurück zu den Kohlmeiers.

»Hier, bitte sehr«, sagte sie. »Das tut mir wirklich sehr sehr leid«

Hildegard Kohlmeier entriss ihr das Glas und soff es gierig in einem Zug aus. Doch anstelle der ersehnten Erleichterung veränderte sich ihr Gesichtsausdruck nun dramatisch in eine andere Richtung. Sie riss beide Augen auf.

»Was … UUUUÄÄÄÄÄÄÄÄH!«, brüllte sie, und nun verstummte auch das letzte Gespräch im Frühstücksraum.

»Das ist ja … Essig!«, rief sie entsetzt und stand vor lauter Husten so plötzlich auf, dass ihr Stuhl umkippte und ein kleiner Teller zu Boden fiel.

»Was? Aber das kann überhaupt nicht sein!«, antwortete die junge Servicekraft irritiert und schnupperte an der Karaffe.

»Sie … Sie …!«, zeigte Hildegard anklagend auf die Bedienung.

Ein weiterer Mitarbeiter kam hinzu.

»Was ist hier los?«, fragte der schlanke, hochgewachsene Mann, der sich durch sein Äußeres unverkennbar der gehobenen Küchenhierarchie zuordnen ließ.

»Wer sind denn *Sie*?«, fragte Dr. Raimund Kohlmeier.

»Ferdinand Lochhausen. Ich bin hier der Manager.«

»Diese Person da …«, zeigte Hildegard Kohlmeier auf die völlig aufgelöste Bedienung. »… hat mir *Essig* gebracht statt Wasser.«

Der Restaurant-Chef sah seine Mitarbeiterin fragend an.

»Ich verstehe das alles nicht«, verteidigte sich die junge Frau verzweifelt. »Das ist mir absolut unerklärlich.«

»Essig? Hier drin?«

Der *Food and Beverage Manager* hob die Karaffe hoch und schnupperte daran. Er nahm ein Wasserglas vom leeren Nachbartisch und füllte es mit der Flüssigkeit aus der Karaffe. Dann roch er wieder daran und nahm einen Schluck. Einem erfahrenen Weinkenner gleich ließ er die Flüssigkeit eine Zeitlang im Mund um seine Zunge und Vorderzähne kreisen, bis auch die letzte Geschmacksknospe ihre Analyse beendet hatte. Danach leerte er seinen Mund wie bei einer Degustation in einen kleinen Spuckbecher. Sein Ergebnis war eindeutig.

»Das ist Wasser«, konstatierte er.

»Was?«

»Wasser.«

Hildegard Kohlmeier entriss dem Manager nun die Karaffe und versenkte ihr halbes Gesicht in dem Behältnis. Trotzig nahm sie ihr Glas, füllte es erneut mit der klaren Flüssigkeit und trank vorsichtig daraus, wobei ihr Herr Dr. Kohlmeier, der Küchenchef Ferdinand von Lochhausen, die junge Servicemitarbeiterin und alle anwesenden Frühstücksgäste angespannt und erwartungsvoll zusahen.

»Wasser«, gab sie matt zu Protokoll und wirkte dabei fast ein bisschen enttäuscht.

Die übrigen Anwesenden waren sichtlich erleichtert.

»Wir gehen, Purzel«, ordnete Hildegard ihrem Gatten erhobenen Hauptes den sofortigen Rückzug an.

»Wie du möchtest, Muschi«, fügte sich Dr. Kohlmeier und gestikulierte bei ihrem Abgang unbeholfen eine Art Entschuldigung in Richtung der Angestellten.

Nachdem das Ehepaar die Tagesbar verlassen hatte, kamen allmählich die Gespräche an den Tischen wieder in Gang.

»Dä hätt et och si Püngelche ze drare«[40], stellte Tom fest und meinte damit Dr. Kohlmeier.

»Ich bin so froh, dass ich dich hab, und nicht so einän Drachän«, sagte Ferenc und streichelte Tom über die Schulter.

»Ävver löstisch wör et, wat meens du?«[41], fragte Tom in Richtung Elom, der in diesem Moment angespannt die Tagesbar scannte, als ob er etwas suchen würde.

HA! DAS WAR SOGAR SEHR LUSTIG, ertönte es nun direkt neben ihnen.

»Nein, das nicht lustig!«, rief Elom wütend.

»Wat?«, fragte Tom erschrocken.

»Äh …«, brachte Elom heraus.

Hatten die Brandstätters Krammers Stimme nicht gehört? Sie war doch laut und deutlich hörbar.

ACH, KOMM SCHON. DIE ALTE HAT EINEN DÄMPFER VERDIENT. DU HÄTTEST MAL HÖREN SOLLEN, WIE DIE ÜBER DICH GEREDET HAT.

»Was geredet?«, fragte Elom verwirrt.

»Wat jeredet?«, fragte Tom verwirrt.

DIE HAT GEGLAUBT, DU WÄRST EIN DIEB.

---

[40] Der hat's auch nicht leicht.

[41] Aber ein bisschen lustig war das schon, oder?

»Ein Dieb?«, fragte Elom erstaunt.

»Wo ist ein Dieb?«, fragte Tom, der den Faden nun komplett verloren hatte.

»Wo ist ain Dieb?«, fragte Ferenc.

Elom musste diese verfahrene Diskussion irgendwie retten. Nur wie?

»Auf Oktoberfest«, antwortete er schließlich. »Wir heute aufpassen müssen. Es dort geben viele Taschendiebe.«

KAPITEL 47

»Bianca! No a Runde Weißbier!«
»Kimm glei!«

Der winzige Biergarten des *Bürgstüberls* war zur besten Frühschoppenzeit bereits zur Hälfte mit Menschen gefüllt, wobei es sich genauer gesagt ausschließlich um männliche Menschen handelte, die dort unter dem blauem Himmel *weißes* Bier und weiße Würste verzehrten und so den bayerischen Landesfarben und ihrer geliebten Heimat ihren patriarchalischen Stolz entgegenbrachten.

Im Schatten einer riesigen Kastanie wurden üblicherweise sowohl profane als auch weltpolitische Themen in einer Sprache ausdiskutiert, die *die da oben* ja eh schon lange nicht mehr verstanden. An diesem Ort gab es zu jeder noch so komplexen Fragestellung frappierend einfache Antworten, und man konnte sich zu Recht immer wieder fragen, warum *die da oben* das nicht endlich mal kapierten.

Wirtin Bianca Turmspringer hatte mit den Jahren gelernt, das meiste von dem, was so mancher angetrunkene Gast in ihrem Lokal als *Meinung* absorbierte, zu überhören. Markige Sprüche und Stammtischparolen gehörten nun mal zu ihrem Geschäft dazu wie Misthaufen zu einem Rinderstall. Doch es gab auch klare Grenzen bei ihr. Und das, was dort gerade an ihrem Stammtisch geredet wurde, war nur noch einen kleinen Schritt davon entfernt, diese zu überschreiten.

»Was ham die?«, fragte Manfred *Knolli* Pögl entsetzt.

»Freig'lassen hams den«, antwortete *Hotte* Fröber mit einem breiten Grinsen, weil er offenbar der Einzige in der Runde war, der davon wusste. Vor allem das erstaunte Gesicht von Norbert Kleusberg war für ihn in diesem Moment unbezahlbar. Der glückliche Zufall, derart schwergewichtige Neuigkeiten am *Bürgstüberl*-Stammtisch präsentieren zu können, bescherte Fröber an diesem Mittag *das* Highlight des Tages. Mindestens.

»Aber der hat doch die Schuster aufm G'wissen!«, setzte Knolli Pögl aufgeregt nach, ohne zu merken, dass ihm ein kleines Stück Weißwursthaut am Mundwinkel hing.

Norbert Kleusberg räusperte sich und seine Mimik signalisierte, dass er jetzt im Begriff war, sich zu äußern. Kleusbergs kleine Stammtisch-Anhängerschaft hatte inzwischen gelernt, seine Körpersignale rechtzeitig zu erkennen und umgehend die Klappe zu halten. Andernfalls konnte man sich schnell mal eine verbale Abreibung von ihm einhandeln, und das wollte wirklich niemand.

»Du sagst also«, sprach Kleusberg in die erwartungsvolle Stille hinein, »die Bullen haben den Syrer laufen gelassen?«

Seine markante Bass-Stimme klang beunruhigend ruhig und er sah Hotte Fröber dabei direkt an. Fröber schluckte, als hätte er eine ganze Weißwurst und eine halbe Scheibe Leberkäs im Hals stecken. *Jetzt nur keinen Fehler machen,* dachte er nervös und sagte vorsichtig:

»Ja?«

»Das ist der aus dem Flüchtlingsheim, richtig?«

Bei Kleusberg musste man immer sehr genau darauf achten, wie man seine Antworten formulierte. Mit seiner dominanten Art konnte er so gut wie jeden locker gegen die Wand argumentieren, und im schlimmsten Fall stand man nach einer heftigen Abreibung nur noch im sprichwörtlichen Unterhemd da. Hotte Fröber hatte dies schon einige Male erlebt, weswegen er sich für eine Antwort entschied, die einerseits möglichst kurz und prägnant war und andererseits alle notwendigen Informationen enthielt:

»Ja?«

»Aha«, erwiderte Kleusberg kopfnickend. »Und warum?«

Fröber brach der Schweiß aus. Das passierte ihm oft in Situationen, in denen er sich überfordert fühlte. Diese Art der offenen Fragestellung war immer unangenehm, weil solche Fragen nicht mit *ja* oder *nein* zu beantworten waren. Von diesen verdammten *Warum*-Fragen gab es bei Kleusberg nur noch eine Steigerungsform, und das waren *verkettete* Warum-Fragen. Von dieser Endgegnerwaffe machte er verschmitzt wie ein kleines Kind Gebrauch und drückte damit *jeden* Gesprächspartner Stück für Stück an den Rand der Verzweiflung.

Der beißende Geruch von Fröbers Achselschweiß verteilte sich jetzt ungehemmt und selbst im Freien war er kaum zu ertragen. Am liebsten wäre er jetzt einfach weggelaufen, aber diese Option fiel leider aus. Er könnte vielleicht vorgeben, schnell zur Toilette zu müssen … doch Kleusberg wartete immer noch geduldig auf eine Antwort.

»Weil die glauben, dass er´s nicht war«, platzte es da aus Hotte Fröber so laut hinaus, dass die Gespräche an den Nachbartischen abrupt verstummten.

»Warum?«, fragte Kleusberg und Fröber sah sich hilflos um.

»Ha! Das i ned lach. Des Bürscherl dad i mir amoi vorknepfa, des glaubst scho. Und alle andern aus dera *Bagage* aa!«, stammtischelte *Knolli* Pögl jetzt lauthals unter dem wachsamen Blick von Norbert Kleusberg.

»So, jetzt schaut´s amoi her, ihr drei!«

Bianca Turmspringer balancierte auf ihrem Tablett insgesamt acht frisch gezapfte Weißbiere, von denen drei für den Tisch um Norbert Kleusberg bestimmt waren. Während sie die leeren Gläser einsammelte und die vollen verteilte, konnte sie sich eine Bemerkung nicht verkneifen.

»Sagt´s amoi, habts ihr eigentlich aa no andere Themen wia immer nur Ausländer? I moan … werd des mit der Zeit ned a bissal fad?«

Manfred *Knolli* Pögl und Horst *Hotte* Fröber verharrten wie auf frischer Tat ertappte Ladendiebe.

»Das ist eine ernste Angelegenheit, Bianca«, verkündete der Stammtisch-Chef ruhig. »Oder was würdest du sagen, wenn sich einer von denen an deiner Tochter vergreift?«

Damit hatte Kleusberg bei Bianca einen wunden Punkt getroffen. Ihre Tochter Anna war erst vor Kurzem siebzehn geworden und half hin und wieder im *Bürgstüberl* aus. Vor etwa einem Jahr hatte irgendein Stalker Anna das Leben für ein paar Wochen zur Hölle gemacht. Zum Glück hatte er aber irgendwann ganz plötzlich wieder damit aufgehört. Die Vorstellung, dass jemand ihrer Tochter etwas antun würde, war für Bianca unerträglich.

»Ach, lassts mi in Ruah mit eurem Scheiß!«, grantelte sie und ging weiter.

Inzwischen war sowohl die Gästezahl als auch die Lautstärke im *Bürgstüberl*-Biergarten weiter angestiegen. Sogar ein paar Kinder waren hinzugekommen und sorgten ohne Not für zusätzliche Dezibel.

»Und jetzt?«, fragte Fröber in die Runde und suchte dabei den Blickkontakt zu seinen Gesinnungsgenossen.

»Und jetzt …«, antwortete Kleusberg und hob sein Weißbierglas zum Prosten. »Jetzt werden wir dem Syrer mal ein bisschen Dampf unterm Hintern machen.«

KAPITEL 48

Kerstin Schewe tippte ihre PIN in das kleine Bezahlterminal und sortierte ihren Einkauf in eine Klappbox hinein. Dann drehte sie den Einkaufswagen und schob ihn Richtung Ausgang.

»Eana Nutella!«, rief die Dame an der Kasse ihr nach und hielt ein Glas Nougatcreme hoch. Kerstin ging kopfschüttelnd wieder ein paar Schritte zurück zur Kasse und nahm das Glas dankend entgegen.

Sie fühlte sich müde und kraftlos an diesem Vormittag. Die Tatsache, dass sie ausgerechnet die Nougatcreme an der Edeka-Kasse vergessen hatte, die außer Mike niemand in der Familie aß, kam mit einer gewissen Ironie daher.

Sie wehrte sich mit aller Macht gegen ihre Gedanken, die sich seit dem gestrigen Abend ausschließlich um Mike drehten. Sie wollte nicht darüber nachdenken, wie wohl seine Nacht im Haus gewesen war. Sie wollte sich nicht fragen, mit wem er ihr wohl fremdgegangen war. Sie wollte sich nicht fragen, ob er heute zur Arbeit gefahren war oder was er gerade machte. Sie wollte nicht an den Moment denken, an dem er sie gefragt hatte, ob sie ihn heiraten würde. Am liebsten wollte sie sein Gesicht und alles, was sie mit ihm in Verbindung brachte, auf der Stelle und für immer vergessen. Aber diesen Wunsch würde ihr wohl niemand erfüllen. Und wenn sie es für einen kurzen Moment schaffte, ihre Gedanken an ihn auszublenden, blieb eine große Leere übrig und die Frage nach dem *Warum*.

In diesem Moment war Kerstin noch nicht bewusst, dass in nur wenigen Momenten alles noch viel schlimmer kommen würde, als sie es sich vorstellen konnte.

Sie lud die Box in den Kofferraum ihres Autos und schob den leeren Wagen zurück zum Einkaufswagenstandplatz, wo ihr Blick auf ein Plakat fiel.

»Die Polizei bittet um Ihre Mithilfe. Wer kann Hinweise zu diesem Schmuckstück geben?«, stand in der Überschrift. Darunter das Foto eines Ohrsteckers.

Wie paralysiert schaute sie minutenlang auf das Plakat, während ihre Gedanken wild durcheinander durch ihr überfordertes Gehirn rasten. Nach einer gefühlten Ewigkeit drehte sie sich um und ging zurück zu ihrem Auto. Sie öffnete die Tür, stieg ein und fuhr vom Parkplatz.

Das Gelände der Theresienwiese füllte sich im Minutentakt. Heerscharen von Lederhosen und Dirndln waren in München unterwegs und hatten offensichtlich nur ein Ziel: zur Wiesn.

Mit viel Glück hatte Andi noch einen halb legalen Parkplatz an der Donnersberger Brücke gefunden. Und nun reihten er und Lisa sich auch schon in den riesigen Strom der Wiesnbesucher ein, der rekordverdächtig aussah.

»Wow, das gibt's ja nicht!«, rief Lisa überwältigt vom schieren Ansturm der Menschen.

Andi war vor ein paar Jahren mal in seiner Eigenschaft als Keyboarder auf dem Oktoberfest gewesen. Damals hatten die *Fluffy Diamonds* einen Nachmittags-Slot in einem der kleineren Bierzelte ergattert. Eine Gage gab es im *Fisch-Bäda* nicht, stattdessen hatte Bandleader Horst Tuppek dort eine Art Fisch-Flatrate für die Bandmitglieder vereinbart und behauptet, dass *ohne Ende Folge-Gigs* daraus entstehen würden – was sich allerdings nicht bestätigte. Immerhin war der Fisch gut gewesen.

Nach irgendwelchen Hinweisschildern brauchten sie nicht zu suchen, denn der breite Strom zog sie automatisch in die richtige Richtung.

Schon von Weitem konnte man die teils riesigen Karussellbauten sehen.

»Gonz scheen fesch schaust aus«, witzelte Lisa in schlimmstem *Badass-Bavarian-Slang* und zog Andi entzückt am Ärmel.

Aufgeregt zeigte sie auf den *SkyFall*, den höchsten mobilen Freifallturm der Welt.

»Da gehen wir auch drauf, oder?«, rief sie und Andi wusste nicht, ob die Frage tatsächlich ernst gemeint war.

Statt einer Antwort lächelte er verlegen und freute sich mehr über die Tatsache, dass Lisa seinen Ärmel nicht losließ. In diesem Moment war er froh darüber, dass Konny ihm seine Lederhose und ein weißes Trachtenhemd überlassen hatte. Obwohl er sich selbst ein bisschen albern darin vorkam, schien er mit seinem Look bei Lisa zu punkten, die wiederum in ihrem neuen Dirndl ein echter Hingucker war.

Schließlich hatten sie es geschafft und befanden sich auf dem Oktoberfestgelände.

»Die sind ja mindestens doppelt so groß wie auf Pützchens Markt«, staunte Lisa, als sie an den ersten Bierzelten vorbeischlenderten.

Ein jährlicher Besuch auf *Pützchens Markt* gehörte zum Pflichtprogramm *aller* Menschen im Rheinland. Der traditionsreiche Jahrmarkt in Bonn war zwar nicht annähernd so groß wie das Oktoberfest, aber dort zog es jedes Jahr im Spätsommer immerhin 1 Million Besucher auf eine Festivalfläche von 80.000 Quadratmetern.

Als kleiner Junge hatte Andi dort seinem Vater einmal beim Gewehrschießen in einer Schießbude zugeschaut. Das Luftgewehr musste aus Sicherheitsgründen immer aufrecht auf den Knauf gestellt werden, sobald es nicht benutzt wurde. In einem solchen Moment hatte Andi aus purer Neugier den Abzug gedrückt und das Glasdach durchschossen, womit er sich mächtigen Ärger eingehandelt hatte. Seit diesem Tag schaute er bei jeder Schießbude immer zuerst zum Glasdach hoch in der Hoffnung, *sein* Einschussloch von damals wiederzufinden.

Nachdem sie eine Runde mit dem Autoscooter gefahren waren, kamen sie an einem Süßigkeitenstand vorbei, an dem auch Crêpes verkauft wurden.

»Weißt du noch?«, fragte er.

»Na klar!«, lachte Lisa und zwinkerte ihm zu.

Am Tag ihres Kennenlernens 1984 hatten sie in der Bröhlheimer Fußgängerzone ebenfalls Crêpes gegessen. Andi wusste sogar noch, welche Songs in diesem Moment im Café gespielt wurden. *Easy Lover* von Philip Bailey und *Such a Shame* von Talk Talk gehörten damals in jede Playlist und hatten sich einer ganzen Generation unauslöschlich ins Gedächtnis eingebrannt.

Natürlich kauften sie zwei dieser süßen Pfannkuchen und fanden auch gleich einen leeren Stehtisch.

»Hmm, eigentlich hatte ich gehofft, die Brandstätters hier zu treffen«, sagte Lisa. »Aber das war wohl doch ein bisschen zu optimistisch.«

»Na ja, so viel Zufall gibt's ja auch wirklich nicht«, bestätigte Andi schmunzelnd.

»Sag das nicht!«, wandte Lisa ein. »Ich hab auf Mallorca mal meinen ehemaligen Lateinlehrer getroffen. Der stand auf einem Parkplatz plötzlich direkt vor mir.«

»Ja, kann ja sein. Aber ich würd jetzt nicht drauf wetten, dass wir die beiden hier finden.«

Lisa wiegte ihren Kopf hin und her, kam aber dann zu dem Schluss, dass Andi sicher recht hatte.

»Hast du eigentlich nochmal irgendwas ausprobiert mit den Babyhaaren?«, fragte sie plötzlich.

Mit dieser Frage hatte Andi nicht gerechnet und deshalb traf sie ihn wie ein Fußball, der aus dem Nichts gegen seinen Kopf geprallt war.

»Äh …«

Es war ihm sichtlich unangenehm.

Am Abend zuvor hatte er sich in seiner Wohnung nämlich tatsächlich dazu hinreißen lassen, das kleine Kuvert zu öffnen. Er hatte die blonde Babylocke gestreichelt, ein paarmal leise »*Papa?*« gerufen und es schließlich enttäuscht aufgegeben. Was sollte auch dieser ganze Blödsinn mit diesem *Faktum*, hatte er gedacht und das Kuvert schnell wieder geschlossen.

Lisa schaute ihn erwartungsvoll an, während er angestrengt überlegte, was er ihr jetzt am besten antwortete. Die peinliche Wahrheit wollte er ihr lieber nicht erzählen, eine Lüge kam aber auch nicht infrage.

»Na ja …. also das …«

In diesem Moment wurde er von hinten grob angerempelt und mit voller Wucht gegen den Stehtisch gestoßen. Ein offenbar Betrunkener um die zwanzig mit Lederhose und Filzhut entschuldigte sich lallend und zog schnell weiter.

»Oje! Hast du dir wehgetan?«, fragte Lisa besorgt.

»Nee, alles gut, passt schon.«

Andi rieb sich den Unterarm, der etwas schmerzte. Außerdem hatte sein Brustkorb beim Stoß gegen die Tischkante etwas abbekommen. Er hob seinen Crêpe vom Boden auf und warf ihn in einen Mülleimer.

»Immer diese Besoffenen!«, murmelte er verärgert und sah dem Fremden nach, der in der Menge verschwand.

»Hier um die Ecke ist ein Sanitätszelt. Willst du vielleicht mal nachschauen lassen?«, fragte Lisa, was Andi in diesem Augenblick sehr süß fand.

»Nee nee, wirklich. Ich hab nix.«

»Ok, dann lass mich dir wenigstens einen neuen Crêpe kaufen.«

»Danke, das ist lieb von dir. Aber den zahl ich schon selbst.«

Andi griff in seine Hosentasche und stellte fest, dass seine Geldbörse fehlte. Aufgeregt tastete er sämtliche anderen Taschen ab, aber das Portemonnaie war weg!

»So eine Scheiße!«, rief er verärgert und rannte ein Stück in die Richtung, in die der Rempler verschwunden war.

Andi suchte die Umgebung nach dem Typen ab, aber der hatte sich offenbar schon längst in der Menschenmenge verdünnisiert.

»Oh Mann, du Arschloch!«, rief er laut schimpfend in Richtung Riesenrad, das etwa dreißig Meter entfernt stand.

KAPITEL 49

»Wow, ganz schön hoch!«
»Oui, das sehr sehr hoch!«
»Kommt, wir fahrän einä Rundä!«

Tom, Ferenc und Elom blickten beeindruckt hinauf zum Riesenrad, das mit seinen fünfzig Metern Höhe einen grandiosen Blick über das Festgelände und ganz München versprach.

Nach dem Kauf der Tickets dauerte es nicht lange, bis die drei eine der 32 Gondeln besteigen konnten, die kurz darauf schon den höchsten Punkt des Riesenrades erreichte. Die Werbetafeln hatten nicht zu viel versprochen: Die Aussicht von dort oben war atemberaubend, und der wolkenlose Himmel sorgte sogar dafür, dass am Horizont die Alpen zu sehen waren.

»Guck mal, da hintän sind sogar die Bärgä!«, rief Ferenc begeistert.

Erst in diesem Moment bemerkten Tom und Ferenc, wie still ihr Kumpel Elom plötzlich geworden war. Unter seiner dunkelbraunen Hautfarbe war sein Gesicht kreideweiß geworden. Das war eindeutig erkennbar.

Der Afrikaner krallte sich am Griff der Gondeltür fest und blickte wie versteinert stur geradeaus.

»Hey, alles gut?«, fragte Tom und klopfte dem indisponierten Seher auf die Schulter.

Elom reagierte nicht. Stattdessen bibberte er am ganzen Leib und schien sich in seinem eigenen Albtraum zu befinden.

»Alläs gut, Elom. Äs kann dir nichts passierän. Das Riesänrad ist absolut sichär«, versuchte Ferenc beruhigend auf den Togoer einzureden.

»So isset. Die meisten kommen völlig jesund wieder unten an«, scherzte Tom und erntete dafür einen mahnenden Blick von Ferenc.

In diesem Moment blieb das Fahrgeschäft stehen und die Gondel schaukelte in einer Höhe von zirka vierzig Metern hin und her.

»Uuuuuaaaaah!«, kreischte Elom, der vor lauter Todesangst wild nach allem griff, was nicht lose war.

Unten stiegen weitere Fahrgäste zu. Einen Moment später ging die Fahrt weiter, was das Schaukeln wieder verstärkte.

»Uuuuuaaaaah!«, wiederholte Elom seinen Ausruf in exakt der gleichen Tonhöhe und Dramatik. Er fing an, etwas in einer unbekannten afrikanischen Sprache zu einem unbekannten afrikanischen Gott zu beten.

Tom und Ferenc gaben jetzt alles, um ihren Freund zu beruhigen.

»Guck doch mal raus, das ist doch total schön!«, sagte Tom, doch sein Vorschlag fand bei Elom keinen Anklang. Stattdessen zuckte sein Kopf wie ein defekter Druide ein rigoroses *Nein* und er schloss krampfhaft die Augen in der Hoffnung, dass dieser Höllenritt bald sein Ende fand.

Nach ein paar weiteren endlos langen Runden blieb die Kabine endlich unten stehen und sie durften wieder aussteigen. Tom und Ferenc stützten ihren traumatisierten Freund beim Verlassen der Gondel und hofften inständig, dass er nicht an Ort und Stelle zusammenbrach.

Nachdem sie wieder im Hauptverkehrsbereich vor dem Riesenrad angekommen waren, schlug Tom vor, erst mal eine Pause zu machen. Sie gingen ins benachbarte Paulaner Festzelt und fanden dort noch ein paar freie Sitzplätze, da die Bierzelte zur Nachmittagszeit wie gewöhnlich nur zu etwa drei Vierteln gefüllt waren. Auf einer Nebenbühne spielte ein Akkordeon-Orchester ein eher volkstümliches Programm mit einem Liedermix aus *Atemlos* und *Patrona Bavariae* und wurde vom Lärm der knapp 4800 anwesenden Gäste im *Paulaner* mühelos übertönt.

Man sah es Elom Kouassi wie schon erwähnt nicht *direkt* an, aber er war definitiv immer noch ziemlich bleich im Gesicht. Die Fahrt mit dem Riesenrad hatte ihm überraschenderweise wesentlich mehr zugesetzt, als er selbst und seine beiden Begleiter es vorher angenommen hatten. Doch das Sitzen tat ihm offenbar gut, wenn man das nachlassende Zittern als Indikator dafür nahm. Außerdem bekam er ganz allmählich auch wieder Farbe.

Eine sowohl üppig ausgestattete als auch robust wirkende Bedienung näherte sich ihrem Tisch.

»Wos derf i eana bringa?«

Ferenc fragte sich, wie die Dame darauf kam, dass einer von Ihnen *Erna* hieß, doch Tom schaltete schneller.

»Zwei Maß Bier und ein Mezzo Mix bitte!«

»Zwoa Mass und a Spezi«, wiederholte die Frau, die zu den Stoßzeiten bis zu achtzehn volle Maßkrüge gleichzeitig bewältigen konnte, was einem Gewicht von mehr als vierzig Kilogramm entsprach.

Nachdem die Kellnerin wieder verschwunden war, wurde es plötzlich laut auf der Bühne.

»Ein Prosit, ein Prosit der Gemütlichkeit, ein Prosit ein Pro-ho-sit der Gemüt-lich-keit. Servus, macht´s as guad.«

Offenbar war das der kurze und schmerzlose Abschied der *Olchinger Quetschnbuam*. Einige wenige klatschten höflich Beifall, doch der Ruf nach einer Zugabe blieb aus.

Während die etwa fünfzehn Musiker ihr Equipment zusammenpackten, kam die Kellnerin mit den Getränken an den Tisch zurück.

»Derf i sie glei abkassiern?«, fragte sie rhetorisch und öffnete ihre Geldbörse. »Dreiundreißig Euro fuchzig sand des.«

Ferenc ließ es sich nicht anmerken, dass ihn dieser Preis für gerade einmal drei Getränke geradezu bestürzte und zog gefasst vierzig Euro aus seiner Geldbörse.

»Stimmt so.«

Nachdem sie sich zugeprostet und einen kräftigen Schluck aus ihren Gläsern genommen hatten, war Ferenc der Erste, der wieder etwas sagte.

»Gäht äs dir jätzt bässär, Elom?«

»Jaja, is alles wieda gut. War nur schiwindlig uberall, uiuiui.«

»Do is et jo nochens jood jejange. Do bruche mir für dich keijne Sanni.«[42]

»Nein nein, nix Sanni, alles gut, alles wieda stabil«, erwiderte Elom vorsichtig grinsend.

Ferenc und Tom sahen sich erleichtert an.

»Dann könnän wir ja jätzt zum Toboggan gehän«, schlug Ferenc augenzwinkernd vor.

»Ach du Scheiße, datt hätt ich fast verjessen«, jammerte Tom und schlug sich mit der flachen Hand auf die Stirn.

»Kaine Angst, ich hälfä dir«, versuchte Ferenc, ihn zu trösten.

Nachdem sie ihre Bierkrüge geleert hatten, standen sie auf und machten einer Gruppe Engländer Platz, die bedenklich taumelten und den Refrain von *Layla* mit britischem Akzent grölend intonierten.

Ungefähr dreißig Meter vor dem Ausgang des Zeltes krachte jemand plötzlich mit voller Wucht gegen Ferenc' Rücken. Der sichtlich angetrunkene junge Mann mit Lederhose torkelte an ihnen vorbei und lallte eine Art Entschuldigung, bevor er weiter Richtung Ausgang wankte.

Doch was dann geschah, war für alle Augenzeugen etwas, wovon sie noch lange zu erzählen hatten.

Der Betrunkene blieb unversehens stehen und wand sich unter großen Anstrengungen hin und her, wobei sein Oberkörper und sein Kopf zuckten und er immer wieder »*Aua*« rief. Mit seinen Armen wedelte er wild in der Luft herum, als ob er einen Bienenschwarm vertreiben wollte, was die Umstehenden zum Lachen und Grölen animierte.

Inzwischen wuchs die Zahl seiner Zuschauer im Sekundentakt, und immer mehr Leute fragten sich, mit wem oder was der seltsame Mann

---

[42] Dann ist es ja gut. Wir dachten schon, wir müssten einen Sanitäter holen.

dort kämpfte. Einige applaudierten begeistert, weil man inzwischen von einer Einlage eines Comedy-Kellners ausging.

Der Mann trat und schlug nun in alle Richtungen aus, was etwas von einer akrobatischen Breakdance-Karikatur hatte, die durch rhythmisches Klatschen seines Publikums angefeuert wurde.

Als er aber dann zum Weglaufen ansetzte, wurde es richtig bizarr:

Der *Comedy-Kellner* knallte nach ein paar Metern gegen eine unsichtbare Wand und fiel rückwärts auf den ersten Biertisch einer langen Reihe. Applaus mehrerer hundert Zuschauer, begleitet von lautem Johlen folgte, woraufhin der Stand-up-Comedian zum Höhepunkt seiner Show überging.

In Rückenlage und mit dem Kopf voran setzte er sich unerklärlicherweise in Bewegung, was für großes Staunen im Paulaner Festzelt sorgte. Immer schneller rutschte er rücklings auf der Biertischreihe, schob dabei unzählige Biergläser, Brathendl und Pappteller mit Kaiserschmarrn auf die Beine der Feiernden und schrie panisch aus voller Brust.

»Waaaaaaaaahhhhh!«

Die unfreiwillige Rutschpartie endete schließlich direkt neben dem erstaunten Ferenc Brandstätter. Der Mann, dem das blanke Entsetzen im Gesicht stand, tat einen ungelenken Griff in die Tasche seiner Lederhose und zog eine Geldbörse heraus.

»Das ist ja mainä!«, rief Ferenc perplex.

Applaus und lautes Grölen im *Paulaner.*

Danach rutschte der Kleinkriminelle von selbst einen halben Meter zurück und zog eine weitere Geldbörse aus einer anderen Tasche heraus. Diese drückte er dem verdatterten Elom Kouassi in die Hand.

»Das nicht meine.«

Wieder Applaus und Grölen.

Erst dann krabbelte der Mann mühsam wieder vom Tisch herunter. Sein kariertes Hemd war bierdurchtränkt. und Bröckchen aus Kaiserschmarrn und Schweinebraten kullerten unter den Latz seiner

Lederhose. Außerdem versuchte er, einen peinlichen Fleck im Bereich seines Schrittes zu verdecken, was ihm jedoch nicht recht gelang.

Einen Moment lang sah er sich völlig verstört um und schien nicht zu verstehen, was gerade passiert war.

Dann rannte er los, und unter tosendem Applaus floh der namenlose Comedy-Kellner aus dem Paulaner Festzelt durch einen seitlichen Notausgang. Zum Bedauern vieler wurde er danach nie wieder auf dem Oktoberfest gesehen.

KAPITEL 50

»So, die Zeit ist um. Marlin und Fynn-Luka, sammelt ihr beiden bitte die Malblätter ein?«

Sandra-Larissa Brunner klatschte in die Hände und ermahnte ihre 4b zur Ruhe. Das Thema in dieser Kunststunde hieß *Waldfarben*. Die Schüler durften nach freien Stücken ein Bild malen, das die Stimmung des heimischen Waldes möglichst realistisch wiedergab. Dabei waren aber ausdrücklich auch andere Farbtöne als grün erlaubt.

»Und bitte macht die Pinsel wieder sauber und räumt alle eure Malsachen weg, ja?«

Ein unmotiviertes *Jooaaa* von einigen wenigen folgte, aber die Kinder gehorchten und trotteten mit ihren Wassergläsern und Pinseln zu den Spülbecken. Ein paar Mädchen schrien angeekelt auf, als sie einen Weberknecht entdeckten, der bewegungslos – und vermutlich schon seit Tagen tot – über dem Becken an der Wand hing.

Marie blieb als Einzige noch sitzen und starrte wie apathisch auf ihr teilweise noch feuchtes Gemälde. Erst nachdem Fynn-Luka es ihr weggenommen und auf den Stapel der anderen Blätter gelegt hatte, packte die Zehnjährige ihre Malutensilien zusammen und räumte ihren Tisch. Die Art und Weise, wie sie das tat, unterschied sich allerdings vom Verhalten ihrer Klassenkameraden. Sie benutzte zum Greifen der Sachen nur den Daumen und Zeigefinger der rechten Hand und schien dabei penibel darauf zu achten, dass keines davon ihre Kleidung berührte. Der Gang zum Waschbecken schien sie große Überwindung zu kosten. Sie hielt eine Art Sicherheitsabstand zu den anderen ein und war anscheinend permanent darauf bedacht, von niemandem berührt zu werden.

David, Tobias und Anis hingen ein paar Reihen hinter ihr mit ihren Köpfen über einem Handy und schauten ein Video an, das irgendjemand auf TikTok gestellt hatte. Am Ende des Clips wechselte die Mimik der Jungs schlagartig von belustigt auf entsetzt.

»Tobias, Anis, David … ich hab euch doch gesagt, dass ihr nicht …«

Der Stundengong ertönte durch den Lautsprecher und die Schüler stürmten aus dem Klassenraum. Marie hielt sich die Ohren zu, bis der Gong aufhörte, und verließ schließlich als Letzte den Raum.

Ihre Lehrerin sah dem Mädchen betrübt nach. Sie hatte in der letzten Zeit schon öfter versucht, mit Marie zu sprechen, aber das Kind war verschlossen wie eine Gefängniszelle. In einem Telefonat mit ihrer Mutter hatte sie erfahren, dass die Schewes bereits dabei waren, ärztlichen Rat einzuholen. Das hatte sie zwar einerseits erleichtert, aber andererseits war das Problem dadurch noch lange nicht gelöst.

Marie hatte seit dem Fund der Leiche im Wald eine ausgeprägte Angststörung entwickelt. Das war zwar verständlich, aber Marie war die Einzige in ihrer Klasse, die so heftig auf diesen Vorfall reagierte. Bei den anderen Kindern hatte dieses Erlebnis offenbar keine erkennbaren Schäden verursacht.

Sandra-Larissa Brunner blätterte in den Kunstwerken ihrer Schüler und suchte das Bild von Marie Schewe heraus. Sie fand es und legte das Blatt vor sich auf den Tisch.

Das Bild wirkte insgesamt düster und bedrohlich, denn Marie hatte hauptsächlich dunkle Farben verwendet. Zu erkennen waren vier hohe Tannen, die um eine Lichtung standen. In der Bildmitte sah man eine mutmaßlich erwachsene Person, die fast schattenhaft und in einer Art Siegerpose gezeichnet war. Daneben war ein Haufen mit Ästen dargestellt, aus denen an einer Stelle Blut herauszufließen schien.

Brunner schüttelte den Kopf. Maries Bild war verstörend und zeigte definitiv kein altersgerechtes Motiv. Doch in diesem Moment kam ihr ein Gedanke.

Instinktiv nahm die Lehrerin das Papier und kippte es in mehrere Richtungen. Dann neigte und kreiste sie ihren Kopf nach links und rechts, ohne den Fokus aus der Bildmitte zu verlieren. Schließlich kniff sie ihre Augen halb zusammen und betrachtete das Blatt als Ganzes.

Was sie jetzt sah, erschreckte sie so sehr, dass ihr für einen Moment der Atem wegblieb, denn nun verschwammen die Konturen der vier Bäume zu riesigen Buchstaben.

»PAPA«

KAPITEL 51

Elom Kouassi Prince Charles drehte die Geldbörse, die ihm der eigenartige Mann in die Hand gedrückt hatte, hin und her. Offenbar hatte es sich dabei um einen Irrtum gehandelt und er musste sie irgendwo abgeben. Nur wo?

»Wo man kann abgeben das?«, fragte er Tom und Ferenc.

»Is datt wirklich net de dingge?«[43]

Elom schüttelte den Kopf.

»Zaig doch mal bittä!«, bat Ferenc und nahm das Portemonnaie entgegen. Er öffnete es in der Hoffnung, etwas über ihren Besitzer herauszufinden und zog einen Führerschein im Scheckkartenformat heraus.

»Andräas Krammär«, las Ferenc achselzuckend. Dieser Name sagte ihm nichts.

»Ach du … Scheise!«, rief Elom aufgeregt und hielt sich die Hand vor den Mund. »Das Portemonnaie von Andi Krammer sein! Die Sohn von die Geist! Das doch nicht moglich … »

Er blickte sich ruckartig in alle Richtungen um und blinzelte mit den Augen.

»Wo du sein, Krammer?«

»Äh, wen suchst du denn?«, fragte Tom.

»Krammer!«, rief Elom nun, so laut er konnte.

---

[43] Ist das wirklich nicht deine?

Ferenc und Tom sahen sich besorgt an. Der Schock, den Elom auf dem Riesenrad erlitten hatte, saß wohl doch tiefer als erhofft.

»Elom, wir bringen dich jetzt am besten mal …«

ZUR GEISTERBAHN.

»Zur Geisterbahn?«, fragte Elom erstaunt.

»Zur Geisterbahn?«, wiederholten Tom und Ferenc im Chor.

JA. BRING MICH ZUR GEISTERBAHN. JETZT SOFORT.

»Er zur Geisterbahn wollen«, sagte Elom mürbe.

»Wer will zur Geisterbahn?«, fragte Tom.

»Krammer.«

»Viellaicht solltän wir doch liebär ärst zum Rättungsdienst …«

»Nein, nein! Zur Geisterbahn. Jetzt sofort!«, drängelte Elom aufgeregt wie ein kleines Kind.

Tom und Ferenc verstanden zwar gar nichts mehr, signalisierten aber achselzuckend, dass ihnen inzwischen alles egal war.

»So eine Scheiße!«, ärgerte sich Andi. »Da war mein Führerschein drin!«

Wütend trat er gegen eine Mülltonne, die neben einer Würstchenbude stand.

»Jetzt reg dich nicht auf! Oft nehmen Taschendiebe nur das Bargeld raus und schicken die Geldbörse an ihren Besitzer zurück.«

Andi schien das nicht recht zu überzeugen, dachte aber im gleichen Moment, dass es doch jammerschade wäre, sich deswegen den schönen Tag vermiesen zu lassen.

»Ok, ich kümmere mich später drum«, beruhigte er sich wieder. »Das Einzige ist nur …«

»Hmm, was denn?«

»Du müsstest ab jetzt bezahlen«, bemerkte er augenzwinkernd und Lisa gab ihm lächelnd einen Knuff in die Seite.

»Ok, dann … bitte nach Ihnen!«, sage Lisa und zeigte nach vorne.

Eckl's Nostalgie Geisterbahn stand auf einem Schild über dem Kassenhäuschen in einer blutroten, triefenden Schrift.

»Geisterbahn? Echt jetzt?«, fragte Andi und schien wenig begeistert.

»Na klar!«, Lisa hakte sich gut gelaunt bei ihm ein. »Das letzte Mal, wo wir zusammen auf einer Geisterbahn waren, war …«

»… im Phantasialand, ich weiß!«, unterbrach Andi sie.

»Genau! Und deswegen gehen wir jetzt genau *daaa* drauf!«

»Aha«, machte Andi und zog eine Schnute. »Na, wenn's unbedingt sein muss.«

Über ihnen bewegten sich die Arme riesiger mechanischer Figuren wie in Zeitlupe, und durch die Lautsprechergitter drangen abwechselnd verzerrte Schreie, gruselige Lacher oder ein dramatischer Akkord einer Kirchenorgel.

Lisa zog Andi zur Kasse und rief: »Zwei Mal, bitte!«

Die Dame an der Kasse schnippte ihr ausdruckslos zwei Plastik-Chips zu und nahm die Geldmünzen entgegen.

Der nächste Wagen war bereits ihrer. Ein Mitarbeiter nahm Lisa die Chips wieder ab, öffnete den Sicherheitsbügel und ließ die beiden zusteigen.

Der Bügel ihrer Gondel rastete hörbar wieder ein, und schon ging es durch eine Klapptür um eine enge Kurve ins Dunkle. Ein lautes hämisches Lachen tönte den beiden entgegen, und im nächsten Moment sprang die Klappe einer Holzkiste auf, die links neben der Bahn stand. Ein zappelnder Gremlin wurde für einen kurzen Moment sichtbar, dann schlug die Kiste wieder zu.

Währenddessen waren die Passagiere vor ihnen schon um einiges tiefer ins Geisterschloss eingedrungen. Tom und Ferenc teilten sich einen Gondelwagen und Elom saß in einem weiteren, nur wenige Meter hinter ihnen. Hinter einem Metallgitter tanzte ein Skelett wild umher. Überall waren Blutspritzer zu sehen, und die Szene war akustisch wieder mal von einer Kirchenorgel untermalt.

ICH ZÄHLE JETZT BIS DREI UND DANN MUSST DU AUSSTEIGEN!

»Was? Du verrückt geworden?«, rief Elom entsetzt. »Ich doch hier nix können …«

EINS …

»Ey, Krammer! Das nix erlaubt!«

ZWEI …

»Du hören! Ich das nix dürfen, einfach so aussteigen!«

DREI!

Eloms Wagen blieb abrupt stehen und der Sicherheitsbügel öffnete sich komplett.

»Aber …«

RAUS MIT DIR!

»Aber …«

Im nächsten Moment spürte Elom einen kuriosen Mix aus Druck- und Sogwellen, die sich so unangenehm anfühlten, dass er freiwillig aus dem Wagen sprang.

Der Bügel schloss sich wieder und die Gondel fuhr ohne ihn weiter. Elom stand jetzt auf einer winzigen Plattform neben der Schiene und er hatte keine Ahnung, was er jetzt tun sollte. Der Ort, an dem er sich befand, entpuppte sich auf jeden Fall als Sackgasse. Instinktiv suchte er nach einem Alarmknopf. Direkt über der Fahrbahn leuchtete tatsächlich ein roter Knopf mit der Aufschrift *EMERGENCY*, den er nun zu erreichen versuchte.

Der nächste Wagen schoss um die Ecke, und zwei junge Frauen schrien entsetzt auf, als sie den Afrikaner sahen, der nach ihnen zu greifen schien.

»Aaaaaaaaaah!«

»Nee, nix erschrecke … sorry!«

Elom wich schnell zurück, doch da war der Wagen schon wieder verschwunden.

Er wagte es nicht, die Schienen zu betreten, weil er befürchtete, dass sie unter Strom stehen könnten. Sein nächster Blick fiel auf eine Warntafel, die ihm dies prompt bestätigte. Deswegen machte er sich lang und versuchte erneut, an den Alarmknopf zu gelangen.

Der nächste Wagen kam angefahren. Elom zog schnell den Arm zurück und setzte ein freundliches Lächeln auf. Ein älteres Ehepaar zuckte zusammen, als sie den grinsenden schwarzen Mann sahen.

»Nix erschrecke bitte …!«

»Aaaaaaaaaah!«

Der Wagen verschwand hinter der nächsten Kurve.

»Pardon!«

Seine Situation war zum Verzweifeln. Warum hatte der alte Krammer ihm nur befohlen, hier auszusteigen? Was machte das für einen Sinn?

Der nächste Wagen kam. Diesmal war es ein Pärchen.

»Bitte bitte nix erschrecke!«, rief er aus voller Brust und im gleichen Moment schubste ihn jemand in die Gondel hinein.

»Aaaaaaaaaah!«, schrien Lisa und Andi gleichzeitig, als Elom auf ihre Beine fiel.

Der Togolese versuchte sich aufzurichten, was ihm schwerfiel, weil Lisa panisch mit den Beinen strampelte und Andi ihn am Nacken festhielt.

»Ey, was soll das? Spinnst du?«, rief Andi wütend und versuchte, den *Geist*, der soeben in ihre Gondel gefallen war, irgendwie in Schach zu halten.

»Ich nix wolle erschrecke! Sorry! Aua!«, rief Elom immer wieder, doch Lisa schlug mit Armen und Beinen nach ihm aus.

Sie steuerten auf eine Klapptüre zu, die im letzten Moment aufschlug. Die Sonne blendete sie; jetzt waren sie wieder draußen und der Wagen kam zum Stehen.

Elom hatte große Mühe, sich aus seiner verkeilten Position wieder auf die Beine zu kämpfen. Lisa drehte ihren Kopf genervt zur Seite, als einer seiner Unterschenkel an ihrem Gesicht vorbeistrich, während Andi versuchte, den Oberkörper des Afrikaners zu stützen.

Als sie sich schließlich wieder neben dem Kassenhäuschen versammelten, verlangte Andi nach einer Erklärung.

»Es mir schlimm leidtun, ehrlich!«, jammerte Elom. »Ich auch nix wissen, warum passiert.«

»Wer ist denn bitte so blöd und steigt mitten in der Fahrt aus?«, schimpfte Lisa. »Was da alles passieren kann!«

»Elom, da bist du ja!«

Ferenc und Tom kamen aufgeregt herangeeilt.

»Mir han dich övverall jesöck.«[44]

»Elom?«, fragte Lisa, die erst jetzt in sein Gesicht sah.

»Was ist dänn passiert?«, fragte Ferenc und erkannte in diesem Moment Lisa wieder.

»Oh!«, rief er überrascht.

»Oh!«, riefen nun auch Elom und Tom gleichzeitig.

Andi schaute verwirrt von Lisa zu Elom und von Tom zu Ferenc.

»Kann mir mal einer erklären, was hier los ist?«

»Also … darf ich euch mal vorstellen?«, begann Lisa nun förmlich. »Das sind Elom Kouassi Prince Charles und Tom und Ferenc Brandstätter. Und das ist mein … *Freund* … Andi Krammer.«

Ein paar Umarmungen später sagte Elom zu Andi:

»Schön, dich zu kennenlernen! Ich dir habe *swei* Sacke mitgebracht.«

Elom übergab dem erstaunten Andi seine Geldbörse.

»Wow!«, rief Andi nach einem kurzen Check erleichtert aus. »Alles noch drin! Aber wie …?«

»Datt dunn me dir all noch verzälle«[45], ging Tom grinsend dazwischen. »Datt is ne längere Jeschichte.«

»Ok …«, willigte Andi ein. »Aber was meintest du mit *zwei* Sachen?«

»Ja, das auch längere …«

Elom nahm ein Flimmern im Augenwinkel wahr.

HALLO ANDI. LANGE NICHT GESEHEN.

[44] Wir haben dich schon überall gesucht.

[45] Das erzählen wir dir alles später.

KAPITEL 52

»Ich weiß ja nicht, ob das so eine gute Idee ist. Am helllichten Tag.«
»Halt die Klappe. Wir haben gesagt, wir knöpfen uns das Bürschchen vor. Und genau das machen wir jetzt.«

Irgendwie hatte Norbert Kleusberg es geschafft, etwa fünfzig Gesinnungsgenossen zusammenzutrommeln. Ihre kleine Demonstration vor dem Asylheim war nicht angemeldet, was den meisten Teilnehmern zwar nicht bekannt, aber auch völlig gleichgültig war.

Die Stimmung war aufgeheizt, denn einer dieser *Flüchtlinge* hatte eine junge Frau aus ihrer Stadt ermordet, und dafür sollte er jetzt büßen. Wenn es die Polizei schon nicht schaffte, diesen Leuten Dampf unterm Hintern zu machen, dann mussten sie halt die Sache selbst in die Hand nehmen. Trommeln, Rasseln und Trillerpfeifen waren zu hören. Außerdem hatten einige Teilnehmer Schilder gebastelt, auf denen ausländerfeindliche Sprüche standen, oder die unverhohlene Aufforderung, die Regierung zu *beseitigen*.

Als die Prozession sich lautstark dem Wohnheim näherte, riefen die Bewohnerinnen in Panik ihre Kinder vom Spielplatz zusammen und zogen sie unter lautem Geschrei nach innen in ihre Zimmer.

Heimleiter Gerhard Pasinger kam unterdessen nach draußen gelaufen.

»Was soll das werden?«, fragte er den offensichtlichen Anführer.

»Bring uns diesen Hakim raus und keinem passiert was!«

»Wieso? Was wollt ihr von ihm?«

»Das kannst du dir dann gerne in Ruhe anschauen!«

Zustimmendes Gejohle, Trommeln und Pfeifen war der Kommentar der aufgehetzten Meute, in der sich eine bunte Interessensgemeinschaft zusammengefunden hatte: Hier waren Verschwörungstheoretiker, Reichsbürger, Klimaleugner, Coronaleugner, Globalisierungsgegner, Trump-Fans und Putin-Fans genauso am Start wie militante Umweltaktivisten und Anhänger der Prepper-Szene.

Nachdem es wieder ruhiger wurde, rief Pasinger:

»Hier wird niemandem ein Haar gekrümmt, das sag ich euch!«

Pfeifen und Buhrufe folgten. Irgendwer warf mit einer Leberkässemmel nach Pasinger.

»Könnt ihr mal sagen, was der ganze Scheiß hier soll?«

»Bring uns diesen Verbrecher, oder wir holen ihn uns selbst!«, rief Knolli Pögl von hinten und achtete dabei auf Kleusbergs Reaktion.

Trommeln und zustimmende Rufe folgten.

»Passt mal auf! Ihr nehmt jetzt eure ganzen Musikinstrumente und geht wieder nach Hause! Habt ihr verstanden?«, rief Pasinger und erntete Buhrufe und lauten Protest der Aufbegehrenden. Eine Bierflasche verfehlte nur knapp seinen Kopf.

Jemand erschien am Eingang des Wohnheims.

»Ich hab nix getan. Was wollt ihr von mir?«

Plötzlich wurde es still. Direkt an der Eingangstür des Asylantenwohnheims stand Hakim Yumah. Er hielt einen Fußball unterm Arm und zitterte vor Aufregung.

»Mörder!«, rief jemand von ganz hinten.

»Ich niemanden umgebracht«, erwiderte Hakim laut.

In diesem Moment drehten sich die Köpfe der Demonstranten nach hinten, weil ein Polizeiauto mit Blaulicht nun den Platz befuhr. Zwei Polizisten, eine Frau und ein Mann, stiegen aus dem Fahrzeug. Pasinger sackte erleichtert zusammen. Offenbar hatte er den Notruf früh genug abgesetzt.

»Tobi, fordere mal noch ein paar Einheiten an! Ich geh schon mal rüber«, wies die Kommissarin Teuber ihren Kollegen Gruber an.

»Nein!«

»Was?«

»Fordere du die Einheiten an! *Ich* rede mit denen«, sagte Tobias Gruber ernst.

»Sag mal ... ich bin verdammt noch mal deine Vorgesetzte, Tobi! Du tust jetzt, was ich ... hey!«

Tobias Gruber schritt an der Protestgruppe vorbei zum Eingang und stellte sich vor Hakim Yumah und Gerhard Pasinger.

»Na, ihr drei?«, begrüßte er seine vermummten Stammtischkollegen Manfred Pögl, Hotte Fröber und Norbert Kleusberg. »Könnt ihr mir sagen, was das hier genau wird?«

»Mach's nicht noch kompliziert, Tobi!«, warnte Kleusberg und trat einen Schritt auf Gruber zu.

»Ich hab nicht vor, es kompliziert zu machen.«

»Dann ist ja gut. Ich hab mir nämlich schon Sorgen gemacht«, sagte Kleusberg, der einen weiteren Schritt auf Gruber zuging.

»Wenn du nicht sofort deine Leute zurückpfeifst, solltest du dir aber Sorgen machen, Norbert. Der Junge ist unschuldig«, rief Gruber so laut, dass es auch die letzte Reihe mitbekam.

»Das sagst *du*«, erwiderte Kleusberg. »Aber da sind wir wohl nicht ganz einer Meinung.«

Inzwischen war Kleusberg bis auf zwei Meter nähergekommen. Fröber und Pögl folgten ihm halbwegs entschlossen mit einem Sicherheitsabstand.

»Mach einfach Platz, Gruber! Wir wollen nur unsere Gerechtigkeit. Wir wollen Yumah«, forderte Kleusberg in seinem autoritären Bariton.

Er stand nun direkt vor Tobias Grubers Gesicht. Seine Augen funkelten böse.

Im gleichen Moment fuhr ein VW-Transporter auf den Parkplatz. Es waren Hakims Trainer Harald Göller, Klaus Altendorf, Peter Neumeier und noch ein paar weitere Jungs vom Training. Jemand musste sie alarmiert haben. Mit verschränkten Armen stellten sich die Sportler den Demonstranten entgegen.

»Lasst unseren Hacki in Ruhe, der hat nichts getan!«, skandierten sie mehrmals laut.

Ein lautes Klickgeräusch gefolgt von einem Pfeifen wurde hörbar und die Menge erschrak.

»Hier spricht die Polizei. Bitte verlassen Sie das Gelände und gehen nach Hause! Ich wiederhole: Verlassen Sie das Gelände! Sie machen sich ansonsten wegen Hausfriedensbruch strafbar.«

Der Lynchmob drehte sich erschrocken zum Polizeiauto um, wo Kommissarin Katharina Teuber mit einem Mikrofon in der Hand neben der geöffneten Beifahrertür stand.

Ihre Durchsage durch den Außenlautsprecher sowie die Ankunft der Sportler schien bei den meisten Demonstranten Wirkung zu zeigen. Innerhalb weniger Minuten löste sich die kleine Wutbürgerversammlung bis auf ein paar Zaungäste auf, und als drei weitere Polizeiautos mit Blaulicht eintrafen, verkrümelten sich auch die letzten *besorgten Bürger*. Jetzt waren nur noch Kleusberg, Pögl und Fröber übrig.

»So eine Scheiße!«, schimpfte Fröber jetzt in Richtung Kleusberg. »Was sollte diese bescheuerte Aktion überhaupt?«

Er riss sich die Sturmhaube vom Gesicht; inzwischen wusste ja sowieso jeder, wer er war.

Auch Manfred Pögl hatte genug. Wütend trat er gegen einen kleinen Schaumstoffball, der wohl von einem der Flüchtlingskinder dort vergessen worden war.

Norbert Kleusbergs Blick glühte, sprach aber Bände. Langsam schien er zu realisieren, dass seine Gefolgschaft ihn im Stich gelassen hatte. Er trat einen Schritt zurück und atmete tief ein.

»Lass uns lieber die Arbeit machen!«, sagte Tobi ruhig zu seinem einstigen Idol. »Hakim kann Lara Schuster nicht ermordet haben.«

Der junge Syrer wagte sich einen Schritt nach vorne und stellte sich neben Gruber.

Mit den Worten »Ich war das nicht« sah er den AFD-Mann direkt an.

Kleusberg zog eine Schnute und schaute nach unten. Dann drehte er sich um und signalisierte mit einer drehenden Armbewegung seinen Rückzug. Seine Kumpels Hotte Fröber und Knolli Pögl pfiff er herbei, doch die beiden folgten ihm nicht. Norbert Kleusberg ging allein.

»Danke«, sagte Hakim zu Gruber, während die anderen Bewohner sich wieder nach draußen wagten. Gerhard Pasinger half einer jungen Frau mit dem Kinderwagen.

»Kein Ding«, erwiderte Tobi. »Dafür sind wir da.«

Kathi Teuber kam hinzu.

»Wow, das hätt ich nicht gedacht«, sagte sie zu ihrem Kollegen.

»Warum denn nicht?«, fragte Tobi grinsend.

Die Kommissarin schnaubte durch die Nase und schaute zur Seite.

»Jetzt müssen wir nur noch rausfinden, wer's wirklich war.«

KAPITEL 53

Im Garten der Neumaiers herrschte ein reges Treiben. Eismann Adriano Di Stasio rangierte mit seinem Eisanhänger mit der Aufschrift *La Dolce Vita* auf der Wiese herum, außerdem wurden noch ein paar zusätzliche Bierbänke angeliefert, weswegen Andi mit seinem Kombi vor der Einfahrt warten musste.

»Hey, d…da bist du ja«, rief Konny Moser in sein offenes Seitenfenster. »Quincy ist n…nochmal zum Pro…Proberaum, ein p…paar Sachen holen.«

»Alles klar, ich komm hier eh noch nicht so schnell rein, wie's aussieht.«

Andi stellte den Motor ab.

IHR MÜSST HEUTE ABEND GUT AUFPASSEN.

Andi erschrak; die Stimme seines Vaters kam direkt von hinten. Dort war jedoch jeder Quadratzentimeter mit Musikequipment gefüllt.

»Aufpassen?«, fragte er.

»Warum aufpassen?«, fragte Lisa.

»Aufp…p…passen? Auf was denn?«, fragte Konny.

Andi tat sich schwer damit, sich daran zu gewöhnen, dass außer ihm und offensichtlich Elom niemand hören konnte, was sein Vater sagte.

»Äh … wir müssen aufpassen, dass wir später mit den Autos wieder hier rauskommen.«

»Achs…so, ja, stimmt«, gab Konny ihm recht.

Der Lieferwagen, der die Bierbänke gebracht hatte, fuhr nun wieder heraus, und so konnten Andi und Konny auf das Grundstück fahren. Sie hielten mit ihren Autos direkt neben der Bühne, die für ein privates Gartenfest erstaunlich groß war. Es gab echte Bühnenpodeste und Traversen für Licht – Quincy hatte tatsächlich nicht zu viel versprochen.

»Servus, ich bin der Ingo. Ich mach heut Abend den Ton«, begrüßte sie ein schmaler Lockenkopf, dem der Bund seiner Jeans in etwa auf Höhe seiner Kniekehlen hing.

»Hi, ich bin Andi.«

»Grüß dich, ich bin K…Konny.«

»Lisa … ich gehör nicht zur Band, bin nur Zuhörerin.«

Ein Mercedes Kombi fuhr direkt neben die Gruppe. Kieselsteine knirschten beim Bremsen, und das getönte Fahrerfenster wurde automatisch heruntergefahren.

»Und ich bin der Quincy, servus«, sagte der Bandleader, der Kaugummi kaute und eine spiegelnde Sonnenbrille trug.

Und noch jemand kam.

»Servus, i bin der Robert. Seids bittschön so nett und fahrts die Autos raus, wenns fertig seids mim Ausladen, ja?«

Brauereichef Robert Neumaier machte einen sportlichen Eindruck und trug ein dunkelblaues T-Shirt mit der Aufschrift *Zwergenfrei.*

Die Koffer und Taschen wurden zunächst auf dem Bühnenrand abgelegt und die Autos auf einen nahgelegenen Parkplatz gefahren.

Die ersten Partygäste saßen schon auf den Bänken. Es gab sogar eine kleine Hüpfburg für die kleinsten Ottenbräu-Fans. Nach dem Aufbau und Soundcheck der Band setzten sich die vier erst einmal auf eine Bierbank im Schatten. Quincy nahm die Bestellung auf und zog zum Bierrondell.

Etwas Wind zog auf und eine graue Wolke schob sich vor die Sonne.

»Oh, hoffentlich bleibt´s trocken«, meinte Andi, als er sah, mit welcher Geschwindigkeit die Wolken am eben noch strahlend blauen Himmel aufzogen.

»Jaja, d…das W…Wetter hält sich schon«, meinte Konny optimistisch und hob eine Serviette vom Boden auf, die vom Tisch geweht worden war.

»Glaubst du, die Brandstätters und Elom kommen wirklich noch?«, fragte Lisa.

Andi zuckte mit den Schultern.

»Na ja, gesagt haben sie's. Mal sehen.«

»Hey … sorry, dass ich so spät bin, aber ich musste noch arbeiten.«

Sonja Pollinger hatte zwei Koffer dabei, einen für ihre Klarinette und einen für ihr Saxofon. Andi machte das in Gedanken an sein stets randvoll beladenes Auto immer ein bisschen neidisch. Noch besser waren da nur Sänger dran; die hatten nur ein Mikrofon zu tragen, das sie meistens auch noch vergessen hatten.

Sonja und Lisa stellten sich einander vor, und im nächsten Moment kam auch schon Quincy mit einem Tablett voller Getränke.

»Ah, das ist gut, dass du da bist«, sagte er zu Sonja. »Wir haben heute Abend nämlich eine kleine Gasteinlage.«

»Gasteinlage?«

»Tadaaa!«, rief Quincy und zeigte präsentierend auf Lisa, die augenblicklich rot anlief.

»Ja, ok, ich mach's!«

»Oh, cool.«

»Ja, du hast deswegen dann für einen Song Pause.«

»Kein Problem«, stimmte Sonja zu. »Sagt einfach Bescheid, wenn's so weit ist!«

»Ich weiß, das ist jetzt alles sehr spontan, aber ihr habt nicht zufällig eine Gitarre für mich übrig?«, fragte Lisa. »Ich würde mich damit sicherer fühlen.«

Konny sah Lisa erstaunt an.

»W…was, du spielst auch G…g …Gitarre?«

Lisas Handy klingelte.

»Uuups, meine Ma … Sekunde bitte!«, Lisa stand schnell auf.

»Hi Mama«

»Hallo, mein Kind, ich wollte nur hören, wie's dir geht.«

»Mir geht's gut, danke. Heut Abend ist ja noch das Gartenfest, und morgen komm ich dann.«

»Sehr schön, ich freu mich!«

»Ja, ich freu mich auch schon total. Und wie geht's dir?«

»Ach, mir geht's gut. Die kleinen Wehwehchen kenn ich ja schon lang.«

»Hat Karo gestern noch reingeschaut?«

»Ja, hat sie. Sie ist wirklich ganz lieb. Hat mir gestern noch Sachen eingekauft.«

»Ah, schön. Ich muss ihr unbedingt was mitbringen als Dankeschön.«

Eine Pause entstand.

»Mama? Bist du noch da?«

»Jaja … und … Kind … pass bitte auf dich auf, ja?«

»Äh … ja, natürlich. Das mach ich doch immer.«

»Mach die Augen zu und öffne dein Herz. Dann wirst du sehen, mein Kind.«

Lisa runzelte die Augenbrauen.

Schon wieder! Was sollte das heißen?

»Ja, klar … mach ich«

»Gut«

»Ja, dann … will ich mal wieder zu den anderen.«

Wieder Pause. Lisa sah aufs Display, ob die Verbindung noch da war.

»Ja, ist gut. Ich freu mich auf dich.«

»Ja, ich mich auch. Hab dich lieb.«

»Tschüss Lisa«

»Tschüss Mama«

Für ein paar Sekunden schaute Lisa gedankenverloren auf ihr Handy. Dann setzte sie sich wieder zu den anderen an den Tisch.

»Zu deiner Frage von eben, Lisa … eine Gitarre haben wir leider nicht an Bord. Geht das trotzdem für dich in Ordnung?«, fragte Quincy.

»Aber irgendwer scheint auf die Schnelle eine besorgt zu haben«, wandte Andi ein.

»Wie kommst du denn da drauf?«, fragte Quincy.

»Weil da eine Gitarre auf der Bühne steht.«

Quincy und Konny drehten sich gleichzeitig um. Auf der Bühne befand sich tatsächlich eine Westerngitarre in einem Ständer.

»Äh ... Moment mal, das ist doch ...«

Sonja sprang auf und lief zur Bühne. Sie nahm das Instrument vorsichtig in die Hand und konnte es nicht fassen: Das war unverkennbar die sündhaft teure *Ramirez* Konzertgitarre, die vor ein paar Wochen aus ihrem Geschäft gestohlen worden war. Der Weg, den das Instrument in den letzten Wochen genommen haben musste, blieb im Dunklen. Tatsache war, dass sie nicht einen Kratzer abbekommen hatte.

Kopfschüttelnd kam sie damit wieder zur Gruppe und reichte sie Lisa.

»Kommst du damit klar?«

Lisa nahm die Gitarre ehrfürchtig entgegen. Sie zupfte leise ein paar Akkorde und stimmte sie etwas nach.

»Die ist der Wahnsinn!«, freute sich Lisa.

»Aber schön drauf aufpassen, ja? Wär schade, wenn sie wieder wegkommt.«

KAPITEL 54

Mike Schewe schob die schmutzige Gardine zur Seite und sah zum Garten hinaus. Dicke graue Wolken hatten sich über den Himmel gewälzt und drohten unverhohlen mit Starkregen. Doch heute sicher nicht mehr, hoffte er optimistisch. Es wäre sonst ungerecht.

In den vergangenen Stunden hatte er mehr von seiner Energie dem *Haus* gewidmet als in den ganzen zehn Jahren davor. So gut es ging, hatte er in allen Räumen Staub gewischt, geputzt und aufgeräumt. Er hatte es sogar geschafft, den Kühlschrank und den alten Fernseher wieder zum Laufen zu bringen, was allerdings keine große Leistung war, wie er sich selbst eingestand. Dafür musste er nur ein paar Sicherungen einschalten.

Er hob seine Nase und schnupperte. Von irgendwoher kam noch ein unangenehmer, ammoniakähnlicher Geruch. Die Fenster hatte er über Nacht offengelassen, damit der Mief der letzten Jahre endlich hinausziehen konnte, doch der seltsame Gestank war immer noch da. Schewe schnupperte weiter und versuchte, der Ursache auf die Spur zu kommen. Schließlich wurde er hinter einem Bücherregal fündig: Es kam eindeutig von dort. Weil sich das schwere Möbelstück nicht wegschieben ließ, hockte er sich daneben in die Ecke und versuchte, mit seinem Arm dahinterzugreifen.

Dieses Scheißding rührt sich keinen Millimeter, verdammt!

Er zog seinen Arm wieder zurück und dachte nach. Dann stand er auf und lief hinunter in den Keller, wo der gut sortierte Werkzeugtisch seines Schwiegervaters stand.

Nachdem er dort sämtliche Türen und Schubladen aufgerissen hatte, wurde er schließlich fündig. Er nahm ein etwa 35 Zentimeter langes, metallenes Stemmeisen aus einer Schublade und betrachtete es zufrieden.

»Mit dir wird's gehen!«, sagte er laut und rannte wieder hinauf ins Wohnzimmer.

Dort setzte er den Hebel ganz unten zwischen Regal und Wand und drückte ihn vorsichtig, bis das schwere Möbelstück seine Gegenwehr aufgab und sich ein Stück nach vorne schieben ließ. Er warf das Brecheisen hinter sich und hockte sich wieder in die Ecke auf den Boden. Zentimeterweise ertastete er mit seinem Arm den Spalt zwischen dem Regal und der Wohnzimmerwand.

Da ist doch irgendwas!

Er zog an dem Ding, das sich seltsam weich und gleichzeitig schwer anfühlte. Als er sah, *was* er da herausgezogen hatte, schrie er geschockt auf: Es war der stinkende Kadaver einer Ratte. Im nächsten Moment wurde ihm auch klar, um was es sich bei den unzähligen, schwarzen Würmern gehandelt hatte, die überall in der Wohnung verteilt herumgelegen hatten: Rattenkot.

Schewe musste sich übergeben.

Angewidert warf er das halbverweste Tier in einen Abfalleimer im Garten und wischte sein Erbrochenes weg. Danach ging er ins Bad und duschte sich. Gegen neunzehn Uhr schaute er sich schließlich noch einmal in allen Räumen der Wohnung um und schnupperte testweise die Raumluft. Er war zufrieden: So konnte man es hier aushalten.

Doch jetzt musste er sich beeilen, denn die Party beim Ottenbräu war bestimmt schon in vollem Gang. Ein letzter Kontrollgang zwang ihn jedoch noch einmal in den Keller hinunter.

Dort war ebenfalls alles sauber und ordentlich. Das umgekippte, morsche Holzregal hatte er am Nachmittag zerkleinert und zusammen mit den verdorbenen Lebensmitteln auf einen Komposthaufen im Garten verfrachtet, was vergleichsweise schnell erledigt war. Das Absaugen und Entfernen des Wassers vom Kellerboden hatte ihn dagegen einige Stunden lang beschäftigt. Die Kellerfenster hatte er offengelassen, damit die Feuchtigkeit schneller abziehen konnte.

Er nickte beeindruckt, als ob er sich selbst loben wollte. Gleichzeitig glaubte er fest daran, dass Kerstin jetzt bestimmt sehr stolz auf ihn wäre, wenn sie sehen würde, was er hier alles geleistet hatte.

Den Küchenstuhl in der Mitte des Raumes hatte er am Boden festgedübelt. Links und rechts daneben hatte er ein paar Spanngurte ausgelegt. Schließlich wollte er nichts dem Zufall überlassen.

Schewe grinste. Sonja Pollinger würde es hier an nichts fehlen.

KAPITEL 55

Nachdem die Band ein paar seichte Jazz-Standards zur Untermalung des Kaurhythmus gespielt hatte, bestieg Gastgeber Robert Neumaier die Bühne und nahm das Mikrofon aus dem Ständer in die Hand.

» Servus mitanand, i mecht eich erst amoi …«

»Lauter!«, krakeelte jemand vom Bierrondell aus.

Tontechniker Ingo zog die Lautstärke des Kanals am Mischpult hoch, was prompt ein unangenehmes Pfeifen zur Folge hatte. Neumeier klopfte und blies vorsichtig auf den Korb seines Mikrofons und sagte:

»Eins zwei, eins zwei … passt es jetzt?«

Ein paar Daumen gingen im Publikum nach oben. Robert Neumeier entschied sich dafür, in Hochdeutsch weiterzusprechen.

»Also … servus zusammen, ich möchte euch erst einmal ganz herzlich hier beim Ottenbräu-Gartenfest begrüßen. Schön, dass doch so viele gekommen sind, obwohl das Wetter ja ned ganz so guad ausschaut grad. Ein paar Gäste sind tatsächlich von weiter weg angereist, da wär zum Beispiel mein dienstältester Freund und bester Kumpel Det aus Hamburg. Det, steh doch mal auf, bitte!«

Applaus

»Der Ottenbräu in Abensberg ist so klein, dass die meisten Navis Probleme haben, ihn zu finden. Es sind immer noch Navis dabei, die neben der Brauerei eine Straße einzeichnen, die es seit fuchzig Jahren ned mehr gibt. Deswegen gfreits mi umso mehr, dass du hierher gefunden hast, Det.«

Lachen

»Der Ottenbräu ist ein absoluter Zwerg unter den Brauereien hierzulande, der mit einem Minimum an Personal auskommen muss. Das Ganze funktioniert natürlich nur mit einer ausgereiften Technik dahinter, die den gesamten Brauprozess automatisch steuert und überwacht. Im Jahr 1609 war des freilich noch a bissl anders, in dem Jahr wurde der Name *Ottenbräu* nämlich zum ersten Mal in einer Urkunde erwähnt. Aber der älteste Lagerkeller hier in rund sechs Metern Tiefe stammt aus dem 13. Jahrhundert.«

Allgemeines Raunen

»Wie ihr alle wisst, ist ja bald wieder der Gillamoos hier in Omschberg[46]. Das ist für uns ein 13. Monat, von der Arbeit und vom Umsatz her. Deshalb haben wir schon vor Pfingsten mit dem Brauen angefangen, damit uns das Bier beim Gillamoos ned ausgeht, weil … des wär sehr tragisch!«

Allgemeines Lachen

»Es wird auch heuer wieder ein ganz besonders leckeres Festbier geben, so viel kann ich euch schon mal verraten. Und weil wir hier unter uns sind, könnt ihr das Gillamoos Festbier hier und heute schon mal vorkosten.«

Applaus und vereinzelter Jubel

»An der Stelle mecht i noch ein dickes Dankschön loswerden an die Frau, ohne die des ois überhaupt ned möglich wär. Macht's mal bitte einen kräftigen Lärm für meine liebe Frau Martina!«

Lauter Applaus und ausgelassener Jubel

»Für die musikalische Unterhaltung sorgt heute Abend übrigens die bekannte Omschberger Band *PinFreaks* unter der Leitung von meinem alten Schulfreund und Spezi Quincy Reinhardt … Applaus!«

Vereinzeltes Klatschen

---

[46] So nennen die Abensberger ihre Stadt

»So. Und jetzt bleibt mir nix mehr zu sagen als: I gfrei mi narrisch, dass ihr olle da seids und i wünsch eich a scheene Feier!«

Unter dem Applaus der etwa hundert Gäste steckte Neumaier das Mikrofon wieder in den Halter und verließ die Bühne.

Quincy schlug seine Sticks viermal zusammen und begann den Rhythmus von *Superstition* von Stevie Wonder. Ein paar Frauen vor der Bühne begannen sofort damit, im Takt mit den Hüften zu wippen.

Fängt ja schon mal ganz gut an, dachte Andi, während er den ikonischen Clavinet-Riff dazu spielte.

Kurz danach setzte Sonja Pollinger mit dem Saxofon ein.

Es schien zu laufen. Tontechniker Ingo machte einen guten Job, der Sound auf der Bühne war differenziert, alle Instrumente waren gut zu hören. Andi schaute zu Lisa, die ihn anlächelte, und fühlte sich sehr glücklich.

ANDI, ICH HAB DAS GEFÜHL, HIER STIMMT WAS NICHT.

Prompt haute Andi daneben und kam für einen Moment aus dem Rhythmus.

»Ey, was soll das? Hör auf, mich zu erschrecken! Was stimmt denn nicht?«, rief er in mehrere Richtungen, weil er nicht orten konnte, woher die Stimme kam.

»W…wieso? Ich hab dich d…doch gar nicht erschreckt.«

»Nee, ich mein ja auch nicht dich!«

»W…was stimmt denn n…nicht?«

Quincy sah sauer zu seinen Bandkollegen rüber und fragte gestikulierend, was da los sei, musste sich aber im nächsten Moment auf seinen Gesangseinsatz konzentrieren.

»Wenn ju belief in sings sät ju dont anderständ, sen ju saffa, Superstischon äin't se wäy«

Es folgten weitere sechzehn Takte Wiederholungen des Refrains, in denen sich die Tanzfläche vor der Bühne füllte.

»Ba duda, padam pam pam«, sang Quincy zum Schluss des Songs ein bisschen hyperaktiv ins Mikrofon und das Publikum jubelte frenetisch.

Lisa applaudierte ebenfalls kräftig und lächelte hoch zu Andi.

»Danke schön!«, rief Quincy in den Applaus hinein.

Als es wieder leiser wurde im Publikum, fuhr er zunächst damit fort, die Band vorzustellen. Die Gäste des Gartenfestes hörten anfangs noch aufmerksam zu.

»Also, wir sind die *Pinpricks* aus Abensberg … beziehungsweise aus Abensberg, Sandharlanden und Offenstetten. Uns gibt's jetzt seit ziemlich genau fünf Jahren, und zwar war das ein Zusammenschluss von zwei Bands gewesen, die …«

»Schreibts as aufd Homepage und spuits weida!«, kam es laut von irgendwoher und die Menge lachte.

»Okidoki«, rief Quincy leicht konsterniert und lächelte verlegen.

IRGENDWAS STIMMT HIER NICHT.

»Was stimmt nicht?«, fragte Andi und realisierte im nächsten Moment, dass er laut durch die Anlage zu hören war.

Die Leute schauten nun zu ihm.

Um die Situation zu retten, sagte Andi »Eins - zwo - check« ins Mikrofon und machte dann mit dem Daumen ein OK zu Techniker Ingo.

»Jetzt stimmt's wieder«, sprach er durchs Mikro.

Quincy versuchte derweil, den Faden wieder aufzunehmen. Andi hatte ihn ganz aus seinem Konzept gebracht.

»Also … äh … was ich eben sagen wollte … schön, dass wir da sein dürfen.«

Höflicher Applaus

Quincy sah seine Bandkollegen mit einem strafenden Blick an und zählte *Let's Stay Together* von Al Green ein.

KAPITEL 56

Der Lärm aus dem Garten der winzigen Brauerei zusammen mit der Musik der Liveband war auch im Auto hörbar. Mike Schewe suchte einen strategisch günstigen Parkplatz in der Nähe der Brauerei.

Er begegnete seinem Spiegelbild im Rückspiegel und grinste. Sein Look konnte sich sehen lassen: Er hatte ein dunkles Hemd und ein luftiges Sommersakko gewählt, was ihn um einige Jahre jünger machte.

Sein skeptischer Blick ging hinauf zum Himmel, nachdem ein einzelner Regentropfen auf seine Windschutzscheibe geklatscht war. Was sich dort oben in dunklem Grau zusammenbraute, sah nicht gut aus. Im nächsten Augenblick wurde der Sonnenschirm eines Straßencafés von einer Windböe erfasst und umgerissen. Servietten flogen wie ein Schwarm aufgescheuchter Tauben umher.

Schewe befürchtete, dass ihm für die Ausführung seines Plans womöglich weniger Zeit als gedacht zur Verfügung stand. Es kam also alles auf ein perfektes Timing an. Das Wetter würde definitiv sehr bald umschlagen; es war nur eine Frage der Zeit.

Sein Handy klingelte. Mike Schewe sah auf das Display in seinem Cockpit. Es war Kerstin.

Mist!

»Hi«, meldete er sich und bemühte sich um einen neutralen Ton.

»Hi … ich bin's«, kam es etwas zögerlich durch den Lautsprecher.

»Was gibt's denn? Wie geht's dir?«, fragte er.

»Ja … ehrlich gesagt … nicht so gut.«

»Wieso, was ist denn?«

»Es ist …«. Schewe hörte, wie Kerstin schniefte.

Ihre Stimme klang brüchig, weinte sie etwa?

»Jetzt beruhige dich erst mal. Was ist denn los?«, fragte er.

»Dieser Ohrstecker…«, begann Kerstin und stockte abermals.

Warum fängt sie wieder mit diesem verdammten Ohrstecker an?

»Wieso, was ist mit dem?«, fragte er.

Auf der anderen Seite der Leitung blieb es still.

»Kerstin? Bist du noch dran?«

»Ja …«

»Was soll mit dem Ohrstecker sein? Ich hab dir doch gesagt, dass ich nicht weiß, von wem der ist.«

»Weißt du noch, wo genau du ihn gefunden hast?«

Was sollte das denn jetzt?

Er kam am Aventinusplatz vorbei. Hier konnte er nur mit Schrittgeschwindigkeit fahren, weil eine Gruppe Radfahrer die Straße kreuzte.

»Wo genau ich den gefunden hab? Ja, keine Ahnung … irgendwo auf dem … Aventinusplatz.«

»Ok …«

»Kerstin! Kannst du mir bitte mal sagen, was genau los ist?«

»Ja, kann ich. Dieser Ohrstecker wird nämlich aktuell von der Polizei gesucht. Es geht anscheinend um diesen Mord vor ein paar Monaten.«

Ein Riesenschreck fuhr Schewe durch sämtliche Innereien.

»Was?«

»Ja. Ich habe ihn auf einem Plakat beim Edeka wiedererkannt.«

Er kämpfte gegen den Impuls an, laut zu schreien und gegen das Lenkrad zu schlagen.

»Oh, wow! Das ist ja ein Ding. Wusste ich gar nicht«, brachte er mit trockenem Hals heraus.

»Weißt du, was das bedeutet?«

Schewe wurde schwummrig. Sein Rücken begann zu schwitzen.

»Nein, was denn?«

»Dass wir das melden müssen.«

Oh fuck!

»Du …«, begann Kerstin vorsichtig. »Kannst du mir eine Frage ehrlich beantworten? Und bitte nicht sauer sein, ja? Aber ich muss dich das fragen: Hast du *irgendwas* mit diesem Mord zu tun?«

Mike Schewe schluckte.

»Nein, natürlich nicht! Du kennst mich doch!«

»Ja, eben … ich kann mir das ja ehrlich auch nicht vorstellen. Oh Mann, ich bin so blöd! Das ist alles nur deshalb, weil mich die Psychologin so kirre gemacht hat!«

Er schwieg.

Kerstin setzte nach: »Es tut mir leid!«

»Alles gut. Passt schon.«

Schewes Gedanken rasten.

Was mach ich denn jetzt?

»Was machen wir denn jetzt?«, fragte sie.

»Erst mal in Ruhe überlegen. Wir dürfen keine unüberlegten Schritte machen«, antwortete er. »Abgesehen davon … am Wochenende wirst du bei der Abensberger Polizei sowieso niemanden mehr erreichen.«

Er hoffte, dass Kerstin ihm diesen Quatsch abkaufte.

»Wieso meinst du?«

»Ja … keine Ahnung. Hat mir mal irgendwer erzählt, dass da am Wochenende nur der Anrufbeantworter drangeht.«

Dünnes Eis! Verdammt dünnes Eis, dachte er.

»Hmm … ja, ich weiß auch nicht«, dachte Kerstin laut. »Aber ich kann es ja trotzdem mal versuchen.«

»Nein, lass!«, rief Schewe und versuchte, seine Panik nicht durchklingen zu lassen. »Du hast grad genug Stress um die Ohren. Ich kümmere mich darum, ok?«

»Oh … würdest du das wirklich machen? Das wär lieb von dir«, antwortete Kerstin. Sie klang erleichtert. »Das mit Marie wird nämlich immer schlimmer, und ich weiß grad nicht, wo mir der Kopf steht.«

»Wieso? Was ist mit Marie?«, fragte Mike.

»Sie scheint jeden Tag eine neue Angststörung zu entwickeln. Heute hat sie beim Haarewaschen ein Riesentheater gemacht. Schatz, ich weiß grad nicht weiter.«

»Ok … mach dir keinen Kopf, das kriegen wir schon hin. Jetzt beruhige dich erst mal, ich kümmere mich um die Sache mit der Polizei, und dann sehen wir weiter.«

»Danke, du bist lieb. Ich könnte grad echt deine Hilfe brauchen. Magst du nicht einfach zurückkommen?«

»Äh … wie jetzt?«

»Na ja … jetzt … sofort?«, Kerstin schniefte.

Scheiße! Ganz schlechter Zeitpunkt!

»Du … das ist aber grad … also, ehrlich jetzt! Du schmeißt mich aus der Wohnung, und wenn's für dich ein bisschen schwierig wird, bestellst du mich wieder ein, oder wie?«

»Aber so hab ich das nicht gemeint.«

»Das hat mich schon ziemlich fertig gemacht, dass du mich rausgeschmissen hast.«

»Tut mir leid, ich wollte dir nicht wehtun«, schluchzte sie und klang jetzt ziemlich verzweifelt.

Gut, dachte Mike. Jetzt spürte er wieder Oberwasser.

»Gib mir mal ein bisschen Zeit, ja? Ich muss selbst damit klarkommen und über alles nachdenken. Ich meld mich morgen, ok?«

»Ok« sagte Kerstin leise.

»Also dann, ciao!«

Mike klickte auf *Beenden* und setzte die Suche nach einem Parkplatz fort.

KAPITEL 57

Ein Regenschauer zwang die Gäste des Ottenbräu-Gartenfestes unter die Sonnenschirme. Für einen kurzen Moment begegnete Andi dem Blick seines Nachbarn Karl-Heinz Krämer, der unerklärlicherweise ebenfalls zum Ottenbräu-Gartenfest gekommen war. Doch offenbar hatte Krämer ihn nicht erkannt und schaute wieder grimmig in sein Bierglas. Der Alte schien sich darüber zu ärgern, dass sich *sein* Sonnenschirm nun mit Menschen füllte.

Es war zum Verzweifeln; die Stimmung war wetterbedingt wieder auf dem Tiefpunkt angekommen und der letzte ehrliche Applaus war schon einige Songs her. Nach dem Schlussakkord von *Stumblin' In* drehte sich Quincy fragend zu seinen Bandkollegen um.

»Was sollen wir machen? Ich hab keinen Plan mehr?«

»Wie w…wärs m…mit ein bisschen bayerischem K…Kabarett?«

»Hä?«

Andi wusste genau, worauf Konny hinauswollte, und griff nach der schwarzen Tina-Turner-Perücke, die auf einem der Cases lag.

»Nicht wirklich, oder?«, fragte Quincy.

Konny, Sonja und Andi nickten betont langsam.

»Ok, dann … ach komm, is eh wurscht«, resignierte Quincy und überließ Konny die nächste Ansage, während er den schwarzen Staubfänger auf seinem Kopf fixierte.

»Ok, Leute … lange haben wir auf den Gaststar des Abends gewartet. Tage- und nächtelang haben wir mit ihrem Management telefoniert und nicht gewusst, ob sie wirklich kommen wird. Doch hier ist sie. Meine Damen und Herren, bitte einen kräftigen Applaus für Miss Tina Turner!«

Andi und Sonja sahen sich staunend an. Konny hatte keinen einzigen Stotterer in seiner Ansage gehabt! Prompt zählte Quincy *Proud Mary* ein und begann, begleitet von einem irritierten Applaus, zu singen.

»Left a gotschop in se sidey, workin' for se män effri night 'n day …«

Nach den ersten paar Takten winkte Andy Konny zu sich und raunte ihm die Information zu, dass *Miss Tina Turner* bereits im vergangenen Jahr verstorben war.

»Oh, echt? D…das w…wusste ich n…nicht.«

Der Regenschauer ließ wieder nach und vereinzelt kamen die Leute neugierig unter den Schirmen hervor.

»Whooo«, rief eine schätzungsweise fünfzigjährige Frau mit getigertem Oberteil, Lederrock und einer Zigarette in der Hand. »Yeah!«

»Änd I never lost wann minute of sleep, wörrying abaut se wäy sät sings meit häf binn …«

Der Bereich vor der Bühne füllte sich nun im Sekundentakt mit tanzenden Menschen. Die Wiese war zwar nass, aber das war den Leuten egal. Die ultra-schräge Tina-Turner-Parodie schien tatsächlich anzukommen. Es wurde im Takt geklatscht und fast nach jeder Textzeile gelacht. Quincys Aussprache war eine Katastrophe, aber das Publikum liebte es!

Dann kam der markante Break mit dem Tempowechsel, Sonja setzte mit dem Saxofon ein und das Publikum begann, wild zu tanzen.

Nach einer energiereichen Performance und dem Schlussriff des Songs ging das Applausometer prompt gegen Anschlag. Die Leute klatschten, pfiffen und jubelten, als ob die echte Tina Turner gerade einen Song performt hätte. Beseelt warf Quincy seine Perücke hinter sich und trommelte einen übermotivierten Tusch.

Nachdem der Jubel sich wieder ein bisschen gelegt hatte, zog Quincy das Mikrofon zu sich. Ingo hatte während des letzten Songs die

Lautstärke der Anlage nahezu verdoppelt, was das Gartenfest ohne Not in ein Rockfestival verwandelt hatte.

»Heeeejo!«, brüllte er ins Mikrofon und seine Bandkollegen rissen überrascht die Augen auf.

»Heeeejo!«, antwortete das Gartenfest und Quincy wähnte sich spätestens in diesem Augenblick auf dem Zenit seiner Karriere.

»So, Spezis, etzat hob i wos fia eich!«, blökte er ungestüm ins Mikrofon. »Mia hobn nämlich *noch* eine Überraschung im Gepäck.«

Das Gartenfest schaute überrascht.

»Sie ist extra aus Bröhlstadt hierhergekommen ...«

»Bröhlheim«, berichtigte Andi reflexhaft durch sein Mikrofon.

»Bröhlheim?«, plärrte ein Gast vom Bierrondell aus dazwischen.

»Genau! Bröhlheim. Also ... macht mal bitte kräftig Lärm für *Lisaaa*!«

Das Gartenfest applaudierte wie gewünscht und schaute Lisa dabei zu, wie sie die Bühne betrat und den Platz mit Sonja tauschte.

Im selben Moment entdeckte Andi auch die Gesichter von Tom, Ferenc und Elom. Sie mussten gerade eben gekommen sein, vermutete er und winkte den dreien zu. Gleich dahinter befand sich sein Nachbar Herr Krämer, der damit beschäftigt war, seinen Sitz auf einer Bierbank trocken zu wischen.

Nachdem Lisa die *Ramirez* umgeschnallt und den Mikrofonständer auf die passende Höhe eingestellt hatte, schlug Quincy seine Sticks zusammen und das Intro von *Smalltown Boy* begann. Den unverwechselbaren Synthi-Sound hatte Andi zum Glück noch auf seinem Keyboard gespeichert, denn mit den *Fluffy Diamonds* hatte er ihn in der Vergangenheit unzählige Male gespielt.

Jetzt setzte Lisa ein und mehrere Kinnladen klappten gleichzeitig runter. Auch die von Andi. Er wusste zwar, dass seine Freundin eine schöne Stimme hatte, aber das, was Lisa da gerade gesanglich ablieferte, haute alle regelrecht um.

Lisa wiederum konnte sich ein Grinsen nicht verkneifen, als sie den überraschten Andi sah. Diesen Song hatte sie in ihrer Londoner Zeit mindestens so oft aufgeführt wie er. Doch woher hätte er das wissen sollen? Die vergangenen vierzig Jahre beinhalteten bei ihnen beiden so viele unerzählte und spannende Geschichten. Und diese war eine davon.

Während Lisa die Leute mit ihrer Stimme verzauberte, fiel ihr Blick einen Moment lang auf Sonja Pollinger, die sich gerade mit jemandem zu unterhalten schien. Lisa amüsierte sich darüber, dass Sonja ihre Weinschorle wie Limonade hinuntergekippt hatte. Der Mann neben ihr kam ihr seltsamerweise bekannt vor. Doch das konnte ja eigentlich nicht sein, dachte sie und verwarf den Gedanken.

Die Tanzfläche war nun dicht gefüllt und alle sangen mit.

Smalltown Boy von *Bronski Beat* war eine Queer-Hymne aus einer Zeit, als es den Begriff *Queer* noch gar nicht gab. Das Lied kannte nun wirklich jeder. Tom und Ferenc Brandstätter gerieten komplett aus dem Häuschen und nahmen dabei den armen Elom hüpfend in ihre Mitte.

Die Gartenparty schäumte jetzt förmlich über. Quincys ungewollt komische Tina-Turner-Parodie war offenbar der Icebreaker gewesen, und ab sofort war alles weitere, wie der Bayer so schön sagt, *a gmahte Wiesn.*

Der letzte Akkord von *Smalltown Boy* schallte durch die Lautsprecheranlage und der Jubel des Publikums war fast ohrenbetäubend laut. Gastgeber Robert Neumaier, der zusammen mit seiner Frau Martina am Eiswagen stand, lächelte zufrieden. Den Auftritt der *Pinpricks* hatte er seinem alten Schulfreund Quincy eher aus einer Geste des Wohlwollens heraus zugesagt, doch jetzt war er glücklich, dass die Band sein Gartenfest zu einem echten Event machte. Er beschloss, ein paar Euro auf die vereinbarte Gage draufzulegen.

»Zugabe … Zugabe … Zugabe!«, forderte das Publikum begeistert und klatschte im Takt.

»Geht noch eins?«, fragte Quincy in Richtung Lisa, während er sein Mikrofon zuhielt.

»Weiß nicht. Könnt ihr *Sweet Dreams*?«

»Ja, logo … Sweet Dreams«, rief Quincy zu Konny und Andi hinüber und zählte ein.

Sweet Dreams von den *Eurythmics* brachte Lisas Gesangsqualitäten sogar noch mehr zur Geltung als der Song davor. Wer die Augen schloss, musste glauben, dass Annie Lennox gerade höchstpersönlich ein unangekündigtes Überraschungskonzert in Abensberg gab, so frappierend war die Ähnlichkeit ihrer Stimmen.

Nach dem Ende von *Sweet Dreams* lagen die Abensberger Lisa förmlich zu Füßen und forderten frenetisch weitere Zugaben. Doch Lisa winkte freundlich ab und bedankte sich. Sie wollte niemandem die Show stehlen.

»Lisa … Fechtner!«, rief Quincy in den Jubel hinein, als Lisa die Bühne verließ.

Inzwischen war es dunkel geworden. Die bunten Lichterketten und Lampions kamen erst jetzt richtig zur Geltung.

Doch der Wettergott schien es nicht gut mit dem Gartenfest zu meinen: Windböen schlugen heftig in die seitlichen Bühnenplanen, und im Licht der Scheinwerfer konnte man den schräg einfallenden, stärker werdenden Regen deutlich erkennen. Dieses Mal schien es sich nicht nur um ein kurzes Intermezzo zu handeln. Ein Teil des Publikums zog sich wieder unter die großen Sonnenschirme und zum Bierrondell zurück. Zwei Helfer vom Bühnenverleih begannen hektisch, die Planen an allen Seiten festzuzurren. Die Bühne verfügte zwar über eine Dachkonstruktion, aber wenn der Regen waagerecht von vorne einfiel, half sie auch nicht.

»Darf ich unsere liebe Saxofonistin Sonja wieder auf die Bühne bitten?«, fragte Quincy, als sich der Applaus wieder legte.

»Whooohoo!«, rief ein einzelner Sonja-Pollinger-Fan mit einem Weißbierglas in der Hand, was für einen Lacher sorgte.

Der Regen wurde schnell immer stärker. Andi hielt sich die Handfläche vor die Stirn, um seine durch einen hellen Scheinwerfer geblendete Sicht etwas abzuschirmen. Die verbliebenen zwanzig wetterfesten Fans vor der Bühne drehten sich um und suchten ebenfalls nach der blonden Saxofonistin.

»Sonja?«, fragte Quincy verunsichert in die verstummte Menge. »Kommst du wieder hoch?«

Doch Sonja kam nicht.

KAPITEL 58

»Jetzt lass dich nicht so hängen, ich kann dich ja schlecht zum Auto tragen!«

Die nahezu handlungsunfähige Sonja Pollinger auf den Beifahrersitz zu verfrachten, gestaltete sich schwieriger als gedacht. Einige Male hatte Schewe versucht, sie ans Auto zu lehnen, um schnell die Beifahrertür öffnen zu können, doch Sonja drohte immer wieder umzukippen.

Immerhin war der strömende Regen ein guter Schutz gegen neugierige Blicke, denn bei diesem Scheißwetter war in der Stadt aktuell kaum jemand unterwegs. Inzwischen war es Schewe auch egal, dass er bis auf die Haut durchnässt war.

Endlich hatte er es geschafft, die Beifahrertür zu öffnen, ohne dass Sonja umgefallen war. Er packte sie an den Hüften und drückte sie zur Beifahrerseite ins Auto.

»Aua, du tus mir weh …!«

Ein älteres Ehepaar mit Regenschirm und einem klatschnassen Rauhaardackel an der Leine kam vorbei und blieb neugierig stehen.

Verdammte Scheiße! Haut schon ab!

»Mei, oh mei!«, rief der Mann zu Schewe hinüber.

»Jaja«, rief Schewe lachend zurück, während er Sonja den Gurt anlegte. »Sie hat genug für heute.«

Das Ehepaar mit dem nassen Dackel ging weiter.

Gottseidank!

Mike Schewe knallte die Beifahrertür zu, lief ums Auto und stieg ein.

Wasser tropfte von Sonjas völlig zerzausten Haaren auf die weißen Ledersitze. Ihr Kopf war seitlich gekippt und die Augen halb geöffnet.

»Wo bringsu mich hin? Wo binnich überhaup?«

»Keine Sorge, ich bring dich nach Hause.«

»Ah, nach Hause … dassis gut«, lallte sie und schloss wieder die Augen.

Schewe hoffte, dass die Menge an K.-o.-Tropfen, die er ihr in die Weinschorle gekippt hatte, nicht zu hoch gewesen war. Irgendwo hatte er gelesen, dass eine Überdosierung zu Atemlähmung und zum Tod führen konnte.

Das wäre schade, dachte er.

Er startete den Motor und fuhr langsam vom Parkplatz. Der Scheibenwischer arbeitete schon auf höchster Stufe, und trotzdem konnte Schewe draußen kaum etwas erkennen. Mit dem Handrücken wischte er sich ein Guckloch auf die beschlagene Windschutzscheibe. Er setzte den Blinker und fuhr an.

»Mann ey! Pass doch auf, du Idiot!«

Um ein Haar hätte er einen Radfahrer angefahren, der ohne Licht unterwegs war.

»Du blödes Arschloch!«, brüllte Schewe.

Sein Puls raste. Hektisch sah er nach rechts zu Sonja, aber die schlief tief und fest.

Diesmal schaute er mehrmals nach links und rechts und fuhr wieder los. In Schrittgeschwindigkeit rollte er durch die ausgestorbene Altstadt. Die Sonnenschirme der Cafés waren nur zum Teil provisorisch zusammengebunden und ein paar Sitzpolster lagen verstreut kreuz und quer auf dem Stadtplatz herum. Offenbar waren sowohl die Straßenwirte als auch deren Gäste gleichermaßen vom Unwetter überrascht worden.

Schewe sah angestrengt nach rechts in eine Querstraße, um nicht wieder jemanden zu übersehen. Doch von dort kam niemand.

Sein Telefon klingelte. Es war Kerstin.

So eine Scheiße!

Er ließ es klingeln und hoffte, dass sie irgendwann aufgab, doch es klingelte immer weiter.

Sonja wand sich stöhnend zur Seite. Sie schien aufzuwachen.

Er hob widerwillig ab.

»Ja? Was ist?«

»Hi, ich bin's. Warum flüsterst du denn?«

»Ich … äh … ich hatte nur grad was im Hals. Was gibt's denn?«

»Nichts eigentlich. Ich wollte nur fragen, wie's dir geht.«

Was soll denn der Scheiß jetzt? Kontrollanruf, oder was?

»Danke, gut so weit. War noch in der Stadt und bin jetzt auf dem Weg ins *Haus*.«

Schewe gab sich Mühe, möglichst leise und tief zu sprechen, damit seine bewusstlose Beifahrerin nicht aufwachte. Ein schneller Kontrollblick erleichterte ihn.

»Du kannst auch gerne nach Hause kommen. Du musst nicht im *Haus* übernachten, wenn du nicht willst.«

»Nee, das ist schlecht … ich meine … ich glaub, ich möchte heute Nacht lieber allein sein. Über alles nachdenken.«

»Ist irgendwas mit dir? Du klingst so komisch«

»Was soll schon sein, verdammt? Sorry, ich bin grad ziemlich durcheinander. Ist grad ein bisschen viel.«

»Wie oft soll ich dir denn noch sagen, dass es mir leidtut?«, fragte sie.

»Ja, ich weiß. Aber hey … ich hab's mir da ziemlich gemütlich gemacht. Also alles sauber gemacht und aufgeräumt.«

»Wow, echt?«

Kerstin klang beeindruckt.

»Ja. Hab sogar den alten Fernseher und den Kühlschrank wieder zum Laufen gebracht.«

»Cool!«, antwortete sie.

»Weißt du was, ich glaub es ist ganz gut, dass wir das *Haus* als Ausweichmöglichkeit haben. Ich meine, wenn einer von uns mal eine Auszeit braucht oder so?«, gab er als Vorschlag zu bedenken.

»Brauchst du denn eine Auszeit?«, fragte Kerstin.

Mike dachte einen Moment lang nach.

»Ja, kann schon sein. Weiß nicht«, antwortete er vage.

»Ok … dann meld dich morgen, ja?«

»Mach ich, ciao.«

Mike unterbrach die Verbindung. Er war erleichtert, dass Sonja keinen Mucks von sich gegeben hatte. Das wäre fatal gewesen.

Eine Minute später bog er nach links und gleich wieder rechts ab.

»Gleich sind wir zu Hause, Schatz!«, sagte er.

KAPITEL 59

»Mit wem?«
»Weiß nicht, mit so 'nem Typen halt.«
»Und wie sah der aus?«
»Keine Ahnung, irgendwie normal.«

Das Unwetter in Abensberg hatte sich offenbar vorgenommen, biblische Ausmaße anzunehmen. Wind und Regen waren derart heftig, dass die meisten Gäste entweder zu Fuß oder mit ihren Autos nach Hause geflüchtet waren. Gastgeber Robert Neumaier half Adriano Di Stasio beim Sichern des Eiswagens. Immer wieder überzogen Blitze den Nachthimmel und machten die Stadt für Sekundenbruchteile taghell. Die kurz darauf folgenden Donnerschläge waren beängstigend laut und körperlich spürbar.

»W...was machen w...wir jetzt?«, fragte Konny in die ratlosen Gesichter seiner Bandkollegen.

ER HAT SIE MITGENOMMEN.

»Wer hat sie mitgenommen?«, riefen Elom und Andi gleichzeitig.

Tom, Ferenc, Quincy, Konny und Lisa sahen die beiden verwundert an.

»Äh ... der Typ hat Sonja anscheinend mitgenommen«, sagte Andi irritiert.

»Was?«, fragte Lisa.

»Ok … also, das ist so …«

»Wir jetzt keine Zeit verlieren dürfen«, ging Elom aufgeregt dazwischen, hob den Kopf und rief: »Wo ist sie?«

Zwei grelle Blitze zuckten über den Nachthimmel und zogen ein durchdringendes Donnergrollen nach sich.

ICH ZEIG EUCH DEN WEG.

»Wir sollen ihm offenbar folgen«, informierte Andi die Gruppe.

»Wem folgen?«, fragte Quincy.

»Meinem Vater!«

Quincys Gesichtsausdruck hätte in diesem Moment nicht ausdrucksloser sein können. Doch auch, wenn es in diesem Augenblick wesentlich mehr Fragen als Antworten gab – über eines waren sie alle sich einig: Es gab keine Zeit zu verlieren.

DA VORNE RAUS!

»Da vorne raus!«, wiederholte Elom laut und lief zusammen mit Andi los.

Quincy, Konny, Tom, Ferenc und Lisa folgten ihnen.

Sie überquerten die Straße und rannten Richtung Stadtplatz.

»Äh, wat machen wir hier jenau, Ferri?«, wollte Tom wissen.

Er war erschöpft stehen geblieben und hielt sich eine Hand in die stechende Seite.

»Wir folgen einem Gaist.«

»Ah …«, gab Tom schnaufend zurück.

Der Hundertzehn-Kilo-Mann versuchte, sich aufzurichten, sah aber ein, dass es keinen Sinn machte, mit dem Tempo der anderen mithalten zu wollen. Er checkte seine Smartwatch, die schon seit einer ganzen Weile ununterbrochen piepte. Eine rot blinkende Warnung informierte ihn über ein Problem mit seinem Herzrhythmus.

»Ferri, isch kann nit mih, lauf du wigger!«[47]

»Nain, ich blaibe bai dir. Lass uns libär bai där Polizai anrufän.«

---

[47] Ferri, ich kann nicht mehr. Lauf du weiter!

Derweil waren die anderen sowieso schon viel zu weit entfernt, um ihnen folgen zu können, weswegen die beiden beschlossen, zurück zum Auto zu gehen.

»Sunne Dress, isch glöuv isch muss misch mieh bewääje!«[48]

»Ja, das musst du, main Liebär!«

[48] So ein Mist! Ich muss mich mehr bewegen!

KAPITEL 60

Kommissarin Kathi Teuber beobachtete Tobi Gruber, der auf dem Flur des Polizeireviers gerade dabei war, eine Packung Chips aus dem Snackautomaten zu ziehen. Die Ausgabespirale hatte sich zwar ein paarmal gedreht, aber die Tüte mit den Chips war hängengeblieben. Wieder mal. Sie musste lächeln.

»So eine verdammte Mist-Drecks-Kacke!«, rief er sauer und haute gegen den Automaten.

»Lass, Tobi, der kann doch auch nichts dafür«, lachte Kathi und schob einen weiteren Euro hinterher.

Diesmal drehte sich die Spirale etwas zu lang und es fielen insgesamt drei Tüten ins Ausgabefach.

»Nicht schlecht!«, meinte Tobias Gruber respektvoll.

»Das Kompliment geb ich gerne zurück«, entgegnete die Kommissarin augenzwinkernd.

»Äh … was meinst du denn?«

»Dein Verhalten heute am Flüchtlingsheim. Du hast dich zwar über meine Anweisungen hinweggesetzt, aber letztlich hast du die brenzlige Situation dort sehr gut gelöst. Außerdem hast du dich schützend vor den unbewaffneten Hakim Yumah gestellt. Wer weiß, was dieser Lynchmob so alles mit ihm angestellt hätte. Ich werde von einer Dienstaufsichtsbeschwerde absehen.«

»Ok … äh … wow!«, sagte Gruber und ging einen Schritt auf seine Vorgesetzte zu.

»Muss ich mich jetzt bei dir bedanken, oder was?«

»Nein, muss du nicht. Ich wollte dir nur sagen, dass ich es gut fand, wie du heute reagiert hast – und dir was vorschlagen.«

»Aha …«, Tobias kam einen Schritt näher.

»Was denn?«

»Ab April startet das neue Semester hier in Landshut für Kriminalkommissare. Falls du Interesse hast, dort einzusteigen … ich könnte beim Chef ein gutes Wort für dich einlegen.«

Gruber zog die Augenbrauen hoch.

»Kriminalkommissar? Boah … ich weiß nicht.«

»Du kannst es dir ja noch mal …«

Kathis Diensthandy klingelte.

»Hallo?«

»Hallo … äh … Klingbeil hier … also die Gerti von der Zentrale, ich weiß jetzt nicht, ob Sie noch wissen, wer ich …«

»Ja, Gerti, ich weiß schon. Worum geht's denn?«

»Also, hier ist grad eine Dame in der Leitung. Sie wirkt auf mich ziemlich aufgelöst. Es geht um den Ohrstecker von Lara Schuster. Soll ich sie durchstellen?«

»Ja, natürlich!«

»Ok, einen kleinen Moment, bitte …«

Kathi Teuber hörte verschiedene Klickgeräusche in der Leitung, die von Grubers knisternder Chipstüte begleitet wurden. Danach vernahm sie leises Fluchen. Kurz darauf war es still.

»Hallo?«, fragte sie in den Hörer.

»Ja, hallo, hier ist Kerstin Schewe. Spreche ich mit der Kommissarin?«

»Grüß Sie, Frau Schewe. Ja, Kommissarin Teuber hier. Was kann ich für Sie tun?«

»Ja, also, wir kennen uns ja von dem Klassenausflug … also, jetzt ist es so … ich hab gestern beim Edeka den Ohrstecker wiedererkannt.«

Die Kommissarin hörte schweres Atmen auf der anderen Seite der Leitung.

»Frau … Schewe? Jetzt atmen Sie doch erst mal tief durch und erzählen Sie mir in Ruhe, was los ist, ok?«

Tobias Gruber griff wieder in seine laut knisternde Chipstüte.

»Ich weiß gar nicht, wo ich anfangen soll, es ist alles so schrecklich!«

»Ja, erzählen Sie einfach. Ich bin ja da. Was ist denn mit dem Ohrstecker, Frau Schewe?«

»Gestern hab ich das Plakat beim Edeka gesehen … also, das mit dem Ohrstecker. Und vor ein paar Tagen hab ich genau denselben beim Waschen zu Hause gefunden.«

»Beim Waschen zu Hause haben Sie denselben Ohrstecker gefunden wie auf unserem Fahndungsplakat, Frau Schewe?«, fragte Teuber nach.

»Ja, richtig«

»Können Sie auch sagen, von wo dieser Stecker genau herkam?«

»Aus der Jeanshose von meinem Mann.«

Aufgebracht drückte sie die Stummschalt-Taste und schaute auf die knisternde Chipstüte ihres Kollegen.

»Tobi, sag mal, kannst du verdammt nochmal bitte damit aufhören?«

Gruber hörte verdattert auf zu kauen.

Genervt nahm sie das Handy wieder ans Ohr.

»Also der Ohrstecker war in der Jeanshose Ihres Mannes? Hab ich Sie richtig verstanden?«

»Ja.«

»Wo ist denn Ihr Mann gerade?«

KAPITEL 61

Sonja Pollinger kam allem Anschein nach allmählich wieder zu sich. Mike Schewe betrachtete sie neugierig wie ein Kind ein interessantes neues Spielzeug. Er hatte sie im Keller auf einem Küchenstuhl fixiert und ihr zur Sicherheit einen Knebel um den Mund gebunden.

Er war der Meinung, sie sollte sich zuerst einmal an ihre neue Umgebung gewöhnen. Und danach … nun, das würde er dann sehen.

Er stand vor ihr und wartete geduldig. Ein paarmal hatte sie schon ihre Augen ein wenig geöffnet und den Kopf bewegt, aber dann hatte sie immer wieder die Besinnung verloren.

Schewe horchte. Draußen tobte immer noch ein heftiges Gewitter, aber hier unten waren sie vor dem Regen geschützt. Und Sonja hatte alles, was sie benötigte, fand er.

Sonja öffnete die Augen und zuckte zusammen, als sie den Unbekannten erblickte. Unwillkürlich wollte sie aufstehen und realisierte im gleichen Moment, dass sie an Händen und Füßen am Stuhl gefesselt war. Dann wand sie sich hin und her und stieß einen Schrei aus, der sich im Stoff ihres Knebels verlor. Nackte Panik und Todesangst standen in ihren Augen.

»Hallo«, begrüßte Schewe seinen neuen Gast ruhig. »Schön, dass du da bist!«

Die junge Frau zog panisch mit aller Kraft an ihren Fesseln und warf sich nach links und rechts, um wenigstens den Stuhl zum Kippen zu bringen. Doch Schewe hatte ganze Arbeit geleistet. Die Betondübel hielten ausgezeichnet im Estrich des Kellerbodens. Er hatte sich dafür am Vormittag noch von einer Mitarbeiterin im Baumarkt erklären lassen, wie man dies bewerkstelligte und sich bei der Durchführung noch gewundert, wie einfach das alles letztlich war.

»Du wirst dich schon noch an dein neues Zuhause gewöhnen«, versprach Schewe mit sanfter Stimme.

Sonjas Kopf sackte ein wenig herunter und sie begann zu weinen.

»Alles gut«, versuchte er sie zu beruhigen. »Es wird dir an nichts fehlen. Ich hab extra noch eingekauft. Wir machen es uns hier gemütlich, was meinst du?«

Schewe hatte nicht den Eindruck, dass Sonja ihm zuhörte. Sie war anscheinend noch weit davon entfernt, sich mit ihrer neuen Situation zu arrangieren. Er würde ihr viel Zeit dafür geben müssen, was ihm wohl einiges an Geduld und Empathie abverlangen würde.

»Hast du mich verstanden?«, fragte er vorsichtig.

Sonja war in sich zusammengesackt und ihr Oberkörper bebte.

»Ob du mich verstanden hast, hab ich gefragt«, wiederholte Schewe nun so laut, dass Sonja zusammenzuckte.

Na also, es geht doch, dachte er.

Sonja sah langsam auf und blickte ihren Peiniger anklagend an. Ihre geröteten Augen zeigten außer Angst nun auch Gefühle wie Wut und Hass.

»Möchtest du mir nicht auf meine Frage antworten? Ich habe dich gefragt, ob wir es uns hier gemütlich machen wollen.«

Der Unterton in Schewes Stimme hatte nun etwas Manisch-Sarkastisches. Er war imstande, innerhalb von Sekunden von sanftem Säuseln auf cholerisches Brüllen umzuschalten.

Sonja schüttelte wie in Zeitlupe ihren Kopf und fixierte Schewe mit einem durchdringenden Blick, als ob sie sagen wollte:

Du krankes Arschloch, mach mich sofort wieder los!

Da kochte Mike Schewes Wut impulshaft über. Er holte aus und schlug zu. Er traf sie hart am linken Kiefer. Lautlos sackte ihr Kopf auf ihre Brust und sie verlor wieder das Bewusstsein.

»Oh, sorry, ich wollte dir nicht wehtun!«

Ein wenig unbeholfen hob er ihren Kopf nach oben, als ob er den Wutausbruch ungeschehen machen wollte. Doch Sonja war ganz offensichtlich weggetreten und nicht ansprechbar. Er streichelte ihr Gesicht und gab ihr einen sanften Kuss auf die Wange.

»Jetzt komm, tu nicht so! So schlimm war das doch auch nicht!«

Ein dumpfes Knirschen kam von oben. Schewe horchte auf.

Was war denn das?

»Bin gleich wieder da, Schatz!«, kündigte er an und lief die Treppe hinauf.

Oben in der Wohnung schien alles in Ordnung zu sein. Hatte er sich verhört? Er machte das Licht in der Küche an und horchte.

Wieder dieses seltsame Knirschen. Dann ein dumpfer Knall.

Scheiße, was ist das?

Er zog die Gardine zur Seite und schaute aus dem Fenster. Das sonst so beschauliche Flüsschen Abens war weit über seine Ufer getreten und hatte die ganze Siedlung in einen braunen, ungezügelten Strom verwandelt. Alles, was sich ihm in den Weg stellte, wurde binnen Sekunden verschluckt oder erbarmungslos fortgetrieben. Direkt unterhalb des Küchenfensters trieb ein massiger Baumstamm in ihm vorbei. Schewe brauchte einige Sekunden, um die Situation zu realisieren.

»Scheiße, das Auto!«, stieß er aus und rannte zur Haustür.

Dort blieb er jedoch stehen; ihm war noch etwas eingefallen.

Schewe ging zurück zur Kellertür, drehte den Schlüssel zweimal um und steckte ihn in seine Hosentasche.

Sicher ist sicher, dachte er und grinste mürrisch.

Dann riss er die Haustür auf. Das Hochwasser lief bereits über die Terrasse. Er musste sofort weg hier!

KAPITEL 62

Es regnete jetzt nicht mehr so stark. Immerhin. Quincy und Konny kollidierten beinahe mit Andi und Elom, weil die beiden abrupt stehen geblieben waren. Lisa kam auch hinzu. Alle fünf waren völlig außer Atem.

»Was ist los?«, fragte Lisa nach Luft ringend.

»Hier geht's ned weida«, antwortete Quincy.

Die Einsatzkräfte der Feuerwehr und vom Technischen Hilfswerk waren dabei, Sperren aufzustellen und das Ufer zu sichern. Überall lagen Schläuche herum, die zum Abpumpen der Keller vorbereitet wurden, die vollzulaufen drohten.

»Ende Gelände«, rief Andi und erntete prompt ein paar schräge Blicke wegen dieses aus der Zeit gefallenen Spruchs.

»So eine Scheiße, was machen wir denn jetzt?«, fragte Lisa verärgert.

»Ich hab eine Idee!«, rief Quincy, lief ein Stück zu einem Gartentor und öffnete es. »Hier lang!«

Sie rannten auf einem Kiesweg über ein großzügiges, parkähnliches Grundstück, wo sich auf einer kleinen Anhöhe eine Villa befand. In der Mitte des Parks gab es einen kleinen See, und ein Stück weiter war der Weg gepflastert, wo sie eine Einfahrt erkennen konnten.

»Da geht's wieder raus«, flüsterte Quincy. »Aber seid bitte leise, hier wohnt nämlich …«

»Halt! Stehen bleiben!«

Ein glatzköpfiger älterer Mann stand in Pyjama und Bademantel direkt neben der Einfahrt und versperrte ihren Fluchtweg, wobei er ein antiquarisches Gewehr auf sie richtete.

»Oh, Scheiße!«, murmelte Quincy und rief dann laut: »Hallo Clemens, ich bin's!«

»Was soll das heißen, *ich bin's*?«

Quincy drehte sich zu den anderen und zeigte unauffällig einen Vogel.

»Das ist Clemens von Celsius«, flüsterte er. »Er ist ein bisschen wirr im Kopf … aber normalerweise ist er harmlos.«

»Was wollt ihr auf meinem Grundstück?«, rief Clemens von Celsius.

»Wir müssen nur kurz durch deinen Garten, Clemens.«

»Ihr spinnt wohl. Macht, dass ihr hier wegkommt!«, schimpfte er und fuchtelte mit seiner Museumsflinte herum.

»Keine Angst, das ist nicht geladen. Er will uns nur erschrecken«, zischte Quincy und fügte sicherheitshalber hinzu: » … glaub ich.«

»Los! Zurück! Dahin, wo ihr hergekommen seid!«

Der Lauf seiner historischen Waffe vollzog abenteuerliche Kreisbewegungen, und die fünf hatten eine Höllenangst, dass sie losgehen könnte. Wenn auch versehentlich, aber das machte es eher noch schlimmer.

»Dürfen wir bitte dort vorne raus, Clemens? Wir beeilen uns auch«, bat Quincy, aber der Hausherr erwies sich als unnachgiebig.

»Zurück, marsch marsch! Dort, wo ihr hergekommen seid, aber zackig!«, krakeelte von Celsius.

»Tak, co ty tam robisz? Ojej, ojej!« [49]

Eine Frau kam aufgeregt aus dem Haus gelaufen. Sie trug einen grauen Faltenrock und eine dunkelrote Bluse. Ihre geflochtenen Haare waren zu einem Dutt zusammengebunden.

Ihr Name war *Bogdana Lewandowki*. Sie war Clemens von Celsius' Pflegerin und außerdem so etwas wie seine erziehungsberechtigte

---

[49] Was machst du denn da? Oje, oje!

Betreuerin. Seit mehr als zehn Jahren stand die sechsundfünfzigjährige Polin schon rund um die Uhr zu Diensten des Adeligen, wobei unklar war, wer sie ursprünglich überhaupt eingestellt hatte.

»Gib mir dem Gewähr, Clemens!«

»Nix da! Ich vertreibe nur ein paar Eindringlinge von meinem Grund und Boden, Bogdana. Aus dem Weg!«

Doch die resolute Pflegerin ließ sich von dem alten Schreihals nicht einschüchtern. Im Gegenteil.

»So, du bist jetzt braver Junge und hörst auf die Stelle auf mit das Unsinn!«, wies sie ihn zurecht und kam mit strengem Blick auf ihn zu.

»Aber ich …«

»Gib dem Gewehr … jetzt!«, herrschte Bogdana von Celsius an, als hätte er beim Herumtollen ihren Gemüsegarten ruiniert.

Der Alte schob enttäuscht die Unterlippe nach vorn, ließ die Schusswaffe sinken und gab sie ihr. Die fünf atmeten erleichtert aus.

»Bitte um Entschuldigung!«, sagte Bogdana in Richtung der Gruppe. »Ich nur kurz nix aufgepasst und schwubbs …!«

»Alles gut«, sagte Lisa. »Wir haben es nur wirklich sehr eilig.«

»Ja, is nix Problem. Gehen einfach durch«, antwortete die Pflegerin, und zu ihrem Pflegefall sagte sie:

»Un du komms jetz wieda in Haus, sonst erkältest du noch, ojej!«

Entschlossen hakte Bogdana Lewandowski Clemens von Celsius' Arm unter und führte ihn ins Haus zurück.

KAPITEL 63

Nur langsam kam Sonja Pollinger wieder zu Bewusstsein. Ihre Wange brannte heftig und der Oberkiefer tat ihr weh; da erinnerte sie sich wieder an den Schlag, den Schewe ihr ins Gesicht verpasst hatte. Auch die Erinnerungen an ihre Begegnung mit Schewe auf dem Gartenfest wurden langsam wieder in ihr wach.

Als sie die Bühne für Lisas Gastspiel verlassen hatte, war ihr Sebi über den Weg gelaufen. Sie hatte sich wahnsinnig darüber gefreut und wollte ihm prompt in die Arme fallen, doch Sebi hatte sich weggedreht und irgendwas gemurmelt, das sie im Lärm der Musik nicht verstanden hatte. Dann war plötzlich diese Frau aufgetaucht, hatte sich bei ihm eingehakt und amüsiert gefragt:

»So so, ihr kennt euch?“

Daraufhin hatte Sebi herumgedruckst und sowas wie „Nee, nur ganz flüchtig“ geantwortet.

„Na, ist ja auch wurscht“, hatte die Fremde dann gesagt. „Kommst du, Schatzi? Die anderen sind auch grad gekommen.«

Dann hatte er sich von dieser Frau wegziehen lassen und sich mit einem seltsam entschuldigenden Blick verabschiedet.

Sonja fiel auch wieder ein, wie unendlich enttäuscht und leer sie sich in diesem Moment gefühlt hatte. Sie war zum Weinstand gelaufen, hatte eine Weinschorle bestellt und sich auf einen freien Platz auf eine

Bierbank gesetzt. Dort hatte dieser ekelhafte Typ sie dann angegrinst und sie gefragt, wie es ihr ging …

Sonja versuchte, ihre schmerzenden Arme zu bewegen, doch es ging nicht. Ihre Füße und Beine fühlten sich unangenehm kalt an, und seit einer ganzen Weile schon hatte sie unbewusst das laute Rauschen und Plätschern von Wasser um sich herum wahrgenommen; das wurde ihr jetzt ebenfalls bewusst.

Da riss sie die Augen auf und stieß einen dumpfen Schrei aus. Ihre Unterschenkel standen zur Hälfte in dunkelbraunem, eiskaltem Wasser, das in großen Fontänen zu den beiden Kellerschächten hereinströmte.

Panisch zog sie an ihren Fesseln, doch sie musste sofort einsehen, dass sie aus eigener Kraft diesen Keller nicht verlassen würde.

Wo war dieser Mistkerl hin? fragte sie sich und schrie durch ihren Knebel, so laut es ging.

Nach einigen endlosen Minuten hörte sie erschöpft auf zu schreien. Ihr Hals tat weh und zum ersten Mal kam ihr der Gedanke, dass sie diesen Ort womöglich nicht lebend verlassen würde.

Sie drehte sich, so weit es ging, nach hinten und sah sich um. Ein paar Holzregale mit Vorräten standen dort. Daneben befand sich eine alte Holztruhe, die bereits wackelnd anfing zu schwimmen. Ein Werktisch und ein Metallschrank darüber verbargen sicher einige wertvolle Werkzeuge, die jetzt ihr Überleben sichern konnten, aber er stand unerreichbar weit weg von ihr. Ansonsten gab es hier unten außer altem und nutzlosem Kram nicht viel.

Sie schaute zur anderen Seite zur Kellertreppe hinauf. Diese Treppe hatte etwas Morbides und Unheimliches zugleich, und doch wünschte sie sich in diesem Augenblick nichts sehnlicher, als dort hinauflaufen zu dürfen.

Jetzt wurde Sonja mit einem Mal bewusst, dass sie ihre Beine nicht mehr spürte, was sie aber im Vergleich zur Kälte beinahe als Erleichterung wahrnahm.

Sie dachte krampfhaft nach. Was war nur passiert? In ihrem Sebifrust hatte sie sich mit ihrer Weinschorle anscheinend genau zu diesem kranken Wichser gesetzt. Und dann …? Was war dann …? Sie wusste es nicht mehr.

Sonja zitterte am ganzen Leib und wimmerte leise.

»Da vorne rechts!«, rief Kathi Teuber und schaltete das Blaulicht ein.

»Was macht der da?«, fragte Tobi Gruber, als ihnen in einer Kurve ein Fiat 500 mit Schrittgeschwindigkeit den Weg versperrte.

Ein Funkspruch kam rein.

»Raute 91/11 für Raute, Raute 91/11 für Raute.«

»Hier Raute 91/11«

»Hallo? Ist da die Kommissarin? Hier ist …«

»Ja, Gerti, ich weiß schon. Was gibt's?«

»Ah ja, gut! Also, es gibt eine Vermisstenanzeige. Beim Ottenbräu-Gartenfest ist anscheinend eine junge Frau verschwunden.«

»Ok, darum können wir uns gerade nicht kümmern. Funk bitte einen von den Kollegen an, Gerti!«

»Das hab ich ja versucht, aber die sind alle unten an der Abens wegen dem Hochwasser.«

In dem Moment sahen Kathi Teuber und Tobias Gruber, warum die Autos vor ihnen so langsam fuhren. Ein halbes Dutzend Einsatzwagen von der Feuerwehr und vom THW hatten die Straße abgeriegelt. Der ganze Bereich war in ein grelles, blinkendes Blau getaucht.

»Nicht euer Ernst, oder?«, rief Gruber und versuchte, auf der Gegenspur an den stehenden Autos vorbeizukommen.

Ein Feuerwehrmann steuerte auf die beiden zu und winkte.

»Do geht's ned weida, do is ois obgschperrt.«

»Wir sind im Einsatz, Kollege. Macht bitte sofort die Sperre auf.«

»Ja, wos glabstn du, wos mia do machan, ha? Mia samma aa im Einsatz, Kollege! Do gehts auf jeden Fall ned weida, wo woitsn hi?[50]«

»Nach Aunkofen«

»Ha, do is ois zua.[51]«

»So eine verdammte Scheiße!«, rief Gruber und legte den Rückwärtsgang ein.

»Was wird das, Tobi?«

»Wart mal, ich hab vielleicht eine Idee.«

---

[50] Ja, was denkst du denn, was wir hier machen? Wir sind hier ebenfalls im Einsatz, Kollege! Hier geht's auf jeden Fall nicht weiter. Wo wollt ihr denn hin?

[51] Da ist alles zu.

KAPITEL 64

»Und jetzt?«, rief Andi in den Nachthimmel. »Papa, sag doch was!«

Der Nachthimmel schwieg. Andi drehte sich zu Elom.

»Oder hörst du vielleicht irgendwas?«

Der Seher schüttelte den Kopf.

Sie standen am Ende einer Straße, die bereits zur Hälfte überflutet war. Etwa hundert Meter weiter zurück konnten sie die blinkenden Einsatzwagen von Feuerwehr und Polizei und deren Absperrungen erkennen. Auf dieser Straße war der Autoverkehr zum Erliegen gekommen, niemand kam mehr zur Stadt rein oder raus.

»Wir müssen die Polizei anrufen«, schlug Lisa vor. »Mehr können wir anscheinend nicht tun.«

Andi zog sein Handy aus der Tasche.

»Kein Netz, verdammt!«

»Bei m…mir auch nicht«, sagte Konny.

Auch Quincy, Lisa und Elom schüttelten die Köpfe.

»Fuck! Das gibt's doch nicht!«, fluchte Andi.

»Hey, wie wär's damit?«, fragte Quincy und zeigte auf einen kleinen Holzkahn, der neben ihnen an einer Mauer festgebunden war.

Da gab es nicht viel zu überlegen. Sie lösten den Kahn von dessen Befestigung und trugen ihn zum Wasser. Das alte Ding war zwar bleischwer, aber es schien noch intakt zu sein und verfügte immerhin über ein Paddel im Inneren. Allerdings gab es ein Problem.

»Hier p…passen wir n…nicht alle rein.«, stellte Konny sachlich fest. »M…maximal zw…wei Leute.«

»Ok, Andi und Lisa, ihr zwei solltet das machen.«, sagte Quincy.

»W…Warum denn d…das?«

»Weil Andi offenbar seinen Vater hören kann und Lisa als Einzige diesen Typen gesehen hat. Elom, Konny und ich bleiben hier und warten auf euch«, instruierte der Bandleader.

Konny musste einsehen, dass Quincy recht hatte und half den beiden beim Einsteigen.

Quincy, Konny und Elom schoben das Holzboot kräftig an und Andi und Lisa entfernten sich lautlos in die Dunkelheit.

Es brauchte ein paar Versuche, bis Andi herausbekam, wie das Boot auf seine Paddelversuche reagierte, aber nach einer Weile hatte er den Dreh raus. Die Straße unter ihnen war gut zu erkennen, denn links und rechts konnten sie geparkte Autos unter Wasser erkennen. Lisa hatte direkt hinter Andi Platz genommen und versuchte ebenfalls, den Weg zu erkennen.

DA VORNE LINKS RÜBER.

Wortlos wechselte Andi die Ruderseite und steuerte das Boot nach links Richtung Aunkofener Siedlung.

Der Kahn glitt nun durch eine Baumallee. Die ganze Szenerie wirkte in dieser Dunkelheit überaus surreal. Beinahe war es, als ob sie mit dem Boot durch einen nächtlichen Mangrovenwald steuerten. Die Einwohner hatten sich offenbar alle in Sicherheit gebracht, denn weit und breit war niemand zu sehen.

In der Stille hörte Andi Lisas Atem, dessen Gleichmäßigkeit ihn beruhigte. Wie selbstverständlich hatte sie ihre Arme um seine Hüften gelegt und er genoss das Gefühl ihrer Nähe.

Nachdem sie die Siedlung bis zum letzten Haus durchquert hatten, hob Andi den Kopf und fragte:

»Und jetzt?«

NOCH EIN STÜCK WEITER!

»Aber da kommt nichts mehr.«

DOCH!

»Nein, da ist nix!«

DOCH!

»Oh Mann!«

Hinter einer schmalen Baumreihe kamen sie an eine kleine Lichtung mit einem Parkplatz, auf dem ein Auto stand. Dahinter befand sich ein Haus, das von der Straße aus nicht zu sehen gewesen war.

»Tatsächlich«, rief Andi und zeigte nach vorne. »Das muss es sein!«

Der Kahn schrammte ein wenig über den Boden und blieb dann abrupt stecken. Offenbar war hier das Wasser nicht so tief wie auf der anderen Seite der Siedlung.

Sie stiegen aus und stapften durch das etwa knietiefe Wasser in Richtung des kleinen Parkplatzes, der überraschenderweise nicht überflutet war. Das Boot zogen sie bis zu einer sicheren Stelle ins Trockene hinaus; schließlich mussten sie ja von hier auch wieder wegkommen.

Als sie fast beim Auto waren, sahen sie, wie jemand aus dem Haus kam. Für einen Moment schien der Mann zu zögern, als er die beiden sah, kam aber dann näher. Weil es so dunkel war, erkannte Andi ihn erst, als er schon fast bei ihnen war.

»Ach, hallo, Herr Schewe!«, begrüßte er ihn überrascht.

»Hallo, Herr Krammer. Was machen Sie denn hier?«

»Wir suchen jemandem.«

»Aha. Wen suchen Sie denn?«

»Unsere Bandkollegin. Sie war bis eben noch auf dem Gartenfest, dann war sie plötzlich verschwunden.«

Schewe schien sich über diese Information fast zu erschrecken.

»Soso. Na ja, … hier ist aber sonst niemand mehr«, sagte Schewe und öffnete die Fahrertür seines BMW.

»Mit dem kommen Sie aber hier nicht weg. Ab da vorne ist alles überschwemmt.«

»Das ist mit dem Auto kein Problem. Ich fahr Richtung Schwaighausen raus. Dann noch schönen Abend allerseits.«

Schewe nickte, stieg ein und schloss die Tür. Dann startete er den Motor und rangierte mit durchdrehenden Rädern vom Platz.

Andi und Lisa sahen zu, wie der Wagen auf die überflutete Straße fuhr und sich schnell entfernte.

»Andi, ich kenne den Typen«, flüsterte Lisa angewidert.

»Ja, ich auch«, antwortete Andi freimütig. »Er ist der Vater einer meiner Schülerinnen, oder besser gesagt … *ehemaligen* Schülerin.«

»Nein, du verstehst nicht, Andi. Ich kenne den … aus einem Traum!«

»Was, du hast von Schewe geträumt?«, fragte Andi verwundert.

»Ja. Und ich sag dir eins: Der Typ ist widerlich.«

»Wieso, das ist doch ein ganz Netter ...«

»Nein, der ist nicht *nett*!«, unterbrach ihn Lisa aufgebracht. »Der Kerl ist ein Mörder.«

KAPITEL 65

»Hey, was hast du vor, Tobi?«

»Ich versuch's hintenrum über Schwaighausen. Da gibt's einen kleinen Feldweg, der führt auch in die Aunkofener Siedlung.«

»Aha, wusste ich gar nicht.«

»Da vorne ist es … festhalten!«

Gruber riss die Handbremse nach oben und trat das Gaspedal durch. Der Wagen driftete in eine schmale Feldstraße, die normalerweise von Wanderern oder Traktoren genutzt wurde.

Die Kommissarin hielt sich mit beiden Händen fest, um bei dem heftigen Geschaukel nicht mit dem Kopf gegen das Seitenfenster oder den Dachhimmel zu knallen.

»Was hast du vor, Tobi? Willst du mich umbringen?«

Tobias Gruber schaltete einen Gang hoch und grinste.

»Na ja, solche Momente gab's schon in letzter Zeit«, antwortete er amüsiert. »Aber nein … heute nicht!«

Sie folgten der Straße, die zwar regennass, aber nicht überflutet war.

»Ganz meinerseits«, sagte Kathi Teuber und zeigte nach vorne.

»Vorsicht!«, rief sie.

Ein Auto kam ihnen mit hoher Geschwindigkeit entgegen.

»Ist der das etwa?«, fragte Gruber.

»Das Kennzeichen … oh, Shit!«, rief die Kommissarin und drehte den Kopf zur Seite.

Der entgegenkommende BMW blendete die beiden mit seinem eingeschalteten Fernlicht und den Nebelscheinwerfern. Tobias Gruber hielt eine Hand vor die Augen, zog das Lenkrad nach rechts und machte eine Vollbremsung.

»So ein Arschloch! Was hat der vor?«, schimpfte Gruber und schaltete schnell das Blaulicht ein.

Der BMW raste mit Lichthupe auf die beiden zu. Erst im letzten Moment drehte er ab und fuhr über den Randstreifen schlingernd an ihnen vorbei. Dann driftete er wieder zurück auf die Straße.

»Die Nummer, Kathi. Guck auf die Nummer!«, brüllte Gruber und versuchte zu wenden.

»Ja, das ist er! Ich ruf die Einsatzzentrale«, rief Kathi und drückte auf den Knopf des Funkgerätes.

»Raute für 91/11. Flüchtiger weißer BMW X3 in Richtung Schwaighausen, ich wiederhole: flüchtiger weißer BMW in Richtung Schwaighausen, Kennzeichen KEH … MS … 1, KEH … MS … 1. Sofort alle Einheiten in diesem Gebiet zusammenziehen! Vorsicht, der Mann ist wahrscheinlich bewaffnet!«

KAPITEL 66

Sonja Pollingers Köper war völlig unterkühlt und das Atmen fiel ihr schwer. Schmutziges, kaltes Wasser lief ungehindert weiter in den Keller hinein und hatte inzwischen ihre Hüfte erreicht. Sie konnte weder ihre Beine noch die Handgelenke spüren, aber darüber war sie sogar ganz erleichtert, denn die Schmerzen waren zuletzt unerträglich geworden.

Irgendetwas regte sich jetzt in ihr und befahl ihr zu kämpfen. Sie wollte nicht aufgeben. Sie wollte nicht sterben. Nicht hier in diesem scheiß Keller!

Nach einer gefühlten Ewigkeit hatte sie es immerhin geschafft, den Knebel an ihrem Mund zu lockern und mit der Zunge ein Stück nach unten zu schieben, sodass sie halbwegs ungehindert um Hilfe rufen konnte. Durch diese Aktion hatte sie sich zwar ihre Mundwinkel aufgerissen, was ihr der Blutgeschmack beim Schlucken verriet, aber immerhin sorgte das Adrenalin in ihrem Körper dafür, dass sie keine Schmerzen mehr spürte.

Der Lärm des eindringenden Wassers war jetzt ohrenbetäubend, deshalb schrie sie nach Leibeskräften um Hilfe, so laut es ging.

Plötzlich hörte sie einen dumpfen Knall und es wurde dunkel.

KAPITEL 67

SIE IST IM HAUS. BEEILT EUCH!

Andi und Lisa suchten verzweifelt nach einer Möglichkeit, ins Haus zu gelangen, aber Schewe hatte die Haustür zugesperrt, und die Fenster im Erdgeschoss waren allesamt mit Jalousien verrammelt. Auf der Gartenseite kamen sie ebenfalls nicht weiter, denn dort stand das zerstörerische Hochwasser bereits einen guten Meter über dem Kellergeschoss und riss ohne Gnade alles mit, was sich ihm in den Weg stellte.

»Wir müssen versuchen, da oben einzusteigen!«, rief Lisa und zeigte zu einem Fenster im ersten Stock, dessen linker Fensterflügel offen zu stehen schien.

»Wie sollen wir da raufkommen?«, fragte Andi und suchte nach einer Leiter oder ähnlichem.

»Damit könnte es gehen«, rief Lisa und zog einen morschen Holztisch von der Eingangsveranda an die Hauswand.

Andi betrachtete den Tisch und zögerte.

»Na los, mach schon! Rauf mit dir!«, befahl Lisa.

Er kletterte auf den Tisch und sah zu Lisa hinab.

»Und jetzt?«

Lisa stieg zu ihm auf den Tisch und Andi hielt sie am Po fest, damit sie nicht sofort wieder hinunterfiel. Sie balancierte sich aus und schaute ihm tief in die Augen.

»Räuberleiter!«

»Glaubst du, dass das eine gute Idee ist?«, fragte er.

»Hast du eine bessere?«, fragte sie und Andi schüttelte den Kopf.

Sie umschloss seinen Nacken mit ihren Händen und küsste ihn auf den Mund.

»Na also. Dann wollen wir keine Zeit verlieren!«

Andi formte mit beiden Händen eine Räuberleiter und Lisa kletterte geschickt an ihm hoch. Er stützte sich gegen die Hauswand und biss die Zähne zusammen, als Lisa wackelnd auf seine Schultern stieg. Vorsichtig machte sie sich lang und erreichte schließlich den Fenstersims mit den Fingerkuppen.

»Pass bitte auf!«

Andi blieb nichts anderes übrig, als zu hoffen, dass der wackelnde Gartentisch nicht unter ihrem Gewicht zusammenbrach.

Eine gefühlte Ewigkeit später hatte Lisa anscheinend einen guten Halt gefunden, stieß den zweiten Fensterflügel auf und zog sich mit beiden Händen nach oben.

Wenn sie jetzt ausrutscht, ist alles zu spät, dachte Andi und betete irgendwas zu irgendwem.

Schließlich zog Lisa ein Bein nach und kletterte endlich durchs Fenster ins Haus hinein.

»Alles gut hier! Ich such jetzt nach ihr!«, rief sie nach unten.

Dann sah sie sich um. Sie befand sich offenbar in einem Schlafzimmer. Das Licht funktionierte nicht, woraus sie schloss, dass der Strom ausgefallen war. Sie zog ihr Mobiltelefon aus der Hosentasche und schaltete die Taschenlampe ein.

Lisa verließ das Schlafzimmer und befand sich nun in einem Flur.

»Sonja?«, rief sie in der Hoffnung, eine Antwort zu erhalten.

Aber es blieb still. Nur das laute Rauschen des Hochwassers schallte ungebrochen durchs ganze Haus.

Lisa kontrollierte die anderen Räume im Obergeschoss, aber auch dort war niemand.

Dann ging sie die Treppe hinunter und sah sich unten um.

»Hallo? Sonja?«, rief sie wieder und horchte.

Keine Antwort.

Geistesgegenwärtig lief sie zur Haustür und versuchte, sie zu öffnen, aber sie war zugesperrt. Sie klopfte an die Tür.

»Andi? Hörst du mich?«

»Ja«, kam es von der anderen Seite dumpf zurück. »Machst du auf?«

»Die Tür ist abgeschlossen. Ich such weiter nach Sonja!«

Sie lief in die Küche und ins Wohnzimmer, aber auch dort war niemand. Sie eilte zurück in den Flur, wo ihr Blick auf eine Kellertür fiel. Sie war abgeschlossen.

»So eine Kacke, verdammt!«

Lisa hämmerte verärgert gegen die Tür. Da hörte sie etwas.

»Hilfe!« kam es ganz schwach aus dem Keller.

Das ist sie!

»Hey, Sonja! Ich bin's, Lisa. Warte, ich hol dich da raus!«

Sie rannte zur Küche zurück und schaute sich im Schein der Taschenlampe hektisch um. Auf der Spüle lag ein Schlüssel!

Sie schnappte sich den Schlüssel und rannte zurück zur Haustür. Er passte! Sie riss die Haustür auf und ließ Andi ins Haus.

»Sie ist im Keller!«, rief sie aufgeregt. »Wir müssen uns beeilen!«

Andi lief zur Kellertür und zog am Türgriff.

»Hab schon probiert, die ist abgesperrt.«

»Scheiße! Gibt's denn hierfür keinen Schlüssel?«, fragte Andi und blickte hektisch in alle Richtungen.

»Oder irgendwas zum Aufbrechen!«

Seine Freundin rannte zurück in die Küche in der Hoffnung, dort etwas zu finden, während Andi mit aller Kraft an der Kellertür zog.

»Lisa, bleib hier und hilf mir lieber!«, rief er und suchte nach ihr.

»Lisa, wo bist du denn?«

»Geht das hier vielleicht? Lag im Wohnzimmer«, fragte Lisa und hielt ein Stemmeisen in der Hand.

»Wow, das ist super!«, rief Andi und nahm das metallene Werkzeug entgegen.

Er setzte das schmale Ende der gebogenen Brechstange in Höhe des Schlosses zwischen Kellertür und Zarge und schlug mit der Handfläche dagegen. Dann drückte er die Stange vorsichtig nach hinten. Es knackste laut und das Schloss gab nach ein paar Versuchen schließlich nach.

Sie schalteten ihre Handy-Taschenlampen ein und rannten die Treppe hinunter. Im Schein ihrer Lampen entdeckten sie Sonja, von der nur noch der Kopf aus dem Wasser ragte.

»Sonja! Endlich!«

Doch Sonja Pollinger antwortete nicht. Sie war damit beschäftigt, ihren Kopf über der Wasseroberfläche zu halten.

Als Andi versuchte, sie nach oben zu ziehen, stellte er entsetzt fest, dass sie sich kein bisschen bewegen ließ.

»Sie hängt fest! Sie ist gefesselt!«, rief er aufgeregt und versuchte, im Wasser zu ertasten, was sie fixierte.

»So eine Scheiße! Das gibt's doch gar nicht!«, rief er und holte tief Luft.

Andi tauchte unter und riss die Augen auf. Er versuchte, irgendetwas zu erkennen, während Lisa den Lichtstrahl ihres Handys genau auf die Stelle im Wasser richtete. Aber er sah dort nur ein einziges Braun. Er kam wieder hoch und schnappte nach Luft.

»Ich kann nichts sehen da unten!«, rief er aufgeregt.

Unterdessen drang immer mehr Wasser durch die Kellerschächte ein. Sonja Pollinger musste ihren Kopf jetzt ganz nach oben richten, um nicht zu ertrinken.

Lisa arbeitete sich watend zu den Kellerfenstern und schob die Flügel mit aller Kraft zu. Das Wasser drückte zwar weiterhin spritzend an den Seiten hinein, aber zumindest verschaffte es ihnen etwas mehr Zeit.

In diesem Moment gingen beide Handy-Taschenlampen gleichzeitig aus und es wurde schwarz im Keller.

Im fahlen Lichtschein, der vom Erdgeschoss nach unten schien, sah Lisa, wie Andi jetzt zitternd auf der Treppe stand und auf das Wasser starrte.

»Was ist los?«, wollte Lisa von Andi wissen.

»Ich … weiß nicht … ich hab das … manchmal«

Er bebte. Sein ganzer Körper war ein einziges Epizentrum.

»Was ist los mit dir? Du kannst mich doch jetzt nicht im Stich lassen! Andi, ich brauch dich!«, schrie sie ihn an.

Wie festgeeist stand Andi da und war unfähig, etwas gegen seine plötzliche Angstattacke zu tun.

Verzweifelt sah er sich um.

»Was soll ich denn tun, Papa?«, rief er in die Dunkelheit.

Nur das Zischen des eindringenden Wassers war zu hören.

»Was soll ich denn tun, Papa?«, brüllte er noch einmal, so laut er konnte.

MACH DIE AUGEN ZU UND ÖFFNE DEIN HERZ. DANN WIRST DU WIRST SEHEN, MEIN KIND!

Andi und Lisa sahen sich erschrocken an.

»Hast du das gehört?«, fragte sie.

»Äh … ja«, antwortete er irritiert.

Andi schien wieder zu sich zu kommen. Fast wie jemand, der auf Fingerschnipp von einer Hypnose aufgeweckt wurde.

»Das war genau das, was meine Mutter in der letzten Zeit immer wieder zu mir gesagt hat. Ich hab nur nie kapiert, was sie damit gemeint hat.«

Andi stapfte wieder hinunter ins Wasser und watete zurück zu Lisa.

»Ok. Geht's wieder?« fragte sie ihn bibbernd und holte tief Luft.

Andi nickte schnell und atmete ebenfalls tief ein.

Sie schauten sich noch einmal an, kniffen die Augen zu und tauchten gleichzeitig unter.

Zu ihrem Erstaunen konnten sie trotz geschlossener Augen alles erkennen, was sich dort unten befand. Lisa griff wie selbstverständlich nach dem Verschluss des Spanngurtes, drückte einen kleinen

Metallstift zurück und öffnete ihn. Andi machte das Gleiche auf der anderen Seite und streifte die Fesseln nach unten.

Dann zogen sie Sonja zur Treppe und hievten sie die Stufen hinauf.

Als sie im Erdgeschoss angekommen waren, sagte Lisa: »Ich hol oben ein paar Decken« und rannte hinauf ins Schlafzimmer.

Andi schaute zu seiner Bandkollegin in seinen Armen. Sie zitterte, atmete aber ruhig.

»Du hast es geschafft!«, sagte er zu ihr.

Sonja lächelte matt und schloss wieder die Augen.

KAPITEL 68

Elom, Quincy und Konny saßen schon fast eine Dreiviertelstunde auf einem Stück Mauer und warteten auf Andis und Lisas Rückkehr, doch noch immer gab es kein Lebenszeichen von ihnen.

Quincy gähnte und rieb sich die Augen.

»H…hoffentlich geht's den b…beiden gut«, hoffte Konny.

»Ja, hoffentlich«, pflichtete Quincy ihm bei und versuchte, irgendwas in der Dunkelheit zu erkennen.

Er war hundemüde und schlimme Gewissensbisse plagten ihn.

»Wir hätten die beiden nicht auf so eine gefährliche Mission schicken dürfen«, schimpfte er und warf einen Stein ins Wasser.

»Und w…was jetzt?«, wollte Konny wissen.

IHR MÜSST ZUM STADTTOR! HOPPHOPP! LOS MIT EUCH!

Elom riss die Augenbrauen hoch und wiederholte die Worte des alten Krammer laut.

»Wir musse Stadttor! Hopphopp! Los mit uns!«

Quincy runzelte die Stirn und schaute Elom mit gequältem Blick an.

»Den ganzen Weg wieder zurück? Naaaa, I mog ned!«

Elom packte Quincy am Arm, schüttelte ihn und rief:

»Wir musse Stadttor! Los mit uns!«

Konny stand auf und zuckte mit den Schultern.

»Na dann. L…los mit uns!«

Sie rannten, so schnell sie konnten, zurück Richtung Stadttor. Dazu waren sie zwar gezwungen, wieder den Park von Clemens von Celsius zu durchqueren, doch diesmal nahm der alte Graf offenbar keine Notiz von ihnen.

Der Bereich der ufernahen Max-Bronold-Straße war nach wie vor großräumig von der Feuerwehr abgesperrt. Dort kam niemand mehr durch. Zumindest kein Auto.

Elom, Quincy und Konny wateten ein Stück durch knietiefes Wasser, kletterten über eine Absperrung und liefen dann nach links in die Altstadt hinein. Etwa fünfzig Meter vor ihnen tauchte das Regensburger Tor in der Dunkelheit auf.

»Da!«, rief Elom.

»Wo?«, fragte Konny.

GLEICH KOMMT EIN AUTO ELOM. DU MUSST ES STOPPEN!

»Stoppen?«, wiederholte Elom verwirrt.

»Stoppen?«, fragten Quincy und Konny und blieben stehen.

Quincy schnaufte schwer und griff sich in die Seite.

Elom stellte sich wie ein Schutzmann mitten auf die Straße vor das Stadttor und breitete seine Arme aus.

»W...was machst du da, Elom?«

»Stoppen! Ihr auch helfen!«

»Wat meijnste, Ferri, wo is datt andere Jemölsch?«[52], fragte Tom, nachdem der das Ladekabel wieder im *Frunk*[53] seines Tesla verstaut hatte.

»Kaine Ahnung, Tommy«, antwortete Ferenc. »Wir fahrän am bästän zum Hotäl. Mähr könnän wir im Augänblick auch nicht machän.«

»Ok, wie du meinst. Dann zum Hotel.«

Sie stiegen ein und Tom lenkte das frisch aufgeladene Elektroauto nach links in Richtung Altstadt. Als sie das Stadttor passieren wollten, erblickte er Elom und zwei weitere Männer, die wild gestikulierend die Straße versperrten. Er trat auf die Bremse.

---

[52] Was glaubt du, Ferri, wo die anderen jetzt wohl sind?

[53] engl. Wortschöpfung für *Front Trunk*, also der vordere Kofferraum

»Hoppá!«, erschrak Ferenc.
Der Wagen kam genau in der Durchfahrt des Stadttores zum Stehen.
Irritiert sah Tom auf die Batterieanzeige, die auf 0 % gefallen war.

KAPITEL 69

»Da vorne! Das muss er sein!«, sagte Kommissarin Kathi Teuber und schaltete zum Blaulicht auch die Sirene hinzu.

»Japp, das ist er!«, antwortete Gruber und trat aufs Gaspedal.

Schewes BMW stand nun auf der Most-Wanted-Liste der Polizei im gesamten Regierungsbezirk. Die Kommissarin hatte die Einsatzzentrale in Landshut informiert und darum gebeten, die Ausfahrtsstraßen rund um Abensberg abzusperren.

Etwa zwanzig Meter vor ihnen raste Schewe wie ein geisteskranker Rennfahrer über die Straubinger Straße durch die Ortschaft, und Kathi Teuber betete, dass nicht noch ein Unfall passiert.

»Raute für 91/11. Wir verfolgen den Flüchtigen aktuell auf der Straubinger Straße Richtung OBI. Er scheint auf die B 16 oder auf die Autobahn zu wollen. Sind die Auffahrten schon abgesperrt?«

Tobias Gruber warnte die entgegenkommenden Autos zusätzlich per Lichtzeichen.

»Ja, ist bereits veranlasst. Die Auffahrten B 16 und A 93 sind abgeriegelt.«

Der BMW raste in den Kreisverkehr beim Baumarkt hinein. Doch anstatt geradeaus weiterzufahren, fuhr er um den Kreisverkehr herum und kam ihnen nun schlingernd entgegen.

»Was macht der denn jetzt, ist der komplett irre?«, fragte Tobias Gruber, ohne eine Antwort zu erwarten.

Als Schewe an ihnen vorbeigerauscht war, wendete Gruber das Auto mit angezogener Handbremse mitten auf der Straße.

»Der Flüchtige hat jetzt die Richtung gewechselt«, gab die Kommissarin an die Einsatzzentrale durch. »Er fährt jetzt zurück zur Regensburger Straße und will entweder Richtung Gillamooswiese, Sandharlanden oder Kelheim raus. Stehen die Absperrungen dort auch schon?«

»Ja, da ist auch alles zu«, erklang eine weibliche Stimme durch den Lautsprecher.

»Gleich ist er fällig!«, rief die Kommissarin und nahm das Funkgerät wieder in die Hand.

»Wir sind auf der Straubinger in Höhe Lidl. Die Kollegen müssten ihn jeden Moment sehen können«

»Verstanden, alles klar!«

Mit quietschenden Reifen fuhr Schewe durch einen weiteren Kreisverkehr und beschleunigte sofort wieder. Zur Überraschung der Polizisten nahm er allerdings nicht die abbiegende Vorfahrtsstraße, sondern raste geradeaus Richtung Altstadt.

»Scheiße, was macht der da? Will der jemanden umbringen?«

Die Kommissarin fürchtete, dass der Flüchtige jetzt zu allem bereit war.

Blaulichter blitzten und Sirenen schallten jetzt von überall laut durch die gesamte Innenstadt, um die Menschen vor dem gemeingefährlichen Mike Schewe zu warnen.

Der BMW von Schewe raste jetzt Richtung Stadttor und machte plötzlich eine Vollbremsung.

»Was ist denn jetzt schon wieder los?«, fragte die Kommissarin und sah im nächsten Moment, dass ein weißer Tesla die Durchfahrt des Stadttores versperrte.

»Ah, das ist gut!«, rief Tobi Gruber erleichtert. »Gotcha!«

Er fuhr bis auf wenige Zentimeter auf Schewes Auto auf, um seinen Fluchtweg nach hinten zu blockieren.

Mike Schewe atmete so schnell, dass seine Brust schmerzte. Er weigerte sich zu realisieren, dass er in der Falle saß. Doch vor ihm blockierte ein verdammter Pannen-Tesla mit Warnblinker die Durchfahrt, und direkt hinter ihm stand ein Polizeiauto!

Mit beiden Händen schlug er auf sein Lenkrad ein und brüllte sich Wut und Verzweiflung aus der Seele.

Alles ist schiefgegangen. Alles! Mein Leben ist vorbei! Was bleibt mir jetzt noch?

Entmutigt ließ er den Kopf zwischen seine Arme fallen.

Sonja? Keine Ahnung. Die ist inzwischen wahrscheinlich tot.

Kerstin? Die hab ich sowieso schon vor langer Zeit verloren.

Die Mädchen? Meine Mädchen!

Er vergrub sein Gesicht in den Händen und weinte.

Das Telefon klingelte. Es war Kerstin. Schewe zögerte. Er konnte doch unmöglich jetzt mit Kerstin reden, oder? Widerwillig drückte er auf *Annehmen.*

»Hallo?«, meldete er sich emotionslos.

»Hi, ich bin's. Ich wollte dir nur sagen, dass ich bei der Polizei …«

Im nächsten Moment wurde seine Tür geöffnet und eine Polizistin richtete ihre Dienstwaffe auf ihn. Unwillkürlich hob er die Hände und verschränkte sie hinter seinem Kopf, während er weiterhin undeutlich die Stimme seiner Frau am Telefon hörte.

»Michael Schewe, ich verhafte sie wegen dringendem Tatverdacht, Lara Schuster ermordet zu haben.«

KAPITEL 70

»O…ohne Scheiß?«, fragte Konny, nachdem Lisa und Andi ihre Rettungsaktion wiederholt in allen Details geschildert hatten.

»Genauso war's«, bestätigte Andi.

»Krass!«, antworteten Quincy, Konny und Elom im Chor.

Quincy, Konny, Tom, Ferenc, Elom, Lisa und Andi stießen im *Kommod* gemeinsam auf den glücklichen Ausgang der Geschichte an. Es war der letzte gemeinsame Abend; die Bröhlheimer Koffer für die Heimfahrt waren schon gepackt.

»Joot ze wisse, datt minge Tässla nit kapott is«[54], lachte Tom und zwinkerte Elom zu, dem dieser Seitenhieb unangenehm war.

Er hatte Tom und Ferenc das mit der heimlichen Mitnahme Krammers am Vorabend gebeichtet und war erleichtert, dass sie deswegen nicht sauer auf ihn waren. Stattdessen machte Tom allerdings unentwegt subtile Bemerkungen darüber.

»Hüürens, wo is eijentlich unsere Hans Muff?«[55]

»Willst du das wirklich wissen?«, fragte Andi und grinste vielsagend.

»Äh …«, begann Tom verunsichert. »Etwa hee irjendwo?«

---

54 Gut zu wissen, dass mein Tesla nicht kaputt ist.

55 Wo ist eigentlich unser Poltergeist? (*Hans Muff* ist der rheinländische Knecht Ruprecht, mitunter polternd, der die vermeintlich bösen Kinder in seinen Jutesack stecken möchte).

»Er sitzt direkt *neben* dir, um genau zu sein«, lachte Andi und hob sein Glas zum Prosten.

Tom rückte erschrocken ein Stück zur Seite.

»Ach komm, du willst mich verarschen, oder wat?«

Die Gruppe lachte.

»Zumindäst wissäen wir jätzt, wär das Faktum *wirklich* war«, sagte Ferenc und schaute mit hochgezogenen Augenbrauen zu Elom, der verlegen lächelte.

»Auf unser Faktum Elom!«, prostete Andi in die Gruppe und schaute wie beiläufig auch zum leeren Platz auf der Bank neben Quincy.

»Prost!«

»Prost!«

»P...Prost!«

»Prost!«

PROST!

Sie stießen die Gläser über der Tischmitte zusammen und tranken einen kräftigen Schluck.

»Ich hoffe, Sonja geht´s bald wieder gut!«, sagte Lisa, nachdem sie ihre Gläser wieder abgestellt hatten.

»Ja, k...klar. Quincy und ich w...waren heut b...bei ihr im Kr...kr...Krankenhaus. Die k...k ...kann in...n ein paar Tagen wieder raus, sagt der Doc.«

»Ja, der geht's wieder ganz gut, denk ich. Sie hat sogar wieder mit uns rumgealbert und gefragt, wann wir wieder proben.«

Quincy machte eine Pause, bevor er weiterredete.

»Wollen wir nur hoffen, dass sie keinen seelischen Knacks behält.«

Bedrücktes Nicken.

In einem anderen Bereich des Lokals lachte eine Gruppe laut auf. Die Abensberger Fußballer löcherten *ihren Hacki* mit tausend Fragen, wie es ihm in der Untersuchungshaft ergangen war. Der Beinahe-Überfall aufs Asylheim wurde ebenfalls heiß diskutiert. Sie waren jedenfalls stolz auf ihren Helden und feierten ihn.

»Ach so, Andi … die Kathi von der Musikwerkstatt hat heute Morgen bei mir angerufen. Sie sucht dringend einen Klavierlehrer, ihr ist anscheinend jemand abgesprungen. Sie hat mich gefragt, ob ich jemanden kenne. Wäre das was für dich?«

»Du meinst die *Musikwerkstatt*? Also *die da*?«

Andi zeigte aus dem Fenster. Die *Musikwerkstatt* lag genau gegenüber vom *Kommod*.

Quincy lächelte.

»Ja, genau die. Hättest du Interesse?«

»Ja, logo!«

»Ok, ich hab ihr schon gesagt, dass du aktuell was suchst. Du musst aber schnell sein, am besten rufst du gleich morgen früh bei ihr an.«

Quincy gab ihm einen Zettel mit einer Telefonnummer. Andi konnte sein Glück kaum fassen. Mit einer solchen Nachricht hatte er so schnell nicht gerechnet, und von der privaten Abensberger Musikschule hatte er bis dahin nur Gutes gehört.

»Das war aber noch nicht alles«, fuhr Quincy fort. »Bei mir war heut schon einiges los. Also passt auf: der Robert Neumaier hat heut Früh auch noch angerufen und sich nach Sonja erkundigt«, berichtete Quincy weiter. »Die waren glaub ich sehr begeistert von uns. Ich soll euch allen liebe Grüße ausrichten, und er fragt, ob wir nächstes Jahr wieder bei ihm spielen wollen.«

»Cool!«, freute sich Konny.

Quincy schaute jetzt zu Lisa.

»Und er fragt ausdrücklich, ob *du* auch wieder dabei bist.«

»Whooohooo!«, rief Tom, der seit dem Gartenfest bekennender Lisa-Fan war.

»Na ja … das weiß ich noch nicht«, bremste Lisa die allgemeine Euphorie. »Ich muss erst mal wieder nach Hause fahren, da wartet ziemlich viel Arbeit auf mich und … meine Ma.«

»Ja komm, so ein Wochenende ist doch immer mal drin, oder?«, suggerierte Quincy. »Und vielleicht gefällt es dir hier in Bayern ja so gut, dass du öfters mal hier runterkommst.«

Lisa lächelte verlegen und schaute für eine Sekunde über ihre Schulter zu Andi.

»Kommt drauf an …«, sagte sie nebulös und strich mit dem Finger an ihrem Glas entlang.

»Whooohooo!«, wiederholte sich Tom und lehnte sich über den halben Tisch nach vorne, um Andi direkt anzusprechen. »Ich glaub, du bist gemeint! Hahahaha!«

Konny, Quincy, Tom, Ferenc und Elom lachten mit.

»Oder du kommst ab und zu mal deine alte Heimat besuchen, Andi. Datt is doch immer ens drin, oder?«[56], suggerierte Tom.

Andi lächelte verlegen und schaute für eine Sekunde über seine Schulter zu Lisa.

»Kommt drauf an …«, sagte er nebulös und strich mit dem Finger an seinem Glas entlang.

---

[56] Das ist doch immer mal drin, oder?

EPILOG

DU SAGST JA GAR NICHTS.

»Ja, sorry, war'n bisschen viel alles.«

SCHÖN, DASS ALLES SO GUT AUSGEGANGEN IST.

»Ja, stimmt. Du, sag mal … das wollte dich schon öfter fragen: Was hast du eigentlich gemacht in den letzten vierzig Jahren?«

OH, ES GAB VIEL ZU TUN.

»Aha. Was denn zum Beispiel?«

NA JA ICH HATTE SO EINIGES WIEDER GUTZUMACHEN.

»Ok … und? Ist es dir gelungen?«

DAS HOFFE ICH MAL.

Schweigen. Andi nickt langsam mit dem Kopf.

»Und was hast du jetzt vor? Also, ich mein, die nächsten vierzig Jahre.«

GUTE FRAGE. MAL SEHEN. KEINE AHNUNG. UND DU?

»Mal sehen. Keine Ahnung.«

Schweigen.

DU SOLLTEST MEHR ZEIT MIT LISA VERBRINGEN.

SIE MAG DICH SEHR. UND DU MAGST SIE JA AUCH.

»Ach, Lisa … die ist der Wahnsinn, die *kann* man ja nur mögen. Ich hab sie schon immer gemocht … mehr als gemocht, na ja, du weißt schon. Das Ding ist nur … ach, ich fühl mich einfach nicht gut genug für Lisa!«

FÄNGT DAS SCHON WIEDER AN!

»Ja, ist doch so! Lisa ist einfach fast … perfekt.«

FAST PERFEKT IST BESSER ALS PERFEKT.

»Hey, Moment mal, warst *du* das etwa? Die alte Frau im Dom?«

HAHA, VIELLEICHT.

»Boah, du bist echt crazy, Papa!«

MUSS MAN MANCHMAL AUCH SEIN.

Andi steht auf und geht zum Kühlschrank.

»Ich muss dringend einkaufen, mein Kühlschrank ist total leer.«

KEIN BIER MEHR DA?

»Nope.«

DAS KENN ICH. BLÖD.

»Jup.«

Andi legt eine Platte von Red Garland auf und setzt sich wieder hin.

HEY, DU KÖNNTEST JA MAL EINE EIGENE CD AUFNEHMEN.

»Ach, Papa! CD ist doch längst out. Vinyl ist wieder in.«

ACH ECHT?

»Jup.«

JA. DANN MACH HALT EINE EIGENE LANGSPIELPLATTE.

»So'n Quatsch! Eigene Platte! Ha! Ha! Ha!«

WIESO DENN NICHT?

»Weil ich dazu nicht gut genug bin, deshalb!«

DAS STIMMT NICHT,

»Stimmt doch!«

NEIN, STIMMT NICHT!

»Doch!«

NEIN!

»Ey, du nervst, Papa!«

ICH HAB DICH AUCH LIEB.

DANKE

Hier möchte ich ein paar herzliche Dankeschöns loswerden an alle, die bei der Entstehung dieses Buches geholfen haben.

Zunächst einmal Danke an dich, Angela Hochwimmer, für dein tolles Lektorat! Du hast meinen Text hochsensibel und sehr gewissenhaft nach kleineren und größeren Fehlern durchgepflügt. Ich bin sehr happy mit dem Ergebnis!

Ein Dank auch an Kriminalhauptkommissar Ludwig Waldinger in München für die guten Tipps zum Thema *Realistische Polizeiarbeit*! Ebenfalls vielen Dank an Thomas Krenn von der Bundespolizei!

Liebe Carolin Grove und Ramona Lindner vom Hotel Vier Jahreszeiten Kempinski in München! Sie haben mir freundlicherweise tiefe Einblicke in ein Luxushotel gewährt, dafür möchte ich ihnen herzlich danken! Vielen Dank auch an Sebastian Kneitinger für die Unterbringung von Lisa im schönen Abensberger Altstadthotel!

Robert Neumaier, du warst so nett, mir deinen Garten und dein leckeres Ottenbräu-Bier für diese Geschichte zur Verfügung zu stellen, dafür ebenfalls herzlichen Dank! Und danke auch dir, lieber Adriano di Stasio für die Aufstellung deines Eiswagens ... sorry nochmal für den ganzen Stress mit dem schlechten Wetter!

Danke, liebe Bianca, dass wir in dein schönes *Bürgstüberl* reindurften! Es gibt kein schöneres Lokal in ganz Vilshofen! Vor allem, weil jetzt dein Stammtisch wieder frei geworden ist. Danke auch dir, lieber

Martin Luderschmid für deine Gastfreundschaft im Kommod. Es ist immer wieder schön bei dir!

Liebe Kathi Keglmaier, vielen Dank, dass du Andi die Klavierlehrerstelle in deiner Musikwerkstatt gegeben hast! Er freut sich narrisch!

Liebste Bandkollegin und Freundin Ulla Niedermeier, du hast mein schlechtes Bayerisch in gutes Bayerisch übersetzt. Das Gleiche hast du, mein lieber Cousin Ralf, mit den kölschen Passagen gemacht. Und danke auch an meine liebe Kollegin Kathi Fuchs für das Last-Minute-Sächsisch. Euch allen dreien nochmals vielen vielen Dank dafür!

Meiner Stadt Abensberg möchte ich ebenfalls Danke sagen. Im Zuge meiner Recherchen durfte ich mir z.B. im Wohnheim für Asylsuchende ein eigenes Bild vom Leben in einer solchen Einrichtung machen. Eine sehr wertvolle Erfahrung war das!

Auch bei dir, lieber Uwe Brandl, möchte ich mich für die vielen Tipps und Hilfestellungen rund um das Thema *Buch schreiben* bedanken. Ich freu mich schon auf unsere gemeinsamen Projekte!

Und … Danke auch an dich, liebste Judit, dass du es immer noch mit mir aushältst.

FSC
www.fsc.org
MIX
Papier aus verantwortungsvollen Quellen
Paper from responsible sources
FSC® C105338